KNAUR

VINCENT KLIESCH

IM AUGE DES ZEBRAS

EIN BÖSHERZ-THRILLER

KNAUR

Besuchen Sie uns im Internet:
www.knaur.de

Aus Verantwortung für die Umwelt hat sich die Verlagsgruppe Droemer Knaur zu einer nachhaltigen Buchproduktion verpflichtet. Der bewusste Umgang mit unseren Ressourcen, der Schutz unseres Klimas und der Natur gehören zu unseren obersten Unternehmenszielen. Gemeinsam mit unseren Partnern und Lieferanten setzen wir uns für eine klimaneutrale Buchproduktion ein, die den Erwerb von Klimazertifikaten zur Kompensation des CO_2-Ausstoßes einschließt. Weitere Informationen finden Sie unter: www.klimaneutralerverlag.de

MIX
Papier aus verantwortungsvollen Quellen
FSC® C014496
FSC www.fsc.org

Originalausgabe Dezember 2021
Knaur Taschenbuch

Ein Imprint der Verlagsgruppe
Droemer Knaur GmbH & Co. KG, München

Ein Projekt der AVA International GmbH
Autoren- und Verlagsagentur
www.ava-international.de
Redaktion: Rainer Schöttle
Covergestaltung: ZERO Werbeagentur, München
Coverabbildung: Collage unter Verwendung von Zebra/Droemer Knaur, arigato/shutterstock.com und Martina Schneider/shutterstock.com
Satz: Adobe InDesign im Verlag
Druck und Bindung: GGP Media GmbH, Pößneck
ISBN 978-3-426-52666-8

2 4 5 3 1

Für Andi, Dominik, Gunnar, Jana, Marco und Marvin
Okay, ich verwurste eure Namen, Berufe und Eigenschaften dauernd für meine Figuren, aber immerhin dürft ihr auf diese Weise alle mal Psychopathen oder ähnlich skurrile Gestalten sein. Wer träumt nicht davon?

KAPITEL 1

FJODOR SOKOLOV

»Wenn man will, dass etwas unbemerkt bleibt, dann sollte man es in aller Öffentlichkeit tun. Mit der größten Selbstverständlichkeit, unter aller Augen.« Fjodor Sokolov lehnte sich in dem schmuddeligen, abgenutzten Plastikstuhl zurück, schloss für einen Moment die Augen und faltete die Hände in seinem Schoß. »Das hat mein Vater mir beigebracht. Er war ein großer Zauberer beim Staatszirkus. Er hat mich alles über die Kunst der Täuschung gelehrt!«

Ein Lächeln huschte über Sokolovs Gesicht. So wie immer, wenn er sich an seinen Vater erinnerte. Mochten sie doch alle sagen, was sie wollten. Zu Hause in Russland, wo Sokolov als Teenager in den Zeiten des Kalten Krieges aufgewachsen war, nachdem er zuvor zehn Jahre in der DDR verbracht und dabei Deutsch gelernt hatte. Ein Spion sei sein Vater gewesen, ein Verräter, der seine eigenen Freunde und Kollegen hatte über die Klinge springen lassen. Damals, in der Zeit, in der man in der Sowjetunion gut daran getan hatte, sich für die richtige Seite zu entscheiden. Der KGB, so sagten sie, hatte ihn erschießen lassen. Während der Zeit der Entspannung zwischen Ost und West, als die Interessen sich plötzlich gewandelt hatten und die, die zuvor noch nützlich gewesen waren, plötzlich zum Problem zu werden drohten. Doch Fjodor Sokolov waren diese Gerüchte gleichgültig. Er bewertete seinen Vater nicht nach dem, was man ihm nachsagte. Auch wenn es mit großer Wahrscheinlichkeit alles stimmte. Für ihn war Artjom Sokolov der Mann, der ihn gelehrt hatte, was er brauchte, um in der Welt zu überleben. Ganz gleich, wie auch immer diese Welt sich wandeln würde. Und sein Vater war dabei nicht zimperlich gewesen. Nicht in den Tagen, an denen er den jungen Fjodor hatte hungern lassen, um ihn die Kunst der Selbstbeherrschung zu lehren. Nicht in den Nächten, die er ihn draußen im Schuppen den eisigen Temperaturen des russischen Winters ausgesetzt hatte, um ihn abzuhärten. Und nicht während der Kämpfe, in denen er seinen Sohn so lange verprügelt hatte, bis dieser es endlich verstand, sich zur Wehr zu setzen. Bestimmt hatte Artjom Sokolov während der Zeit, bevor der politische Wind sich gedreht hatte, noch so manch einen unliebsamen Zeugen seiner Machenschaften über die Klinge springen lassen. Doch am Ende war es auch für ihn gekommen, wie es kommen musste. Immerhin, der politische Wandel, der seinen Vater das Leben gekostet hatte, sollte seinen Sohn reich machen. Wenn auch nicht in der Spionage. Und das, obwohl Sokolov ein sehr aufmerksamer Spion war. Gerade dann, wenn er Menschen traf wie Marc Donder. Und diese Frau, die ihn begleitete, kein Wort sprach und sich ihm nicht vorgestellt hatte.

»Zaubern Sie uns jetzt ein Kaninchen aus dem Hut, oder kommen wir zum Geschäft?« Marc Donder zog ebenfalls einen Plastikstuhl zu sich heran und nahm Sokolov gegenüber Platz.

Seine Begleiterin blieb ebenso stehen wie Boris, Sokolovs Assistent, der ihm keine Sekunde lang von der Seite wich. Sokolov würdigte die Frau eines kurzen Blickes. Wie unglaublich gut sie sich darauf verstand, gleichzeitig grimmig und aufmerksam zu wirken. Sie wäre bestimmt eine tolle Sportlerin in der UdSSR gewesen. Schlank, trainiert, sogar Muskeln ließen sich durch ihr eng anliegendes Hemd hindurch ausmachen. Aber dennoch keine drogenverseuchte Amazone, eher eine natürliche Sportlerin. Eigentlich zu schade für einen Männerjob, aber die Welt hatte sich eben leider nicht nur dort verändert, wo es Sokolov gefiel.

»Was Sie mir vorschlagen, klingt unmöglich. Und mich interessieren Männer, die das Unmögliche wagen.« Sokolov wandte seinen Blick von der Frau ab und sah zu Donder. Was für ein beliebiger Typ das doch war. Normal groß, durchschnittliche Statur, mit diesem langweiligen Bart, den in Berlin offenbar alle Männer trugen, die älter als siebzehn waren. Gekleidet in einen Anzug, der vermutlich tausend Euro gekostet hatte und trotzdem nicht anders aussah als einer, den man für ein Taschengeld im Internet bestellen konnte. Ein weiteres Herdentier, das sich an den Versuch wagte, zu den großen Jungs aufzusteigen.

»Sie sind also an unserem Angebot interessiert?« Donder verzog keine Miene.

Der große weiße Wal glitt sanft über die ruhige Wasseroberfläche. Es war schon Nachmittag, aber die Temperaturen lagen immer noch über zwanzig Grad. Nicht der heißeste Sommer, den Berlin in den vergangenen Jahren erlebt hatte, doch die Ausflugsziele der Hauptstadt erfreuten sich dennoch großer Beliebtheit. So wie auch der etwas in die Jahre gekommene Dampfer, der in Design und Namen an den Roman *Moby Dick* von Herman Melville angelehnt war. Sokolov wandte seinen Blick von Donder ab und ließ ihn hinaus in Richtung Ufer schweifen. Während sich der Geruch des von der Sonne aufgeheizten Wassers zunehmend stärker mit dem von Bier und Bockwurst vermischte, entfernte sich das sichere Festland immer schneller von ihnen, während der Dampfer sie weiter und weiter auf den Tegeler See hinaustrug.

»Berlin ist in der Hand der Libanesen, und die werden von den Kolumbianern beliefert.« Sokolov senkte seine Sprechlautstärke nicht, obwohl die vier von allerlei Menschen umgeben waren, die auf dem Dampfer hin und her liefen. »Sie haben meinem Assistenten Boris erzählt, dass die Libanesen ihre Ware trotzdem bald nur noch von mir kaufen werden. Da das praktisch unmöglich ist, wollte ich mir gern anhören, wie Sie zu dieser kühnen Behauptung kommen. Also bitte, erzählen Sie mehr.«

Von fern stieg das Grölen der Männer auf, die weiter hinten auf dem Deck des Dampfers versammelt waren, ganz in der Nähe der Schwanzflosse des Wals. Ihrer Kleidung nach gehörten sie einem Kegelverein an. Sokolov bemerkte in Donders Hintergrund, wie eine ältere Dame, die mit einer Freundin einen Cappuccino trank, mit genervtem Gesichtsausdruck zu den Kegelbrüdern hinübersah, bevor sie sich wieder ihrer Gesprächspartnerin zuwandte.

»Wir können es möglich machen, dass Sie den Libanesen wesentlich bessere Preise bieten. Und das für Ware von höherer Qualität!«

»Wie sollte das gehen? Unsere Preise sind am Limit kalkuliert, der Markt unterliegt ganz genauso den Gesetzen von Angebot und Nachfrage wie jeder andere auch. Wir können die Kolumbianer nicht unterbieten.«

Donder zuckte mit den Schultern. »Dank uns werden Sie das können. Und trotzdem viel mehr verdienen als vorher!«

Drei Teenager in kurzen Hosen polterten von unten auf das Deck und setzten sich laut lachend an den Tisch, der nur wenige Meter von Sokolov, Donder und deren Begleitern entfernt stand. Die Mädchen mochten vielleicht fünfzehn oder sechzehn sein, eine von ihnen hatte ein Eis in der Hand, die beiden anderen machten Fotos mit ihren Handys. Sokolov sah mit geringschätzigem Blick zu ihnen hinüber und sprach dann ungerührt weiter.

»Also gut, was können Sie mir anbieten?«

Donder lehnte sich zurück. »Wie Sie wissen, schafft es nur etwa die Hälfte der Ware, die in den Produktionsländern verschifft wird, durch die Kontrollen der deutschen Behörden bis in den Hamburger Hafen und somit zu den Abnehmern. Mit diesem Wert kalkulieren alle Beteiligten, und das hält den Verkaufspreis für den Endverbraucher stabil. Genau an diesem Punkt setzen wir mit unserer Organisation an. Wir verfügen über eine Infrastruktur, die es uns ermöglicht, bis zu siebzig Prozent der Ware durch die Kontrollen zu bringen. Und wir allein können entscheiden, welchem Händler wir diesen Service zuteilwerden lassen. Sie könnten durch uns also viel mehr Ware nach Deutschland bringen als die Kolumbianer, und Sie hätten dann entsprechend mehr zu verkaufen. Damit könnten Sie den Libanesen in Berlin bessere Qualität zu günstigeren Preisen bieten.«

Sokolov führte seinen rechten Zeigefinger vor den Mund und schloss die Augen. Ohne sie wieder zu öffnen, fragte er: »Und was wollen Sie für diesen Service haben?« Auch wenn er Donder jetzt nicht ansah, konnte er an dessen Stimmklang erkennen, dass er lächelte. Vermutlich siegessicher.

»Wir bekommen eine reine Erfolgsprämie. Zwei Prozent für jedes Kilo, das wir im Vergleich zum bisherigen Standard zusätzlich durch die Kontrollen bringen. Von den Libanesen bekommen wir noch mal ein Prozent auf das, was sie durch uns sparen.«

Sokolov öffnete die Augen. Er sah Donder an, als wäre dieser eines der Schulmädchen, die am Nebentisch noch immer lachten und mit ihren Smartphones herumspielten. Und das, obwohl dieser Deutsche mit dem langweiligen Bart alles andere als dumm zu sein schien. Nichts Bedrohliches hatte er an sich, keine sichtbaren Tattoos, Narben oder sonstige Anzeichen dafür, dass er ein raues Leben außerhalb der normalen Gesellschaft geführt hatte. Dieser aalglatte Kerl, der wie der Sohn eines Bankers wirkte. Einer, dem man beinahe vertrauen könnte. Wenn es nicht so wäre, dass Fjodor Sokolov absolut niemandem vertraute. Und schon gar keinem gelackten Fritzy mit einer anscheinend stummen, ernst dreinblickenden Amazone im Schlepp, der ihm gerade ein Angebot unterbreitet hatte, das zu gut klang, um wahr zu sein – und es gerade deswegen eigentlich sein musste. Immerhin, wer würde es schon wagen, Fjodor Sokolov mit einer derart unglaublichen Geschichte reinlegen zu wollen?

»Sie haben also Kontakte zum deutschen Zoll?« Sokolov sprach so ruhig, wie er konnte.

»Wir haben alle Kontakte, die wir brauchen.«

»Aber was werden die Kolumbianer dazu sagen, wenn sie ein paar ihrer besten Kunden an uns verlieren? Oder haben Sie mit denen auch schon verhandelt und wollen nur sehen, wer Ihnen das bessere Angebot macht?«

Donder zuckte nicht einmal mit der Wimper, als er entgegnete: »Wir reden zuerst mit Ihnen. Wenn Sie zuschlagen, dann sind wir im Geschäft. Um die Kolumbianer kümmern wir uns dann.«

Sokolov atmete durch. Die Mädchen am Nebentisch lachten laut auf, woraufhin er einen finsteren Blick zu ihnen hinüberwarf. Als eine der drei es bemerkte, stand sie auf und animierte ihre Freundinnen dazu, ihr nach weiter hinten auf das Deck zu folgen.

»Sie wollen sich um die Kolumbianer kümmern?« Sokolov beugte sich zu Donder vor. »Die sind nicht gerade bekannt dafür, dass man sich einfach so *um sie kümmert.*«

Der Angesprochene wirkte unbeeindruckt. »Ich gehe doch wohl davon aus, dass Sie sich eingehend über uns informiert haben?«

Boris, der bis dahin wie eine Wachsfigur dagestanden hatte, streckte sein Kreuz durch und spannte seinen Körper an. Sokolov bedeutete ihm mit einem Fingerzeig, dass er die Frage beantworten solle.

»Natürlich haben wir das!« Wie auch sein Chef sprach Boris

gutes Deutsch, wenn auch im Gegensatz zu Sokolov mit starkem Akzent. »Sie sind sehr gut getarnt, Ihre Spuren sind schwer zu verfolgen. Es scheint, als ob Sie direkt von der Politik geschützt würden. Zumindest von den richtigen Stellen.«

Donder stieß ein schnaubendes Lachen aus.

»Deswegen operieren wir von Berlin aus. Kennen Sie den Berliner Senat? Die Stadt ist praktisch führungslos! Die Dealer bekommen von der Regierung Zonen zugewiesen, in denen sie ihre Drogen verkaufen können. Die Regierungskoalition betreibt hier eine so massive Klientelpolitik, dass sie schon allein aus ihrem latenten Polizeihass heraus die Exekutive praktisch lahmlegt. Berlin ist politisch ein Witz, und wir haben daraus ein Geschäftsmodell entwickelt! Natürlich reicht unser Arm auch bis nach Hamburg, wo die Ware eintrifft.«

»Also gut.« Sokolov ruckte seinen Mantel zurecht. »Unsere Lieferungen nach Deutschland werden also ab sofort von Ihnen geschützt. Sie arrangieren außerdem, dass wir in Zukunft auch Berlin beliefern, und Sie kümmern sich darum, dass die Kolumbianer Ruhe geben. Dafür bekommen Sie eine Erfolgsprovision.«

»Ganz genau so! Wann und wo trifft die nächste Fuhre ein?« Donder schlug die Beine übereinander.

»Darüber informiere ich Sie, sobald alle Zweifel aus der Welt geschafft sind.« Sokolov verzog sein Gesicht zu einem bitterbösen Grinsen.

»Welche Zweifel dürfen wir denn noch beseitigen?«

Eine sanfte Brise zog vom Wasser zu ihnen herüber.

»Ich habe diesen Dampfer nicht ohne Grund als Treffpunkt ausgewählt.« Sokolov lächelte Donders Assistentin zu, lehnte sich zurück und verschränkte die Hände im Nacken. »*Moby Dick* ist eine Geschichte, die mich schon als kleiner Junge fasziniert hat. Ein dummer, verbohrter Kapitän, der so blind vor

Hass und Zorn ist, dass er sich auf einen ungleichen Kampf mit einem Gegner einlässt, den er gar nicht besiegen kann. Und der dafür sein Leben und das seiner ganzen Mannschaft opfert. Warum ist Ahab nicht mit kühlem Kopf an seinen Plan herangegangen? Dann hätte er erkannt, dass er mit dieser Mission in sein eigenes Verderben läuft. Ich habe viel aus dieser Geschichte gelernt. Und ich plane nicht, in mein eigenes Verderben zu laufen, weil ich blind in irgendeine Mission gehe. Sie werden mir beweisen müssen, dass ich Ihnen die Informationen über meine Lieferungen ruhigen Gewissens anvertrauen kann.«

Sokolov erhob sich von seinem Stuhl, drehte sich um und ließ seinen Blick über das Deck schweifen. Die Kegelbrüder hatten eine weitere Runde Bier bestellt, die Teenager tippten noch immer auf ihren Handys herum, sechs bunt gekleidete Frauen, die offenbar einen Junggesellenabschied feierten, lachten und tanzten, während ein Liebespaar händchenhaltend ganz vorn auf dem Deck saß und über den Kopf des Wals hinweg verträumt in die Ferne blickte.

»Also gut, was stellen Sie sich vor?«, fragte Donder.

Sokolov drehte sich wieder zu ihm herum.

»Lassen Sie mich noch einmal auf meinen Vater zurückkommen. Wie gesagt, er war Zauberkünstler. Er hat mir viele wichtige Dinge beigebracht. Auch darüber, wie man seine Geschäfte machen sollte, wenn man sie lange und erfolgreich machen möchte. Er hat mir nicht nur erklärt, dass man in die Öffentlichkeit gehen sollte, wenn man etwas unbemerkt tun will. Er hat mir auch beigebracht, dass es Dinge gibt, die man besser *ohne* Öffentlichkeit erledigt …«

»Das ist kein Problem. Wann und wo möchten Sie denn Ihren Vertrauensbeweis haben?«

Sokolov zwinkerte Donder zu, als ob er ihm einen Streich gespielt hätte. »Jetzt und hier!«

»Auf diesem Dampfer sind mindestens fünfzig Leute, hier kann man nirgendwo allein sein.«

»Es sind genau dreiundfünfzig! Aber das ist kein Problem, denn mein Vater hat auch mir das Zaubern beigebracht!« Sokolov drehte sich einmal um die eigene Achse und hob mit großer Geste seine Hände. »Passen Sie gut auf!«

Er klatschte. Nur ein Mal, aber klar und kräftig. Und mit einem Mal wurde es still. Die Mädchen legten gleichzeitig ihre Handys auf dem Tisch ab, an dem sie saßen. Die Kegelbrüder stellten ihre Biergläser ab und hörten auf zu singen, die Mädels vom Junggesellenabschied unterbrachen ihr Trinkspiel, der Kellner rührte sich schlagartig nicht mehr, und auch alle anderen Menschen auf dem Dampfer verfielen in eine Art Starre. So, als hätte man sie hypnotisiert.

»Was soll das denn jetzt?« Donder sah Sokolov verunsichert an.

Dieser winkte ab. »Nicht so eilig, es geht ja noch weiter!«

Damit drehte er sich ein weiteres Mal im Kreis, hob erneut die Hände an und klatschte ebenso klar und laut wie zuvor. Jetzt jedoch zwei Mal. Und augenblicklich zogen sich sämtliche Passagiere ihre Schuhe, Hosen und Oberteile aus, unter denen sie allesamt Badebekleidung trugen. Dann traten sie an die Reling des Dampfers, ohne Ausnahme. Die einen backbord, die anderen steuerbord. Je nachdem, wo sie gerade gestanden hatten.

»Jetzt kommt der beste Teil!« Sokolov hob die Hände und klatschte nun drei Mal.

Und dann sprangen sie von Bord. Alle. Die Männer, die Frauen, die Älteren und die Jüngeren. Die Besatzung und die Mitarbeiter. Sie alle sprangen einmütig in den Tegeler See und machten sich zügig daran, zur linken wie zur rechten Seite zu den Ufern zu schwimmen. Nur Sokolov, Boris, Donder und die Frau an dessen Seite waren jetzt noch an Deck.

»Faszinierend!« Donder versuchte offenbar, sich keine Regung anmerken zu lassen. »Sie sind wirklich ein echter Magier. Und wie geht es weiter? Jetzt, wo wir allein sind?«

Sokolov verneigte sich so, wie es sein Vater immer in der Manege getan hatte. Scheinbar demütig, doch in Wahrheit voll Stolz und mit einem Gefühl von Erhabenheit. Dann wandte er Donder den Rücken zu und gab seinem Assistenten einen Wink. Boris öffnete sein Jackett, zog eine Pistole hervor und richtete sie direkt auf den Kopf der Frau, die noch immer regungslos neben Donder stand. Dann sagte er klar und deutlich: »Jetzt werden Sie jemanden töten, der zu viel weiß!«

KAPITEL 2

OLIVIA HOLZMANN

Olivia blickte direkt in den Lauf der Waffe. Ihre Atmung beschleunigte sich leicht, und auch ihr Herz schlug etwas schneller als zuvor. Fast schämte sie sich dafür, doch diese elementaren Körperreaktionen auf eine Bedrohung ihres Lebens ließen sich auch dadurch nicht unterdrücken, dass es wahrhaftig nicht das erste Mal war, dass sie in den Lauf einer Waffe blickte. Unter ihren Kollegen im LKA galt Olivia als furchtlos. Als eine, die handelte und erst danach über die Risiken nachdachte. Die klug, sportlich und effizient war. Aber eben oft auch stürmisch und impulsiv. *Was für ein cleverer Hund er doch ist.* Olivia wandte ihren Blick von der Waffe ab und sah mit hochgezogenen Augenbrauen zu Fjodor Sokolov, der mit auf dem Rücken verschränkten Armen über das Deck des Dampfers schritt, als wäre er ein Heerführer, der soeben die entscheidende Schlacht begonnen hatte.

Sokolov hatte Olivia und Marc Donder erst in letzter Sekunde zur Anlegestelle der *Moby Dick* bestellt. Entgegen jeder Absprache. *Ich lande in Schönefeld, von da fahre ich direkt nach Berlin-Mitte. Seien Sie um Punkt sechzehn Uhr vor dem Starbucks am Bahnhof Hackescher Markt*, hatte er gesagt. Als Olivia und Donder dort eingetroffen waren, hatte Sokolov sich erneut gemeldet. *Gehen Sie zu Fuß zum Fernsehturm. Wenn Sie schnell sind, schaffen Sie es in sechs Minuten.* Dort hatte ein augenscheinlich ahnungsloser Taxifahrer auf die beiden gewartet. Auch wenn man niemals wissen konnte, wer zu Sokolovs Leuten gehörte und wer nur eine austauschbare Spielfigur war. Der Fahrer war nacheinander zu drei verschiedenen Stationen gefahren. Zunächst hatten sie am *Gesundbrunnen-Center* gehalten. Nach kurzem Warten war es weiter nach Wittenau gegangen, wo sie mehrere Minuten lang nahe einem Park hatten warten müssen. Erst dann war der Wagen nach Tegel weitergefahren. Mindestens eine Stunde hatte das Umherfahren gedauert. *Besteigen Sie die* Moby Dick, hatte Sokolov sie telefonisch instruiert. *Es gibt nur noch zwei Plätze, und wir legen in einer Minute ab. Man wird Sie an Bord lassen, außer Ihnen aber niemanden mehr.*

Olivia musste anerkennen, dass Sokolov sein Handwerk verstand. Wie sonst hätte er es auch in einem Geschäft wie dem seinen schaffen können, einer der einflussreichsten Bosse zu werden? In einem Gewerbe, in dem nur ein einziger Fehler der letzte sein konnte, den man jemals begehen würde. In einem Gewerbe, in dem man hinter absolut jedem Menschen einen Verräter vermuten musste, um überleben zu können. In dem Misstrauen Pflicht war, und Versagen nicht selten tödlich. Ja, er hatte das alles wirklich gut durchdacht. Dieser Dampfer war wohl der einzige Ort, an dem Sokolov sicher sein konnte, dass niemand seinen beiden neuen Geschäftspartnern gefolgt war. Denn selbst nach der Irrfahrt durch Berlin wäre es mithilfe von GPS-Systemen noch immer möglich gewesen, dass Donder von verdeckten Ermittlern der Polizei verfolgt wurde. Wie sollten sie dies aber auf einem Dampfer anstellen, der bereits voll besetzt war, bevor Sokolov überhaupt preisgegeben hatte, dass dies der Treffpunkt sein würde? Sicher, mitten auf dem Tegeler See waren auch die Fluchtmöglichkeiten für Sokolov beschränkt, doch Olivia konnte darin keine Schwachstelle in seinem Plan ausmachen. Vor wem hätte er schließlich flüchten sollen? Es war nicht möglich, der *Moby Dick* mit Booten oder gar einem Hubschrauber zu folgen, ohne dass Sokolov es bemerkt hätte. Außerdem hatte Boris sie und Donder vor dem Betreten des Dampfers gründlich abgesucht. Dieser kahl rasierte, bis zu den Ohren tätowierte Mann in seinem blaugrauen Anzug, der offenbar maßgeschneidert und außerordentlich teuer gewesen war. Und der ihn wirken ließ, als hätte das Team eines überambitionierten Modedesigners ihn im Rahmen einer Makeover-Show für die Hochzeit seiner Mutter eingekleidet. Natürlich waren Olivia und Donder unbewaffnet und ohne GPS oder Abhörsysteme zu dem Treffen erschienen. Alles andere hätte an Selbstmord gegrenzt.

»Was soll das?« Donder hob seine Stimme nicht.

Sokolov blieb stehen und drehte sich langsam um.

»Mir ist bewusst, dass Ihre Organisation Verbindungen zur Polizei pflegt. Das ist okay. Ich selbst pflege Verbindungen zur Polizei. Das ist sehr nützlich, es erleichtert die Arbeit und erhöht die Sicherheit. Boris hat Sie sehr genau abgeklopft, und er hat mir letztlich zu Verhandlungen mit Ihnen geraten. Allerdings benötige ich noch eine Absicherung. Man kann ja heute niemandem mehr trauen.«

Noch immer hielt Sokolovs bulliger Assistent seine Waffe ausgestreckt auf Olivias Kopf gerichtet.

»Was für eine Absicherung?«

»Ihre Organisation scheint vertrauenswürdig zu sein. Aber mit dem Vertrauen ist das eben so eine Sache. Hat man es nur ein einziges Mal zu Unrecht, dann bekommt man deswegen sehr schnell sehr große Probleme. Deswegen werden Sie jetzt jeden Zweifel daran ausräumen, dass unser geselliges Treffen auf diesem schönen alten Dampfer eine verdeckte Aktion der Berliner Polizei ist.«

»Warum sollte es das sein?«

»Sie haben diese Frau mitgebracht, und wir kennen sie nicht. Das ist nicht üblich, wir müssen jetzt also sicherstellen, dass Sie nichts Dummes planen. Boris, erzähle Herrn Donder doch bitte, was jetzt passieren wird. Ich genieße inzwischen die Aussicht.«

Damit drehte sich Sokolov um und ging bis ganz nach vorn auf das Deck, wo er sich gegen das Geländer lehnte und seinen Blick von den drei anderen abwandte.

»Können wir absolut sicher sein, dass es in Ihrer Organisation keinen Verräter gibt?« Boris sah zu Donder, senkte seine Waffe aber nicht.

»Natürlich können Sie das. Was denken Sie, mit wem Sie reden?«

»Ich denke nicht, ich weiß! Wir treffen niemanden, den wir vorher nicht genau gecheckt haben.« Boris spannte den Hahn seiner Waffe und richtete den Blick wieder auf Olivia. »Deswegen mussten Sie leider eine längere Rundfahrt durch Ihre eigene Stadt hinter sich bringen, bevor wir Sie an Bord lassen konnten. Der Chauffeur, mit dem Sie durch Berlin gefahren sind, gehört zu uns. Er hat uns Bilder von der Frau zugeschickt, und unsere Sicherheitsleute haben sie überprüft. Das ist Olivia Holzmann, und sie arbeitet für das LKA Berlin!«

Olivia regte sich nicht. Sie hatte seit Beginn der Unterredung kaum eine Veränderung an ihrer Körperhaltung vorgenommen, und auch jetzt spannte sie keinen Muskel an, der nicht bereits angespannt gewesen war, bevor dieser Kerl mit dem groben russischen Akzent seine Waffe auf sie gerichtet hatte.

»Na und?« Donder schien unbesorgt, keine Nervosität war ihm anzumerken. »Sie wissen, dass wir unsere Leistung nur anbieten können, weil wir überall bei Zoll, Politik und Polizei unsere Leute haben.«

»Ja, das kann schon sein. Aber Ihnen muss klar sein, dass wir nichts riskieren können. Frau Holzmann ist von der Mordkommission.« Boris umklammerte den Griff seiner Waffe fester. »Das ist lustig!«

»Warum ist das lustig?« Donder wurde etwas lauter, wenn auch nicht viel.

Boris lachte auf. Laut, schmutzig, Speichel flog dabei aus seinem Mund, fast hätte er sich verschluckt. Dann fasste er sich wieder und sagte klar und deutlich: »Eine Kommissarin der Mordkommission wird jetzt beweisen, dass sie auf unserer Seite steht, indem sie selbst einen Mord begeht. Blanke Ironie!« Boris drehte sich um und rief in Richtung des Unterdecks: »Bringt den Typen rauf, es geht los!«

KAPITEL 3

Keine Sorge, es ist niemand Wichtiges.«

Unmittelbar, nachdem Boris gerufen hatte, war ein Deck tiefer etwas in Gang geraten. Türen waren geöffnet und geschlossen worden, irgendetwas Schweres wurde offenbar unter großer Kraftaufwendung und von mehreren Männern umhergewuchtet. *Etwas? Oder jemand?* Olivia sah ebenso gebannt wie Donder zu der kleinen Treppe, die von unten zu ihnen auf das Deck hinaufführte. Schließlich bemerkte sie die beiden Männer, die in schwarze Overalls gekleidet waren und aussahen, als seien sie übellaunige Holzfäller, die sich aufs Wasser verirrt hatten. Und sie bemerkte auch, was die Männer schleppten.

»Was soll das?« Es war das erste Mal, dass Olivia etwas sagte.

Die beiden bulligen Männer schleiften einen menschlichen Körper auf das Deck, der vollständig in große Müllsäcke aus Plastik eingehüllt war, die sie mit zahlreichen Bahnen Klebeband fixiert hatten. Das Opfer ächzte und reckte sich, doch gegen die beiden Holzfäller kam es nicht an.

»Dieser Mann hat uns heute einen kleinen Gefallen getan.« Boris senkte seine Waffe. »Aber jetzt brauchen wir ihn nicht mehr. Und er weiß zu viel, das ist nicht gut.«

Die beiden groben Kolosse hatten den Gefesselten an die Reling des Dampfers geschleppt und ihn dort ruppig zu Boden gestoßen. Der Mann in dem Sack wand sich, und sein Keuchen war zu hören.

»Was soll der Unsinn? Wir sind Geschäftsleute, keine Barbaren.« Donder war noch immer nicht von seinem Stuhl aufgestanden.

»Das hier *ist* unser Geschäft. Es gibt nur eine Möglichkeit, wie wir Ihnen trauen können. Verstehen Sie uns bitte. Sie kommen hier mit einer Polizistin an und wollen von uns wissen, wann und auf welchen Schiffen wir unsere Ware verschicken. Von mir aus. Aber zuvor müssen Sie beweisen, dass das hier kein getarnter Einsatz ist.« Boris verzog das Gesicht zu einem Grinsen, bevor er sich an Olivia wandte: »Töten Sie den Mann in dem Sack, und Ihre Loyalität zu uns ist über alle Zweifel erhaben.«

»Wer ist das?« Olivia klang so rational, als kaufe sie Eier auf einem Wochenmarkt.

Boris wirkte ratlos.

»Irgendjemand, völlig egal. Ein winziges Rädchen im Getriebe. Wissen Sie, Herr Donder, wären Sie nicht plötzlich mit dieser Frau Holzmann aufgekreuzt, hätten wir diese Prüfung von *Ihnen* verlangt. Aber so ist es noch viel besser! Kein Polizist könnte einen Menschen töten, nur um seine Tarnung aufrechtzuerhalten. Schon gar nicht in Deutschland. Das ist ein sehr, sehr sicherer Test. Also los, Frau Holzmann, stoßen Sie den Mann über Bord!«

Die beiden bulligen Handlanger richteten den am Boden liegenden Kerl in seinen verschnürten Müllsäcken wieder auf. Einer von ihnen schlug ihm zwei Mal kräftig in den Magen, dann lehnten sie ihn gegen das Geländer.

»Wir töten niemanden, den wir nicht kennen.« Donder erhob sich und trat einen Schritt auf Boris zu.

Dieser wandte sich zu Sokolov um, der noch immer keinen einzigen Blick auf das morbide Schauspiel geworfen hatte. Er rief irgendetwas auf Russisch, woraufhin Sokolov, ebenfalls auf Russisch, antwortete, ohne sich dabei umzudrehen. Dann sah Boris wieder Donder an.

»Entweder der Typ in dem Sack geht über Bord – oder Sie beide! Und ich fürchte, ich kann Ihnen keine lange Bedenkzeit einräumen. Zehn!«

Auf ein Nicken des Russen hin zogen die beiden Handlanger ebenfalls Pistolen hervor. Olivia sah über die Reling hinaus zum Ufer.

»Wir sind hier nicht auf dem Atlantik. Überall sind Menschen, und dieser Wal-Dampfer ist nicht gerade unauffällig. Jemand würde es sehen, wenn wir hier jemanden ins Wasser werfen.«

Der Mann in den Müllsäcken keuchte und flehte, es war aber kein Wort zu verstehen, er war offenkundig geknebelt.

»Ihre Zeit läuft ab! Neun, acht, sieben, sechs!« Boris hob seine Waffe wieder, richtete sie dieses Mal aber auf Donder. »Zuerst erledige ich dich, danach die Frau. Fünf!«

»Die Brücke!«, rief Olivia.

»Was für eine Brücke?«

Sie drehte sich in Fahrtrichtung und deutete einige Hundert Meter in die Ferne.

»Wir fahren gleich unter einer Brücke durch. Da haben wir einen guten Sichtschutz. Ich vermute, einer Ihrer Männer steuert diesen Dampfer gerade?«

»Natürlich.«

»Sagen Sie ihm, dass er unter der Brücke zum Stehen kommen soll. Dann stoße ich diesen Typen über Bord, damit wir hier endlich zum Geschäft kommen können.« Noch immer ließ Olivia sich keine emotionale Regung anmerken.

Boris unterbrach seinen Countdown.

»Von mir aus.« Er sagte zu seinen beiden Helfern etwas auf Russisch, woraufhin sich einer von ihnen offenbar zum Bootsführer aufmachte. Bald bemerkte Olivia, dass sich die Fahrt des weißen Wals verlangsamte.

»Der kleine Zaubertrick Ihres Chefs dürfte für einige Aufmerksamkeit am Ufer gesorgt haben.« Donder sprach sehr ruhig, keine Nervosität schwang in seiner Stimme mit. »Es gibt sehr viele Zeugen für unser Treffen.«

»Aber keine für die Anwesenheit dieses Mannes in dem Sack. Frau Holzmann ist doch bei der Mordkommission. Irgendwem wird sie das schon anhängen können. Oder?«

Olivia signalisierte Zustimmung. »Da findet sich schon wer!«

Ein Stück legte der Dampfer noch mit sinkender Geschwindigkeit zurück, bis er schließlich an seinem Ziel zum Stehen gekommen war. Vorn und hinten ragte der Wal noch unter der schmalen Brücke hervor, doch im mittleren Bereich des Decks würden sie von Land aus unbeobachtet sein.

»Also dann!« Boris hob seine Waffe wieder. »Vier, drei!«

Der Mann in den Säcken schien zu spüren, was ihm bevorstand. Sein Flehen und Schreien verstärkten sich, doch gegen die Kräfte der beiden Holzfäller hatte er keine Chance. Sie pressten ihn wieder gegen die Reling.

»Los jetzt! Zwei!«

»Olivia, jetzt mach schon!« Donders Stimme hob sich, während nun auch er in den Lauf einer Waffe sah, die einer der Handlanger auf ihn richtete. »Beseitige endlich diesen Typen, das wird mir hier langsam zu blöd. Wir wollen Geschäfte machen, nicht spielen!«

Olivia sah sich noch einmal um. Sokolov verharrte in seiner Position, ihnen den Rücken zugewandt am anderen Ende des Decks. Boris zielte auf ihren Kopf, einer der Schläger richtete seine Waffe auf Donder. Der zweite Handlanger hielt den Mann in den Müllsäcken an die Reling gedrückt.

»Eins!« Boris schloss sein linkes Auge und zielte direkt auf Olivias Stirn.

»Ist ja schon gut!«

Sie drehte sich zu dem Mann in dem Sack um, trat zügigen Schrittes auf ihn zu, packte den Müllsack an der Stelle, unter der dessen Gesicht war, riss ihn auf und nahm mit ungerührter Miene zur Kenntnis, wer da keuchend und mit Panik im Blick gefesselt vor ihr stand.

»Wer ist das?«, fragte Donder, dessen Sicht von Olivias Rücken verdeckt war.

»Der Fahrer, der uns durch Berlin chauffiert hat.« Sie drehte sich zu Boris um. »Sagen Sie das doch gleich.«

Dann packte sie den Mann am Kragen, wuchtete ihn über die Reling und ließ ihn wie einen Sack voll Müll ins Wasser fallen. Sie sah noch einige Sekunden lang dabei zu, wie der Körper versank, bis schließlich nichts mehr von ihm zu sehen war. Kurz stiegen noch Blasen auf, dann wurde die Wasseroberfläche wieder still. Olivia strich sich die Kleidung glatt und rückte ihren Kragen zurecht. Dann drehte sie sich zu Boris um und fragte so, als gehe es um den Abschluss eines Zeitungsabonnements: »Trauen Sie uns jetzt?«

KAPITEL 4

Aus einigen Metern Entfernung erklang der Applaus einer einzelnen Person.

»Sehr gut, Frau Holzmann, sehr gut!« Fjodor Sokolov hatte sich von seinem Geländer abgewandt und kehrte lässigen Schrittes zu der Gruppe zurück. »Entschuldigen Sie bitte meine Zweifel.«

»Die waren unangebracht.« Olivia sah noch einmal über die Reling. Dahin, wo die Gestalt in den Müllsäcken versunken war. »Also, kommen wir jetzt ins Geschäft?«

»Nicht so schnell.« Sokolov war bei der Gruppe angekommen und blieb neben Boris stehen. »Sie haben uns bewiesen, dass wir Ihnen trauen können. Das bedeutet noch lange nicht, dass ich auch Geschäfte mit Ihnen mache.«

Wie er das offenbar genoss. Dieser großkotzige Macker, geschützt von drei bewaffneten Leuten und vermutlich noch weiteren unter Deck. Seinen großen Auftritt als Gangsterboss, der vermutlich von irgendwelchen alten Gangsterfilmen inspiriert war, die er als Junge gesehen hatte. Als kleiner, geprügelter Fjodor, dessen Vater kein großer Magier, sondern ein großes Arschloch gewesen war. Ein opportunistischer Widerling, über den es selbst in den Archiven des BKA ganze Aktenordner gab. Sogar mit Fotos darin. Wie jämmerlich er darauf aussah, Artjom Sokolov, der *große Magier*. Ein besserer Zirkusclown mit einem Zylinder, aus dem er allem Anschein nach Kaninchen und Tauben hervorgezaubert hatte. So wie einer dieser Typen, die in der Vorweihnachtszeit in Einkaufscentern umherliefen, um für wenig Geld Kinder zu beeindrucken, die in einem Alter waren, in dem sie ohnehin alles glaubten.

»Vergeuden wir hier unsere Zeit?« Olivia öffnete den oberen Knopf ihres Hemdes.

»Das ist egal. Es kommt nämlich nicht mehr darauf an.« Sokolov sah zu Marc Donder.

»Was wollen Sie damit sagen?« Donders Augen weiteten sich, und er trat einen Schritt näher auf Sokolov zu.

»Damit will ich sagen, dass ich kein Interesse daran habe, mit Ihnen überhaupt irgendwelche Geschäfte zu machen.«

»Bitte?« Donder hatte anscheinend Probleme, ruhig zu bleiben.

»Sie haben zu viele Kontakte zu den deutschen Behörden. Ich habe da keine Lust drauf. Ich meine, wo soll das hinführen? Heute erzähle ich Ihnen von meinen Lieferungen, und morgen kommt man Ihnen auf die Schliche, und Sie verraten Ihren Freunden alles, was Sie über mich und meine Geschäfte wissen.«

»Für wen halten Sie sich eigentlich?« Donder klang, als wolle er jeden Augenblick an Sokolovs Kehle springen. »Wir arbeiten verlässlicher und präziser als jeder andere.«

Der Russe verneigte sich so altmodisch und gestelzt, wie er es vermutlich als Kind bei seinem Vater im Zirkus gesehen hatte. »Und doch muss ich Ihnen leider mitteilen, dass ich mich gegen eine Kooperation entschieden habe. Obwohl mich Frau Holzmanns Einsatz sehr beeindruckt hat. Davon könnten Sie sich noch eine Scheibe abschneiden.«

»Lassen Sie uns sofort von diesem Dampfer runter. Wir reden jetzt mit den Kolumbianern.«

Donder trat auf Sokolov zu, als Boris ihn packte und ihn mit spielender Leichtigkeit zu Boden rang. Boris winkte die beiden Handlanger mit den Holzfällerbärten heran und wies sie an,

Donder auf dem Boden zu fixieren. Dann zog er wieder seine Waffe und richtete sie auf Olivia.

»Wenn man die Leiche des Fahrers findet, wird man viele Fragen stellen.« Sokolov klang beinahe besorgt. »Sie werden verstehen, dass ich nicht zulassen kann, dass Sie darauf antworten könnten. Ich danke Ihnen für die Demonstration Ihrer Loyalität, leider kann ich Ihnen diese aber nicht erwidern. Es hätte sowieso nicht funktioniert. Ich kenne die Kolumbianer, mit denen möchte man keinen Krieg. Und seien Sie froh! Die hätten nämlich nicht nur Sie beseitigt, sondern Ihre Familien gleich noch dazu.« Sokolov hob seine rechte Hand und schnipste Boris zu. »Erledige das, solange wir noch unter dieser Brücke stehen. Und danach versenken wir am besten gleich noch diesen Dampfer. Zu viele Spuren.«

»Wissen Sie, Sokolov, Ihr Vater war nicht der Einzige!« Olivia klang noch immer unbeeindruckt.

Der Russe atmete genervt aus. »Was meinen Sie?«

»Er war nicht der einzige große Magier!«

Sokolov fuhr sich mit der Hand durchs Gesicht, warf einen flüchtigen Blick auf seine lächerlich pompöse Armbanduhr und streckte die Hände aus, als rede er mit einem Teenager, der irgendetwas ganz Simples einfach nicht begreifen wollte.

»Frau Holzmann, was soll das? Wollen Sie Zeit gewinnen? Das ist unwürdig, bitte lassen Sie das.« Er wandte sich wieder Boris zu. »Du weißt, was zu tun ist!«

»Abrakadabra!« Olivia hob ihre rechte Hand und deutete mit dem Zeigefinger auf Boris' Pistole.

Die Augen des bulligen Kerls mit den Tattoos auf dem Hals weiteten sich. Donder schnaubte und wand sich noch immer heftig auf dem Boden, die beiden Holzfäller hatten alle Hände voll damit zu tun, ihn festzuhalten.

»Was soll der Mist?« Sokolov sah zwischen Olivia und Boris hin und her.

»Meine Mutter konnte auch zaubern. Sie hat es mir beigebracht.« Olivia bewegte ihren Zeigefinger nach oben, und Boris folgte der Bewegung mit dem Lauf seiner Waffe.

»Was …« Zum ersten Mal schien Sokolov unsicher zu werden.

Olivia senkte ihren Finger, und der Lauf von Boris' Waffe folgte dem. Dann bewegte sie ihren Finger ganz langsam nach links. So lange, bis sie mit ihrem Zeigefinger exakt auf den Kopf von Fjodor Sokolov deutete. Dieser erstarrte für eine Sekunde, bevor er seinen Blick langsam und bedächtig zu Boris wandte. Er war Olivias Finger weiter gefolgt und hielt seine Pistole jetzt direkt auf Sokolovs Stirn gerichtet.

»Was soll der Scheiß?« Fjodor Sokolov sprach zum ersten Mal fast flüsternd.

»Nicht so eilig, es geht ja noch weiter!« Olivia lächelte ihrem Gegenüber zu. »Jetzt kommt der beste Teil!«

Damit drehte sie sich im Kreis, hob die Hände und klatschte drei Mal klar und laut. Und schon fielen Seile von beiden Seiten der Brücke zum Dampfer hinunter, gefolgt von Beamten eines SEK, die sich so schnell auf das Deck hinunterließen, dass Sokolov und seine Handlanger nicht einmal mehr zu ihren Waffen greifen konnten. Schreiend und mit Pistolen im Anschlag rückten die Beamten von beiden Seiten auf die Gruppe zu, brachten die Russen unter Kontrolle, entwaffneten sie und legten ihnen unter lautem Gerassel Handschellen an. Donder sprang vom Boden auf und lief, gefolgt von Olivia, zur Reling. Es dauerte nicht lange, bis kräftige Blasen von unten aus dem See aufstiegen und ein Polizeitaucher an die Oberfläche kam. Er nahm seine Maske ab.

»Ist alles gut gegangen?«

»Ja!« Der Taucher winkte Olivia und Donder zu. »Der Fahrer ist wohlauf, wir haben ihn am Grund des Sees gesichert und ihn sofort mit Sauerstoff versorgt!«

Donder dankte seinem Kollegen und sah zu Olivia.

»Das war gute Arbeit! Wir haben Sokolov an den Eiern. Endlich!«

Olivia nickte nur knapp, bevor sie an Fjodor Sokolov herantrat, der von zwei maskierten Beamten des SEK fest im Griff gehalten wurde.

»Das mit den bezahlten Komparsen-Passagieren war clever. Aufwendig, ein bisschen riskant – aber beeindruckend! Wenn auch nicht so beeindruckend wie Ihr Trick mit den Jungs. Wie haben Sie das gemacht?«

Sokolov sah Olivia an, als verstehe er plötzlich kein Deutsch mehr.

»Welcher Trick? Was für Jungs?«

Olivia kam Sokolov so nah, dass sich beinahe ihre Nasenspitzen berührten. »Stellen Sie sich nicht dumm, das passt nicht zu Ihnen! Wo sind die Kinder, und wie haben Sie das hinbekommen?«

Sokolov schien vollkommen unbeeindruckt, und das, obwohl sich immer mehr SEK-Beamte an Seilen auf den Dampfer hinunterließen und zwischenzeitlich auch seine Leute vom Unterdeck festgenommen hatten. »Liebe Frau Holzmann, von welchen Jungs reden Sie? Und was für einen Zaubertrick habe ich hinbekommen?«

Olivia trat einen Schritt zurück und sah mit durchdringendem Blick an dem Russen auf und ab. »Sie werden reden, das versichere ich Ihnen! Sie haben sieben Jungs einfach so weggezaubert, Simsalabim. Und ich schwöre Ihnen, wenn Sie die nicht gesund und munter wieder erscheinen lassen, dann hilft Ihnen alle Zauberkunst der Welt nicht mehr!«

KAPITEL 5

Ihr Anwalt wird in wenigen Minuten hier sein.« Der Beamte wandte sich von Fjodor Sokolov ab und verließ den Vernehmungsraum so schnell wieder, wie er ihn betreten hatte.

»Möchten Sie nicht auch einen Kaffee?« Sokolov zwinkerte Olivia zu, während er den Inhalt seines Bechers umrührte. »Er schmeckt schrecklich, aber mit ein bisschen Humor kann man ihn zumindest ironisch trinken.«

Olivia erhob sich von ihrem Stuhl. »Wir wissen beide, dass Ihr Anwalt hier gleich alle Register ziehen wird, um uns das Leben schwer zu machen.« Sie stützte sich mit beiden Armen auf die Kante des Tisches, an dem Sokolov saß, als befinde er sich in seinem Wohnzimmer. »Also, solange wir hier nur unverbindlich plaudern: Wie haben Sie diese Sache hinbekommen? Und was bezwecken Sie damit? Sie lassen auf magische Weise Kinder entführen und töten zwei Tage später deren Eltern. Warum? Was ist der Sinn dahinter? Und wo verdammt sind die Jungs?«

Sokolov lächelte milde, hob den Plastikbecher an und trank mit überheblichem Blick von seinem Kaffee. »Sie reden Unsinn!«

»Also gut.« Olivia drehte sich um und klopfte gegen die Tür. »Dann müssen wir das Gespräch wohl in der JVA weiterführen. Bis dahin!«

Ihr wurde geöffnet. Grußlos ging Olivia nach nebenan, wo ihre Kollegen bereits auf sie warteten.

»Was denkst du, haben wir ihn wirklich an den Eiern?« Marc

Donder hatte Sokolov bislang nur durch den einseitigen Spiegel zum Vernehmungsraum hindurch beobachtet und war den bisherigen Gesprächen mit ihm über Lautsprecher gefolgt. »Zu seinen Transportwegen hat er ja leider nichts preisgegeben. Aber er hat vor unseren Augen einen Mord in Auftrag gegeben, und er hat dafür einen Menschen entführen lassen. Das sollte wohl reichen, um ihn einzusacken. Aber das hilft deinen entführten Jungs nicht. Was denkst du, Olivia, wirst du ihn noch dazu bringen, über die Sache zu reden?«

»Er könnte das als Druckmittel gegen uns einsetzen.« Olivia ließ sich erschöpft auf einen Stuhl sinken. »Er hat die Eltern der Jungs ja nicht persönlich ermordet, das hat er irgendeinen seiner Handlanger erledigen lassen. Die Staatsanwaltschaft könnte ihm also bestimmt kleine Zugeständnisse machen, falls er uns die Kinder lebend übergibt.«

Donders Blick verfinsterte sich. »Olivia, das ist hier alles kein Spaß! Wir haben wegen deiner Ermittlung unsere ganze Operation beschleunigt. Wir mussten eine ganze Menge unvorsichtiger Dinge tun, und wenn das jetzt nicht zum Erfolg führt, dann wäre das ein absolutes Desaster!«

Olivia senkte den Blick. Das war alles ganz sicher nicht optimal gelaufen. Doch was hätten sie anderes tun sollen? Donder und seine Kollegen von der Drogenfahndung hatten ihre Angel schon vor Jahren nach Sokolov ausgeworfen. Mit enormem Aufwand, Millionen an Steuergeldern, viel Zeit und Akribie hatte das BKA diese angebliche *Organisation* ins Leben gerufen, die Sokolov plausibel und nachvollziehbar eine Zusammenarbeit vorschlagen sollte, in deren Verlauf dieser sein Netzwerk des organisierten Drogenschmuggels preisgeben würde. Über die sie seinen Schmugglerring von innen heraus sprengen wollten. Die gesamte Operation war darauf ausgerichtet gewesen, langsam und stetig das Vertrauen des Russen zu gewinnen. Doch dann waren plötzlich diese Kinder entführt worden. Zwei davon in Berlin, fünf weitere in München, Erfurt, Premnitz, Affalterbach und Riedrode. Sokolovs Drogenring war die einzige feststellbare Verbindung zwischen den Eltern gewesen, die allesamt zwei Tage nach der Entführung ihrer Söhne auf brutale Weise ermordet worden waren. Jedes der Opfer hatte in irgendeiner Weise Geschäfte mit Sokolovs Leuten gemacht, es konnte einfach kein Zufall gewesen sein. Und so musste dann plötzlich alles schnell gehen: Ein übereiltes Treffen mit Sokolov in Berlin wurde angesetzt, halbherzig begründet mit angeblich günstigen politischen Verhältnissen, die schnell ausgenutzt werden sollten. Und Olivia musste dabei sein, die Frau von der Mordkommission, die mit dieser Drogenoperation so gar nichts zu tun hatte, niemals zuvor aufgetaucht war und nur deswegen lebend auf diesen verfluchten Dampfer hatte kommen können, weil Donder mit Sokolovs Bodyguard Boris seinen wichtigsten V-Mann geopfert hatte. Einzig in der Hoffnung, dass Olivia es schaffen würde, Sokolov wegen Mordes und Entführung dranzubekommen und ihn dadurch in eine Situation zu bringen, in der nur noch das Eingeständnis seiner Drogengeschäfte ihm helfen konnte.

»Und dieser Boris weiß wirklich nichts über die Kinder?«

Donder schüttelte den Kopf. »Nein, gar nichts. Ich habe ihn schon gefragt, er hat von der Sache nichts gehört. Wir haben ihn jetzt erst mal im Safehouse untergebracht. Nach dem Prozess kommt er ins Zeugenschutzprogramm, danach sehen wir ihn dann nie wieder.«

Olivia ballte die Hände zu Fäusten. »Ich muss diesen Sokolov irgendwie zum Reden bringen!« Sie schloss die Augen und fuhr sich mit den Händen durchs Gesicht. »Ich gehe da jetzt noch mal rein!«

Olivia öffnete die Tür zum Nebenraum, trat ein und setzte

sich Sokolov direkt gegenüber an den Tisch. Nur eine Holzplatte trennte die beiden noch voneinander.

»Ihr Assistent Boris hat bei seiner Vernehmung ausgesagt, dass Sie sehr wohl …«

In diesem Moment ging die Tür erneut auf. Jemand trat festen Schrittes in den Raum, und bereits am Duft seines Aftershaves konnte Olivia erkennen, wer es war.

»Herr Dr. Schliek, wie angenehm!« Sie drehte sich zu Sokolovs Rechtsanwalt um. »Immer eine Freude, Sie zu sehen!«

»Ich komme gerade vom Staatsanwalt.« Der drahtige Mann mit den grauen Augen, der wie immer einen eleganten Anzug trug, reichte Sokolov die Hand, zog einen Stuhl zu sich heran und nahm Platz. »Herr Sokolov wird keine Angaben machen. Schon gar nicht in dieser Sache mit den entführten Jungen. Ich sehe auch Nachrichten, und mir ist bekannt, dass Sie in dieser Angelegenheit vor der Öffentlichkeit mit dem Rücken zur Wand stehen. Deswegen sollten Sie aber nicht damit anfangen, wahllos Menschen zu beschuldigen. Was bringt Sie überhaupt auf den Einfall, dass mein Mandant damit auch nur irgendetwas zu tun haben könnte?«

Olivia hatte mit dieser Frage gerechnet. Es gab zwar einen sehr starken Verdacht, jedoch keinen einzigen objektiven Beweis dafür, dass Sokolov in die Angelegenheit verstrickt war. *Und das weiß sein Anwalt auch sehr genau.*

»Die getöteten Eltern der Kinder waren allesamt, nun ja, nicht gerade besonders ehrenwerte Mitglieder der Gesellschaft.« Olivia ließ sich von Schlieks strengem Blick nicht beeindrucken, zumindest nicht so, dass er es bemerkt hätte. »Die Eltern von vier der Kinder haben für Sokolovs Organisation mit Drogen gehandelt, ein Vater war jahrelang Zellengenosse von einem von Sokolovs Männern, und die beiden anderen hatten enge Kontakte zu Geschäften, die Herr Sokolov nach unseren Erkenntnissen für Geldwäsche nutzt. Ihr Mandant ist das einzige Bindeglied zwischen den Opfern, und die äußerst kreative Vorgehensweise des Täters entspricht Herrn Sokolovs Neigung dazu, sich als *großer Magier* zu inszenieren.«

Dr. Marco Schliek verzog keine Miene. Er war immerhin einer der besten Strafverteidiger Berlins. Keine Emotionen, kein Streiten, kein Drohen. Nichts von dem ganzen Kasperltheater dieser langweiligen Durchschnittsanwälte, die zwar billiger waren, ihre Mandanten dafür jedoch vor Gericht teurer zu stehen kamen.

Er verschafft sich einen Überblick, wertet aus, entwickelt eine Strategie und beruhigt die Lage für seinen Mandanten. Ein echter Profi.

»Frau Kommissarin Holzmann, ich habe mir gerade einen flüchtigen Eindruck von der Akte in dieser Entführungsangelegenheit gemacht. Wenn ich es richtig verstanden habe, beweist die an den Tatorten sichergestellte DNA, dass es sich bei Ihrem Gesuchten eben explizit *nicht* um Herrn Sokolov handelt. Sollten Sie der Presse also unter Nennung meines Mandanten zuspielen, dass Sie einen *Ermittlungserfolg* vorzuweisen hätten, werde ich Ihnen die Hölle heißmachen.«

Olivia verschränkte die Arme vor der Brust. »Wir gehen davon aus, dass Ihr Mandant einen Auftragsmörder eingesetzt hat.«

Schliek lächelte, wenn auch nicht freundlich. »Und ich gehe davon aus, dass Elvis noch lebt! Fakt ist: Es gibt nicht einen einzigen Beweis dafür, dass Herr Sokolov auch nur irgendetwas mit Ihrem Fall zu tun hat. Alles, was Sie vorweisen, ist die unbewiesene Behauptung, mein Mandant betreibe Geschäfte, mit denen Ihre Mordopfer zu tun hatten. Frau Holzmann, darf ich Sie etwas Persönliches fragen?«

»Nur zu!«

»Sind Sie mit dem Papst bekannt?«

»Nein.«

»Kennen Sie denn vielleicht einen praktizierenden Katholiken?«

»Ja, natürlich.«

Schliek blieb gelassen, seine Stimme klang weich und angenehm. Alles an ihm strahlte Ruhe und Sicherheit aus, doch leider stand er ihrer Ermittlung im Weg. Und ganz offenkundig wusste er ebenso gut wie sie, dass sie nicht besonders viel gegen Sokolov in der Hand hatte.

»Also gut, Frau Kommissarin Holzmann. Dieser Katholik, den Sie persönlich kennen, ist vermutlich seinerseits mit einem Pastor bekannt. Dieser Pastor kennt wiederum einen Bischof. Dieser Bischof kennt mit Gewissheit einen Kardinal. Und dieser Kardinal ist persönlich mit dem Papst bekannt. Sie sehen also, dass Sie – wenn man es so will – über gerade einmal fünf Schritte persönlich mit dem Papst bekannt sind.« Schliek deutete auf seinen Mandanten. »Herr Sokolov kennt niemanden dieser getöteten Menschen persönlich. Dass Sie von Ihren Opfern ausgehend über verschiedene Schritte zu Herrn Sokolov gelangt sein wollen, ist vollkommen ohne jede Bedeutung. Mit derselben Energie hätten Sie auch Seine Heiligkeit, den Papst, wegen dieser schrecklichen Angelegenheit als Verdächtigen ermitteln können.«

Dr. Schliek erhob sich, ohne eine Antwort einzufordern, während Sokolov dasaß, als warte er gerade darauf, den dritten Gang eines Sternemenüs serviert zu bekommen. Der Russe atmete so ruhig, als schliefe er, während der Duft seines Rasierwassers, das vermutlich ein Vermögen gekostet hatte, wie eine sanfte Meeresbrise zu Olivia hinüberzog.

»Und dann ist da noch was!« Schliek sah Olivia an, als wäre sie eine Schülerin, die ihm seine Zeit stahl. »Ihren Ermittlungen zufolge hat der Täter, den Sie suchen, diese sieben Kinder in sechs verschiedenen Städten entführt. Und das unter Umständen, die absolut unmöglich sind. Ihre eigenen Ermittlungsergebnisse verschaffen dem Unbekannten, den Sie suchen, für jede seiner angeblichen Taten gleich mehrere Alibis. Welcher Staatsanwalt sollte in dieser Sache irgendjemanden anklagen, ohne sich dabei zu einem kompletten Idioten zu machen?« Schliek reichte Olivia die Hand. »Das sollte für heute reichen. Lassen Sie meinen Mandanten jetzt bitte bis zum Haftprüfungstermin in seine Zelle bringen. Herr Sokolov wird bis auf Weiteres keine Angaben machen. Und Sie, liebe Frau Holzmann, sollten sich sehr genau überlegen, was Sie meinem Mandanten vorwerfen. Denn, um ganz ehrlich zu sein, wenn Sie bei Ihrer Version von diesen Entführungen bleiben, könnte möglicherweise jemand auf den Einfall kommen, dass Sie geisteskrank sind. Guten Tag!«

KAPITEL 6

»Was für eine Scheiße!«

Olivia war unachtsam mit dem Fuß gegen eine der Kisten gestoßen, unmittelbar nachdem sie hastig in den Flur ihres Hauses gestürmt war. Sie riss sich die Jacke vom Körper, warf sie in die Ecke und ließ ihre Hausschlüssel scheppernd auf den Schuhschrank neben der Eingangstür fallen. Warum standen hier bloß immer noch diese dämlichen Umzugskartons herum? Warum hatte sie die sperrigen Dinger nicht schon längst ausgeräumt? *Ist das wirklich so schwer? An der neuen Adresse angemeldet habe ich mich bisher auch noch nicht, nicht mal meinen Namen habe ich ans Tor geschrieben. Streng genommen wohne ich hier überhaupt noch nicht!* Es war mittlerweile schon sechs Wochen her, dass Olivia ihr neues Domizil in Berlin-Friedenau bezogen hatte. Von ihrer Wohnung hatte sie sich auf ein Haus verbessert. Es war zwar nicht besonders groß, dafür aber gut gelegen, wenn auch um einiges teurer als ihr früheres Zuhause. Immerhin, mit ihrer Beförderung zur Kriminalhauptkommissarin im vergangenen Jahr war es nicht sonderlich schwer gewesen, den Zuschlag für das gemütliche Häuschen in der ruhigen, bürgerlichen Ecke Berlins zu bekommen. Und das, obwohl sich etliche Bewerber darum bemüht hatten. *Aber eine Polizistin ist natürlich ein verlässlicher Mieter, mit dem man keinen Ärger befürchten muss. Im Gegenteil, die Wohnlage wird sogar noch sicherer. Wenigstens hat mir dieser Job auch mal einen Vorteil eingebracht …* Okay, es war vielleicht nicht nur Olivias Beruf gewesen, der ihr zum Mietvertrag verholfen hatte. Dieser ätzende Makler hatte schon auch ziemlich vielsagende Blicke auf sie geworfen, vor allem dann, wenn er geglaubt hatte, Olivia bekomme es nicht mit. Als wäre sie die einzige Frau Mitte dreißig, die sich mit Sport fit hielt und auf ihr Äußeres achtete. Aber wenn Olivias Beruf und Aussehen ihr dabei halfen, eine begehrte und zudem noch halbwegs bezahlbare Immobilie in guter Lage zu bekommen, dann sollte der Makler sich doch vor dem Einschlafen vorstellen, was er wollte. Wenigstens dachte er dann mal an etwas anderes als daran, hohe Provisionen für überflüssige Leistungen zu kassieren.

»Bist du da, Muffi?«

Natürlich war er da. Das Licht war eingeschaltet, Musik klang aus den Boxen im Wohnzimmer, und es duftete nach gebratenem Fleisch und Gewürzen. Gut, dass sie ihrem neuen Freund Marvin den Zweitschlüssel zu ihrem Haus gegeben hatte. Normalerweise hätte Olivia so etwas nicht getan, aber in diesem Fall war das in Ordnung. Er war so verlässlich, vertrauenswürdig und vor allem umwerfend attraktiv, dass Olivia alle ihre berufsbedingten Vorbehalte kurzerhand über Bord geworfen hatte. Der Zweitschlüssel ermöglichte es ihm außerdem, Olivia immer mal wieder mit einem Abendessen zu überraschen, wenn sie von der Arbeit nach Hause kam. Vielleicht würde Muffi, wie sie ihn liebevoll nannte, irgendwann ganz bei ihr einziehen. Aber noch nicht jetzt, das wäre wohl zu früh. Immerhin kannten sie einander erst seit wenigen Wochen, und der Sturm des ersten Verliebtseins dauerte ja leider selten lange an. Erst wenn er abgeflaut war, konnte Olivia wirklich wissen, ob Marvin der Richtige war. *Wenn es den überhaupt gibt.*

»Ich hatte einen richtigen Scheißtag!« Sie ließ sich schwer atmend auf den Stuhl sinken, der ihr eigentlich beim Anziehen der Schuhe helfen sollte, meist aber als Ablagefläche für Müllbeutel diente, die noch mit zu den Tonnen vor dem Haus genommen werden mussten. Da vernahm sie auch schon das Geräusch von Schritten, die sich von der Küche her auf sie zubewegten.

»Puh, das klingt aber nicht nach einem erfolgreichen Arbeitstag!« Marvin verzog mitleidsvoll das Gesicht.

Olivia lächelte, zum ersten Mal seit Stunden. Da war sie wieder, diese seidige Stimme, die nicht zu hoch und nicht zu tief war. Bestimmt und mit klarer Betonung, so warm und klangvoll, dass jedes seiner Worte beinahe wie ein Liebeslied klang.

»Dieser Penner tut so, als ob er keine Ahnung hätte! Dabei haben wir ihn wegen Entführung und Mord an den Eiern, er hätte wirklich allen Grund zu kooperieren. Stattdessen haut mir sein Anwalt die Akte meines Falles um die Ohren und lässt mich wie einen Idioten dastehen, der wirres Zeug redet, das er beim Mittagsschlaf geträumt hat. Und das auch noch zu Recht. Dieser Fall ist komplett absurd und unmöglich!« Olivia senkte den Kopf, atmete tief aus, erhob sich von ihrem Stuhl und trat an Marvin heran, der jetzt im Flur neben den Kisten voll Bettdecken und Handtüchern stand.

»Du darfst mir immer noch keine Details erzählen, oder?« Er breitete seine Arme aus.

Olivia nahm die Einladung an und ließ sich von Muffi an seinen warmen, trainierten Körper heranziehen. »Nein, darf ich nicht.« Wie wunderbar sicher es sich anfühlte, von ihm umschlungen zu werden und mit dem Luftzug der Berührung seinen Sehnsüchte weckenden Duft aufzuwirbeln. »Aber du bekommst ja in den Nachrichten genug mit. Was für ein verschissener Fall, warum muss gerade ich den bekommen?«

»Weil du der beste Ermittler in deiner Abteilung bist, warum denn sonst?« Muffi drückte Olivia einen sanften Kuss in den Nacken.

Sie schwieg einen Augenblick lang, bevor sie sagte: »Dieser Fall ist total mysteriös, und ich bin mittlerweile selbst nicht mehr sicher, ob der Typ, den wir hochgenommen haben, da wirklich was mit zu tun hat. Nicht mehr, seit ich weiß, dass ich den Papst kenne. Zumindest irgendwie.«

Olivia sah an ihrem Muffi hoch, während sie dabei die Hände um seine Hüfte legte. Und da war es wieder, dieses Lächeln. Genau so hatte er sie angestrahlt, als er sie ein paar Wochen zuvor in dieser Cocktailbar am Ku'damm gefragt hatte, ob sie sich von ihm auf einen Gin Tonic einladen lassen würde. Und dabei hatte er genau so gelächelt, wie er es jetzt tat. Ganz dezent, mit kleinen Grübchen auf den Wangen. Schon seltsam, dachte Olivia, wie er sie mit seinen blauen Augen und dem weichen Klang seiner Stimme erwischt hatte, als wäre sie wieder vierzehn.

»Aber ich hoffe doch, der Papst kommt heute nicht zum Abendessen vorbei.« Marvin deutete auf die Küchentür. »Ich habe nur für zwei gekocht.«

Endlich lachte Olivia. Wie er das wieder geschafft hatte! Die Welt allein mit seiner Gegenwart aufzuhellen und ihr zu zeigen, dass es kein Problem gab, das so schlimm sein konnte, dass man deswegen das Lachen verlernen würde. Sie führte ihre Nase ganz nah an Marvins Nacken, genoss noch einmal seinen Duft und löste sich schließlich wieder aus der Umarmung. »Nicht mal der Papst könnte mir noch helfen! Der, den ich suche, hat nämlich nicht nur die Jungs entführt, die kein Suchtrupp finden kann. Er hat auch etwas hinbekommen, das physikalisch überhaupt nicht möglich ist. Und es findet sich bislang auch absolut kein Motiv für seine Taten. Stattdessen sind diese sieben Jungs weiterhin verschwunden, und pausenlos stehen Journalisten und aufgebrachte Bürger vor dem LKA und fordern, dass wir die Kinder endlich finden. Gut, dass meine neue Adresse noch nicht bekannt ist, dann stehen die wenigstens nicht auch noch vor meinem Privathaus rum. Muffi, diese Jungs hoffen auf Rettung, und außer mir und meinem Team kann denen keiner mehr helfen. Ich bin komplett ratlos und weiß nicht mehr weiter! Während ich hier sitze und esse, sind die Jungs irgendwo in ihrem Versteck und hoffen verzweifelt, dass sie jemand findet. Das ist die Hölle, ich kann gar nicht mehr richtig schlafen deswegen!« Und schon war ihr Lachen wieder verschwunden.

Marvin trat einen Schritt von Olivia weg, deutete ihr an, dass sie ihm folgen solle, und ging vor ihr her in die Küche. Er öffnete den Kühlschrank und nahm eine Schale heraus, in der sich eine zähflüssige, gelbe Masse befand. Mit dem Zeigefinger ging er in die Schale und führte ihn an Olivias Mund. Sie schleckte den Finger ab.

»Selbst gemachtes Vanilleeis!« Marvin strahlte Olivia an. »Das kommt nach dem Hauptgang in die Eismaschine. Ich sage dir, es gibt nichts Besseres als ein Eis, das ganz frisch aus der Maschine kommt.«

Olivia rang sich ein Lächeln ab. »Du bist süß! Aber nicht mal das beste Eis der Welt bringt mich auf eine Idee, wie dieser Mörder das alles hinbekommen haben kann. Oder warum.«

»Aber ihr ermittelt doch sicher mit den besten Experten des Landes. Willst du mir wirklich sagen, dass keiner von denen eine Idee hatte, wie der Kerl dieses ominöse *Wunder* hinbekommen haben könnte? Was hat er denn überhaupt gemacht?«

»Das darf ich nicht sagen, auch dir nicht. Aber wir haben wegen dieser Sache sogar schon professionelle Zauberkünstler als Sachverständige befragt. Alle Theorien von denen kollidieren immer wieder mit den Fakten. Das, was dieser Mann geschafft hat, ist einfach nicht möglich!«

Marvin griff Olivia zärtlich ans Kinn, hob ihren Kopf leicht an und strich ihr über die Wange. »Und was ist mit deinem früheren Kollegen, von dem du erzählt hast? Der soll doch so ein Genie sein.«

Olivia wand sich aus Marvins Griff. »Vergiss ihn. Er ist seit vier Jahren nicht mehr beim LKA, er hat sich komplett zurückgezogen. Er will nichts mehr mit Mord und Verbrechen zu tun haben, und ich kann ihn gut verstehen.«

»Aber wenn dieser Fall so rätselhaft ist, wie du andeutest, dann könnte er doch genau der Richtige dafür sein. Wenn er nur halb so ein Genie ist, wie du erzählst, dann kann er doch diese Jungs nicht einfach im Stich lassen, nur weil er an Weltschmerz leidet. Hast du ihn wenigstens mal gefragt?«

Olivia lehnte sich gegen die Arbeitsplatte, auf der allerlei Reste von zerkleinertem Gemüse und filetiertem Fleisch lagen. »Er würde mir nicht helfen. Abgesehen davon, dass ich auch keine Lust habe, wie ein kleines Mädchen bei ihm anzukommen und ihn um Hilfe zu bitten. Ich bin doch nicht blöd. Warum komme ich denn nicht selbst darauf, wie der Entführer das gemacht hat?«

»Jetzt sei mal nicht so eitel.« Marvin lächelte noch immer unbeirrt. »Glaubst du wirklich, ich sehe hier einfach dabei zu, wie dich dieser Fall fertigmacht? Wie die Medien und der Lynchmob da draußen dich verantwortlich dafür machen, dass diese Jungs nicht gefunden werden? Wie du dir vielleicht deren Leben auf dein Gewissen lädst, nur weil du deinen ehemaligen Superhirn-Kollegen nicht mal um Rat fragen wolltest? Was hast du denn zu verlieren?«

Olivia schwieg. Was sollte sie auch sagen? Muffi hatte ja recht, mit jedem Wort. Er hatte eigentlich immer recht, gerade das liebte sie ja so an ihm. Dass er erst nachdachte, bevor er sprach. Dass er abwägte, sich in alle Beteiligten hineinversetzte und Schlüsse daraus zog, die vernünftig und maßvoll waren.

»Also gut, verlieren kann ich ja nichts.« Sie drückte Marvin einen Kuss auf die Lippen. »Ich fahre morgen zu ihm. Ich bettele um Hilfe bei dem einzigen Mann, der vielleicht wirklich noch helfen könnte. Und der mir hundert Mal klar und deutlich gesagt hat, dass er niemals wieder mit irgendwelchen Verbrechen konfrontiert werden will. Was für ein Himmelfahrtskommando!«

KAPITEL 7

BOESHERZ

Ein Obdachloser wurde entführt, und eine Milliardärin soll Lösegeld für ihn bezahlen. Obwohl sie ihn gar nicht kennt und absolut nichts mit ihm zu tun hat.«

Severin Boesherz vernahm das leise Knarren, das die Lehne seines Sessels aus dem neunzehnten Jahrhundert verursachte, wann immer er sich in ihm zurücklehnte. Vor einigen Jahren hatte er ihn mit grünem Stoff neu beziehen lassen, doch mittlerweile ließ sich das antike Möbelstück damit nicht mehr so recht in das Farbkonzept seiner Wohnung integrieren. Denn alles, was man ansonsten in Boesherz' Maisonette am Schlachtensee in Berlin-Zehlendorf sehen konnte, war entweder aus hellbraunem Holz, weiß, schwarz oder grau. Überall in der Wohnung fanden sich zudem Akzente in Gold, dekorative Hocker, Lampenschirme, Zierteller oder Kerzenständer. Einzig dieser Sessel aus dem Erbe seines Großvaters passte in seinem Grün nicht recht zu allem anderen. Was einer der Gründe dafür war, dass Severin das antike Möbel so schätzte.

»Wie bist du ins Spiel gekommen?« Ferdinand saß Boesherz gegenüber auf der grauen Stoffcouch mit den farblich passenden Kissen darauf. Er hatte sich vorgebeugt und mit den Ellenbogen auf seinen Oberschenkeln abgestützt, während er den Worten seines Vaters aufmerksam folgte.

»Die Frau ist Medienunternehmerin, sehr einflussreich und grenzenlos vermögend. Sie kann aber gerade nicht noch mehr Presse brauchen, sie steckt nämlich in einem pikanten Skandal.

Ihr wird vorgeworfen, Politiker bestochen zu haben, was sehr unangenehm für ihren Medienkonzern und vor allem für sie selbst wäre. Es gibt aber keine bekannten Beweise dafür, deswegen hofft sie, dass einfach Gras über die Vorwürfe wächst. Und dann kommt diese Erpressung! Die Sache soll unbedingt unter dem Deckel bleiben, der Bürgermeister und der Innensenator sind Freunde von ihr. Sie hat die beiden darum gebeten, die Angelegenheit schnell, effizient und diskret zu behandeln. Ich wurde *privat* eingeladen, quasi als Berater.«

»Du sollst also inoffiziell ermitteln und den Fall schnell und diskret lösen, bevor irgendjemand etwas davon mitbekommt. Keine Akten, kein offizieller Dienstweg, kein weiterer Skandal.«

Boesherz nickte.

»Die Entführer bringen die Frau in eine außergewöhnliche Lage. Sie zeigen ihr einen Livestream des Opfers in dessen Versteck. Sie sieht, wie der Mann in seinem Verlies kauert und verzweifelt versucht, seine Situation zu verstehen. Hinzu kommt, dass es tiefster Winter ist, eisige Temperaturen und Schneesturm in Berlin. Das Opfer könnte erfrieren, wenn die Frau nicht schnell reagiert.« Er deutete mit dem Zeigefinger auf Ferdinand. »Was denkst du, womit die Entführer die Milliardärin erpressen? So viel sage ich dir: Mit den Bestechungsvorwürfen haben diese Leute nichts zu tun!«

»Also gut, dann lass mich überlegen. Es gibt eine Entführung, die offenbar gewissenhaft vorbereitet wurde. Sonst gäbe es keinen Livestream aus dem Versteck des Opfers.« Der schlanke Junge fuhr sich mit der Hand durch seine blonde Mähne. »Wie ist die Übertragungsqualität der Bilder?«

Boesherz lächelte anerkennend. »HD-Qualität, alles ist sehr gut zu erkennen!«

»Welche Statur hat das Opfer? Wie alt ist es?«

»Groß, kräftig, etwa vierzig.«

»Okay. Wenn die Frau diesen Obdachlosen nicht kennt und nichts mit ihm zu tun hat, und wenn dieser Bestechungsskandal nicht mit dem Motiv der Täter zusammenhängt, dann müssen die Entführer einen wirklich außergewöhnlichen Plan verfolgen. Wie viel Lösegeld wollen sie haben?«

»Hunderttausend!«

Ferdinand schloss die Augen. Sein Vater konnte sehen, wie sie sich unter den Lidern hin- und herbewegten. *Jetzt rechnet er die Optionen durch. Die wahrscheinlichste davon wird er mir gleich anbieten.*

»Es ist ein Psychospiel.« Er öffnete die Augen wieder. »Sie sagen der Frau: Dieser Obdachlose wird sterben, wenn du zu geizig bist, um ihn mit einem Betrag zu erlösen, der für dich nur ein Taschengeld ist.«

»Das wäre ziemlich kreativ von denen. Aber was ist das Problem an dieser Theorie?« Boesherz regte sich nicht, seine Aufmerksamkeit war allein bei seinem Sohn.

»Es ist viel zu riskant! Die Täter haben mit Entführung und Erpressung bereits jetzt zwei Verbrechen begangen, und sie drohen zusätzlich auch noch mit Mord. Sie riskieren sehr hohe Haftstrafen, für hunderttausend Euro macht man das nicht. Schon gar nicht, wenn man die dann auch noch teilen muss. Es sind ja vermutlich sogar mehr als zwei Täter. Das Opfer ist groß und im besten Alter. Obdachlose sind aufgrund ihres harten Lebens üblicherweise sehr kräftig, die entführt man nicht allein, und nur ein Helfer reicht auch nicht. Schließlich muss einer der Entführer den Fluchtwagen fahren. Und das ist das Problem! Selbst wenn es unwahrscheinlicherweise trotzdem nur zwei Täter sind und diese Frau wirklich zahlen würde – was für die Täter ja eher nicht zu erwarten ist –, hätte jeder der beiden gerade mal fünfzigtausend Euro. Allein die

HD-Kamera und die Möglichkeit der nicht zurückverfolgbaren Übertragung kosten ja schon einige Tausend. Das lohnt sich nicht!«

»Und doch tun sie es!« Boesherz erhob sich von seinem Sessel. »Für heute reicht es, du darfst ein bisschen über diesen Fall nachdenken.« Er griff die Karaffe mit dem Rotwein, der darin seit einer Stunde auf dem Esstisch atmete. »Beim nächsten Mal erwarte ich deine beste Theorie dazu, warum diese Entführer so ein großes Risiko für so wenig Geld eingehen. Dann bekommst du weitere Informationen. Möchtest du Quercus?«

Boesherz streckte seinem Sohn die Karaffe entgegen.

»Mittags schon Rotwein?« Ferdinand stützte demonstrativ die Hände in seine Hüften.

»Tageszeiten haben für mich an Bedeutung verloren. In dieser Wohnung ist es immer so spät, wie ich es mir wünsche.« Boesherz schwenkte die Karaffe aus dem Handgelenk heraus und roch an dem Wein. »Es ist Sonntagmittag, und du trägst Anzughose und Hemd. Deine Haare sind frisch gewaschen, aber nicht frisiert. Du kommst von einem Date mit einer Frau, die mit dir ihren Mann betrogen hat. Dass ihr die Nacht miteinander verbringt, war nicht geplant, es hat sich ergeben.«

Ferdinand grinste über das ganze Gesicht. »Weil man mit seinem Aufriss nur dann in der eigenen Stadt ins Hotel geht, wenn man zu Hause einen Ehepartner hat. Und weil ich Haarstylingprodukte zur Verfügung gehabt hätte, wenn wir bei ihr geschlafen hätten oder wenn ich vorher gewusst hätte, dass es über Nacht geht. Okay, aber warum war es eine Frau?«

Boesherz musste nicht nachdenken. »Weil du dich seriös und erwachsen gekleidet hast. Ein Mann, der einen jungen Kerl ausführt, würde diesen Look zu spießig finden. Du scheinst das Leben in Berlin ja wirklich in vollen Zügen zu genießen.« Er stellte die Karaffe auf dem Couchtisch ab.

»Sei einfach jung und blond, dann kannst du in dieser Stadt haben, was und wen du willst!«

Boesherz verzog seine Mundwinkel zu so etwas Ähnlichem wie einem Lächeln. Wie erwachsen er geworden war, dieser einst kleine Junge, den er bei fremden Menschen hatte aufwachsen lassen müssen, um ihn vor seiner geisteskranken Mutter zu beschützen. Sein Sohn, den er eigentlich *Tristan* genannt hatte, dessen neuen Namen er aber fraglos akzeptierte. Wie absurd es gewesen war, als Boesherz ihn hatte adoptieren müssen. Seinen eigenen Sohn. Aber so war nun einmal die Rechtslage. Ferdinand war bei liebevollen Adoptiveltern im beschaulichen Bad Lauterberg im Harz aufgewachsen, und nach wie vor pflegte er eine enge Verbindung zu seiner *anderen Familie.* Diesen wesentlichen Teil von Ferdinands Identität hätte Severin niemals infrage gestellt. Ferdinand war mittlerweile ohnehin nach Berlin gezogen, wo er sein Studium der Psychologie aufgenommen hatte. Nach seinem achtzehnten Geburtstag hatte Boesherz ihn dann im Zuge einer Erwachsenenadoption wieder als seinen Sohn annehmen können. Die rechtliche Elternbindung zu seiner Adoptivfamilie blieb davon unberührt, bis auf die Tatsache, dass Ferdinand fortan den Nachnamen *Boesherz* trug.

»Was hast du denn aus deinem neuesten Date gelernt?« Severin ging zum Schrank neben dem Fernseher und entnahm ihm zwei Rotweingläser.

»Ich muss die Eindrücke noch zuordnen. Mit der Chemie ist es so eine Sache. Sie lügt nicht, aber sie tarnt ihre Geheimnisse manchmal ziemlich gut. Es gibt keine bessere Möglichkeit, etwas über Menschen zu erfahren, als Sex mit ihnen zu haben. Sie handeln dann nicht mehr sozial kontrolliert. Sie sind einfach nur völlig enthemmt und schütten Pheromone aus wie verrückt. Sie sagen Dinge, die sie sonst nie sagen würden, zeigen Wünsche und tief sitzende Sehnsüchte, die sie sich sonst nicht eingestehen würden. Alles, was uns an Menschen sonst blendet, ist deaktiviert. Beim Sex sehen wir das, was sonst hinter Mauern verborgen bleibt. Der Bankberater, der sich danach sehnt, von mir ausgepeitscht zu werden, die Lehrerin, die mich *Daddy* nennt, die schrille Dragqueen, die einfach nur im Arm gehalten werden will. Oder gestern diese Politikerin, die wollte, dass ich beim Orgasmus ein kommunistisches Kampflied singe. Sehr, sehr interessant.«

»Und du speicherst es ab? Alles?« Boesherz schenkte seinem Sohn und sich einen guten Schluck seines Lieblingsrotweins ein.

»Es speichert sich von selbst ab. Was ich einmal verstanden habe, brennt sich in mein Gedächtnis ein. Es ist immer da, alles. Und die Dates werden immer mehr, gerade an den Wochenenden ist Hochbetrieb. Es waren aber noch lange nicht alle Arten von Menschen dabei. Es geht ja nicht nur um Alter, Geschlecht oder soziale Stellung. Auch um kulturelle Hintergründe, Bildungsgrad, Selbstwahrnehmung. Das ist ein Fass ohne Boden!«

Severin war beeindruckt. Sicher, die Fähigkeit zu absolut logischer Deduktion war auch bei seinem Sohn vorhanden. Darüber hinaus hatte Ferdinand aber vor einiger Zeit damit begonnen, sich der Welt der menschlichen Gerüche zuzuwenden. Er hatte sich vorgenommen, anhand olfaktorischer Wahrnehmungen bei sexuellen Erfahrungen eine Katalogisierung von Personentypen zu erstellen. Mit dem Ziel, bereits anhand der Ausdünstung eines Menschen Rückschlüsse darauf ziehen zu können, wer er war, was er wollte und was er zu verbergen versuchte.

»Was riechst du denn im Quercus?« Boesherz reichte seinem Sohn ein Glas.

Ferdinand griff danach und roch daran. »Blaue Gummibären, die auf einem Trampolin springen.«

»Deine Bilder sind unscharf und grotesk.« Severin deutete auf die Fensterfront zu seinem Balkon, die vollständig mit Rollläden abgedichtet war. »Wenn du in der Welt da draußen verstanden werden willst, dann musst du dich klarer ausdrücken. Und du musst dich daran gewöhnen, andauernd Dinge zu erklären, die für dich selbstverständlich sind. Andere sehen nicht, was wir sehen. Und sie riechen in einem Quercus auch keine blauen Gummibärchen auf Trampolinen, sondern Eichenholz, Kirsche und Tabak.«

Es klingelte an der Tür.

»Seit wann bekommst du denn unangekündigt Besuch?« Ferdinand sah seinen Vater verwundert an.

Boesherz warf ihm einen prüfenden Blick zu. »Los, sag mir, wer da gerade bei mir klingelt.«

Ferdinand legte seine Stirn in Falten und schloss die Augen. »Okay, jemand will zu dir, hat sich aber nicht angekündigt. Es ist Sonntag, also keine Post und keine Paketdienste. Zeugen Jehovas klingeln nicht so aufdringlich lang, und ein Nachbar, der Zucker braucht, würde nicht von draußen an der Haustür klingeln, sondern direkt an deiner Wohnungstür. Du wohnst ziemlich weit draußen im Grünen. Wer einfach so zu dir kommt, ohne sich vorher zu versichern, dass du auch zu Hause bist, der weiß, dass du immer zu Hause bist. Das wissen nur wenige Menschen, und nur einer davon klingelt so selbstbewusst und kräftig.«

Boesherz stellte zufrieden seinen Quercus auf dem Couchtisch ab, ging durch den Flur zur Gegensprechanlage seiner Haustürklingel und griff den Hörer. Ohne jegliche Umschweife sagte er: »Hallo, Olivia! Wie schön, dass du mal wieder vorbeikommst.«

KAPITEL 8

OLIVIA

Es geht um das Leben von sieben Kindern, alle nicht viel jünger als dein Sohn. Und um die Morde an den Eltern dieser Kinder. Insgesamt zwölf Väter und Mütter sind tot. Die Sache ist sehr mysteriös, extrem mysteriös sogar!«

»Ich weiß. Aus welchem anderen Grund hättest du sonst zu mir kommen sollen?« Boesherz verzog keine Miene. »Aber würde ich jedes Mal meine Entscheidungen rückgängig machen, wenn es *wirklich wichtig* ist, dann müsste ich gar keine Entscheidungen mehr treffen. Oder wäre es weniger wichtig, wenn das Leben alter Menschen bedroht wäre und vielleicht *nur* drei oder vier von ihnen tot wären? Es tut mir leid, aber meine Entscheidung ist unumstößlich: Ich stehe nicht mehr zur Verfügung.«

Das Licht war so stark gedämpft, dass es Olivia fast vorkam, als verdunkele es den Raum mehr, als dass es ihn erhellte. Dieses Wohnzimmer, in dem sich noch niemals etwas verändert hatte. Wirklich nichts. Die Möbel standen exakt da, wo sie immer standen. Die wenigen Bilder mit den stimmungsvollen goldenen Mustern, die zu den gekonnt platzierten Deko-Elementen passten, die kleine Schale auf der Fensterbank, in der niemals etwas lag, die Etagere mit den Pralinen darauf, die niemals jemand aß, oder die goldenen Zierteller, die jederzeit exakt aufeinander ausgerichtet auf dem Esstisch standen, an dem offenbar nur selten jemand Platz nahm. *Es ist alles perfekt ordentlich und sauber, wie immer. Nur dass er – anders als früher – die Rollläden herunterge-*

lassen hat. In der gesamten Wohnung sind die Fenster abgedeckt. Warum macht er das?

»Du kannst dir sicher vorstellen, dass es mir nicht leichtfällt, dich um Hilfe zu bitten. Genau genommen war es sogar das Letzte, was ich tun wollte. Aber das zeigt eben auch, an welchem Punkt ich angekommen bin.«

Severin schwenkte den Quercus und trank genussvoll einen Schluck davon. »Ich bin mir der Macht meiner Gabe bewusst, und ich habe sie gern in den Dienst des Guten gestellt. Und das, obwohl ich jederzeit die Seiten hätte wechseln können. Wer, wenn nicht du, könnte besser wissen, wie viel mächtiger ein Genie ist, das sich dem Bösen zuwendet. Weniger Ehre, mehr Geld …«

»Du hast doch sowieso mehr Geld, als du je ausgeben kannst. Welchen Grund solltest du haben, dir das Karma damit zu versauen, dass du dich *der dunklen Seite der Macht* anschließt? Du hast mit deinen Fähigkeiten viele Menschen gerettet!«

»Nicht immer.« Boesherz sah den Wein in seinem Glas mit einem Blick an, als wäre dieser das Meer, auf dessen Grund er sich etwas wahrhaft Bedeutsames erhoffte, von dem er gleichwohl fürchtete, es niemals finden zu können.

Es war nicht einfach für ihn gewesen. Olivia war sich darüber im Klaren, und sie hatte Severins Wunsch, in Ruhe gelassen zu werden, bisher respektiert. Nicht nur, dass er seine einzige große Liebe Jahre zuvor in einem brennenden Wagen hatte im Rhein versinken sehen. Dass er es hatte aushalten müssen, dass man ihre Leiche niemals gefunden hatte. Auch beruflich war ihm das Glück nicht zugeneigt gewesen. Natürlich, mit seiner einzigartigen Gabe hatte es kaum einen Fall gegeben, dessen Aufklärung ihm nennenswerte Probleme bereitet hätte. Doch dass seine Fähigkeiten auch eine Kehrseite mit sich brachten, hatte Severin einige Jahre zuvor schmerzlich erfahren.

»Dieser Mann hätte nicht tun müssen, was er getan hat. Es war seine Entscheidung, dich trifft keine Schuld daran.« Olivia senkte ihre Lautstärke und sah zu der Treppe, die nach unten ins Souterrain führte.

Geräusche eines Videospiels waren deutlich von unten zu vernehmen. Ferdinand hatte sich an den Rechner zurückgezogen, damit Olivia und sein Vater unter vier Augen reden konnten.

»Natürlich war es meine Schuld. Es hätte völlig gereicht, diesem Mann zu beweisen, dass er den Mörder seiner Tochter getötet hat. Ich hätte ihm nicht auch noch sagen müssen, dass das Mädchen gar nicht seine Tochter war. Nur, weil ich etwas sehe, das normale Menschen nicht sehen, muss ich es ihnen nicht gleich mitteilen. Es gibt sicher Gründe dafür, dass die meisten Menschen blind für das Offensichtliche sind. Schwäche kann uns auch schützen. Wäre ich einfach still geblieben, hätte der Mann nicht auch noch seinen besten Freund, seine Frau und sich selbst getötet.«

Olivia schwieg. Was für schwere Zeiten es gewesen waren, die Wochen und Monate danach! Ihn jeden Tag zu sehen, beherrscht, schweigsam und stets akkurat gekleidet. Immer in einem seiner edlen Anzüge, inklusive der Weste mit der silbernen Taschenuhr darin und den italienischen Lederschuhen. Brillant wie zuvor, doch mit diesem ganz besonderen Blick in seinen Augen, der Olivia verraten hatte, dass die Zeit für ihn gekommen war. Die Zeit, das *Weiter so!* zu beenden. Seinem Alltag, bestehend aus Mord, Gewalt und Hass, den Rücken zuzuwenden. Nicht länger mit ansehen zu müssen, was Menschen einander antaten, bevor sie gleich darauf erkannten, wie sinnlos ihre Taten und wie banal ihre Motive gewesen waren. Immer wieder erleben zu müssen, dass praktisch jeder Mörder verstand, wie unnötig seine Tat gewesen war. Hinterher. Immer erst hinterher! Tag für Tag, Monat für Monat, Jahr für Jahr. *Ich weiß genau, wa-*

rum er sich zurückgezogen hat. Aber ich brauche ihn. Nur noch dieses eine Mal.

»Interessiert dich das Rätsel gar nicht? Der Zaubertrick, mit dem mein Täter mich wie einen Idioten dastehen lässt?«

»Du stehst nicht wie ein Idiot da. Das hast du nie. In vielen Dingen warst du immer besser als ich. Während ich noch kombiniert habe, bist du schon losgelaufen und hast dir die Typen einfach geschnappt. Und du wirst auch diesen Fall lösen, ohne mich. Die einzigen Fälle, die heute noch von Wert für mich sind, sind diejenigen, die längst hinter mir liegen. Damit andere aus ihnen lernen können. Ich erzähle Ferdinand oft von meinen alten Fällen. Ich lasse ihn daran teilhaben, so, wie ich sie erlebt habe. Er wird immer besser darin, die Lösung zu finden. Gerade beschäftige ich ihn mit der Milliardärin und dem Obdachlosen.«

Olivia erinnerte sich. »Das war diese Nummer, die ihr damals unter der Hand erledigt habt, oder? Das war wirklich abgefahren, ich wäre da nie draufgekommen. Was hältst du davon, wenn ich nicht dich, sondern Ferdinand zu meinem Fall befrage? Ein Boesherz ist ein Boesherz.«

Severin hob die Hand, als wolle er etwas abwehren. »Das ist keine gute Idee. Er sucht gerade nach seinem Weg, und ich hoffe, dass er einen guten findet. Aber dieser Weg wird nicht über das LKA führen. Die Fälle, die ich ihm präsentiere, sind schon seit langer Zeit gelöst. Sie können ihm nichts mehr tun. Sie können ihm nur dabei helfen, sein Denken zu trainieren.« Boesherz erhob sich, trat an Olivia heran und reichte ihr die Hand. »Bitte lass uns jetzt allein. Es tut mir leid, dass ich dich abweise, aber du wusstest es vorher. Ich befasse mich nicht mehr mit den Rätseln, die sich irgendwelche Geisteskranken ausgedacht haben.«

Olivia wollte schon zu einer Erwiderung ansetzen, als sie Severins Blick bemerkte. Nichts Böses lag darin, kein Zorn oder

Unmut. Es war vielmehr eine kaum zu ertragende Mischung aus Angst, Sehnsucht und Leere. Eine Gänsehaut überkam Olivia, und fast meinte sie, Severins Blick habe einen Teil seiner Trauer und Mutlosigkeit auf sie übertragen. Wenn auch nur für die Dauer einer Sekunde. Olivia stand auf und sah sich noch einmal im Wohnzimmer um. *Er hat sich hier selbst eingesperrt. Wie ein Raubtier in seinem Käfig. Wenn ich jetzt gehe, dann wird er früher oder später hier verrecken. In seinem edlen Anzug, hinter abgedichteten Fenstern, voll mit Wein und mit einer Oper, die aus seiner Musikanlage spielt. Klug, reich und einsam. Wenn ich jetzt gehe, dann hat nicht nur er aufgegeben, sondern auch ich.* Olivia sah Boesherz tief in die Augen.

»Ein Mann hat sieben Kinder in sechs Städten entführt. Zeugenaussagen, Phantombilder und DNA-Spuren sind eindeutig, es war wirklich jedes Mal derselbe Täter! Und dennoch kann er es nicht getan haben, denn für jede seiner Entführungen hat er ein absolut wasserdichtes Alibi: seine anderen Entführungen! Der, den ich suche, hat alle diese Kinder – kreuz und quer durch das Land – innerhalb von drei Minuten entführt! Er war an sieben Orten gleichzeitig, und alle Beweise belegen das. Also, was ist jetzt? Soll ich immer noch gehen?«

KAPITEL 9

Olivia öffnete ihre Tasche und zog einen dicken Ordner voller Ausdrucke von Unterlagen hervor. Natürlich gab es bei diesem Fall, in den auch die Kollegen aus sechs weiteren Bundesländern involviert waren, ganze Festplatten voll von Informationen. Doch Olivia hatte den Besuch bei Severin am Morgen gewissenhaft vorbereitet und sich bei ihrer Auswahl an Unterlagen auf die wesentlichen Elemente ihrer Ermittlung beschränkt.

»Immer wieder hat die Kraft meines Geistes bewirkt, dass sich genauso starke Kräfte des Bösen überhaupt erst herausgefordert gefühlt haben.« Boesherz hatte sich die Akte gegriffen, sie aber noch nicht aufgeschlagen. »Menschen haben schreckliche Dinge getan, nur, weil sie herausfinden wollten, ob ich sie fassen kann. Ich habe das Unheil, das ich verfolgen musste, letztlich immer wieder selbst überhaupt erst heraufbeschworen. Glaub mir, es ist besser, wenn ich diese Akte hier nicht lese.«

Olivia spürte, wie sich etwas in ihr anspannte. Sieben Jungs hofften auf Rettung, und die Uhr tickte. »Severin, wem hilfst du damit, dass du dich hier hinter deinen Rollläden versteckst und dich der Welt entziehst?«

Boesherz blieb gelassen. »Ich bin nach wie vor in der Welt, sogar mehr und besser als zuvor. Nur eben nicht im physischen Sinn.« Er tippte sich mit dem rechten Zeigefinger gegen die Schläfe. »Die Welt ist in meinem Kopf, und wenn ich die Augen schließe, dann kann ich jeden Ort besuchen, den ich kenne. Mein Sinnesgedächtnis gewährt mir sogar Zugriff auf Gerüche,

Wetterempfindungen und Umgebungsgeräusche. Ich verbringe oft ganze Tage an anderen Orten, sogar durch die Zeit kann ich reisen, und es fühlt sich für mich so an, als wäre alles real. Das, was ich physisch benötige, lasse ich mir liefern, und abgesehen von Ferdinand bekomme ich so gut wie nie Besuch.«

Olivia sah Boesherz missmutig an. »Soll ich das jetzt auch machen? Soll ich in meiner Vorstellung zu diesen sieben Jungs in ihr Versteck reisen, um ihnen mitzuteilen, dass der Einzige, der sie vielleicht retten könnte, lieber in Selbstmitleid badet?«

»Du verstehst es nicht.« Boesherz schloss die Augen und roch erneut an seinem Wein.

»Ich verstehe dich sogar sehr gut! Es macht dich fertig, immer alles zu erkennen, immer alles zu verstehen. In Menschen hineinsehen zu können, als wären sie aus Glas. Die ewige Masse an Erkenntnissen, die wie eine Lawine auf dich niederprasselt. Die Schlussfolgerungen, die Berechnungen, das Auffüllen der Lücken durch die jeweils wahrscheinlichste Vermutung. Dich zu fühlen, als würdest du zu einer anderen Spezies gehören, jeden Menschen, selbst den klügsten, als dumm und blind zu erleben. Deswegen veränderst du nichts an deiner Wohnung, deswegen ist alles immer sauber, und deswegen sind die Rollläden unten. Alles, was du hier in deiner Wohnung sehen kannst, ist dir bekannt, es gibt daraus keine neuen Schlüsse mehr zu ziehen. Deine Wohnung schweigt und lässt dich in Ruhe mit deinen Erinnerungen. Während das, was da draußen ist, dich von allen Seiten lauthals anbrüllt und dir alle seine Geheimnisse verrät. Auch wenn du sie gar nicht kennen willst.«

Severin atmete tief durch. »Ich will doch auch nicht, dass diese Jungs sterben. Aber was, wenn meine Einmischung den Täter dazu provoziert, noch viel schlimmere Dinge zu tun?«

Olivia hatte sich wirklich vorgenommen, Severin mit Samthandschuhen anzufassen. Schließlich hatte sie absolut kein

Druckmittel gegen ihn, abgesehen von hilflosen Verweisen auf Moral und Anstand. Und beides, das wusste sie nur zu gut, war stets das letzte Argument, das Menschen bemühten, wenn sie in der Sache unterlegen waren. *Aber was bleibt mir anderes übrig?*

»Ich lasse nicht zu, dass dein Selbstmitleid und deine Sehnsucht nach innerer Stille sieben Jungs töten! Was dieser Kerl getan hat, ist einfach nicht möglich, und ich komme nicht darauf, wie er das angestellt hat!« Es platzte jetzt regelrecht aus Olivia heraus.

Boesherz ließ sich von den Emotionen seiner früheren Kollegin nicht anstecken. »Allem Anschein nach ist deinem Täter das Unmögliche gelungen.« Sein Blick ruhte noch einige Sekunden lang auf Olivia, bevor er schließlich die Akte betrachtete, die vor ihm auf dem Couchtisch lag. »Und jetzt stehst du unter Druck, weil man dir die Leitung der Ermittlung anvertraut hat, oder?«

Olivia senkte den Blick. »Natürlich, aber es gibt noch ein anderes Problem. Marc Donder von der Drogenfahndung versucht seit Jahren, einen international agierenden Drogenring zu sprengen. Ich musste wegen meines Falles seine jahrelang sorgfältig aufgebaute Ermittlung gegen Fjodor Sokolov zu einem überhasteten Ende bringen. Der beste V-Mann, den die Kollegen je hatten, ist dadurch enttarnt worden. Der persönliche Assistent von Sokolov, so einen Mann bekommen die Kollegen nie wieder auf ihre Seite. Jetzt, wo Sokolov in Untersuchungshaft sitzt, könnte es sein, dass er einen seiner Leute anweist, die sieben Jungs als gefährliche Zeugen zu beseitigen. Falls sie überhaupt noch leben. Severin, ich werde hier nicht weggehen, bevor du mir irgendetwas Brauchbares zu dieser Sache gesagt hast!«

Boesherz schwieg für einige Sekunden. Dann stellte er sein Rotweinglas ab und griff nach dem Ordner. »Also gut, ich sehe mir die Akte an. Sollte ich etwas darin erkennen, das dir helfen kann, werde ich es dir mitteilen. Nicht mehr und nicht weniger.«

Olivia atmete erleichtert aus. »Ich weiß nicht, wie ich dir danken soll!«

Sie nahm auf der grauen Couch Platz, offenbar genau an der Stelle, an der Severin gern saß, wenn er eine seiner geliebten Opern hörte. Die Sitzfläche war an dieser Stelle zumindest deutlich stärker abgenutzt als der Rest der Couch. Sie sah zu ihrem früheren Kollegen hinüber und bemerkte, wie dieser nun die Seiten der Akte betrachtete. Seine Augen bewegten sich dabei nicht von links nach rechts oder von oben nach unten. Severin warf jeweils einfach nur einen Blick auf jedes der Blätter, schien es im Ganzen zu erfassen, so als mache er mit seinen Augen ein Foto davon, und blätterte nach weniger als drei Sekunden weiter. Es dauerte nur wenige Minuten, bis er die etwas mehr als hundert Seiten in Augenschein genommen hatte.

»Da hat sich jemand wirklich etwas einfallen lassen.« Boesherz griff nach seinem Quercus, roch kurz daran, trank aber nicht. »Die Familien wurden zu Hause überfallen, der Täter hat die Eltern gefesselt und ihre Söhne verschleppt. Er hat alle Eltern ausdrücklich auf die Uhrzeit hingewiesen, trug keine Maske und hat DNA und Fingerabdrücke hinterlassen. Eindeutig derselbe Mann, in jedem der Fälle. Und eindeutig jedes Mal zum selben Zeitpunkt. Die Eltern sind zur Polizei gegangen und haben ausgesagt. Das ist ungewöhnlich. Die Eltern entführter Kinder scheuen oft den Gang zur Polizei, sie haben Angst. In diesem Fall sind ungewöhnlicherweise *alle* Eltern zur Polizei gegangen. Es liegt also nahe, dass der Täter sie damit beauftragt hat. So konnten in allen Fällen die Spuren genommen und die Zeugenaussagen abgeglichen werden. Dein Täter wollte, dass man ihn beschreiben kann, er wollte, dass man seine DNA und Fingerabdrücke findet. Er wollte, dass die Eltern die exakte Uhrzeit der

Entführung kennen. Und er wollte, dass die Eltern zur Polizei gehen, damit dokumentiert wird, dass er etwas getan hat, das nicht möglich ist.«

»Du meinst, sein vorrangiges Ziel ist es, uns seine Macht zu beweisen?«

»Das wäre ja durchaus etwas, mit dem er angeben könnte. Ein Verbrecher, der die Gesetze der Physik außer Kraft setzen kann – was für ein Gegner! Nachdem die Eltern ihre Aufgabe erfüllt haben, ist er zu den Orten seiner Entführungen zurückgekehrt und hat sie in ihren Wohnungen ermordet. Und das nicht gerade auf eine zurückhaltende Weise. Keine dieser Familien war vermögend, es ging nicht um Geld. Die Eltern und ihre Söhne waren für ihn nur Mittel zum Zweck. Die Eltern mussten beseitigt werden, sie hatten ihre Aufgabe erfüllt und waren nur noch lästige Zeugen. Aber was ist mit den Jungs? Was ist deren Rolle in seinem Spiel? Und vor allem: Was tut er mit ihnen, wenn *sie* ihre Aufgabe erfüllt haben?«

Olivia spürte, wie es in ihr zu beben begann. Wie oft hatte sie schon schweigend danebengestanden, wenn Severin seine Schlüsse und Erkenntnisse präsentiert hatte. Am Anfang noch staunend, bewundernd. Später dann auch immer mit einer Note von Besorgnis. Jetzt, nachdem sie im Laufe der Jahre selbst zu einem der erfolgreichsten Ermittler im LKA aufgestiegen war, betrachtete sie ihren früheren Kollegen eher mit professionellem Interesse und Achtung.

»Was hat es deiner Meinung nach mit den Zetteln auf sich, die er bei den Leichen hinterlassen hat?«

Dieses Detail hatte Olivia bislang zurückgehalten. Die Presse stand wegen der vermissten Jungs kopf, in den ersten Tagen hatte sie immer wieder Pressekonferenzen geben müssen. Doch sie hatte bei ihren Aufrufen an die Bevölkerung stets ein Detail der Taten zurückgehalten. Dieses eine Teil in ihrem Puzzle, das zum entscheidenden Hinweis werden konnte. Boesherz führte die rechte Hand an sein Kinn und schloss die Augen. Olivia vermutete, dass er nun im Geiste die Stelle der Akte aufschlug, an der das möglicherweise bedeutendste Detail dieser Mordserie abgebildet war.

»*Wie lange wollt ihr noch im Dunkeln tappen?*« Severin öffnete die Augen wieder. »Diese Botschaft hat der Täter bei allen Leichen der Eltern hinterlegt. Natürlich mit seinen Fingerabdrücken darauf. Das ist etwas melodramatisch, überhaupt, der ganze Fall ist sehr akribisch durchdacht. Warum denkst du, dass Fjodor Sokolov etwas damit zu tun hat? Er ist ja, wenn ich es richtig in Erinnerung habe, eher für das Grobe zuständig.«

Olivia wippte mit dem Kopf. »Seine Geschäfte bilden die einzige Gemeinsamkeit zwischen den Opfern. Und Sokolov liebt solche Inszenierungen seiner Macht und Intelligenz.«

»Aber wenn er so etwas Brillantes arrangiert hätte, dann würde er doch damit angeben wollen.«

»Klar. Er wusste zu der Zeit aber noch nicht, dass die Drogenfahndung ihn bereits an der Angel hatte und er kurz vor seiner Festnahme stand. Diese Aktion der Kollegen könnte seinen Plan durcheinandergebracht haben.«

Severin wirkte nicht überzeugt. »Hast du dich mal gefragt, warum der Täter seinen Zaubertrick von den Entführungen später bei den Morden nicht wiederholt hat? Die Kinder hat er anscheinend alle gleichzeitig entführt. Aber die Morde an den Eltern hat er nicht im selben Augenblick begangen. Das wäre doch aber für Sokolov leicht zu arrangieren gewesen, sein kriminelles Netzwerk ist groß. Er konnte mehrere Killer gleichzeitig losschicken, die nach den Morden vorbereitete Zettel mit den gewünschten Fingerabdrücken darauf zurückgelassen hätten. Die Magie wäre perfekt gewesen! Die Rechtsmediziner hätten die identischen Todeszeitpunkte festgestellt, und die Eltern hätten nicht mehr aussagen können, wie der Täter aussah.«

Olivia glaubte zu verstehen, was Boesherz ihr damit sagen wollte. Auch wenn diese Erkenntnis ihr Problem nicht eben kleiner werden ließ. *Ganz im Gegenteil!*

»Wenn du recht hast, dann arbeitet der Mann, den ich suche, allein. Dann steht keine Organisation wie die von Sokolov hinter ihm. Nein, das ist nicht möglich. Auch wenn es so aussieht, er *kann* das nicht allein getan haben!«

Boesherz legte den Kopf schräg. »Na ja, Fjodor Sokolov ist sehr mächtig, und er liebt es, mit den Behörden Spielchen zu spielen. Ich kann also nicht mit Sicherheit ausschließen, dass er da doch irgendwie drinhängt. Aber aus der Akte tritt er für mich nicht als Verdächtiger hervor.« Severin erhob sich und trat in den Flur seiner Wohnung. Ansatzlos griff er die Jacke seines Gastes vom Haken und breitete sie so aus, dass Olivia nur noch hineinschlüpfen musste. Sie erhob sich ebenfalls und folgte ihm in den Flur.

»*Wie lange wollt ihr noch im Dunkeln tappen?* Was meint er damit?«

»Es war doch direkt vor deinen Augen!« Boesherz lächelte fast schon väterlich. »Du hast dich einfach nur zu sehr auf diese mögliche Verbindung zu Sokolov fokussiert. Wenn man schon weiß, was man sucht, dann wird man auch nichts anderes finden. Du weißt doch genau, was er mit dieser Botschaft sagen will. *Wie lange wollt ihr noch im Dunkeln tappen?* Dieser Satz spielt auf etwas an, das bereits geschehen ist. Vor diesen magischen Entführungen und den brutalen Morden. Deinem Täter sind die Kinder egal, und auch die Eltern interessieren ihn nicht. Es geht ihm um Aufmerksamkeit. Und um die zu bekommen, hat er sich etwas zugegebenermaßen ziemlich Geniales einfallen lassen. Aber er will dir nicht entkommen – er will von dir gefunden werden! Er provoziert dich, weil er etwas will, das er nur bekommen kann, wenn du ihn findest.«

Olivia überlegte. »Der Täter will, dass wir etwas aufklären, das wir bisher nicht haben aufklären können. Ein Verbrechen, unter dem er noch immer leidet, vielleicht an ihm oder einem geliebten Menschen.«

Boesherz wiegte leicht den Kopf. »Gut möglich. Aber wenn dein Täter das Opfer einer unaufgeklärten Tat wäre, wo würde er in diesem Fall eine solche kriminelle Energie herbekommen?«

»Vielleicht hatte er die ja schon immer?«

»Das wäre zwar möglich, müsste aber ein ziemlich großer Zufall sein. Echte Psychopathen sind selten. Ich denke eher an die Eitelkeit eines Verbrechers, dessen Genie bis heute nicht ausreichend gewürdigt wurde. Und der mit steigendem Alter beginnt, darunter zu leiden. Meinst du, wir könnten es hier mit dem Täter von damals zu tun haben? Dem niemand bisher die Anerkennung für seine grandiose Tat gezollt hat, die er sich wünscht? Ich glaube, er hat schon mal ein Verbrechen begangen, aber er wurde danach nicht gefasst. Aus irgendeinem Grund wollte er aber gefasst werden. Ich denke, er will uns mit diesem Paukenschlag dazu zwingen, dass wir die Suche nach ihm wieder aufnehmen. Dass wir endlich damit aufhören, *im Dunkeln zu tappen.*« Boesherz legte eine Hand auf Olivias Schulter und zwinkerte ihr zu. »Geh ins Archiv und suche nach unaufgeklärten Morden an Eltern, deren Söhne zuvor entführt worden sind. Es gibt nur einen Ort, an dem du dieses Rätsel lösen kannst: die Vergangenheit!«

KAPITEL 10

Eigentlich will ich nicht darüber reden. Ich wollte nie wieder darüber reden.«

Esther Wardy drehte den Gartenschlauch ab und legte ihn bedächtig auf den penibel gepflegten Rasen ihres kleinen Vorgartens. Die Sonne hatte jetzt, am frühen Vormittag, noch nicht ihre volle Strahlkraft erreicht, und die Luft wehte mit einer noch angenehm kühlen Brise über die Vorstadt. *Wenn ich pensioniert bin, möchte ich auch so ein kleines Häuschen in Pankow haben. Schön ruhig im Grünen, ab vom Trubel, aber trotzdem noch in Berlin*, dachte Olivia. Wie pittoresk hier alles war. Nicht nur der akribisch gepflegte Rasen, auch die Blumenrabatten, die das Grundstück zur Straße begrenzten, ohne dabei abweisend zu wirken. Die fröhlich arrangierten Gartenzwerge, die überall auf der Fläche verteilt standen, das handbemalte Vogelhäuschen in dem alten Apfelbaum und der kleine Springbrunnen, der mit gemächlicher Ruhe sein leises Plätschern verrichtete. Olivia hätte glauben können, Esther Wardy habe ein Leben voller Liebe und Harmonie geführt. In einem seelenvollen Beruf, der sie erfüllt und glücklich gemacht hatte. Umgeben von freundlichen Menschen, harmonisch und friedvoll. Allerdings nur, wenn sie es nicht besser gewusst hätte.

»Ich habe gestern bis in die Nacht im Archiv gesessen und nach alten Fällen gesucht, die Parallelen zu meinem aufweisen. Die Gemeinsamkeiten zu der Sache, in der Sie damals zur Heldin geworden sind, sind so groß, dass es kein Zufall sein kann.

Nur dass der Täter von damals keinen unmöglichen Zauber aufgeführt hat.«

Wardy schnalzte mit der Zunge. »Immerhin ist uns dieser Kerl entkommen, erscheint Ihnen das nicht unmöglich und magisch genug?«

»Er war wie ein Phantom, es gab keine Hinweise auf ihn oder das Versteck der Kinder. Die beiden wären damals gestorben, wenn Sie sie nicht gefunden hätten. Deswegen bin ich auch zu Ihnen gekommen, obwohl Sie in dem Fall damals ja gar nicht ermittelt hatten.«

Wardy lächelte verlegen. »Was hat Sie denn darauf gebracht, dass sich Ihr Täter mit seinen Morden auf einen Fall aus der Vergangenheit bezieht?«

»Die Botschaften, die er an seinen Tatorten hinterlassen hat. Ich hatte sie zuerst nicht richtig interpretiert, aber jetzt ist mir klar, dass das ein wesentlicher Hinweis war.«

»Wollen wir nicht lieber reingehen?« Wardy deutete auf die Haustür, die nur angelehnt war. »Wissen Sie, ich hatte mit dieser Sache abgeschlossen. Ich dachte, er ist vielleicht längst gestorben. Oder für immer abgetaucht.« Sie sah Olivia fest in die Augen, und etwas veränderte sich dabei an ihrer Mimik. In diesem Gesicht, dessen Falten so wirkten, als verberge sich hinter jeder von ihnen eine eigene Geschichte. Von einem Menschen, den Wardy gerettet hatte, einem Mörder, dem sie das Handwerk gelegt, einer Träne, die sie vergossen oder einer Liebe, die sie gelebt und wieder verloren hatte.

»Ich bin mir sicher, dass Sie sich noch genau an die Ermittlungen damals erinnern.« Olivia sprach sanfter als sonst. »Mit Ihrer Hilfe kann ich meinen Fall hoffentlich zu Ende bringen.«

Wardy sah Olivia noch einen Moment lang reglos an. Dann ging sie ansatzlos auf ihre Haustür zu. »Also gut, kommen Sie rein.«

Sie traten in den Flur. Er duftete nach Bergamotte, offenbar ein Raumduft, der aus dem Gästebad in den Flur gezogen war. Überall hingen farbenfrohe Bilder an den rot gestrichenen Wänden, dicht an dicht, aber keine Fotos. Keine persönlichen Erinnerungen an glückliche Momente, Reisen oder außergewöhnliche Erlebnisse. Nur Drucke klassischer Gemälde. Zeitlos, schön, aber ohne auch nur einen leisen Hauch der persönlichen Geschichte der Frau zu offenbaren, die dieses blitzsaubere Häuschen am Stadtrand bewohnte. *Und die man beim LKA »Lady Firehand« genannt hat.*

»Möchten Sie vielleicht ein Stück Apfelkuchen?« Wardy sah Olivia fragend an. »Leider nicht aus meinen eigenen Äpfeln, die kommen ja erst im Herbst. Aber nach einem Rezept von meinem Großvater!«

»Leider stehe ich etwas unter Druck, und die Presse sitzt mir auch noch im Nacken. Diese entführten Kinder sind immer noch irgendwo da draußen …«

Wardy verstummte. Olivia vermutete, dass sie an die Zeit denken musste, als sie selbst es gewesen war, die für zwei entführte Kinder die vielleicht letzte Chance gewesen war. *Ich sitze im selben Boot wie sie damals. Nur dass ich noch untergehen kann.*

»Sie haben recht. Würde es Ihnen etwas ausmachen, Hausschuhe anzuziehen?« Wardy deutete auf die roten Schlappen mit den Bommeln darauf, die ordentlich auf einer Anrichte bereitlagen, offenbar für Gäste. »Mein verstorbener Mann Simon hat unser Parkett gepflegt, als hinge sein Leben daran. Er war ein toller Hausmann, hat mir immer den Rücken für meine Karriere freigehalten. Ohne ihn wäre ich vollkommen aufgeschmissen gewesen. Und jetzt, wo er nicht mehr lebt, möchte ich hier gern alles so erhalten, wie er es mir hinterlassen hat. So, wie Simon wollte, dass ich lebe.«

Olivia streifte kurzerhand ihre Sneaker ab und schlüpfte in die

Hausschuhe. »Ich würde jetzt wirklich gern zur Sache kommen. Sie haben damals die entführten Geschwister gefunden. Ich habe im Archiv ziemlich viel über die Ermittlungen der Kollegen gelesen, aber es haben auch sehr viele Informationen gefehlt. Unterlagen, die offenbar von offizieller Stelle aus der Akte gelöscht worden sind.«

»Dafür gibt es einen guten Grund. Was haben Sie denn vermisst?«

»Es findet sich nichts darüber, dass der Täter damals DNA-Spuren hinterlassen hat.«

»Das hat er auch nicht. Er war nämlich einerseits sehr unbeherrscht und brutal, als er die Eltern getötet hat. Unmittelbar danach war er dann aber wiederum sehr akribisch und fokussiert. Er hat alle Spuren verwischt, sehr gekonnt.« Wardy geleitete Olivia ins Wohnzimmer.

»Mein Täter hinterlässt seine DNA dagegen freiwillig.«

»Das muss er ja. Wie könnten Sie sonst mit Gewissheit feststellen, dass es immer derselbe Mann war, der die Kinder innerhalb weniger Minuten entführt hat?«

»Er verspottet uns! Und mit diesen Zetteln will er darauf hinweisen, dass es uns schon einmal nicht gelungen ist, ihn zu finden.«

»Sie sagten, Ihr Täter hat zunächst die Kinder entführt und erst Tage später die Eltern getötet?«

»Ja.«

»In dem damaligen Fall wurde von den Eltern keine Entführung gemeldet. Deswegen wissen wir nicht, ob mein Täter damals auch so vorgegangen ist. Die toten Eltern konnten uns ja nicht mehr sagen, wann genau ihre Kinder verschwunden waren. Die Kollegen haben versucht, es über die Schule, Nachbarn oder Freunde zu ermitteln. Aber der Mord wurde an einem Sonntag begangen. Ab Freitagmittag konnte niemand die Kinder vermissen. Es wurde damals mit Hundertschaften jeder Winkel in der ganzen Gegend nach den Zwillingen durchforstet, aber es war einfach keine Spur von ihnen zu finden.«

Olivia horchte auf. »Die Opfer waren Zwillinge?«

Wardys Blick wich kurz zu der blank polierten Vitrine aus, in der auf mehreren Etagen bezaubernde Puppen ausgestellt waren, die offenbar aus einer Sammlerreihe stammten. »In der Akte steht nicht viel über die Kinder, oder?«

Olivia schüttelte den Kopf. »Da stehen nur die Namen Karl und Kai. Davon, dass es Zwillinge waren, steht da nichts. Alles, was die Identität der Kinder betrifft, ist aus den Unterlagen verschwunden oder geschwärzt. Und beim Einwohnermeldeamt habe ich auch keine Auskunft bekommen.«

Wardy erhob sich und verließ das mit gemütlichen Polstermöbeln, einer alten, aber gepflegten Schrankwand und zahlreichen Wandtellern ausgestattete Wohnzimmer in Richtung Küche.

»Ich habe mich sehr dafür eingesetzt, dass die Identitäten der Kinder geschützt werden. Und der Staatsanwalt war voll auf meiner Seite.« Den Geräuschen nach schenkte Wardy in der Küche nebenan Kaffee ein. »Der Mörder der Eltern war schließlich noch auf freiem Fuß, und er hatte wohl nicht erwartet, dass wir die Kinder lebend finden würden. Die Zwillinge waren die einzigen Zeugen, die er fürchten musste. Ich habe damals arrangiert, dass sie in den Opferschutz gekommen sind. Beide haben neue Namen und Identitäten bekommen. Ich weiß selbst nicht mehr, wo sie sind oder wie sie heißen. Und nach der langen Zeit würde ich sie auch nicht mehr wiedererkennen.« Wardy kam zurück ins Wohnzimmer, stellte eine dampfende Tasse Kaffee vor Olivia auf den Fernsehtisch und setzte sich. »Wirklich keinen Apfelkuchen?«

»Nein, danke. Hier, sehen Sie mal.« Olivia öffnete ihre Aktentasche und zog einige Fotos heraus. »Kommt Ihnen an diesen Bildern irgendwas vertraut vor?«

Wardy sah sich die Tatortfotos an. Olivia beobachtete sie dabei so unauffällig wie möglich. Die Frau in ihrem bunten Hauskittel betrachtete mit steinerner Miene die Aufnahmen der Menschen, die mit Kopfschüssen hingerichtet worden waren. Oder denen man mit einem Messer die Kehle aufgeschlitzt hatte. Erschlagen mit einem Baseballschläger oder qualvoll mit einer Wäscheleine stranguliert. *So viel Blut, so viel Tod.* Doch nichts davon spiegelte sich in Wardys Blick wider. *Sie hat vermutlich schon ganz andere Dinge gesehen …*

So als prüfe sie ihre Stromabrechnung, blickte Wardy ohne erkennbare Anteilnahme nacheinander auf die Fotos, bevor sie schließlich sagte: »Parallelen sind da, auf jeden Fall. Aber warum denken Sie, dass es derselbe Täter war wie bei den Eltern von Karl und Kai? Er ist mit seinem Verbrechen damals davongekommen, warum sollte er denn jetzt plötzlich in dieser extremen Art und Weise wieder auf sich aufmerksam machen? Und das auch noch zwanzig Jahre später! Abgesehen davon, dass es ziemlich viel Kraft braucht, um diese Dinge mit seinen Opfern anzustellen. Der Täter von damals dürfte ja heute nicht mehr der Jüngste sein. Was stand noch mal auf diesen Zetteln?«

»Wie lange wollt ihr noch im Dunkeln tappen?«

»Das passt nicht zusammen.« Wardy reichte Olivia die Fotos zurück. »Der Täter damals hat keine Notiz bei den Leichen hinterlassen. Wenn er tatsächlich wiederaufgetaucht sein sollte, dann müsste er schon einen sehr besonderen Grund dafür haben. Und daran möchte ich gar nicht denken. Es fiele mir nämlich nur einer ein …« Sie senkte den Blick und sah Olivia durchdringend an.

Ich weiß, was sie meint. Und ich wüsste ehrlich gesagt auch keinen besseren Grund, der so etwas erklären könnte. »Der Mord an den Eltern von Karl und Kai war ein Gemetzel, nicht einfach nur ein Mord, um irgendetwas zu vertuschen. Das war eine Botschaft!« Olivia regte sich kaum noch.

»Da stimme ich Ihnen zu. Wir wissen aber nicht, welche Botschaft das sein sollte, weil er nicht dazu gekommen ist, sie zu vollenden. Er hatte die Kinder in ihrem Versteck einfach sich selbst überlassen. Mit Strom, Nahrung und Getränken für zwei Wochen, aber ohne eine Fluchtmöglichkeit. Und so, wie die beiden versteckt waren, musste er nicht damit rechnen, dass man sie finden würde.«

»Die Kinder sollten nicht sterben, aber sie sollten auch nicht gefunden werden. Wäre das alles einfach nur eine aus dem Ruder gelaufene Erpressung gewesen, dann wäre der Täter schlicht gescheitert. Aber er wäre zumindest ungestraft davongekommen! Es gäbe keinen Grund, uns zwanzig Jahre später mit dieser unglaublichen Zaubernummer plötzlich wieder auf seine Fährte zu locken.«

Wardy stellte ihre Kaffeetasse auf dem Tisch ab. Jetzt war nichts Warmes oder Freundliches mehr in ihrem Blick. Die Pensionärin, die Apfelkuchen backte und in einer geblümten Kittelschürze den Garten pflegte, war verschwunden. Jetzt war es keine freundliche ältere Dame mehr, die Olivia gegenübersaß. Hauptkommissarin Esther Wardy war wieder erwacht. Lady Firehand! Die Frau, die beim LKA eine Legende war, die mehr Kriminellen ins Auge geblickt hatte als mancher ihrer Kollegen. Die das Böse in so vielen Facetten gesehen, gejagt und zur Strecke gebracht hatte wie wenige ihrer Vorgänger oder Nachfolger. Und die mehr Menschen im Einsatz getötet hatte als jeder andere beim LKA Berlin. Sie kniff ihre Augen zu schmalen Schlitzen zusammen, richtete ihren Blick über Olivias Kopf hinweg ins Leere und hauchte so leise, dass man es kaum verstehen konnte: »Was immer dieser Kerl damals noch mit den Zwillingen vorhatte: Dadurch, dass ich die beiden überraschend gefunden habe, habe ich seinen Plan zunichtegemacht. Er ist nicht fertig geworden, womit auch immer. Und aus irgendeinem Grund will er jetzt zu Ende bringen, was er damals begonnen hat. Er will, dass wir ihn jagen, mit aller Kraft, mit allen Mitteln. Und er will, dass wir ihn finden! Ein Mann, der an sieben Orten gleichzeitig sein kann, der brutal mordet und der Kinder in Bunkern im Wald versteckt, will nach zwanzig Jahren totaler Stille plötzlich gefunden werden. Und was auch immer er damit bezweckt, es scheint ihm wirklich, wirklich wichtig zu sein! Er wird nicht stoppen, bevor er hat, was er will.« Wardy trat an Olivia heran und setzte schlagartig wieder ihr liebenswertes Lächeln auf, bevor sie hinzufügte: »Und jetzt lassen Sie mich bitte einfach in Frieden meinen Apfelkuchen essen und meine Blumen gießen. Sie finden allein raus?«

KAPITEL 11

LENNOX

Der Applaus brandete auf, und es erschien Lennox für einen Moment, als trüge das Klatschen alle seine Ängste wie auf den Schwingen eines Adlers davon. Weit weg in die Ferne, ohne Wiederkehr. So, als vermochte es das flüchtige Aufbranden der Begeisterung dieser Tausenden Fremden tatsächlich, seiner Seele ein wenig Erleichterung zu verschaffen. Wenn auch nur für die Dauer eines Augenblicks, eines kleinen, seligen Moments. So lange, bis Lennox wieder bewusst wurde, dass es nicht er war, dem sie zujubelten, sondern das, was er darstellte. Das, was er den Menschen verhieß. Diesen Menschen, die ihn ansahen, prüften, taxierten – und dann auch wieder nicht. Die nicht den Mann in ihm sahen, der er war, und schon gar nicht den Jungen, der er aufgehört hatte zu sein. Sondern nur die Funktion, die er erfüllte. Sie zu leiten, ihnen der Kapitän auf einem Schiff zu sein, auf dem sie sich ohne ihn nicht orientieren konnten. Ihnen eine Ahnung von dem zu vermitteln, was auf sie wartete, und gleichzeitig das Geheimnis darum zu bewahren. Das Überraschende war den Menschen, die er führte, meist lieber als das Gewisse, wenn sie sich dessen auch nicht bewusst waren. Aber dafür war ja er da.

»Sind Sie bereit für das Feuer? Für die Schüsse, die Stürze und das Donnergrollen?«

Wie aus einem Mund riefen sie ihm ihr *Ja!* entgegen, an manchen Tagen glaubte Lennox, dass der Schrei der Tausenden Stimmen eine Druckwelle erzeugte, die er auf seinem Gesicht spüren konnte. Und wieder breitete er die Arme aus, hob den Blick und ließ ihn über die Häupter der Menschen gleiten. Doch er sah ihnen dabei nicht in die Augen, niemandem, niemals. Er wusste, dass sie ihn betrachteten. Sich fragten, was für ein Mensch er wohl sei, ob sie ihn für attraktiv hielten oder nicht. Wie alt er wohl sein mochte, wie er dazu gekommen war, jetzt vor ihnen zu stehen und ihre Aufmerksamkeit zu fordern. Wie er wohl privat war, was er sonst noch konnte, was er wohl noch mit ihnen vorhatte. Doch wann immer sich Lennox' Blick mit einem derer traf, die ihn beobachteten, waren sie beide nicht mehr, wer sie gewesen waren. Nicht der Zuschauer, nicht Lennox. Niemand war dann noch der, der er sein wollte. Niemand mehr in der Rolle, die er eingenommen hatte. Der Zuschauer war nicht mehr nur Teil seiner Herde, der aus der sicheren Anonymität der Masse heraus seine prüfenden Blicke auf den Mann da vorn richtete, verborgen und unbemerkt. Und Lennox war nicht mehr der König auf seinem Thron, den man achtete, vielleicht schätzte, aber dessen direkten Blick man niemals treffen wollte. Denn wann immer dies geschah, waren sie beide für diesen kurzen, unseligen Moment nichts weiter mehr als gewöhnliche Menschen, die einander nicht kannten. Die nichts miteinander verband. Schon gar nichts, was magisch oder besonders war. *Sieh ihnen niemals in die Augen. Immer darüber hinweg, auf den Haaransatz.*

»Ab jetzt steht niemand mehr auf, und niemand betritt den Gang vor der Leitplanke! Wer rauswill, der nimmt die Treppe nach oben. Aber Sie wollen nicht raus! Dann würden Sie ja schließlich die ganze Action verpassen, und das wäre doch zu schade! Also: Ton läuft! Kamera läuft! Uuuund …«

Dann brandete es auf. So wie jeden Tag, an dem Lennox in dieser Arena stand. So, wie er es seinem Publikum erklärt und es mit ihm geprobt hatte. Immer wieder, Tag für Tag, Jahr für Jahr.

Mit immer wieder neuen Menschen, die er immer wieder führte. Für die Dauer eines Tages – und dann nie wieder. Die ihm folgten, solange sie sich in seine Obhut begaben, und die er nicht mehr wiedersah, sobald sie diese unwirkliche Welt hinter den Mauern der *Spree Studios* verlassen hatten. Sie würden ihn ohnehin nicht wiedererkennen. Da draußen, in der echten Welt. Da, wo er nicht charmant, attraktiv und witzig war, wie er es nur sein konnte, wenn er ein Publikum hatte, das sich für sein wahres Wesen nicht interessierte. Er hob die rechte Hand und deutete mit dem Zeigefinger auf die Massen. Allein dieser eine Finger gegen Tausende Menschen. Doch sie folgten seinem Fingerzeig, denn schon riefen sie alle wie aus einem Mund:

»Action!!!«

Dann setzte die Musik ein, das Wummern der Bässe, der Rhythmus der Drums, das Singen der Gitarren. Und der Boden unter seinen Füßen begann zu beben, während erste Flammen aus dem Boden schossen und das Geräusch sich schnell von hinten nähernder Motorräder an Lennox' Ohr drang. *Alles wie immer.* Von dem Turm ließen sich Frauen in Amazonenkostümen an Seilen hinab, während hinter Lennox die Motorräder auf die Fläche kamen und mithilfe von Rampen über ihn hinwegsprangen. *Zeit zu gehen, ab jetzt zähle ich nicht mehr. Ab jetzt zählt nur noch die Show.* Und während die Menschen, die ihm noch Sekunden zuvor blind an den Lippen geklebt hatten, ihre Blicke von ihm abwandten, trat er durch die Tür in den Wohnwagen, der neben ihm auf der Showfläche stand, und verließ über seinen sicheren Gang die Stuntfläche. Jetzt dachte keiner der Zuschauer mehr an ihn, und der Moment, der alle seine Ängste davongetragen zu haben schien, war vergangen. Doch er würde wiederkommen, schon morgen. So, wie auch seine Ängste wiederkommen würden, sobald er die Showfläche verlassen hatte. Wie die Dunkelheit und die Enge wiederkamen, die Ungewissheit und die Sorge, ob man sie beide jemals finden würde. Ihn und Kai. Die Sorge darum, ob man die Jungs finden würde, die er versteckt hielt. Die Jungs, von denen nur Lennox allein wusste, wo sie waren. Und als er aus seinem sicheren Ausgang hinaus in den Park der *Spree Studios* trat, fand er nur noch Leere vor. Niemand stand jetzt noch in der Schlange vor der Achterbahn, dem Horrorhaus, dem Dschungel oder der Filmtour mit all ihren Attraktionen und Überraschungen. Sie alle, die das Areal noch kurz zuvor mit Lachen und Staunen gefüllt hatten, saßen jetzt versammelt in dieser Arena. Bis auf ihn. Er war allein. So wie die Jungs in ihrem Versteck.

Findet sie. Bitte, findet sie!

KAPITEL 12

OLIVIA

Morgen ist der Haftprüfungstermin für Sokolov. Aber da kann nichts schiefgehen.« Marc Donder pikste ein Stück seiner Currywurst auf die kleine Holzgabel, zog es zuerst durch die Ketchupsoße, dann durch die Mayonnaise und verspeiste es schließlich genussvoll.

»Da kann man sich nie sicher sein! Dieser Dr. Schliek ist ein gerissener Anwalt. Und Sokolov hat seine Finger überall im Spiel. Was habt ihr denn ermittelt?« Olivia begnügte sich mit einer Portion Pommes frites, das Gespräch mit Esther Wardy war ihr auf den Magen geschlagen.

Sie hatte sich mit ihrem Kollegen an *Bärbel's Gourmet-Tempel* verabredet, der direkt gegenüber dem LKA Berlin auf der anderen Straßenseite des Tempelhofer Damms stand. Ein uriger Berliner Imbiss, der im Zeitalter von Veggie-Food, Laktoseintoleranz und nachhaltiger, regionaler Biowirtschaft auf skurrile Art aus der Zeit gefallen zu sein schien. Und der sich gerade deswegen so großer Beliebtheit erfreute. Wer zu Bärbel kam, der musste nicht mit Hipstern, die alle gleich aussahen und englisch miteinander redeten, obwohl sie allesamt Deutsche waren, über die Berliner Clubszene fachsimpeln, sich schief angucken lassen, wenn er das letzte Konzert irgendeiner angesagten *Indie-Band* verpasst hatte, deren Namen er nicht einmal kannte, oder sich Vorträge darüber anhören, durch welche Bergregionen Indochinas er unbedingt einmal mit dem Rucksack trampen sollte, weil sich nur auf diese Weise das wirkliche Leben und die Bedeutung des Seins erfahren ließen.

Bei Bärbel aß man seine Currywurst, schimpfte über den jeweils aktuellen Trainer von Hertha BSC, beklagte den nervenden Berliner Straßenverkehr und trauerte regionalen Fernsehserien aus den Achtzigerjahren nach, von denen niemand unter dreißig jemals etwas gehört hatte. Und wann immer es sich ergab, suchte man das Gespräch mit Bärbel, der urigen Wirtin in ihrer stets befleckten Kittelschürze, die mit jeder ihrer Würste auch immer noch einen lustigen Spruch mitlieferte. Olivia hingegen war gerade nicht nach Späßen zumute.

»Wir haben die Passagiere von dem Dampfer befragt.« Donder sprach etwas undeutlich, er hatte sein Stück Wurst erst zur Hälfte hinuntergeschluckt. »Sie wurden alle über eine Berliner Komparsenagentur gebucht. Man hatte ihnen gesagt, dass es um einen Prank für eine Show mit versteckter Kamera gehe. Ihre Einweisung haben sie vor Beginn der Dampferfahrt von einem Mann bekommen, den wir nicht ermitteln konnten. Vermutlich hat Sokolov ihn extra dafür einfliegen und dann sofort wieder verschwinden lassen.«

»Wie wurden die Leute bezahlt?«

»Über eine Firma, die in Weißrussland sitzt. Das ist eine Sackgasse.«

Olivia verzog keine Miene. Was hatte sie auch anderes erwarten können? Fjodor Sokolov war nicht zu den mächtigsten Spielern im internationalen Drogenschmuggel aufgestiegen, indem er halbherzig Treffen mit angeblichen Organisationen abhielt, die ihm das Blaue vom Himmel versprachen. Ganz egal, wie professionell und glaubhaft sie auch auftraten. Natürlich hatte er alle Vorkehrungen für den Fall getroffen, dass es sich um eine Falle handelte. Auch wenn er nicht damit gerechnet hatte, dass sein engster Vertrauter Boris dem LKA nahezu jedes Detail der geplanten Aktion zuvor mitgeteilt und somit eine entsprechend punktgenaue Vorbereitung des Einsatzes ermöglicht hatte.

»Seid ihr sicher, dass ihr ihn wegen des Mordauftrags an dem Fahrer dranbekommt? Er ist sehr clever, es würde mich nicht wundern, wenn er da noch ein Ass aus dem Ärmel ziehen würde.« Olivia sah sich ein weiteres Mal um, obwohl um diese nachmittägliche Zeit eher wenig Betrieb an dem Imbiss herrschte.

»Er hat den Dampfer komplett gemietet und seine eigene Besatzung mitgebracht. Alle seine Leute, die er an Bord hatte, verweigern die Aussage. Und alle haben gute Anwälte von Sokolov bekommen. Die gehen am Ende eher ein paar Jahre ins Gefängnis, als dass sie ihren Boss verraten.« Donders Mimik füllte sich mit einem Ausdruck von Verachtung.

Olivia lachte bitter auf. »Es heißt, Sokolov habe in Moskau einmal die komplette Familie einer Frau ermorden lassen, die vor Gericht ausgesagt hatte, dass er sie für einen Drogendeal anheuern wollte. Nur die Frau selbst hat er nicht angerührt. Sie soll sich dann später selbst das Leben genommen haben.«

»Solche Geschichten gibt es viele über ihn, deswegen konnten wir bisher nie jemanden seiner Leute auf unsere Seite ziehen. Wir haben diesen Boris nur bekommen, weil er keine Familie hat und weil wir so viel gegen ihn in der Hand haben, dass er sich lieber für den Zeugenschutz als für das Gefängnis entschieden hat. Aber er ist unser einziger Zeuge.«

»Du meinst, abgesehen von uns beiden?« Olivia sah von ihren Pommes frites auf.

»Ja, kann sein.« Donder zuckte mit den Schultern. »Wie kommst du denn mit deinem Entführungsfall voran? Hast du schon Beweise gefunden, dass Sokolov in der Nummer drinhängt? Oder einer der Kollegen aus den anderen Bundesländern?«

»Die Kollegen?« Olivia winkte ab. »Die tappen genauso im Dunkeln wie ich. Mittlerweile hoffen die wahrscheinlich alle auf mich und mein Team!« Sie schob ihre Pommes frites zur Seite, nicht einmal die Hälfte davon hatte sie gegessen. »Außerdem bin ich mir mittlerweile sicher, dass der Täter will, dass wir in Berlin nach ihm suchen. Er hat die Jungs vermutlich nur deswegen quer durch Deutschland entführt, damit sein Zaubertrick noch spektakulärer ist. Er hat ganz sicher nicht zufällig zwei Mal in Berlin zugeschlagen und uns damit indirekt die Leitung der Ermittlung zugewiesen. Ich habe verschiedene Theorien geprüft, aber mittlerweile vermute ich, dass er sich in seinen Nachrichten auf einen Doppelmord bezieht, mit dem er selbst vor zwanzig Jahren ungestraft durchgekommen ist. Und der war in Berlin. Wenn ich mit meiner Theorie richtigliege, dann schätze ich, dass ich über seine aktuellen Morde nicht mehr viel näher an ihn herankommen werde. Der Weg zur Lösung führt über seine frühere Tat. Er wollte uns damals vermutlich etwas sagen, aber wir haben es nicht verstanden. Und er wollte gefunden werden, aber wir haben es nicht geschafft.«

Donder sah seine Kollegin wortlos an, und Olivia hatte keinen Zweifel daran, dass er spürte, was sie gerade durchmachte. Dass sie in den vergangenen Nächten kaum mehr als ein paar Stunden Schlaf gefunden hatte. Dass sie ihrem neuen Freund Marvin, von dem sie noch vor wenigen Wochen mit leuchtenden Augen berichtet hatte, kaum noch Zeit widmen konnte. Und dass sie von ihren Kollegen der eigens für ihren Fall zusammengestellten Sonderkommission sowie von denen des Erkennungsdienstes, des Labors, der Rechtsmedizin und der Fallanalyse so viel Schulterzucken und vages Spekulieren erfahren hatte, dass sie sich trotz des beträchtlichen Aufgebotes an Ermittlern in sechs verschiedenen Bundesländern nach zwei so gut wie ergebnislosen Wochen harter Arbeit inzwischen so allein fühlte wie ein ausgesetztes Kind im Wald.

»Du zweifelst inzwischen daran, dass Sokolov mit deinem Fall zu tun hat, oder?« Donder sah Olivia verunsichert an.

»So eine Scheiße!« Sie schlug so kräftig auf den Stehtisch, dass ihre Pommes frites wie Popcorn aus der Schale sprangen. »Falls Sokolov seine Finger im Spiel hat, dann will er, dass wir diesen alten Fall klären. Die neuen Morde wären dann nichts weiter als Mittel zum Zweck. Wir sollen herausfinden, wer die Zwillinge Karl und Kai entführt hat. Und warum! Aber daran haben sich schon die Kollegen damals jahrelang die Finger wund gearbeitet. Ohne Erfolg!«

»Hast du denn mit den Entführungsopfern von damals schon reden können?«

Olivia lachte hämisch auf. »Sehr guter Witz! Die Zwillinge sind kurz nach ihrer Befreiung im Opferschutz verschwunden. Auf Nimmerwiedersehen! Aus der Akte lässt sich nicht mal entnehmen, welche Haarfarben die hatten. Zwei Vornamen, sonst nichts. Keine einzige weitere Info!« Olivia traten Tränen in die Augen, wenn sie auch eher Zorn als Trauer geschuldet waren. »Marc, ich weiß, was das alles für dich und deine Ermittlung bedeutet!«

Jetzt schob auch Donder sein Essen beiseite. »So nah, wie wir an Sokolov dran waren, kommen wir ihm nie wieder. Olivia, ich weiß, dass das nicht deine Schuld ist. Und ich gebe dir recht, dass es so riecht, als ob Sokolov seine Finger im Spiel hat. Aber wenn uns deswegen jetzt diese ganze Nummer um die Ohren fliegt …« Donder horchte auf, als Olivias Telefon zu klingeln begann. Die angezeigte Nummer des Anrufers deutete auf die Chefetage des LKA hin. »Willst du nicht rangehen?«

Olivia nahm das Telefonat entgegen. »Holzmann hier, was gibt es? … Meinen Sie das ernst? Von wem kommt diese Info? … Ja, ich verstehe. Ich mache mich sofort auf den Weg. Danke!« Sie beendete das Telefonat.

Marc Donder schien ihr angemerkt zu haben, dass etwas Bedeutendes geschehen war. »Geht es um die Kinder?«

Olivia sah sich um, bestimmt zum zehnten Mal, seit sie in *Bärbel's Gourmet-Tempel* angekommen war. An einem hinteren Stehtisch, außer Hörweite, unterhielten sich zwei wild gestikulierende Taxifahrer, und Bärbel war eifrig damit beschäftigt, das Fett in einer ihrer Fritteusen auszuwechseln. Olivia wandte sich wieder ihrem Kollegen zu. »Der Anruf kam von ganz oben. Sokolovs Anwalt lässt ausrichten, dass sein Mandant mit mir reden will. Nur mit mir allein. Inoffiziell. Und er lässt ausrichten, dass es dabei um die entführten Kinder geht!«

KAPITEL 13

Fast kam es Olivia vor, als wäre nicht Sokolov der Häftling, sondern sie. Er saß da, als befinde er sich in der Lobby eines Luxushotels und amüsiere sich bei einem Glas Champagner damit, den vorbeischlendernden Damen der High Society dabei zuzusehen, wie sie ihre Kleider, Hüte und Juwelen zur Schau trugen. Mit lässig übereinandergeschlagenen Beinen und entspannt zurückgelehnt, ließ er den abgesessenen, knarzenden Stuhl im Besucherraum der Untersuchungshaftanstalt Berlin-Moabit geradezu wirken, als wäre dieser ein Corbusier-Sessel. Und vermutlich, weil er seine wuchtige Armbanduhr, die Goldkette mit dem Diamanten daran und seinen maßgefertigten Designermantel jetzt nicht mehr trug, strahlte Fjodor Sokolov selbst in seinem Trainingsanzug etwas aus, das Olivia zuletzt in einem alten Hollywoodfilm gesehen hatte. In einer Szene, in der Cary Grant einfach nur durch eine Hotellobby gegangen war und dabei mehr weltmännische Eleganz bewiesen hatte als alle Männer, die sie je zuvor erlebt hatte.

»Wie schön, dass Sie mein Gast sind!« Sokolov erhob sich nicht von seinem Stuhl, deutete Olivia aber an, dass sie ihm gegenüber Platz nehmen solle. »Ich würde Ihnen ja gern etwas zu trinken anbieten, aber Sie haben meinen Butler leider nicht mit mir zusammen verhaftet.«

Olivia zeigte keine Reaktion. »Es ist nicht üblich, dass der Verdächtige den Polizisten zur Befragung vorlädt. Ihr Verteidiger scheint seine besten Kontakte bemüht zu haben.« Olivia setzte sich nicht, sie verschränkte nur die Arme vor der Brust.

»Frau Holzmann, ich bin Ihnen zu Dank verpflichtet! Ich habe Sie eingeladen, weil ich mich erkenntlich zeigen möchte.«

Olivia fühlte sich beinahe wie in einem absurden Traum. Mit welcher Selbstverständlichkeit er sie hier empfing. So als hätte er nichts, aber auch gar nichts zu befürchten. Der Mann, der seiner Akte nach bereits vier Mal im Gefängnis gesessen hatte, wenn auch niemals sehr lange. Drei Mal als Jugendlicher, immer wegen mittelschwerer Drogen- oder Gewaltdelikte. Später dann noch einmal wegen Körperverletzung. Angeblich hatte er den Türsteher einer Moskauer Disco krankenhausreif geschlagen, weil dieser kurz gezögert hatte, ihm Einlass zu gewähren. Doch die Zeiten der Jugendstrafen waren vorbei, jetzt musste Sokolov eine Mordanklage befürchten. Die Aussicht auf lebenslange Haft schien ihn allerdings auf unheimliche Weise kaltzulassen. Im Gegenteil, er sprühte regelrecht vor Charme, wenn er diesem auch eine Note von unterschwelliger Bedrohlichkeit beigemischt hatte.

»Was wollen Sie von mir?« Noch immer blieb Olivia stehen.

Sokolov lächelte, als wäre er im Begriff, seinem Kind eine Gutenachtgeschichte vorzulesen. »Ich habe erfahren, dass mein Mitarbeiter Boris vorhatte, mich gemeinsam mit Ihrem Kollegen Donder aufs Kreuz zu legen. Wer weiß, was dabei noch alles hätte herauskommen können? Aber dann sind Sie gekommen und haben sich in die Ermittlung der Drogenfahndung eingemischt. Mit ihrer offen gestanden äußerst unterhaltsamen Geschichte von einem Entführer, der an sieben Orten gleichzeitig sein kann. Dr. Schliek hat mir inzwischen mitgeteilt, dass der Staatsanwalt in dieser Sache keine Anklage gegen mich erheben wird. Ebenso gut könnte er den Geschäftsführer von IKEA anklagen, immerhin hatten alle Opfer deren Möbel in ihren Wohnungen.«

»Ich finde schon noch raus, wie Sie das gemacht haben. Und warum!«

Sokolov nickte beifällig. »Es ist Ihre Sache, womit Sie Ihre Zeit vergeuden. Viel wichtiger ist es mir, Ihnen dafür zu danken, dass Sie durch Ihr skurriles Eingreifen in Kommissar Donders Ermittlung dafür gesorgt haben, dass jetzt auch die Drogenfahndung nichts gegen mich in der Hand hat. Das war sehr freundlich von Ihnen, wer weiß, was da sonst noch alles hätte passieren können.«

Wie konnte er sich seiner Sache bloß so sicher sein? Er hatte in Gegenwart von zwei Polizeibeamten und einem Kronzeugen den Mord an einem Mann in Auftrag gegeben, den er zuvor hatte entführen lassen. *Sokolov ist am Arsch, da nützt es ihm auch nichts, dass er seine Vertriebswege nicht offengelegt hat.*

»War das schon alles?« Olivia versuchte, sich ihren Zorn nicht anmerken zu lassen.

Was dachte sich dieser selbstgefällige Lackaffe eigentlich, sie hier zu sich in diesen trostlosen Besucherraum zitieren zu lassen und sich über sie lustig zu machen, als wäre sie ein dummes Schulmädchen?

»Jetzt seien Sie doch nicht so schlecht gelaunt.« Schlagartig hellte sich Sokolovs Stimme auf, sie klang jetzt beinahe freundlich. »Mein Verteidiger hat mir von Ihrer Ermittlung erzählt, er hatte ja Akteneinsicht. Dieser Fall ist tatsächlich ziemlich kniffig, und ich habe mir gestern die halbe Nacht lang Gedanken darüber gemacht, wie dieser Entführer das angestellt haben könnte.«

»Möchten Sie mir mitteilen, zu welchem Ergebnis Sie gekommen sind?«

»Das ist der Grund, aus dem ich Sie eingeladen habe!« Sokolov richtete sich aus seiner fast schon liegenden Sitzposition auf. Er erhob sich mit Eleganz von seinem Stuhl, der es trotz seines beklagenswerten Zustandes nicht vermocht hatte, ihm auch nur ein kleines Stück seiner Aura zu rauben.

»Ich habe nicht den ganzen Tag für Sie Zeit. Da draußen warten sieben Jungs darauf, dass ich sie finde.«

»Ich möchte Ihnen dabei behilflich sein.« Jetzt klang Sokolov in keiner Weise mehr überheblich oder sarkastisch. »Sie haben mich aus Donders Falle gerettet, deswegen möchte ich jetzt Ihnen dabei helfen, diese Kinder zu retten. Ich liebe Kinder, sie sollten nicht zu Opfern irgendwelcher Ränkespiele werden.«

»Was reden Sie da?« Olivia ging ganz langsam und mit wohlgesetzten Schritten um den Besprechungstisch herum, bis sie direkt vor Fjodor Sokolov stand.

»Mein Vater war, wie Sie ja bereits wissen, ein großer Magier. Und es gefällt mir, dass Sie in dieser Angelegenheit auf mich als Verdächtigen gekommen sind. Das ehrt auf eine gewisse Weise auch ihn. Ob ich mit dieser Sache nun etwas zu tun habe oder nicht, müssen Sie schon selbst herausfinden, das ist etwas zwischen Ihnen und mir. Diese armen Jungs haben damit aber nichts zu tun. Hier!« Er griff in seine rechte Hosentasche und zog ein kleines Stück Papier hervor, das er Olivia reichte.

»Was soll das?« Nach kurzem Zögern griff sie den Zettel und entfaltete ihn. »Eine Handynummer?«

Sokolov sah sich um, obwohl offensichtlich niemand außer ihnen beiden im Raum war. Dann senkte er seine Sprechlautstärke so, dass Olivia, obwohl sie ihm direkt gegenüberstand, Schwierigkeiten hatte, ihn zu verstehen.

»Wenn Sie diese Nummer wählen, dann kommt jemand zu Ihnen, der helfen kann. Unkonventionell, aber effizient.«

Olivia sah Sokolov an, als wäre dieser komplett wahnsinnig geworden. »Was glauben Sie eigentlich …«

Sokolov riss die Augen auf und legte den Zeigefinger über seinen Mund.

Das kann doch alles nicht wahr sein! Nach wochenlanger Ermittlung in sechs Bundesländern, nach den Besuchen bei Severin und Esther Wardy, die vermutlich mehr weiß, als sie preisgibt, ist ausgerechnet dieser Verbrecher der erste Mensch, der mir seine Hilfe anbietet?

»Frau Holzmann, Sie sollten über mein Angebot nachdenken. Ich habe es Ihnen unterbreitet, also steht es.«

»Ich komme auch ganz gut ohne das Organisierte Verbrechen zurecht.« Olivia zerknüllte den Zettel in der Hand. »Denken Sie bloß nicht, dass Sie hier bald wieder rausspazieren werden. Und wenn es auch Ihr Vater gewesen sein mag – Ihr Rechtsanwalt ist kein großer Magier! Jedenfalls nicht groß genug, um Sie aus dieser Mordanklage rauszuholen.«

Sie warf Sokolov das Papierknäuel gegen die von Stolz geschwellte Brust. Er zuckte nicht einmal mit der Wimper, als es an ihm abprallte und auf den Linoleumboden fiel.

»Sie werden auf mein Angebot zurückkommen.«

»Ich weiß, dass Sie mit dieser Sache etwas zu tun haben. Auf welche Weise auch immer.« Olivia drehte sich auf dem Absatz um und ging zur Tür.

Gerade als sie die Klinke nach unten drückte, rief Sokolov ihr noch etwas hinterher: »Wir werden uns bald wiedersehen. Hier drinnen – oder da draußen. So oder so, ich freue mich bereits auf Sie!«

KAPITEL 14

BOESHERZ

O *mio babbino caro*, gesungen von Maria Callas, erfüllte den Raum. Die absolute Harmonie, die bedingungslose Perfektion dieser Aufnahme der vielleicht größten Opernarie von Giacomo Puccini vermochte es, Severins Geist zu befreien. Von allem, was ihn davon abhalten konnte, klare Gedanken zu fassen. Von jeder Kleinigkeit, die es verhindern konnte, in seinem Gehirn Ströme von Erkenntnissen und Schlussfolgerungen auszulösen. Die vollkommene Abwesenheit von Fehlern, Misstönen oder Ungereimtheiten ließ ihn die Welt um sich herum verdrängen, wenn es auch nur für wenige selige Minuten war. Er hielt das Glas mit dem Quercus darin in der rechten Hand, schwenkte den Wein, und dessen Duft drang an seine Nase. Er komplettierte die Makellosigkeit der Töne und der Düfte um Severin herum mit seiner reinigenden Klarheit und Perfektion. *Ohren und Nase geben Ruhe, sie werden mich nicht ablenken. Jetzt muss ich sehen! Fehler, Misstöne und Ungereimtheiten.* Boesherz rief sich die Tatortfotos, die Olivia ihm am Vortag gezeigt hatte, vor sein inneres Auge. Natürlich hatte es ihn nicht kaltgelassen. Natürlich war ihm bewusst, wie ernst die Lage war und wie dringend die vermutlich noch lebenden Jungs auf Hilfe hofften. In welcher Gefahr sie waren. *Dieses eine Mal wirst du es noch tun. Du wirst in das Dunkel hineintreten, auch wenn du es dadurch nur immer noch dunkler werden lässt.* Boesherz hatte die zahlreichen Aufnahmen zwar nur sehr kurz betrachtet, doch das hatte ihm genügt. Die Fotografen hatten mit Akribie jeden Winkel der

Räume, in denen die Eltern der entführten Jungen getötet worden waren, festgehalten. Severin fügte die Bilder vor seinem inneren Auge Stück für Stück zu einer dreidimensionalen Rundumsicht der verschiedenen Tatorte zusammen. Wohnung für Wohnung, Raum für Raum. So lange, bis sich ihm die einzelnen Bilder nicht mehr als ein Mosaik, sondern als ein Ganzes zeigten. Jetzt befand er sich nicht mehr in seiner Maisonette am Schlachtensee, er war jetzt unmittelbar an den Tatorten. An allen sieben, mal nacheinander, mal gleichzeitig. In seinem Geist stand er jetzt vor den Leichen und sah sich um. Immer wieder sprang er dabei von Wohnung zu Wohnung, von Opfer zu Opfer. Er legte Bilder übereinander, glich sie ab, suchte Gemeinsamkeiten, fand Unterschiede. Und er fühlte sich, so weit es ihm möglich war, in den Menschen hinein, der das getan hatte. *Du beziehst dich zwar auf einen Fall, der in der Vergangenheit liegt. Aber du gehst dabei nicht konsequent vor. Alle Morde begehst du auffällig brutal, obwohl das gar nicht nötig ist. Es ist sogar gefährlich. Du machst Lärm, Nachbarn könnten auf dich aufmerksam werden. Das kannst du nicht gebrauchen, weil du nach deinen Taten noch viel Zeit benötigst, um deine Spuren zu verwischen. Du musst lange in der Wohnung bleiben. Mit den Leichen. Und die sind so, wie du sie zurichtest, keine angenehme Gesellschaft. Und warum tötest du deine Opfer einerseits so unnötig grob, bist andererseits beim Verwischen deiner Spuren aber äußerst akribisch und beherrscht? Warum gehst du so viele unnötige Risiken ein? Man darf die Leichen schließlich erst finden, nachdem du alle deine Morde begangen hast. Es würde ja sonst sehr schnell klar werden, wer deine nächsten Opfer sind, und man würde sie unter Polizeischutz stellen. Und woher wusstest du, dass die Eltern allein sein würden? Du musstest doch nach den angezeigten Entführungen davon ausgehen, dass Polizei in den Wohnungen der Opfer sein könnte und dass Überwachungsmaßnahmen getroffen wür-*

den. Was hat dich so sicher gemacht, dass du mit deinem Zaubertrick bis zum Ende durchkommen würdest? Du musst Zeit haben, und viel Energie. Du bringst an drei Tagen in sechs Städten zwölf Menschen um. Und immer wieder bist du dabei hoch konzentriert, machst keine Fehler. Du machst eine regelrechte Mord-Tournee durch Deutschland. Tust du das wirklich nur, damit dein unglaublicher Trick bei der Entführung der Jungs die größtmögliche Wirkung entfaltet? Warum sollte Fjodor Sokolov so etwas anordnen? Und wenn er es tut, warum sollte er dann hinterher alles abstreiten? Nichts deutet auf ihn als Täter hin. Er könnte ja Olivia deutlich machen, dass er der Regisseur dieser Nummer ist. Und sie damit verspotten, dass sie es ihm nicht beweisen kann. Das würde zu ihm passen. Aber warum sollte er erst so eine Horrorshow inszenieren und dann alles abstreiten? Die Callas schwang sich anscheinend spielend leicht in die höchsten Töne hinauf, die in ihrer wundervollen Reinheit so perfekt mit dem Orchester harmonierten, dass Severin immer tiefer und tiefer in die Architektur dieser rätselhaften Taten vordringen konnte. *Du tötest die Eltern immer auf andere Weise. Du erdrosselst sie, schlägst mit Gegenständen auf sie ein, schießt, stichst. Ich weiß nicht, auf welches alte Verbrechen du dich beziehst. Aber wie sieht es mit dir aus?* Die Arie verklang, und die Musik war verstummt. Nach gerade einmal etwas mehr als zwei Minuten. Länger hatte es nicht gedauert. Auch wenn es Severin nun vorkam, als habe er Stunden in diesen Räumen zugebracht. Und als das Verklingen der Musik sein Gehör in die echte Welt zurückwarf, roch er noch einmal an seinem Quercus. Der Duft des Spätburgunders half ihm dabei, über alles, was er soeben gesehen und verstanden hatte, zu reflektieren. *Also gut.* Der Sessel knarzte leicht, als Severin sich aus ihm erhob und zu der nach wie vor mit Rollläden abgedichteten Fensterfront ging, um sein Telefon von der Ladestation zu nehmen. Er hatte die Nummer seit Jahren nicht gewählt, und er hatte sie auch nicht in seinem Telefon abgespeichert. Doch das war auch nicht erforderlich. Der Speicher, den er nutzte, war um Längen effektiver.

»Severin, bist du das?« Olivia klang gleichzeitig überrascht und erfreut.

»Auf welchen alten Fall bezieht er sich?«

»Absolut sicher weiß ich es natürlich nicht, aber nach Auswertung aller Möglichkeiten sehe ich nur einen Fall, der deutliche Parallelen aufweist und der nie geklärt werden konnte. Ein Zwillingspaar wurde entführt, die Eltern brutal ermordet. Alle verwertbaren Spuren verwischt. Die Kinder wurden nur zufällig gefunden, weil eine Kollegin vom LKA nicht aufgegeben hat, sie zu suchen. Esther Wardy, du kennst sie vielleicht.«

Severin schloss die Augen. Noch einmal glitten seine Blicke über die Tatorte und die Leichen.

»Komm bitte noch einmal zu mir. Ich habe mir die Sache näher angesehen, und das, was ich jetzt weiß, ist wichtig für dich. Sehr wichtig!«

Olivia schwieg für einige Sekunden, doch ihre Atmung beschleunigte sich hörbar. »Was meinst du?«

Severin hob sein Weinglas und nahm einen kleinen Schluck daraus, bevor er antwortete: »Es ist vollkommen egal, nach wem du suchst. Du suchst in jedem Fall den Falschen!«

KAPITEL 15

EMMA

Ich kann spüren, wie das Zebra auf dich wirkt.« Emma tastete nach Lennox' Hand und umschloss sie mit sanftem Griff. »Es verändert dich. Und du brauchst Veränderung, ich merke doch, dass es dir wieder schlechter geht. Du bist anders, schon seit Wochen.«

»In manchen Nächten ist es unerträglich.« Er wandte seinen Blick nicht von dem aus Kunststoff gegossenen Tiermodell, das ihn aus der veritabel nachgebildeten Steppe Afrikas heraus anzusehen schien. »Ich liege manchmal die ganze Nacht lang wach.«

»Es ist wegen dieser Sache in den Nachrichten, oder? Es weckt Erinnerungen, die ruhen sollten.«

»Ich möchte darüber nicht reden. Ich versuche, diese Sache zu ignorieren. Die Parallelen sind sicher Zufall, er ist nicht zurück, auf keinen Fall.«

Es war ruhig in den *Spree Studios* geworden. Emma und Lennox waren fast allein in der nachgebauten Kulisse des Filmes, dessen für die Handlung maßgebliche Steppenlandschaft auf einer Freifläche nachgebaut worden war. Alle Shows, die Lennox an diesem Tag hatte moderieren müssen, waren vorbei, und der Park würde in weniger als einer Stunde schließen. Die meisten Besucher waren direkt nach der großen Stuntshow nach Hause gefahren, so wie immer. Sie war das Highlight des Tages in den *Spree Studios*, und die meisten Gäste hatten bis zum Beginn des Actionspektakels in der eigens dafür gebauten Arena bereits alle anderen Attraktionen des Parks gesehen. Viele Besucher reisten auch als Gruppe an, als Schulklassen oder in Touristentouren. Die meisten von ihnen planten ihren Aufenthalt von vornherein darauf hin, nach der Stuntshow wieder zu gehen. Abgesehen davon, dass es ein normaler Wochentag war und die Sommerferien noch nicht begonnen hatten.

»Stell dir doch einfach vor, dass das Zebra immer in deiner Nähe ist. Auch dann, wenn du es nicht sehen kannst. Weil es nicht aus seiner Deckung heraustritt, sondern sich versteckt. Immer nur wenige Meter von dir entfernt.«

Lennox löste sich aus Emmas Griff und erhob sich von der Parkbank. »Mit dem Zebra kommt aber auch das Lied zurück. Manchmal tagelang ohne Pause. *Kisses for me, save all your kisses for me …*«

Er trat näher an das Tiermodell heran. Emma konnte deutlich erkennen, dass die Farbe auf dessen Nase abgeplatzt war, so wie viele der Exponate und Deko-Elemente im Park einer Restauration bedurften. Verbeulte, teils rostige Mülltonnen, veraltete Gebäude und überall Memorabilien von uralten Filmen, die keiner mehr kannte. Die Show mit den trainierten Filmtieren war dagegen sehr lustig gewesen. Lennox hatte so viel Witz und Charme versprüht, dass es Emma nicht langweilig geworden war. Und das, obwohl sie ihn bestimmt zum hundertsten Mal im Park besuchte und sich an den Shows im Laufe der Jahre so gut wie nichts verändert hatte. Wobei sie dies so auch nicht sagen konnte. Der Park veränderte nämlich Lennox, und das in einer Weise, die ihr geradezu magisch erschien. Der nachdenkliche, in sich gekehrte kleine Junge wurde im Rampenlicht schlagartig zu einem begnadeten Entertainer, so charmant und witzig, dass selbst Emma noch über seine Scherze lachte. Auch wenn sie diese schon hundert Mal gehört hatte. Sie griff an die Räder ihres Rollstuhls und fuhr näher an Lennox heran.

»Du darfst dem Zebra nicht die Verantwortung für dein Leben übertragen. Und du kannst diesem Lied nicht die Schuld an deinen Albträumen geben. Du bist stärker als das! Was sagt denn deine Mutter dazu?«

Lennox wandte seinen Blick von dem Tiermodell ab und sah zu Emma. »Ich erzähle meiner Mutter nichts davon. Es wäre unfair, sie damit zu belasten. Sie hat es nicht verdient nach allem, was sie getan hat. Wir haben alle unseren Rollstuhl. Du hast nur das Glück, dass man deinen sehen kann!«

Emma schwieg dazu. Er hatte schon recht, ganz bestimmt. Natürlich hatte jeder seine Einschränkungen, seien es Psychosen, Ängste, Krankheiten oder Traumata. Nur dass wiederkehrende Albträume es nicht erforderlich machten, sämtliche Ersparnisse für den Umbau seines Autos und den Umzug in eine barrierefreie Wohnung auszugeben. *Die man gar nicht findet.* Von über siebenhundert Wohnungsannoncen waren für Emma gerade einmal drei infrage gekommen. Zwei davon waren Altersheimplätze und seniorengerechtes Wohnen gewesen. Irgendwann hatte sie einen Neubau in der Nähe eines Parks gefunden, in dem man ihr schließlich eine geeignete Wohnung angeboten hatte. Nur den Haltegriff an der Badewanne hatte sie installieren lassen müssen, ansonsten war das Objekt bereits barrierefrei gebaut worden. Wenigstens war sie nur ab dem zwölften Brustwirbel gelähmt, sodass ihre Rumpfstabilität und Bauchmuskulatur funktionierten. Dennoch, vom Gehen zum Rollen war keine leichte Umstellung für Emma gewesen. *Andererseits hat mich ja auch niemand dazu aufgefordert, aus dem vierten Stock zu springen und dann auch noch auf dem Geländer im zweiten aufzuprallen.*

»Ist das Horrorhaus noch offen?« Emma richtete ihren Blick auf den großen Boulevard, über den man alle Attraktionen des Parks erreichen konnte.

»Hängt dir das nicht langsam zum Halse raus?« Lennox sah Emma mit kritischem Blick an.

»Ach, die Zombies da drinnen sind mir lieber als die Zombies da draußen.« Sie deutete in Richtung Ausgang.

»Dir macht auch wirklich gar nichts Angst, oder?«

Lennox fasste an die Griffe des Rollstuhls und begann, Emma in Richtung Boulevard zu schieben. Sie gestand ihm das zu. Er war der Einzige, dem sie es erlaubte, sie ungefragt durch die Gegend zu schieben.

»Du machst mir Angst, zumindest manchmal. Dein Publikum liebt dich. Alle lieben dich. Du bist witzig, klug, siehst super aus. Aber in dir wohnt etwas Böses. Nichts, was von dir selbst kommt. Es ist etwas, das sich wie ein Parasit in dir eingenistet hat. Das von dir zehrt und dir die Kräfte wieder raubt, die der Applaus deiner Zuschauer dir gibt. Und dieser Parasit zehrt immer mehr von dir. Du darfst nicht zulassen, dass er die Kontrolle übernimmt. Gerade jetzt nicht, wo diese Meldungen von den verschwundenen Jungs in den Nachrichten sind.«

Lennox antwortete nicht, doch Emma konnte an seiner Atmung hören, dass er noch hinter ihr stand. Plötzlich spürte sie Wärme in ihrem Nacken, als Lennox ihn mit beiden Händen umfasste und begann, sie mit sanftem Druck zu massieren. Sie griff seine Rechte, zog sie von ihrem Nacken weg und umschloss sie mit beiden Händen.

»Du bist stark, vergiss das nie! Das Zebra ist ganz genauso in dir wie dieser bösartige Parasit. Und es kann ihn besiegen. Wenn du es willst.«

Sie spürte das leichte Kratzen seiner Bartstoppeln, als er sich zu ihr hinunterbeugte und ihr einen sanften Kuss auf den Nacken gab.

»Du hast vermutlich recht.« Er klang so liebevoll, wie er es nur selten tat. »Das Zebra ist bei mir, und es wird mich nicht im Stich lassen.«

Dann machten sie sich auf den Weg zum Horrorhaus. Die Monster darin würden bald Feierabend machen.

KAPITEL 16

Olivia war nicht sofort auf das Grundstück getreten, auf dem der Flachbau aus den Siebzigerjahren stand, in dem Boesherz wohnte. Sie drehte sich noch einmal um die eigene Achse und ließ ihren Blick über die alten Villen schweifen, die ringsherum das Straßenbild säumten. *Wenn ich hier wohnen würde, dann wären meine Rollläden ganz sicher nicht heruntergelassen.*

»Du beißt bei ihm auf Granit, oder?«

Die Stimme riss Olivia aus ihren Gedanken. Sie drehte sich in die Richtung um, aus der sie gekommen war. »Ferdinand? Hast du dich angeschlichen?«

Severins Sohn gefiel Olivia deutlich besser als noch am Tag zuvor. Zwar hatten ihm die etwas zu elegante Kleidung und das unfrisierte Wuschelhaar auf dem Kopf gut gestanden, doch in Jeans und Sneakers, mit exakt gestyltem Haar und eng anliegendem T-Shirt wirkte er doch weit stimmiger und typgerechter gekleidet.

»Meinem Vater ist dein Fall nicht egal, absolut nicht. Er macht nur gerade einen inneren Wandel durch, gegen den jede Midlife-Crisis ein Witz ist. Tut mir leid, aber ich schätze, du wirst deinen magischen Killer selbst finden müssen.«

Olivia trat einen Schritt zurück und musterte Ferdinand demonstrativ. »Du hast das gestern alles mitbekommen?« Sie senkte die Augenbrauen. »Aber den Geräuschen nach warst du doch total intensiv am Computer mit irgendeinem krassen Spiel beschäftigt, als ich mich mit Severin unterhalten habe.«

Ferdinand verzog keine Miene. »War ich ja auch.«

Olivia verdrehte die Augen. Wie konnte es auch anders sein? Ein Boesherz konnte nun mal eben gleichzeitig eins der kompliziertesten Computergames spielen, die es gab, und dabei einer komplexen Unterhaltung über ein rätselhaftes Verbrechen im Stockwerk darüber folgen.

»Ich bin hier, weil dein Vater sagt, er hat etwas Wichtiges herausgefunden. Die Sache hat ihn wohl doch nicht ruhen lassen.«

»Das ist aber nicht so gut, wie du vielleicht denkst.« Jetzt klang der sonst eher unbekümmerte Ferdinand schlagartig ernst, und Nachdruck schwang in seiner Stimme mit. »Es gibt gute Gründe, warum er sich zurückgezogen hat. Es ist ein bisschen so wie bei einem Junkie. Seine Gabe gibt ihm Kicks, und zwar welche, die du dir nicht vorstellen kannst. In seinem Gehirn dreht es sich wie in tausend Karussells. In alle möglichen Richtungen, in allen möglichen Geschwindigkeiten. Und absolut alles, was sich da dreht, ist bei ihm. Gleichzeitig. So, als ob alle Besucher eines Fußballstadions gleichzeitig aus einer kleinen Gasse treten würden und du jeden Knopf an jedem Kleidungsstück von jedem Menschen gleichzeitig wahrnehmen würdest.«

Olivia atmete tief aus. »Das Erkennen ist wie ein Rausch für ihn, und je stärker der ist, umso schlimmer sind die Schmerzen danach.«

»Mit Räuschen scheinst du dich ja auszukennen!« Ferdinand lächelte wie ein Kind, das seiner Oma einen Lausbubenstreich gespielt hatte.

Olivias Handy klingelte, noch bevor sie etwas erwidern konnte. Sie griff wie automatisiert nach ihrem Smartphone und sah auf das Display. Mit einem Fingerzeig bat sie Ferdinand, das Gespräch annehmen zu können. »Marvin, bist du das?« Ihr Gesichtsausdruck erhellte sich schlagartig, und Glanz trat in ihre Augen.

»Ich komme heute Abend zu dir. Ist das okay, oder hast du Stress?« Er klang, als könne nichts und niemand ihn aus der Ruhe bringen.

»Das kann ich dir erst später sagen. Ich rede jetzt mit meinem früheren Kollegen. Davon hängt ab, was ich heute noch machen muss.«

»Mit diesem Genie?« Marvin klang schlagartig ernster. »Wegen deines Falles?«

»Ja, ich melde mich später. Ich liebe dich!« Sie beendete das Telefonat.

»Hui, da ist aber jemand verknallt.« Ferdinand grinste über das ganze Gesicht.

»Und du?« Olivia steckte ihr Handy wieder ein. »Keine Beziehung in Sicht?«

»Ich glaube, ich will gar keine. Je mehr Menschen ich im Bett habe, umso sicherer werde ich mir, dass ich keine in meiner Nähe haben möchte. Zumindest nicht als Lebenspartner.«

»Du bist ziemlich offen, was sexuelle Beziehungen angeht, oder?«

Ferdinand verzog keine Miene. »Das ist aber eher unromantisch, quasi ein Teil meiner Ausbildung. Es geht um Gerüche, darum, Menschen bereits an ihrem Duft einschätzen zu können. Ich erzähle dir das mal, wenn du mehr Zeit hast.« Er deutete auf die abgedichtete Fensterfront von Severins Wohnung. »Mein Vater wartet auf dich, geh lieber zu ihm. Er gewährt nicht besonders oft Audienzen.«

»Ich hoffe echt, dass er was Hilfreiches für mich hat. Ich stecke nämlich voll in einer Sackgasse. Die Jungs brauchen Hilfe, die Öffentlichkeit will endlich in den Nachrichten sehen, dass wir sie gefunden haben, und der Einzige, der mir bisher helfen will, ist Luzifer persönlich!«

»Luzifer? So schlecht klingt das doch gar nicht. Beim dem weiß man zumindest, woran man ist!«

KAPITEL 17

BOESHERZ

Er wollte, dass ihr auf den alten Fall stoßt und die Ermittlungen dazu wieder aufnehmt. So weit wissen wir es inzwischen.«

Olivia saß ruhig und aufmerksam an ziemlich genau der Stelle des Sofas, auf der sie bereits am Tag zuvor gesessen hatte. Sie lauschte den Ausführungen ihres früheren Kollegen extrem konzentriert, immerhin konnte jedes seiner Worte das letzte sein, das er ihrer Ermittlung widmen würde. »Du hast am Telefon gesagt, dass ich den Falschen suche. Wie hast du das gemeint?«

»Dein Zauberkünstler will, dass ihr den Täter sucht, der damals Karl und Kai entführt hat. Wir dachten zunächst, dass der Kerl von damals aus irgendeinem Grund gefunden werden will, das war aber ein Irrtum. Der aktuelle Täter kennt zwar den alten Fall, aber er kennt ihn nicht im Detail. Er weiß nicht, wie derjenige, den ihr suchen sollt, damals vorgegangen ist. Er hat seine Opfer auf viele unterschiedliche Weisen ermordet. Immer brutal, aber jedes Mal mit einer anderen Methode. Ihr dachtet, dass er damit seine grausame Entschlossenheit zeigen will, die Tatsache, dass er unberechenbar und zu allem fähig ist. In Wirklichkeit fischt er aber einfach nur im Trüben! Ihm ist bewusst, dass die Eltern der Zwillinge damals grausam ermordet wurden, aber er weiß nicht, auf welche Weise. Ich war an den Tatorten, in meiner Vorstellung. Ich habe mich genau umgesehen. Und eine Sache war offensichtlich: Das, was dein Täter da angerichtet hat, war keine Wiederholung des alten

Verbrechens. Es war seine Interpretation davon! Er hat nicht die Tat wiedergegeben, sondern sein Gefühl dazu. Die Emotion, mit der er auf seine Erinnerungen an das blickt, was er über diese alten Morde weiß.«

»Du denkst also, ich suche einen der Betroffenen von damals?« Olivia kniff die Augen zu schmalen Schlitzen zusammen. »In diesem Fall kämen ja nur die Zwillinge selbst infrage. Mir ist aus den Akten kein anderer Betroffener bekannt, der noch leben würde oder ein ausreichend starkes Motiv hätte. Denkst du denn, dass sich der *Zaubertrick* bei den Entführungen dadurch erklären lässt, dass es zwei Täter waren, die genau gleich aussehen?«

»Nein.« Boesherz verzog keine Miene. »Selbst wenn Karl und Kai identisch aussehen, könnten sie nicht an sieben Schauplätzen gleichzeitig gewesen sein. Außerdem haben sie zwar die gleiche DNA, ihre Fingerabdrücke sind aber unterschiedlich. Trotzdem musst du die beiden finden. So oder so, die Zwillinge sind der Schlüssel zur Lösung.«

Olivia atmete tief durch und streckte ihr Kreuz. »Als ob mir die Idee nicht auch schon gekommen wäre. Aber die beiden sind seit zwanzig Jahren im Opferschutz untergetaucht, komplett unauffindbar. Es gibt keine einzige Information zu ihnen, und das ist mittlerweile ja auch zwanzig Jahre her. Aber warum sollten die beiden denn ausgerechnet jetzt, nach so langer Zeit, ganz plötzlich in ihrem eigenen Entführungsfall aktiv werden? Und das auch noch auf so grausame Weise? Man wird doch nicht zu einem brutalen Mörder, weil man will, dass ein anderer brutaler Mörder zur Rechenschaft gezogen wird.«

Boesherz' Blick veränderte sich. So als sehe er Olivia plötzlich gar nicht mehr. Früher, zu ihrer gemeinsamen Zeit im LKA, hatte sie dies noch verunsichert. Mittlerweile hatte sie aber verstanden, dass Severin, wann immer sein Blick auf diese Weise ins

Leere ging, in Wirklichkeit einfach nur etwas ganz anderes betrachtete. Etwas, das nur vor seinem inneren Auge zu sehen war.

»Der Auslöser ist etwas, das zur Eile mahnt.« Jetzt fühlte Olivia sich wieder angesehen, Boesherz war offenbar aus seinem Nachdenken zurückgekehrt. »Etwas, das dem Täter ein sehr hohes Maß an Brutalität als gerechtfertigt erscheinen lässt. Er hat etwas getan, das ihn so oder so selbst in den Abgrund reißen wird, und das war ihm schon bei seiner Planung vollkommen bewusst. Trotzdem hat es ihn nicht aufgehalten. Aber warum? Vielleicht, weil er bereits sein ganzes Leben in einem Abgrund verbringt? Er hat vermutlich nichts zu verlieren, das Schlimmste, was ihm passieren kann, ist ein Leben im Gefängnis. Aber seine Seele ist ein weit schlimmeres Gefängnis als jede JVA, und wenn er durch seine Morde die Genugtuung erhält, nach der er sich sehnt, ist ihm das ein Leben hinter Gittern wert.«

Olivia schüttelte den Kopf. »Das Schlimmste, was ihm droht, ist nicht Gefängnis, sondern der Tod! Indem er sich mit dem Täter von damals anlegt, zieht er ja möglicherweise dessen Zorn auf sich.«

Boesherz winkte ab. »Der Tod macht ihm keine Angst. Nicht bei dem Leben, das er führt. Oder das sie beide führen. Karl und Kai. Seit zwanzig Jahren tief in ihrem Innern eingesperrt. In einem Bunker im Wald zurückgelassen.«

»Du denkst also wirklich, dass die Zwillinge von damals die Täter sind?«

Boesherz sah Olivia an, wie ein Großvater seine Enkelin ansehen würde, wenn er ihr etwas Unangenehmes mitzuteilen hatte. »Dass die ermordeten Eltern allesamt in kriminelle Machenschaften verstrickt waren, ließe sich gut dadurch erklären, dass der Täter einfach nur nach Opfern gesucht hat, um die es in seinen Augen nicht schade ist. Und so leid es mir für dich tut, das könnte bedeuten, dass Sokolov wirklich nichts mit der Sache zu tun hat. Ich weiß, was das für deine Karriere bedeuten könnte. Ich kann auch nicht mit Gewissheit sagen, dass es die Zwillinge waren, so, wie ich auch nicht ausschließen kann, dass irgendwie vielleicht doch eine Verbindung zu Sokolov besteht. Beide Informationen zeigen sich mir in deinen Unterlagen nicht. Aber Karl und Kai haben mit dieser Sache zu tun. Und wenn sie nicht die Täter sind, dann sind sie zumindest der Grund, aus dem das alles passiert.«

»Das ergibt ja durchaus Sinn. Wir sollen den Mörder der Eltern von Karl und Kai endlich zur Rechenschaft ziehen. Aber wer immer uns dazu zwingen will, müsste doch davon ausgehen können, dass wir nicht zwanzig Jahre später plötzlich irgendwelche Erkenntnisse aus dem Hut zaubern können, die wir damals nicht hatten. Die Ermittlungen wurden ja nicht auf Eis gelegt, weil die Kollegen sich damals keine Mühe gegeben oder nicht absolut alles versucht haben.«

Boesherz' Mimik veränderte sich. So als gäbe es etwas, das er Olivia bislang verheimlicht hatte. »Etwas anderes lässt den Täter hoffen. Und genau da liegt das vielleicht größte Problem.«

Olivia bemerkte, wie Boesherz am Revers seines Sakkos zu zupfen begann, obwohl es wie immer tadellos saß. Sie kannte ihn als einen Mann, den wahrlich so schnell nichts aus der Ruhe zu bringen vermochte, weswegen bereits dieses leise Aufblitzen einer möglichen Unsicherheit nicht eben zu ihrer Beruhigung beitrug.

»Was willst du mir sagen?«

»Es geht hier um Rache. Um späte Genugtuung. Der, den du suchst, will nicht davonkommen, das ist ihm völlig egal. Er will nur, dass der Täter von damals endlich zur Verantwortung gezogen wird. Und er hat deswegen etwas begonnen, das er ganz sicher nicht einfach ergebnislos abbrechen wird. Wenn ihr ihm nicht bald liefert, was er von euch will, dann wird er weiter morden. Er wird den Druck auf euch erhöhen, immer mehr und mehr. Ich glaube nicht, dass er die entführten Jungs töten will. Das wäre im Sinne seiner Botschaft ja so, als würde er Karl und Kai töten. Nein, das hat er nicht vor. Und diese Erkenntnis verschafft dir etwas Zeit. Aber er wird die Kinder auch nicht freilassen, bevor er hat, was er will, und das könnte im schlimmsten Fall bedeuten, dass sie in ihrem Versteck verhungern. Schließlich wurden Karl und Kai ja damals auch nur gefunden, weil es jemanden gab, der entgegen aller Vernunft immer weiter nach ihnen gesucht hat.«

Olivia hob entschlossen den Blick. »Esther Wardy! Sie hat sich damals sogar Urlaub genommen, um die Zwillinge rund um die Uhr suchen zu können. Ich muss noch mal zu ihr. Wenn mir jemand helfen kann, dann sie.«

Boesherz nickte, doch es wirkte eher beiläufig. »Mach das. Es wäre durchaus möglich, dass Karl und Kai noch Kontakt zu ihr halten. Die Verbindung zu seinem Lebensretter gibt man ja nicht einfach so auf. Aber Wardy wird dir nicht helfen können. Sie und das gesamte LKA Berlin haben diesen Mörder zwanzig Jahre lang nicht gefunden. Der neue Täter wird wohl kaum davon ausgehen, dass Wardy jetzt, im Rentenalter, plötzlich eine Erleuchtung hat.«

Olivia sah Severin in die Augen, und sie bemerkte dabei, dass etwas in seinem Blick verborgen lag. Etwas, das anscheinend nur darauf wartete, hervorgeholt zu werden. »Was hast du gemeint, als du gerade gesagt hast: *Es gibt etwas anderes, das den Täter hoffen lässt. Und genau da liegt das vielleicht größte Problem?*« Sie meinte, Boesherz hätte ihr zugelächelt, doch sie konnte sich ebenso gut getäuscht haben.

»Ich habe vor einigen Jahren in einem Fall ermittelt, der auch sehr lange zurücklag. Du warst selbst dabei, es ging um Leonore.«

Olivia erinnerte sich an den Fall, als wäre es gestern gewesen.

Nie zuvor war das Genie Boesherz so nah an seine intellektuellen Grenzen geraten. Die Ermittlung hätte ihn damals beinahe das Leben gekostet, und im Rückblick war sie auch der Anfang vom Ende seiner Polizeilaufbahn gewesen. Nie wieder hatte er danach so unbelastet gearbeitet wie zuvor.

»Der Täter hatte damals auch ein altes Verbrechen nachgestellt, das du nie aufklären konntest. Du, das Genie, das sonst jedes Verbrechen aufklären kann.«

Boesherz holte tief Luft, bevor er sich in seinem Sessel zurücklehnte. »Der Fall ging durch die Medien. Du verstehst, was ich dir sagen will?«

Natürlich! Warum war Olivia nicht schon längst von selbst darauf gekommen? *Wenn es so ist, wie ich vermute, dann stehe ich tatsächlich vor einem gewaltigen Problem!*

»Er hat sich dieses unerklärliche Vorgehen, diesen bemerkenswerten Zaubertrick ausgedacht, weil er wollte, dass ich genau das mache, was ich dann auch getan habe. Ich sollte zu dir kommen und dich mit seinem *unmöglichen Verbrechen* ködern. Seine geniale Entführungsmethode sollte bewirken, dass du wieder in den Polizeidienst zurückkehrst. Das Genie, von dem er aus den Medien erfahren hat, scheint ihm der Einzige zu sein, dem er zutraut, diesen alten Fall um Karl und Kai Jahrzehnte später noch auflösen zu können.«

Boesherz legte seine Stirn in Falten. »Und genau da liegt das Problem.«

»Du meinst …?« Olivia wagte es nicht, ihren Satz zu beenden.

»Genau das meine ich! Schon wieder hat mein Geist einen Dämon heraufbeschworen, der sich mit mir messen und mich als Werkzeug benutzen will. Und schon allein deswegen muss ich dir sagen, was du ganz bestimmt nicht hören willst: Ich stehe für diese Angelegenheit nach wie vor nicht zur Verfügung. Das ist mein letztes Wort!«

KAPITEL 18

KARL, 20 JAHRE ZUVOR

Kisses for me,
save all your kisses for me.
Bye-bye, baby, bye-bye!
Don't cry, honey, don't cry!
Gonna walk out the door
But I'll soon be back for more!

Wieder und wieder drang die Musik aus dem hinteren Raum des Bunkers zu den Zwillingen vor. Nicht besonders laut und mit einem leichten Knistern. Dafür aber ohne Kratzer, und auch das Abspielgerät eierte nicht. Und kaum dass die Melodie verklungen war, fuhr der Arm des Plattenspielers auch schon wieder auf seine Startposition zurück und ließ das Stück ein weiteres Mal erklingen. Karl war eigentlich der Meinung, dass »Let's love together«, die B-Seite der Single, die auf dem Plattenteller lag, der bessere der beiden Songs sei, aber Kai mochte ihn nicht, und Karl nahm Rücksicht darauf. So, wie er immer Rücksicht auf seinen Zwilling nahm.

»Mama und Papa holen uns hier bestimmt bald raus!« Er trat von hinten an Kai heran und blieb mit etwa einem halben Meter Abstand stehen. »Die müssen was Wichtiges erledigen und haben uns hier untergebracht, damit wir in Sicherheit sind.«

Anstatt zu antworten, starrte Kai einfach nur weiter zur Wand. Karl glaubte, ein unterdrücktes Schluchzen gehört zu haben.

Sie waren einfach hier aufgewacht. Vor einer ganzen Weile,

vielleicht schon eine Woche. Nirgendwo in diesem Raum aus Beton, den ihre Eltern für sie hergerichtet hatten, gab es Fenster oder eine Uhr. Nichts, was den Geschwistern zeitliche Orientierung bot. Dafür hatten sie aber eine ganze Palette mit Wasserflaschen vorgefunden, neben denen sich Kartons voller Lebensmittel türmten, die sie essen konnten, ohne dazu über irgendwelche Kochkünste verfügen zu müssen. In der zweiten Klasse hatte Frau Gründel ihren Schülern einmal gezeigt, wie sie sich mit einfachen Mitteln und ohne Zuhilfenahme eines Messers eine Scheibe Brot belegen konnten, doch diese Fähigkeit wurde Karl und Kai in ihrer vorübergehenden Unterbringung nicht abverlangt. Neben Bananen und Äpfeln gab es haufenweise Minisalami, Milchreis, Käsewürfel, Salzstangen und Kartoffelchips. Und Schokolade! O ja, ihre Eltern hatten Karl und Kai wirklich massenhaft davon zurückgelassen. Wahrscheinlich als Entschuldigung dafür, dass sie mitten in der Nacht so spontan abgereist waren, dass sie ihre Zwillinge nicht einmal aufgeweckt hatten, bevor sie die beiden in ihre vorübergehende Ferienunterbringung gefahren hatten. Ein großes Abenteuer hatten sie sich für ihre beiden Lieblinge ausgedacht, und wenn Karl auch meinte, die Lust daran noch nicht verloren zu haben, spürte er doch, dass es Kai da anders ging. Immerhin, auf eine Erklärung für ihre herausfordernde Lage warteten die Kinder noch immer vergebens.

»Warum guckst du es immer an?« Karl hatte noch immer keine Regung bei Kai bemerkt. Jetzt sah auch er zu der Stelle an der Wand, auf die Kai seit einer gefühlten Ewigkeit wortlos starrte.

»Es hängt da, weil es auf uns aufpasst!« Kais Stimme war brüchig, ein unterdrücktes Weinen schien sich hinter ihr verstecken zu wollen.

»Stimmt!« Karl strahlte über das ganze Gesicht. »Deswegen guckt es uns an. Mama und Papa haben es für uns hingehängt, damit wir wissen, dass wir sicher sind.«

»Mama und Papa haben uns hier einfach versteckt, damit wir nicht mehr nach Hause finden.« Jetzt senkte Kai den Kopf.

»Nein!« Karl schrie so laut, dass Kai zusammenzuckte. »Du lügst! Mama und Papa passen auf uns auf, und wenn sie hören, was du über sie sagst, dann bekommst du Ärger!« Karl hätte Kai am liebsten an der Schulter gepackt und geschüttelt. Was sollte dieses Gerede denn bloß? Niemand war liebevoller und sorgsamer als ihre Eltern, sogar die anderen Kinder aus der Schule beneideten die Zwillinge um sie. Immer bekamen die beiden die schönsten Geburtstagsgeschenke, jeder die, die er sich gewünscht hatte. Und wenn die Zwillinge sich das Gleiche wünschten, dann bekamen sie es eben doppelt, eins für jeden. Okay, ihre Eltern hatten nicht so viel Geld. Papa arbeitete in einer Fabrik, wo er die Maschinen ganz machte, wenn sie mal kaputtgingen, und Mama war zu Hause bei ihren Zwillingen, spielte und tobte mit ihnen und kochte die besten Spaghetti der Welt. Was, so fragte sich Karl, war also gerade in Kai gefahren, so einen Mist über die beiden zu reden? »Die Tür ist ganz fest zu! Ich habe versucht, sie mit einem Nagel aufzumachen, aber das geht nicht. Mama und Papa haben dafür gesorgt, dass uns hier keiner holen kommen kann!«

Da, ein Knarren war zu hören gewesen. Ein für die Kinder nicht näher zuzuordnendes Geräusch, das aber eindeutig aus dem Gang mit dem flackernden Neonlicht erklungen war.

»Da kommen sie!« Karl riss die Arme in die Luft. »Ich hab's dir doch gesagt!« Sofort rannte er los, so schnell ihn seine dünnen Beine trugen. Jetzt würde Kai sehen, wer hier recht gehabt hatte! Papa hatte ganz offensichtlich bereits den Schlüssel von außen ins Schloss gesteckt, und das Geräusch, wie er ihn herumdrehte, würde gleich folgen. Jetzt würden Karl und Kai endlich erfahren, was so dringend gewesen war, dass ihre Eltern sie ohne Ankündigung hierhergebracht hatten. Es waren nur Sekunden vergangen, bis Karl die Tür erreicht hatte.

»Hallo! Da seid ihr ja endlich!« Karl trommelte gegen das kalte Metall, und seine Rufe waren von Freude und Erleichterung erfüllt. Hüpfend und lachend wartete er, dass die Tür nun endlich aufgehen und ihre Eltern vor ihm stehen würden. Was für eine tolle Fahrt nach Hause sie jetzt alle erwartete! Mama und Papa würden berichten, was sie Spannendes erlebt hatten, und er und Kai würden erzählen, wie toll sie allein zurechtgekommen waren. Dass sie gar keine Angst gehabt und einander vor dem Einschlafen Geschichten erzählt hatten. Sie würden bestimmt an einem *McDonald's* vorbeikommen, und Papa würde sie zu einem *Happy Meal* einladen! Das und noch vieles andere würde passieren, sobald Papa jetzt von außen diese Tür öffnete.

»Sie kommen nicht wieder.« Kais Stimme riss Karl aus seinen Gedanken.

Er hätte nicht sagen können, wie lange er nun schon vor der schweren Metalltür stand und wartete. Obwohl, das Lied hatte in der Zeit mindestens zwei Mal von vorn angefangen. *Kisses for me, save all your kisses for me.*

»Wohl!« Karl senkte den Blick und trat gegen die Tür. »Die sind nur umgekehrt, weil sie was vergessen haben.«

Jetzt spürte er die Hände von Kai auf seinen Schultern. Die beiden hatten seit ihrer Geburt so gut wie jeden Augenblick ihres Lebens gemeinsam verbracht. Jeder kannte den anderen so gut wie sich selbst. Und jeder konnte spüren, was der andere fühlte. So war es nun für Karl, als fließe ein Teil von Kais Angst zu ihm ab, während er selbst einen Teil seines Mutes und seines guten Glaubens an Kai übertrug.

»Ich weiß es ganz genau.« Kai klang verbindlich. »Mama und Papa kommen uns nicht holen. Niemand kommt uns holen.«

Karl wollte schon Kais Hände von seinen Schultern schlagen und wütend zu toben beginnen. Doch er hielt inne. *Nein, das stimmt nicht! Kai lügt! Sie holen uns ab, ganz bald!* Er drehte sich um und sagte so ruhig, wie sein Zorn es ihm erlaubte: »Lass uns zusammen das Bild angucken und das Lied dabei hören, ja? Ich wette, bevor das Lied zehn Mal gelaufen ist, kommen sie zurück.«

Kai sah Karl mit einer Mischung aus Sorge und Zuversicht an. »Na gut.« Eine Träne floss an Kais Wange hinab. »Vielleicht hast du ja recht.«

KAPITEL 19

LENNOX

Die Stuntshow war vorbei, die donnernde Musik verklungen, das Feuer der Pyrotechnik erloschen. Allmählich hatten sich die Besucher der *Spree Studios* in Kolonnen wieder aus der Stuntarena herausgeschoben, und diejenigen, die noch blieben, säumten jetzt wieder den Boulevard, der die Attraktionen quer über das riesige Gelände miteinander verband.

»Hast du mal eine Minute?« Cordulas Stimme riss Lennox aus seinen Gedanken. »Oder versuchst du wieder, das Zebra zu hypnotisieren?«

Cordula Gerster! Wenn es jemanden gegeben hatte, den Lennox jetzt nicht gebrauchen konnte, dann diese schreckliche Frau. Ein Paradebeispiel für die Unfähigkeit der untersten Führungsebene. Gerade einmal wichtig genug, um Dienstpläne schreiben zu dürfen, in keinem Bereich wirklich talentiert, aber schon lange genug im Betrieb, um Schlüssel zu allen Bereichen tragen und in Abwesenheit der echten Chefs Hausrecht ausüben zu dürfen. Immerzu kam sie bei Lennox an und wollte irgendetwas von ihm. Und das, obwohl Lennox kein Angestellter der *Spree Studios*, sondern ein freiberuflicher Künstler war, dem sie absolut gar nichts zu sagen hatte.

»Was gibt's denn?« Er rang sich ein Lächeln ab.

»Pass auf, wir haben eine Reisegruppe auf dem Gelände. Die können kein Deutsch, aber sie wollen in die Tiershow eingebunden werden.«

»Wo kommen die denn her?«

»Eriwan!«

Lennox hatte alle Mühe, ruhig zu bleiben. »Können die Englisch?«

Cordula schüttelte den Kopf. »Nur einer ein bisschen, aber der würde dann für die anderen übersetzen. Die wollen das Quiz spielen. Das kriegst du doch hin, oder?«

Wie bescheuert war diese Frau eigentlich? Und was hatte sie verdammt noch mal nicht an Lennox' Job verstanden? Er war nicht dazu da, die persönliche Eitelkeit irgendwelcher Reisegruppen zu bedienen, sondern dafür, die Menschen zu unterhalten, die dafür bezahlt hatten, einen lustigen und ereignisreichen Tag zu verbringen. Wie stellte sie sich das denn bitte vor? Da saßen selbst um diese Zeit noch locker fünfhundert Menschen im Publikum, die sich darauf freuten, etwas über die Arbeit mit Tieren bei Film und Fernsehen zu erfahren. Humorvoll mit einem Quiz präsentiert, das einigen handverlesenen Zuschauern die Möglichkeit gab, als Kandidaten mitzuspielen. Und wenn es etwas in seinem Job gab, das Lennox heilig war, dann die Auswahl dieser Kandidaten. Jeder Mensch, den er von den Zuschauerrängen nach vorn auf die Bühne holte, war ein Vertreter des gesamten Publikums. So, wie Lennox seine Kandidaten behandelte, behandelte er somit jeden Menschen im Saal. Für sein Quiz wählte er bevorzugt eine sympathische ältere Frau, einen lustigen dicken Mann und ein niedliches Kind, das aufgeweckt wirkte und zwischen zehn und zwölf Jahre alt war. Jung genug, um noch niedlich zu sein, alt genug, um ein Quiz spielen zu können. Das, was Lennox machte, war kein beliebiger Nonsens. Und sein Interesse war es nicht, die Ignoranz einer einzelnen Reisegruppe zu streicheln, sondern für alle seine Zuschauer gleichermaßen da zu sein.

»Ich soll also das gesamte Publikum damit zu Tode langweilen, dass eine Reisegruppe, die kein Wort von dem versteht, was ich da moderiere, untereinander das Quiz austrägt, als wäre das deren private Party? Ich soll fünfhundert Menschen ausschließen, die genau so viel Eintritt bezahlt haben, damit sich zwanzig gewürdigt fühlen? Und das nur, weil sie gefragt haben?«

Und wieder diese in Dummheit getauchte Leere. Dieser Gesichtsausdruck, den Lennox von keinem anderen Menschen kannte als von Cordula. Dieser Moment, in dem sie erkannte, dass sie weder Lennox' Job noch seine professionellen Überlegungen verstanden hatte. Dieses *Ich bin hier der Chef, diskutiere nicht mit mir!* von einer Frau, die in etwa so sehr der Chef war wie der Typ, der im Horrorhaus die Besucher erschreckte, indem er ihnen mit einer Kettensäge nachlief, an der sich keine Kette befand.

»Du machst das schon!« Damit klopfte sie ihm auf die Schulter, wandte sich ab und ging zielstrebig in Richtung der Westernstadt. Vermutlich, um sich zu vergewissern, dass alle genau das taten, was sie immer taten. Auch dann, wenn Cordula sich nicht vergewisserte, dass sie es taten. Lennox zog sein Smartphone aus der Innentasche seines Sakkos und wählte eine Nummer. Es dauerte nicht lange, bis sein Anruf entgegengenommen wurde.

»Lennie, was gibt es denn?« Die Frau klang besorgt, wie sie es immer tat, wenn Lennox sie unangekündigt anrief.

»Es kann sein, dass ich heute etwas später nach Hause komme.« Er sah zu dem Zebra hinüber. »Ich muss nach der letzten Show noch was erledigen.«

»Ist alles in Ordnung?« Sie klang noch etwas besorgter als zuvor.

»Alles okay. Ich muss nur kurz bei einer Kollegin vorbeifahren und was abgeben. Nur, damit du dich nicht wunderst, wo ich bleibe.«

Die Frau machte eine kurze Pause, Lennox konnte aber hören, dass sich ihr Atem beschleunigte.

»Lennie, du weißt, dass ich immer für dich da bin, wenn du Probleme hast, oder?«

Er schloss die Augen und versuchte, sich eine Träne zu verkneifen. »Natürlich weiß ich das. Ich liebe dich!«

»Ich dich auch. Ich dich auch!«

Lennox beendete das Telefonat und trat an das Zebra heran. Er legte ihm seine Hand auf die Plastikschnauze und sah sich unauffällig um. Als er sich vergewissert hatte, dass niemand ihn hören würde, neigte er sich zum Ohr des Plastiktieres vor und begann ganz leise zu singen.

»Kisses for me, save all your kisses for me. Bye-bye, baby, bye-bye …«

KAPITEL 20

BOESHERZ

Ich fasse noch mal zusammen: Eine milliardenschwere Medienunternehmerin, die in eine dubiose Korruptionsaffäre verstrickt werden sollte, wird erpresst, hunderttausend Euro Lösegeld für einen Obdachlosen zu bezahlen, den sie gar nicht kennt. Sie sieht ihn auf einem Livestream, der mit hohem technischen Aufwand und in HD-Qualität übertragen wird. Was steckt dahinter?«

Boesherz saß jetzt nicht mehr in seinem grünen Sessel, befand sich nicht mehr in seiner Maisonette am Schlachtensee. Er hatte jetzt wieder auf dem lächerlich großen und sündhaft teuren Sofa der Unternehmerin Platz genommen, umringt von einer kleinen Gruppe handverlesener Polizisten und Sachverständiger, die sich mitten in der Nacht konspirativ in der erstklassig gesicherten Villa in Westend zusammengefunden hatten, um der mehr als ungewöhnlichen Erpressung ein schnelles und diskretes Ende zu bereiten. Die Stimme seines Sohnes vernahm Boesherz wie aus dem Hintergrund, so als höre er sie über einen Ohrstecker.

»Das, was die Entführer da tun, ist, vordergründig betrachtet, absoluter Wahnsinn und erfordert Risiken, die in keinem vernünftigen Verhältnis zum möglichen Ertrag stehen.« Ferdinand wirkte sehr klar, seine Gedanken schienen geordnet und fundiert. »Auf der anderen Seite gehen die Entführer aber doch ein weniger großes Risiko ein, als man zunächst denken könnte.«

In seiner Vorstellung betätigte Boesherz so etwas wie eine unsichtbare Taste, mit der er alles, was vor seinem geistigen Auge in dieser Villa vorging, auf Pause drückte. Er erhob sich von dem Sofa der Milliardärin, ging an den im Stillstand verharrenden Kollegen des geheimen Kommandos vorbei und trat in den Flur der Villa, an deren Wänden Gemälde hingen, für deren Besichtigung Boesherz vermutlich sogar Eintritt bezahlt hätte. Er schaltete Ferdinand seiner Vorstellung hinzu, sodass dieser nun vor ihm im Flur stand, während alle anderen Beteiligten verstummt und reglos auf ihren Positionen verharrten. »Warum ist das Risiko nicht hoch?«

Ferdinand setzte ein schelmisches Grinsen auf. »Was würde wohl passieren, wenn in den Medien berichtet wird, dass eine der reichsten Frauen der Welt einen Obdachlosen sterben lässt, weil sie zu geizig ist, hunderttausend Euro für ihn zu bezahlen? Für die Entführer läuft ja bisher alles nach Plan, sie hat die Polizei nur inoffiziell eingeschaltet, und die Sache läuft vollkommen verborgen unter der Hand.«

»Und doch haben diese Leute mit großem Aufwand einen Menschen entführt.«

Ferdinand zuckte mit den Schultern. »Wenn die Frau nicht zahlt, dann zahlt eben ein anderer.«

Boesherz wahrte sein Pokerface. »Erklär mir das!«

»Die Entführer haben sich ein perfides, aber irgendwie auch brillantes Gewerbe ausgedacht: Sie entführen Obdachlose, und dann erpressen sie steinreiche Unternehmer mit relativ geringen Forderungen. In der Hoffnung, dass die lieber bezahlen, als ihr Gewissen zu belasten oder gar einen medialen Shitstorm zu erleiden. Mal klappt es, mal klappt es nicht. Aber wenn einer nicht zahlt, dann erpressen sie halt den nächsten. Den Obdachlosen können sie danach so oder so freilassen, im Zweifel würde dem ja nicht mal jemand glauben. Vielleicht kassieren die Entführer mit einem Opfer ja auch mehrere Millionäre parallel ab. Keiner von denen wird die Sache an die große Glocke hängen. Man stelle sich vor, diese Methode würde Schule machen. Jeder könnte plötzlich jeden erpressen. Mit allem!«

Boesherz wirkte nicht so, als wolle er seinem Sohn recht geben. »Eine interessante Idee, aber du liegst falsch damit. An dieser Stelle benötigst du neue Informationen. Sehen wir uns also doch das Opfer mal an.« Er verließ den Flur und ging in das Arbeitszimmer der Unternehmerin. Auf dem massiven Holzschreibtisch mit den kunstvoll verspielten Intarsien stand ein Rechner, auf dessen Monitor die Übertragung des Livestreams aus dem Versteck des Obdachlosen zu sehen war.

»Also gut.« Ferdinand klang jetzt wieder von weiter weg. »Beschreib mir, wie er aussieht. Und wie er wirkt.«

»Er ist ungepflegt, struppiger Bart, fettige, filzige Haare, die lange nicht geschnitten wurden. Sein Gesicht ist an Nase und Wange stark gerötet und mit Adern durchzogen, seine Fingernägel sind fast schwarz.«

»Langjähriger Alkoholmissbrauch, starker Raucher, keine sozialen Kontakte.« Ferdinand stand jetzt neben Boesherz, konnte jedoch nicht sehen, was sich auf dem Monitor abspielte.

»Seine Hose sieht so aus, als hätte er sie seit Monaten ununterbrochen an. Seine Jacke dagegen ist in gutem Zustand. Rot, vorteilhaft geschnitten, kaum Flecken oder Beschädigungen darauf.«

»Beschreib mir die Nähte.«

Boesherz betrachtete die Jacke eingehender. »Die sind sauber verarbeitet, das Obermaterial ist aus wasserdichtem, reißfestem Stoff, die Jacke vollzieht die Bewegungen des Mannes mit.«

Ferdinand schloss die Augen und schwieg für einen Moment. Dann sagte er: »Der Mann sieht wie ein obdachloser, kettenrauchender Alkoholiker aus, trägt aber eine gut verarbeitete und vermutlich kostspielige Jacke, die in einem Zustand ist, der nicht zu seinem restlichen Erscheinungsbild passt.«

»Was schließt du daraus?«

»Es wäre möglich, dass er früher einmal erfolgreich war und aufgrund seiner Alkoholsucht in die Obdachlosigkeit abgerutscht ist. Die Jacke könnte er dann noch aus den Zeiten haben, in denen es ihm finanziell gut ging. Aber dann wäre sie genauso abgenutzt wie die Hose.«

»Was ist also wahrscheinlicher?«

Ferdinands Augen bewegten sich unter seinen geschlossenen Lidern hin und her. »Er gehört dazu! Die Erpresser mussten das Risiko einer Entführung ja gar nicht eingehen. Das, was sie machen, ist ein reines Psychospiel, um Millionäre abzuzocken. Das Opfer ist Mitglied der Erpresserbande. Und weil an diesem Tag so ein starker Schneesturm war, hat er seine teure Jacke angezogen.«

Boesherz applaudierte. »Sehr gut! Genau das war damals auch meine Schlussfolgerung.« Er sah seinen Sohn an, doch kein Zeichen von Zufriedenheit war in dessen Gesicht auszumachen. Natürlich, das Bild von Ferdinand, das Boesherz in der Villa dieser Medienunternehmerin vor seinem geistigen Auge sah, entsprach nur seiner Fantasie. Dennoch konnte er fühlen, dass Ferdinand auch in der Realität nicht lächelte.

Wie zur Bestätigung fragte der Junge in nüchternem Ton: »Was habe ich übersehen?«

Boesherz lächelte schelmisch. »Bisher nichts. Deine Theorie von der Bande, die nur eine Entführung simuliert, wird erst außer Kraft gesetzt, nachdem die Frau sich den Entführern gegenüber weigert zu zahlen.«

Ferdinand schien die Schwingung zu spüren, die sein Vater mit Bedacht und gutem Gespür für Timing in die Luft gelegt hatte.

»Wodurch?«

Boesherz wandte sich von seinem Sohn ab und sah zu der

Milliardärin, die fassungslos und mit weit aufgerissenen Augen auf den Monitor ihres Rechners starrte. So als geschehe das alles jetzt, genau in diesem Moment, ein weiteres Mal, verzog sie ihr Gesicht zu einer entsetzten Fratze, schrie auf und sprang von ihrem Sessel hoch.

Boesherz wandte sich wieder Ferdinand zu und antwortete: »Sie haben dem Mann vor laufender Kamera den linken Zeigefinger abgeschnitten. Womit alle deine bisherigen Theorien hinfällig sind!« Boesherz öffnete die Augen und sah seinen Sohn jetzt wieder in der realen Welt vor sich auf dem Sofa sitzen. »Nächstes Mal trifft der Sohn der Milliardärin ein und bringt alles durcheinander. Für heute soll es aber reichen.«

Boesherz erhob sich von seinem Sessel und trat an die Fensterfront, die nach wie vor mit Rollläden abgedeckt war. Doch das spielte keine Rolle, denn was er sehen wollte, waren ohnehin nicht die Villen, die seiner Wohnung direkt gegenüberlagen. Er blickte stattdessen jetzt von einem der Weinberge seiner Heimatstadt Oestrich-Winkel auf den Rhein hinunter und genoss den Duft der frischen Herbstbrise.

»Jetzt lass uns mal über die Gegenwart reden. Du willst Olivia bei ihrem Fall nicht helfen?« Ferdinand hatte sich auch erhoben und war von hinten an seinen Vater herangetreten.

»Das hat nichts mit Wollen zu tun.« Boesherz hörte von der Ferne her das Signalhorn eines Rheinschiffes. »Es ist eine Frage der Verantwortung.«

»Du siehst es als deine Verantwortung, sieben entführte Kinder im Stich zu lassen?«

Jetzt fügte Boesherz seinem inneren Bild Ferdinand hinzu und platzierte ihn auf der Bank, auf der er damals immer mit dessen Mutter Leonore gesessen hatte. »Olivia wird diese Jungs retten, das weiß ich. Sie ist sehr fähig. Das Einzige, was sie blockiert, ist der Gedanke, dass alles schneller und einfacher geht, wenn ich mich in den Fall einschalte. Sie braucht absolute Gewissheit, dass ich nicht zur Verfügung stehe. Erst dann kann sie befreit arbeiten und zeigen, was in ihr steckt. Ihre Karriere ist erst richtig gestartet, nachdem ich das LKA verlassen habe.«

Ferdinand erhob sich von der Bank, trat an die Seite seines Vaters und blickte gemeinsam mit ihm auf den Rhein hinunter. »Wenn der Mann, der diese unmöglichen Entführungen durchgezogen hat, nicht bekommt, was er will, dann wird er den Druck erhöhen. Und nach dem, was er mit den Eltern der Jungs angestellt hat, möchte ich nicht erfahren, wie diese Steigerung aussieht. Darf ich dich was fragen?«

»Ich ahne schon, was es ist.«

»Dann kannst du es mir ja auch beantworten: Hast du das Rätsel schon gelöst? Weißt du, wer der Täter ist und wie er das angestellt hat?«

Boesherz bemerkte, wie ein kleiner Vogel auf der Lehne der Bank landete und verweilte. Er lächelte beim Anblick des Tieres, bevor er antwortete. »Noch nicht. Aber ich sehe deutlich, dass wir es hier mit einer Tragödie zu tun haben, an deren Ende es sehr viele Verlierer geben wird. Wollen wir hoffen, dass Olivia nicht dazugehört.«

KAPITEL 21

OLIVIA

Zu den Zwillingen weiß niemand irgendwas, dafür habe ich damals ziemlich hart gekämpft. Ich habe sogar erreicht, dass die Presse ferngehalten wurde. Wir haben denen niemals irgendwelche Daten, Namen oder Adressen der Opfer gegeben. Es hieß in allen Pressemitteilungen zu der Suchaktion immer nur *zwei vermisste Kinder*, mehr Informationen gab es nicht. Liebe Frau Kollegin, ich kann Ihnen nicht helfen, und ich will es auch nicht.«

Olivia stand noch immer vorn an der Straße, nicht einmal das Tor zum Vorgarten hatte Esther Wardy ihr bislang geöffnet.

»Wenn ich für jedes Mal, dass ich diesen Satz höre, einen Euro bekäme, dann könnte ich mir bald eine Insel in der Karibik kaufen.« Olivia sah zum Haus hinüber, Wardys Umrisse waren deutlich hinter der halb durchsichtigen Glastür auszumachen. »Karl und Kai könnten der Schlüssel zu diesem Fall sein. Ich muss mit den Zwillingen sprechen, von mir aus auch anonym und verschlüsselt über Telefon oder Internet. Sagen Sie mir nur bitte, ob Sie das arrangieren können. Und außerdem muss ich wissen, wie Sie es damals angestellt haben, die beiden zu finden. Vielleicht finde ich die sieben Jungs mit Ihren Methoden dann ja auch.«

Einige Sekunden lang blieb es still, wenn Wardys Umrisse hinter der Tür auch nicht verschwanden. Schließlich vernahm Olivia von der Gegensprechanlage her ein leises Knacken, dem das Surren des Türöffners folgte. Jetzt ließ sich das Tor zum Grundstück öffnen.

»In dem Bunker von damals haben Sie inzwischen ja sicher längst nach den Jungs gesucht.«

Olivia trat durch das Tor und ging über die penibel gereinigten Steinplatten auf Esther Wardy zu.

»Gleich als Erstes, die Kollegen aus Brandenburg waren da. Außerdem habe ich noch sämtliche weiteren infrage kommenden Bunkeranlagen in Berlin und Brandenburg checken lassen. Die Kollegen der anderen Bundesländer haben das bei sich auch gemacht, es waren mehrere Suchtrupps unterwegs. Aber alles ohne Erfolg, das wäre wohl auch zu einfach gewesen.«

Wardy bat Olivia zwar nicht, einzutreten, ließ die Haustür jedoch offen stehen, als sie sich abwandte und in Richtung Küche ging. Olivia streifte sich die Schuhe auf der Fußmatte mit der Aufschrift *Tritt ein, bring Glück herein!* ab und folgte ihr.

»Ich würde gern noch mal mit Ihnen darüber reden, warum Sie damals überhaupt in dieser Sache aktiv geworden sind. Das war eine Ermittlung Ihrer Kollegen, und Sie waren ja nicht mal in der Mordkommission.«

Wardy deutete mit einer Geste an, dass Olivia am Küchentisch Platz nehmen solle. Dann trat sie an ihre Filterkaffeemaschine, durch die offenbar erst vor Kurzem eine volle Kanne frischen Kaffees durchgelaufen war, und griff zwei Tassen von den Haken unter den Hängeschränken.

»Ich war im LKA 4, beim Organhandel. Aber das wissen Sie ja sicher.« Sie füllte zwei Tassen, stellte sie auf den Küchentisch und nahm Olivia gegenüber Platz.

»Das weiß bei uns jeder. Sie sind eine Legende im LKA, bis heute. Sogar die Anwärter wissen, wer Sie sind.«

Wardy zeigte keine Reaktion darauf, vermutlich war es ihr unangenehm, für etwas verehrt zu werden, das sie für selbstverständlich hielt. Olivia sah ihre Gastgeberin mit fragendem Blick an, als sie nachsetzte: »Also, warum haben Sie sich damals so stark in dieser Sache engagiert? Sie hatten doch sicher genug mit Ihren eigenen Ermittlungen zu tun.«

Wardy sah gedankenverloren ins Leere. Das Traurige, das plötzlich in ihre Miene trat, ließ Olivia vermuten, dass sie mit ihrer Frage Erinnerungen an eine furchtbare Zeit bei der alten Dame geweckt hatte.

»Es ging los, kurz nachdem die Leichen der Eltern von Karl und Kai gefunden worden waren. Ein Kollege von Ihnen saß auf einen Kaffee mit mir in der Kantine. Ungefähr so, wie wir beide jetzt hier sitzen. Er hat mir von dem Fall erzählt.«

Olivia griff ihre Tasse und nahm einen kleinen Schluck daraus. Der Kaffee war ihr zu stark, und eigentlich nahm sie ihn auch lieber mit Zucker. Doch es stand keiner griffbereit, und sie wollte Wardy mit dieser Nebensächlichkeit unter keinen Umständen vom Thema ablenken.

»Das war ja aber sicher nicht das erste Mal, dass Sie von einem schlimmen Fall gehört haben, bei dem Kinder im Spiel waren.«

»Es war sogar bei Weitem nicht der schlimmste Fall, von dem ich gehört hatte.« Auch Wardy griff ihre Tasse, wärmte jedoch lediglich ihre Hände daran. »Aber in dieser Sache gab es einen Unterschied zu den Fällen, in denen ich es sonst mit schrecklichen Kinderschicksalen zu tun hatte: Die Opfer waren vermutlich noch zu retten!«

Olivia sagte nichts dazu. Sie lehnte sich nur zurück und verschränkte die Hände in ihrem Nacken. Einige Sekunden lang war allein das Ticken der Kuckucksuhr an der Wand neben dem Herd mit den alten, aber penibel gepflegten Stahlkochplatten zu hören. Schließlich sprach Wardy weiter:

»Ich habe etwa die Hälfte meiner Berufslaufbahn undercover absolviert. Nicht zuletzt, weil man zu meiner Zeit noch davon ausging, dass man hinter einer Frau keinen verdeckten Ermittler des LKA vermuten würde. Was im Übrigen in der Regel auch genau so eingetreten ist. Sie haben sicher schon eine Menge kranker Menschen erlebt, und Sie wissen so gut wie ich, wozu manche Leute imstande sind. Aber das, was diese Verbrecher der Polizei oder dem Richter erzählen, ist selten auch nur die Hälfte von dem, was sie ihresgleichen anvertrauen, wenn sie sich sicher fühlen. Was die Organhändler mit mir als angeblichem Abnehmer besprochen haben, stand nicht ein einziges Mal auch nur ansatzweise im Verhältnis zu dem, wie es sich später vor dem Richter angehört hat. Diese Leute haben sogar noch mit dem geprahlt, was sie gemacht haben. Einer hat mal zu mir gesagt: *Wir ernten die kleinen Bälger ab, sobald wir die Anzahlung haben. Dann tun die Afrikaner wenigstens mal was für unsere Spenden*. Und dabei hat er gegrinst. Da kann man so abgehärtet sein, wie man will. So eine Aussage vergisst man nie wieder. Ich zumindest mein ganzes Leben lang nicht.«

Olivia konnte spüren, wie tief sie mit ihrer Frage in die Seele dieser alten Frau vorgedrungen war, und plötzlich glaubte sie auch zu verstehen, was Wardy zu *Lady Firehand* hatte werden lassen. »Sie hatten also von dem Kollegen gehört, wie brutal der Mörder mit den Eltern der Zwillinge umgegangen ist, und Sie wollten verhindern, dass den Kindern das Gleiche passiert.«

»Vor allem, nachdem es hieß, dass die Suche ergebnislos abgebrochen werden müsse.« Wardy sah Olivia direkt in die Augen, und sie blinzelte nicht einmal dabei. »Die Kollegen hatten wirklich alles unternommen, was möglich war. Sie haben mit Hundertschaften ganze Landstriche durchkämmt, erst mit Fährtenhunden, später dann mit Leichenspürhunden. Nichts! Es war denkbar, dass die Kinder nicht mehr in Deutschland waren. Aber viel eher mussten wir annehmen, dass sie schon längst nicht mehr lebten.«

»Trotzdem haben Sie weitergesucht. Privat, ohne Hundertschaft und ohne Spürhunde. Und obwohl die Kollegen damals erfolglos alles getan hatten, was sie konnten, haben Sie die Kinder doch noch gefunden. Weil Sie schließlich einen Bunker im benachbarten Bundesland gefunden haben, der deutlich außerhalb der Suchzone lag. Ich muss wissen, wie Sie es angestellt haben, darauf zu kommen.« Olivia beugte sich vor und stützte sich mit den Ellenbogen auf der Tischplatte ab. »Ich weiß, dass die sieben Jungs noch leben. Und ich weiß, dass der Täter will, dass wir sie finden. Aber die Kinder können das nicht ewig überleben. Bitte sagen Sie mir, wie Sie das damals gemacht haben.«

Wardy drehte sich um und sah auf ihre Kuckucksuhr. »Ich bekomme gleich Besuch von meinem Sohn. Er soll nicht wissen, worüber wir hier reden. Er hat seine eigenen Sorgen, und ich musste ihm versprechen, dass mit meiner Pensionierung auch das Grauen aus unserem Leben verschwindet. Dass ich zu einer netten, alten Frau werde, die Kaffee kocht und Apfelkuchen nach dem Rezept ihres Großvaters backt.«

Olivia nickte knapp. »Für heute ist es ohnehin schon zu spät, aber können wir uns morgen treffen? An dem Bunker, in dem Sie Karl und Kai gefunden haben?«

Wardy antwortete nicht sofort. Sie schloss die Augen und legte ihren Kopf in den Nacken. »Also gut, um der Kinder willen. Aber versprechen Sie sich nicht zu viel davon. Letzten Endes war es nicht nur mein fester Wille oder meine verzweifelte Hoffnung darauf, endlich einmal rechtzeitig da zu sein, um Kinder vor grausamen Menschen zu retten. Es waren vor allem Zufälle und jede Menge Glück.«

Olivia atmete tief aus. »Zufall und Glück sind ganz bestimmt nicht die Helfer, auf die ich mich verlassen möchte. Dann verlasse ich mich schon lieber auf den Wahnsinn und die Kaltblütigkeit des Täters. Das ist auch viel verlässlicher.«

KAPITEL 22

ESTHER WARDY

Wardy hatte durch den Spion ihrer Haustür hindurch beobachtet, wie ihr Gast das Grundstück verlassen hatte und ins Auto gestiegen war. Olivia hatte noch etwa eine Minute in dem parkenden Wagen gesessen, bevor sie schließlich den Motor angelassen hatte und davongefahren war. Wardy wandte sich vom Türspion ab und trat an den Absatz der Treppe, die in das obere Stockwerk führte. Schlagartig zuckte sie mit schmerzverzerrtem Gesicht zusammen und begann, trocken zu husten. Erst nachdem sich der Hustenkrampf wieder gelöst hatte, rief sie die Treppe hinauf: »Du kannst jetzt runterkommen, sie ist weg!«

Einige Sekunden lang blieb es still. Dann vernahm sie das knarzende Geräusch einer Tür, die geöffnet wurde, gefolgt von bedächtigen Schritten über die frisch gesaugte, jedoch im Laufe der Jahrzehnte platt getretene Auslegeware. Noch vom oberen Treppenabsatz vernahm sie die Stimme ihres Sohnes.

»Sie wird für Probleme sorgen, oder?«

Wardy senkte den Blick. »Das tut sie doch jetzt schon. Es ist schließlich ihre Aufgabe. Warum hast du mich denn nicht in deinen Plan eingeweiht? Du meinst es gut, aber das alles hätte nie passieren dürfen. Ich weiß, du machst das für mich. Aber man darf die Geister der Vergangenheit nicht auf eine so schreckliche Weise heraufbeschwören! Das alles ist Unrecht, furchtbares Unrecht! Und weit mehr, als dass es mir Linderung verschafft, wird es auf dich zurückfallen, mit aller Härte. Beende das alles, solange die Jungs noch am Leben sind. Lass die Kinder frei!«

Sie sah, wie ihr Sohn mit bedächtigen Schritten die Treppenstufen nach unten kam. Als er den Flur erreicht hatte, trat er an Wardy heran und legte ihr seine Hände auf die Schultern. Mit traurigem Blick entgegnete er: »Ich werde das in jedem Fall zu Ende bringen. Du weißt selbst am besten, warum wir diesen Kerl jetzt endlich finden müssen. Die Zeit drängt, es muss jetzt passieren. Schnell!«

»Vielleicht ist er ja schon lange nicht mehr am Leben?«

»Selbst dann musst du wenigstens wissen, wer es war. Und warum er das alles getan hat. Diese Olivia Holzmann wird das Rätsel nicht lösen. Das ist ja sogar dir nicht gelungen, und du bist tausend Mal schlauer als sie. Du kennst doch diesen Boesherz. Willst du nicht mal mit ihm reden?«

Wardy schüttelte energisch den Kopf. »Severin ist ein Genie, aber er ist auch stur und unbestechlich. Wenn er nicht ermitteln will, dann kannst du ihn nicht dazu zwingen.«

Ein kalter Schauer lief Wardy den Rücken hinunter, als sie in das Gesicht ihres Sohnes sah. Sein Blick hatte etwas Satanisches angenommen, einen Ausdruck purer Bosheit, den sie während ihrer Berufslaufbahn etliche Male in den Augen von Menschen gesehen hatte. Keiner dieser Menschen war mit seinen Verbrechen davongekommen. Zumindest nicht, wenn *Lady Firehand* auf ihn angesetzt gewesen war.

»Ich kann ihn nicht zwingen?« Er zog seine Hände zurück und öffnete den Garderobenschrank, aus dem er seine Jacke griff und sie sich überstreifte. »Ich muss noch mal los. Es gibt viel zu tun, und die Uhr tickt.«

»Deine Uhr tickt nicht! Und um meine Uhr sorge dich bitte nicht. Bitte lass diese armen Jungs frei. Wo auch immer du sie versteckt hast. Mach dieser Sache ein Ende, solange es noch geht. Ich flehe dich an: Hör damit auf!«

KAPITEL 23

OLIVIA

»Jetzt frag nicht so viel, komm einfach auf die Straße raus!« Marvin konnte einen Unterton von Vorfreude nicht verbergen, wenn er es auch unverkennbar versuchte.

»Na, das kann ja wieder was werden … Okay, ich komme zu dir.« Olivia beendete das Telefonat und steckte ihr Handy in die Hosentasche.

Sie ahnte bereits beim Verlassen ihres Hauses, dass Marvin sich wohl etwas ganz Besonderes für sie überlegt hatte. Natürlich war ihm nicht entgangen, dass die letzten Wochen alles andere als leicht für sie gewesen waren, eine kleine Aufheiterung konnte sie also wirklich gut gebrauchen. Wenn es Olivia auch innerlich widerstrebte, sich darauf einzulassen. Schließlich war der Fall, der ihr schlaflose Nächte bereitete, keiner von denen, die man mit dem Feierabend-Gong ablegte, um sich bis zum nächsten Morgen seinen Freizeitaktivitäten zu widmen. Andererseits, wann hatte sie zuletzt einen Freund gehabt, dessen Gespür für ihre Situation und Bedürfnisse so intuitiv und treffsicher gewesen war? Und der sie in der kurzen Zeit ihrer Beziehung schon so oft mit wundervollen Ideen überrascht hatte. Zum Beispiel mit der altertümlich skurrilen VHS-Kassette des Achtzigerjahre-Films, den Olivia als Kind gefühlte tausend Mal gesehen und von dem sie Marvin mit leuchtenden Augen erzählt hatte. Oder mit den Ohrringen, die fast exakt so aussahen wie die Ohrringe ihrer Mutter, die Marvin auf einem alten Familienfoto der Holzmanns gesehen hatte. Er hörte ihr wirklich zu und spürte ihre

Wünsche und Bedürfnisse, und was immer er sich jetzt schon wieder ausgedacht hatte, Olivia konnte nicht leugnen, dass sie trotz ihrer beruflichen Notlage darauf brannte, es herauszufinden. *Vielleicht sogar gerade deswegen. Es kann nicht schaden, wenn ich mal ein paar Minuten Pause vom Grübeln mache. Vermutlich denkt es sich mit frischem Geist und aufpolierter Stimmung besser, als wenn ich rund um die Uhr in der Suppe meiner trüben Gedanken schwimme.*

»Nicht gucken!« Marvin hatte Olivia direkt an der Haustür abgefangen.

»Du weißt aber schon, dass ich eigentlich …« Weiter kam sie nicht.

»*Eigentlich* ist eines der sinnlosesten Wörter, die ich kenne! Es befasst sich immer nur mit Dingen, die man *nicht* tut.« Marvin zog ein Tuch aus seiner Hosentasche, das er zu einer Augenbinde zusammendrehte. »So, und jetzt Augen zu!«

Olivia folgte seiner Bitte, und gleich darauf wickelte Marvin ihr das Tuch um die Augen. Vermutlich hätte sie geschickt darunter hindurchblicken können, doch Olivia war kein Kind mehr und hatte gelernt, dass man einen Menschen, der sich liebevoll etwas Besonderes ausgedacht hatte, nicht sabotieren durfte. Schließlich würde ihre ehrliche Freude Marvins Belohnung sein, und eine Belohnung verdiente er sich nun wirklich. So verharrte sie reglos auf dem Bordstein vor dem Haus, während sie den Geräuschen entnehmen konnte, dass sich Marvin zügig entfernte. Es dauerte vielleicht eine halbe Minute, bis Olivia ein Geräusch vernahm, das ihr wummernd und röhrend eine äußerst konkrete Ahnung von dem vermittelte, was ihr Freund sich offenbar für sie ausgedacht hatte. Es war das erste Mal an diesem Tag, das Olivia ehrlich lächelte. *Er hört mir wirklich zu, es ist nicht zu fassen!* Nur wenige Sekunden später erklang Marvins Ruf von der Fahrbahn her: »Jetzt darfst du gucken!«

Sie zog sich die Binde von den Augen, und wenn sie sich auch vorgenommen hatte, unverzüglich ihre Freude zum Ausdruck zu bringen, war sie angesichts dessen, was sie sah, für einige Sekunden sprachlos.

»Ist das ungefähr, was du dir vorgestellt hattest?«

Marvin war aus dem Wagen ausgestiegen und winkte mit den Schlüsseln. Ja, sie hatte ihm erzählt, dass es einer ihrer Kindheitsträume gewesen war, nur ein einziges Mal mit einem dieser vollkommen unsinnigen, viel zu stark motorisierten, klimaunfreundlichen und ehrlicherweise total prolligen Autos zu fahren, die sie aus amerikanischen Actionfilmen kannte. Aber wie zur Hölle war es ihm gelungen, ausgerechnet diesen Wagen aufzutreiben?

»Ist das etwa ein *Dodge Challenger SRT Hellcat?* Von dem sind nur 3300 Exemplare gebaut worden!« Olivia starrte auf die Kühlerhaube des Autos, das zu den am stärksten motorisierten Musclecars der Welt gehörte.

»Mit 808 PS!« Marvin grinste über das ganze Gesicht. »Garantiert sinnfreie Power, die einfach nur total viel Spaß macht und die Welt nur deswegen nicht untergehen lässt, weil bloß eine Handvoll Menschen auf diesem Planeten mit so einem Geschoss durch die Gegend fährt!«

»Wo hast du den denn her?« Olivia trat näher, wenn auch noch zögerlich.

»Den hat sich ein Bekannter von mir gekauft, der beruflich mit Autos zu tun hat. Und als ich ihm erzählt habe, dass ich die tollste Freundin der Welt habe und dass sie schon immer mal mit so einem Wagen fahren wollte, hat er ihn mir für heute Abend geliehen.« Er streckte Olivia die Schlüssel entgegen. »Und, willst du?«

Olivias Blicke glitten über die Formen des beeindruckenden Wagens. Er war in knalligem Rot lackiert, hatte schwarze Felgen und Reifen, die so breit waren, dass man sie vermutlich auch an einen Bus hätte montieren können. Das Leder der Sitze war weiß, und der Geruch der Auspuffgase schien ihr eine Vorahnung davon zu vermitteln, wie gleichermaßen sinnlos und fantastisch es sein musste, diese Powermaschine zu lenken. Sicher, sie hatte wahrhaft anderes zu tun, als jetzt in dieses außergewöhnliche Auto zu steigen. Doch Marvin jetzt vor den Kopf zu stoßen und sich um die Erfüllung eines Lebenstraumes zu bringen, würde ihre Ermittlungen auch nicht vorantreiben.

»Also gut, da kann ich ja wohl nicht ablehnen.«

Marvin lachte auf und warf Olivia die Schlüssel zu. »Okay, dann gib den Pferdchen mal die Sporen!«

Dann ging es los. Beide schnallten sich an, Olivia zündete den Motor. Nachdem sie diesen zunächst im Stand einige Male hatte aufheulen lassen, begann sie die Fahrt und machte sich auf den Weg zur Stadtautobahn, von der aus sie schließlich in Richtung Süden auf die Autobahn auffuhr. Es würde nicht lange dauern, bis sie einen Streckenabschnitt erreicht hatten, auf dem es keine Geschwindigkeitsbegrenzung gab, und um diese Zeit war die Autobahn zudem nicht allzu stark genutzt.

»Du weißt gar nicht, was für eine Freude du mir machst.« Olivia strich Marvin über das linke Knie. »Es läuft gerade wirklich absolut alles furchtbar für mich. Aber mit dieser Fahrt kann ich vielleicht wieder Energie tanken für morgen!«

»Du meinst die Suche nach den Kindern? Ich dachte, dein früherer Kollege ist so ein Supergenie. Weiß der etwa auch nicht, was er machen soll?«

Olivia hielt ihren Blick streng auf die Fahrbahn gerichtet. Sie spürte, wie die Beschleunigung des Wagens sie in den Sitz drückte, während alles, was sich außerhalb der Fahrerkabine befand, allein in Form von aufblitzenden Lichtern an den Wagenfenstern vorbeizufliegen schien.

»Das kann ich dir nicht sagen. Er denkt nämlich gar nicht über den Fall nach. Und das geht mir ehrlich gesagt ziemlich auf die Nerven. Wie kann man nur so stur in seinem Selbstmitleid versinken? Ja, Severin hat viel Scheiße durchgemacht. Er musste sein Kind aussetzen, damit die eigene Mutter es nicht umbringt. Die Frau, die er trotzdem abgöttisch geliebt hat. Das ist echt ein kranker Scheiß, ganz sicher nichts, was man sich einfach so von der Seele wischt wie ein paar Krümel. Und ich habe außerdem auch wirklich keine Ahnung, wie sein Gehirn funktioniert. Aber da läuft eine Leistung unter seiner Schädeldecke, gegen die dieses Auto hier nur ein besseres Gokart ist.«

Olivia trat das Gaspedal noch etwas tiefer, sodass die Fahrzeuge auf den anderen Fahrspuren auf sie wirkten, als stünden sie nur reglos herum. Sie meinte zu spüren, dass sich die überlegene Stärke dieses Fahrzeuges auf ihr Fühlen auswirkte. So als mache es sie stärker, als sie es zu sein glaubte. Olivia war auf eigentümliche Weise von diesem Gefühl beeindruckt und eingeschüchtert; sie hatte es zuvor höchstens auf dem Schießstand erlebt.

»Ich verstehe das nicht.« Marvin schüttelte den Kopf. »Wenn dieser Boesherz wirklich so gut ist, dann müsste er dir doch helfen können. Und wenn er es kann, dann wäre das doch sogar seine Pflicht, oder? Ich meine, das wäre ja sonst so was wie unterlassene Hilfeleistung. Er macht sich doch im Grunde zum Mittäter, wenn er etwas zu dem Fall herausgefunden hat, das er dir vorenthält.«

»Auf die Anklageschrift bin ich schon gespannt!« Olivia schüttelte mit dem Kopf. *»Dem Beschuldigten wird vorgeworfen, sein Genie nicht dafür eingesetzt zu haben, in einem Mordfall zu ermitteln, über dessen Details er gar keine Kenntnis haben durfte, weil er nicht mehr für das LKA arbeitet.«*

Auf der linken Spur war voraus freie Fahrt, Olivia hatte den Dodge zwischenzeitlich auf 260 km/h beschleunigt.

»Das war eine wirklich tolle Idee von dir, Muffi!« Olivia sah kurz zu Marvin. Er hatte seine Augen leicht zusammengekniffen, offenbar stieg mit der Fahrgeschwindigkeit auch der Grad seiner Anspannung. »Das ist das erste Mal, seit ich diesen Fall bekommen habe, dass ich mich mal wieder richtig stark fühle.«

»Ich hatte so was gehofft, obwohl du dich auch ohne Musclecar stark fühlen kannst!« Marvin strich Olivia durchs Haar. »Was ist denn eigentlich aus diesem Russen geworden? Dem von dem Dampfer.«

»Das ist eine riesengroße Scheiße!« Olivia umfasste das Lenkrad noch etwas stärker. Mittlerweile zeigte der Tacho 280 km/h an. »Sogar Severin glaubt nicht so wirklich daran, dass der was mit meinem Fall zu tun hat. Ich sage dir, wenn dieser Typ uns durch die Lappen geht, weil ich die Opfer meines Falles mit der Organisation dieses Verbrechers in Verbindung gebracht habe, dann kann ich die nächsten zwanzig Jahre Vernehmungsprotokolle tippen.«

Olivia fühlte sich, als presse die Beschleunigung sie mit dem Rücken voran durch ihren Sitz hindurch, während sie auf mehr als 300 km/h beschleunigte.

»Schatz?« Marvin klang besorgt. »Ist alles okay?«

»Wir wollten Musclecar fahren – jetzt fahren wir Musclecar! Wird diese Karre eigentlich während der Fahrt aus der Luft betankt?«

Olivias Handy vibrierte in der Seitenablage.

»Da ruft ein *Marc Donder* an«, las Marvin vor, damit Olivia ihren Blick nicht von der Fahrbahn wenden musste.

»Oh, das muss ich annehmen. Der ruft nicht an, wenn es nicht wichtig ist. Kannst du mal bitte rangehen und auf Lautsprecher stellen?«

»Ich verbinde dein Handy mit dem Bluetooth von der Karre, dann kannst du über die Boxen telefonieren.«

Marvin griff das Telefon, entsperrte es, indem er es kurz vor Olivias Gesicht hielt, und koppelte es mit gekonnten Griffen mit der Lautsprecheranlage des Wagens.

»Hallo, Marc, was ist denn los?«

Schon am Atmen ihres Kollegen konnte Olivia erkennen, dass irgendetwas vorgefallen sein musste.

»Du weißt es also noch nicht?« Donder klang, als habe er gerade einen Menschen mit bloßen Händen erwürgt. »Eine abgefuckte, bombastisch große Megascheiße ist los!«

Olivia nahm den Fuß vom Gaspedal und ließ den Wagen etwas langsamer werden. »Das klingt nicht gut!«

Das gewaltige Auto und die ebenso riskante wie beeindruckende Fahrt waren für Olivia schlagartig bedeutungslos geworden. Ohne darüber nachzudenken, nahm sie ihre rechte Hand vom Lenkrad und legte sie auf Marvins Knie. So als könne ihr dies einen Halt gegen das geben, was sich hinter Donders unheilvollen Worten ankündigte. Schließlich holte ihr Kollege tief Luft und sagte in einem Ton, der von Zorn und Fassungslosigkeit gleichermaßen erfüllt war: »Ich wurde gerade darüber informiert, dass drei maskierte Männer das geheime Versteck von unserem V-Mann Boris gestürmt haben. Die Kollegen hatten kugelsichere Westen an, die sind zum Glück nur verletzt. Aber Boris – unser Insider und einziger verschissener Kronzeuge – ist tot!«

KAPITEL 24

Ich weiß nicht, wer den Aufenthaltsort unseres Kronzeugen verraten hat. Die Ermittlungen dazu laufen, allerdings haben wir zunächst einmal ein ganz anderes, weit größeres Problem.« Staatsanwalt Carl vom Stein sprach mit sachlicher Ruhe, wenn es auch zweifellos in ihm brodelte.

»Jetzt sagen Sie bitte nicht, dass Sie den Haftbefehl gegen Sokolov nicht aufrechterhalten können!« Marc Donder wippte mehr auf seinem Stuhl, als dass er darauf saß. »Auch ohne unseren V-Mann haben Sie ja noch die Aussagen von Hauptkommissarin Holzmann und mir.«

»Dem Beschuldigten Sokolov dürfte die Beweislage gegen sich mehr als bewusst sein.« Vom Stein, der bis dahin am Fenster gestanden hatte, trat jetzt an das Kopfende des Tisches und stützte sich darauf mit beiden Händen ab. »Ich hatte dazu gerade ein Gespräch mit seinem Verteidiger, Herrn Dr. Schliek.«

Der Besprechungsraum im LKA Berlin war mit seinen weißen Fliesen, den kahlen Wänden und dem einen Tisch in der Mitte eher nüchtern eingerichtet. Der Tisch bot zwar Platz für mehr als zwanzig Personen, war zurzeit aber nur von Marc Donder, Olivia, dem ermittelnden Staatsanwalt und Marius Ertel besetzt. Ertel war der Leiter der Abteilung für Rauschgiftdelikte und somit Donders Vorgesetzter.

»Und sagen Sie uns bitte auch nicht, dass die Russen mit diplomatischen Interventionen drohen, wenn wir ihren Staatsbürger hier festhalten.« Ertel zog die rechte Augenbraue hoch, was dem Höchstmaß seiner Missfallensbekundung entsprach.

»Solche diplomatischen Irrlichter brennt Schliek nicht ab, das würde nur Schwäche ausdrücken. Ich kenne Sokolovs Verteidiger noch von der Uni. Der bellt nicht, er beißt!«

Olivia schob ihren Stuhl mit dem Körper ein Stück nach hinten. Das Quietschen ließ die anderen im Raum unwillkürlich zu ihr hinübersehen. Sie griff den Impuls auf und erhob sich. »Jetzt verraten Sie schon, was dieser Schliek vorgetragen hat. Ich habe nämlich das Gefühl, das wir irgendwas übersehen haben.«

Carl vom Stein sah zu Olivia hinüber, als sei sie eine Studentin, die seinen Vortrag mit einem unpassenden Zwischenruf unterbrochen hatte. »Es ist interessant, dass Sie das sagen.« Er zog einen Stuhl zu sich heran und nahm darauf Platz, sodass Olivia nun als Einziger im Raum stand. »Wenn Sie es für denkbar halten, dass Sie möglicherweise etwas, das von Belang sein könnte, nicht bedacht haben, dann zeugt dies ja doch immerhin von Ihrer Größe, sich einen Mangel an Perfektion einzugestehen. Ein Zugeständnis, dem ich unter Berücksichtigung aller Umstände nicht widersprechen möchte, Frau Hauptkommissarin Holzmann.«

Es war mit einem Mal, als hätte Carl vom Stein es vermocht, den Besprechungsraum in einen Gerichtssaal zu verwandeln. Mit gerade einmal drei Sätzen, gesprochen ohne irgendeine Note von Verärgerung, und doch in ihrer sachlichen Nüchternheit von einer Schlagkraft, die einem Knock-down nahekam. *Ja, ich weiß es doch selbst! Ich habe mich in eine Riesenermittlung eingemischt. Ihr hattet Sokolov schon fast am Sack, und dann kommt die kleine Olivia und macht mit ihren entführten Kindern alle Pferde scheu.* Sie blieb noch immer stehen, versuchte jedoch, ihre Körperspannung zu lockern.

»Nachdem ich das Gefühl habe, dass hier irgendwelche unausgesprochenen Vorwürfe in der Luft liegen, können wir ja auch gleich Klartext reden: Ja, ich habe mich von außen in Ihre Ermittlung eingemischt. Was hätte ich denn sonst tun sollen? Fjodor Sokolov ist das einzige Bindeglied zwischen den Opfern in einem Fall, den weder Herr Ertel noch Sie, Herr vom Stein, als Bagatelle werden abtun wollen. Und ja, wir müssen in unserem Beruf abwägen, immerzu, jeden Tag. Aber das haben wir ja auch getan, und es gab zu meinem Eingreifen eben keine Alternative, die akzeptabel oder vor irgendwem zu rechtfertigen gewesen wäre.« Olivia wandte sich dem Leiter der Drogenfahndung zu. »Marius, wie lange kennen wir uns jetzt schon? Du weißt genau, dass ich gar nichts anderes tun konnte, und ihr habt alle mitgezogen, weil niemand unter diesen Umständen etwas anderes tun konnte. Wir sollten jetzt also einfach die Ruhe bewahren und zusehen, wie wir Sokolov dranbekommen. Zwei Beamte des LKA Berlin werden bezeugen, dass er mich dazu beauftragt hat, einen Taxifahrer zu ermorden.« Sie sah Carl vom Stein an. »Denken Sie nicht, dass das ausreichen sollte?«

Erst jetzt setzte sich Olivia wieder. Sie verschränkte die Arme vor der Brust, lehnte sich zurück und sah in die Runde. Die Blicke von Donder und Marius Ertel richteten sich nun auf Staatsanwalt vom Stein. Dieser rückte seine Krawatte zurecht und fuhr sich mit der Hand durchs Gesicht.

»Es war unser Kronzeuge, der den Mordauftrag bestätigen konnte.« Carl vom Stein faltete die Hände und legte sie in seinen Schoß. »Frau Hauptkommissarin Holzmann, sprechen Sie Russisch?«

Olivia verzog missmutig das Gesicht. »Nein, warum ist das wichtig?«

Der Staatsanwalt überging die Frage und sah stattdessen Donder an. »Herr Oberkommissar Donder, sprechen Sie Russisch?«

Olivias Kollege sah kurz zu ihr herüber, bevor er sich dem

Staatsanwalt zuwandte und mit sachlichem Ton antwortete: »Nein, das tue ich nicht.«

Vom Stein nickte einige Sekunden lang still in sich hinein, bevor er sich erhob, behutsam seinen Stuhl unter den Tisch zurückschob und mit überlegten Schritten durch den Raum zu schreiten begann.

»Herrn Sokolovs Rechtsanwalt hat mir heute dieselbe Frage gestellt, die ich Ihnen beiden gerade gestellt habe. Nachdem er mir sein Bedauern über den Angriff gegen das Safehouse unseres Kronzeugen ausgedrückt hat. Er fragte mich, ob die beiden letzten verbliebenen Zeugen gegen seinen Mandanten denn wohl des Russischen mächtig seien. Er tat das, weil er sich das Protokoll des Einsatzes auf der *Moby Dick* angesichts der veränderten Beweislage noch einmal angesehen hatte. Es ist darin eindeutig festgehalten, dass nicht Fjodor Sokolov dazu aufgefordert hat, den zu diesem Zeitpunkt unkenntlichen Taxifahrer zu töten, sondern der Kronzeuge Boris Grigorenko.«

»Grigorenko hat nur die Anweisungen von Sokolov weitergegeben.« Marius Ertel sah zu seinem Mitarbeiter Donder.

»Welche Anweisungen denn?« Der Staatsanwalt sah den Dezernatsleiter an und legte dabei tiefe Falten in sein Gesicht.

»Scheiße!« Auch Olivia entglitten die Gesichtszüge. »Sokolov hat die gesamte Aktion mit dem Mord an dem Fahrer seinen Assistenten Boris leiten lassen. Er selbst hat sich vorher abgewandt, ist an den Bug des Dampfers gegangen und hat ohne Pause auf den Tegeler See hinausgeblickt. Während der gesamten Aktion mit dem Wurf des Mannes über Deck war er nicht in Hörweite. Und ja, natürlich hat er Boris dazu beauftragt, mich zum Mord an dem Fahrer zu zwingen. Aber das hat er auf Russisch gemacht!«

Jetzt herrschte Stille. Und wenn es vermutlich auch nur wenige Sekunden gewesen waren, erschien es Olivia doch wie eine Ewigkeit, bevor Carl vom Stein endlich wieder etwas sagte.

»Was Sokolov genau gesagt hat, können weder Sie, Herr Donder, noch Sie, Frau Holzmann, bezeugen. Ich kann den Richter bestimmt noch davon überzeugen, Fjodor Sokolov aufgrund der drohenden Fluchtgefahr zunächst in Untersuchungshaft zu lassen. Aber keiner der Männer, die wir bei der Aktion festgenommen haben, wird reden, und wenn wir nicht mehr gegen Sokolov in der Hand haben als ein konspiratives Gespräch über angebliche Drogendeals auf einem skurrilen Dampfer, dann wird sein Anwalt mir die Hölle heißmachen.« Jetzt sah Carl vom Stein Olivia tief in die Augen. »Höchstens ein paar Tage noch, dann spaziert dieser Verbrecher hier lachend raus und wird niemals wieder einen Fuß auf deutschen Boden setzen. Also, Frau Hauptkommissarin Holzmann, versagen Sie lieber nicht!«

KAPITEL 25

LENNOX

Glaubst du, dass es in deine Seele blicken kann?« Emma zog die Wolldecke, die über ihren Beinen lag, etwas weiter nach oben.

»Vielleicht, ich weiß es nicht. Aber das ist auch nicht wichtig.« Lennox hielt den Blick auf das Tier gerichtet. »Wichtig ist, dass es da ist.«

Es war nicht besonders voll im Zoologischen Garten nahe dem Kurfürstendamm. Und die, die trotzdem gekommen waren, interessierten sich vor allem für den Nachwuchs der Pandabären, die zwar chinesische Namen trugen, von den Berlinern aber nur *Pit und Paule* genannt wurden. Die ersten auf deutschem Boden geborenen Pandas waren den anderen Bewohnern des artenreichsten Zoos der Welt an Attraktivität nun einmal haushoch überlegen, wie sollten ausgerechnet die Zebras da mithalten? Nein, vor deren Gehege gab es kein Gedränge, selbst ohne Pandas wären die Elefanten, Giraffen oder Nilpferde für die meisten Besucher weitaus interessanter gewesen. So konnten die beiden sich frei und ungestört unterhalten.

»Dir geht es nicht gut, oder?« Emma sah Lennox nicht an, ihr Blick blieb auf das Zebra gerichtet, das ihr gerade am nächsten war.

»Das geht es nie. Aber das ist in Ordnung, ich kenne es nicht anders.« Lennox wandte sich zu Emma um und bemerkte, dass ihr Blick mit Sorge gefüllt war. »Bitte denk nicht zu viel darüber nach. Es ist, wie es ist, wir können den Lauf der Dinge nicht ändern.«

Er erhob sich von der Bank und trat näher an die Absperrung

zum Tiergehege heran. *Kisses for me, save all your kisses for me.* Ein Außenstehender, so ging es ihm durch den Kopf, mochte den stolzen Tieren vielleicht unterstellen, dass sie einfach nur umherliefen, fraßen oder sich hinlegten, wie immer es ihnen gerade in den Sinn kam. Dass sie ein Zufall seien, ein evolutionärer Fakt, über den näher nachzudenken sich nicht lohne. Sie würden es nicht sehen, niemand sah es. Außer ihm und möglicherweise Emma, wenn Lennox sich dessen auch noch immer nicht ganz sicher war. Sein Atem stockte kurz, als sein Blick auf die Tränke der Zebras fiel. Wie lange das Wasser für die Jungs wohl noch reichen würde? Oder die Salzstangen, das Obst und die anderen Lebensmittel? Die Campingtoiletten würden mittlerweile wohl einer Kloake gleichen, ihren Geruch wollte sich Lennox nicht vorstellen. Doch die Jungs würden da eben durchmüssen. Alle sieben. *Was, wenn einer nicht stark genug ist?* Lennox fokussierte seinen Blick auf das Streifenmuster des Zebras, das gerade vor seinen Augen vorbeikam. *Was getan werden muss, das muss getan werden. Das Zebra ist ja bei ihnen.*

»Seit meinem Unfall bist du anders. Kälter.« Emmas Stimme drang zu Lennox wie aus einer anderen Dimension vor.

Er drehte sich um und bemerkte, dass sie mit ihrem Rollstuhl ganz nah an ihn herangekommen war. Sie machte sich Vorwürfe, das war offensichtlich. Dieser Sprung vom Balkon war nicht nur dumm und schlecht durchdacht gewesen. Vor allem hatte sie zuvor nicht mit Lennox gesprochen. Über das, was sie trieb und quälte. Mit keiner Silbe. Was, so hatte sich Lennox wieder und wieder gefragt, konnte es denn gegeben haben, das ihr so unüberwindbar erschienen war, dass sie es nicht einmal mit ihm besprechen konnte?

»*Unfall?*« Lennox sah Emma voll Strenge im Blick an. »Worin genau bestand denn der *Unfall?* Darin, dass du noch lebst?«

Sie griff nach seiner Hand, doch er zog sie weg.

»Es hatte nichts mit uns zu tun. Du weißt, dass ich zu dir halte.«

»Und wie wolltest du das nach deinem Sprung aus dem vierten Stock tun? Als Schutzengel, vom Himmel herab?«

Eines der Zebras kam auf Lennox und Emma zu, um kurz hinter der Begrenzung des Geheges stehen zu bleiben und zu den beiden hinüberzusehen.

»Ich habe dir immer beigestanden, aber ich kann auch nicht immer stark sein.« Emmas Stimme klang sanft, wenn ihr Blick auch fest und sicher wirkte. »Es ist einfach so gekommen. Etwas hat mir gesagt, dass ich meine Aufgabe erfüllt hatte. Dass mein Leben seinen Sinn hatte und jetzt nicht mehr gebraucht wird.«

Lennox beugte sich ganz nah zu Emma hinunter. »Und was sagt dir diese Stimme jetzt?« Er flüsterte beinahe.

Emma sah unwillkürlich auf ihre gelähmten Beine, setzte zu sprechen an, brach den Anlauf ab und schluckte schwer. Schließlich streckte sie beide Hände nach Lennox aus, der diese nach kurzem Zögern ergriff.

»Die Stimme sagt mir, dass es gut ist, dass ich noch da bin. Weil ich zwar alles getan hatte, was ich sollte, ich aber trotzdem nicht hätte gehen dürfen, bevor auch du an diesem Punkt bist. An dem Punkt, an dem du alles getan hast, wofür du auf der Welt bist. Ich musste noch bleiben, weil du meine Unterstützung brauchst.«

Lennox' Augen wurden feucht. *Kisses for me, save all your kisses for me.* Erst jetzt erwiderte er Emmas Griff, indem er leichten Druck auf ihre Hände ausübte. Die erste Träne lief an seinen Wangen hinab, während er ihr tief in die Augen sah und sagte: »Ich habe etwas Schlimmes getan.«

Emma lächelte so liebenswert, wie nur sie es konnte, streichelte seine Hände und sagte so sanft, als läse sie einem Kind vor dem Schlafengehen eine Geschichte vor: »Das kann ich spüren. Aber was es auch ist, ich helfe dir da raus. So schlimm wird es schon nicht sein.«

KAPITEL 26

KARL, 20 JAHRE ZUVOR

Papa! Mama!« Karl trommelte seit mehr als zwanzig Minuten wie besessen gegen die massive Stahltür. »Wir sind hier!!!« Das unablässige Dudeln des Liedes, das Klacken und Flackern der kalten Neonlampen, der Gestank nach Pisse und Scheiße, der Hunger, die Enge und die Tatsache, dass ihre Eltern einfach nicht zurückkamen, setzten den Zwillingen immer drängender zu. Kai würde es nicht mehr lange aushalten, dessen war Karl sich sicher. Die Stille, das Kauern in der Ecke, das langsame Atmen und dieser Blick. Ja, Kai war ruhig und scheinbar besonnen, doch das wahre Vertrauen darauf, dass ihre Eltern sie hier nicht zurücklassen würden, bestand mittlerweile nur noch bei Karl. Ihm war klar, dass er es war, der stark sein musste. Für sie beide.

»Jetzt hör doch endlich auf damit.« Kai war unbemerkt an Karl herangetreten.

»Das Essen reicht höchstens noch für zwei Tage. Das heißt, sie kommen heute oder morgen zurück. Sie haben uns genau so viel Essen hiergelassen, wie wir brauchen, bis sie uns wieder abholen kommen. Das ist doch total logisch.«

Es konnte gar nicht anders sein. Ihre Mutter war schließlich so fürsorglich, dass sogar die anderen Kinder in der Schule neidisch waren. Sie machte die besten Pausenbrote von allen, und die Gurkenscheibe und das Salatblatt legte sie immer extra in die Dose, damit sie das Brot nicht aufweichten und knackig blieben. Die anderen Kinder bekamen irgendwelches fertiges Zeug von ihren Eltern mit, manche einfach nur Geld für den Bäcker gegenüber der Schule, und ein paar hatten gleich gar nichts zu essen dabei. So lieblos waren Karls und Kais Eltern nicht. Im Gegenteil, Mama wusste stets, wer von den beiden was mochte oder nicht, und wenn die Geschmäcker der Zwillinge auch in den meisten Punkten gleich waren, gab es doch auch immer wieder Unterschiede. Niemals machte einer ihrer Eltern den Fehler, diese zu vergessen oder zwischen den Kindern zu verwechseln. Und natürlich hatten sie ausreichend Essen für die beiden dagelassen, um die Wartezeit bis zu ihrer Rückkehr zu überbrücken. Was für eine Überraschung das sein musste, die sie so viele Tage lang heimlich vorbereiten mussten, dass ihre beiden Lieblinge nicht dabei sein durften.

»Sie kommen nicht zurück. Nie wieder.« Kai klang auf Furcht einflößende Weise abgeklärt.

»Bist du verrückt? Du wirst schon sehen!« Karl konnte nicht glauben, dass Kai so dachte. »Ich wette, sie haben unser Zimmer umgebaut! Wir bekommen ein Hochbett mit Rutsche und einen eigenen Fernseher!«

Warum lächelte Kai nicht? Was war denn nur los? Das war doch alles ganz offensichtlich! Wie oft hatte Papa gesagt, dass man sich nur dann wirklich über etwas freuen konnte, wenn man vorher auch etwas dafür geleistet hatte. Ohne den seltsamen Abenteueraufenthalt in diesem kühlen, fremden Raum mit der einen einzigen Schallplatte und diesem Bild an der Wand wäre das alles doch gar nicht so toll und überraschend. Wie sollte Papa denn das komplette Kinderzimmer in einen einzigen großen Spielplatz umbauen, wenn er und Kai die ganze Zeit über anwesend wären? Nein, das war schon alles richtig so, und von Kais Miesepetrigkeit würde er sich die Vorfreude nicht verderben lassen.

»Wir müssen für immer hierbleiben.« Kai lächelte nach wie vor nicht.

Karl streckte seinen kleinen Körper und versuchte, sich so breit wie möglich vor Kai aufzustellen. Hinter sich die Stahltür, vor sich die engen, stinkenden Räume mit den kalten Wänden und dem mittlerweile völlig verdreckten Bettzeug. Das alles hier hatte einen Sinn. Es musste einen Sinn haben, wie sonst wäre es logisch zu erklären? Gerade als Karl zu einer Standpauke ansetzen wollte, die so mächtig ausfallen würde, dass Kai es nicht mehr wagen würde, jemals wieder zu bestreiten, dass ihre Eltern das hier alles liebevoll geplant und vorbereitet hatten, bemerkte er das Schwanken.

»Kai? Ist alles in Ordnung?« Seine Stimme wurde brüchig, und alles Selbstbewusste war schlagartig daraus gewichen.

»Ich will nicht sterben …«

Und damit schloss Kai die Augen, taumelte noch kurz und brach schließlich leblos zusammen.

KAPITEL 27

OLIVIA

Sie sehen nicht gerade so aus, als wäre das heute Ihr Glückstag.« Esther Wardy sah Olivia mit Besorgnis an.

»Ich zweifele mittlerweile sogar daran, dass das hier mein Glücks-*Leben* ist!« Olivia trat mit bedächtigen Schritten etwas näher an den Eingang des Bunkers heran.

Sie spürte die vergangenen Tage, als lägen sie mit all ihren Überforderungen und Enttäuschungen wie Blei auf ihrer Seele. *Jetzt also auch noch das Verlies, in dem die Zwillinge eingesperrt waren.* Es war eine ziemlich lange Fahrt nach hier draußen gewesen. Ohne die Möglichkeit, auf ihrem Handy konkrete Zielkoordinaten einzugeben, hätte Olivia diesen abgelegenen und verwilderten Teil des Waldstückes nicht so schnell gefunden. Und obwohl der Eingang des Bunkers nicht verschüttet war, hatte sie nicht den Eindruck, dass er regelmäßig von Abenteurern oder Sensationstouristen aufgesucht wurde. Zumindest waren auf dem sichtbaren Teil der Anlage so gut wie keine Graffiti oder sonstige Hinterlassenschaften von Besuchern zu erkennen.

»Haben Sie den Schlüssel?« Esther Wardy klang, als ginge es um eine Wohnungsbesichtigung in einem Neubauviertel.

»Ja, wir haben das mit den Kollegen aus Brandenburg geklärt, die sind sehr kooperativ.« Olivia zog einen Schlüssel aus der Tasche und streckte ihn demonstrativ in die Luft. »Wie haben Sie denn den Bunker damals geöffnet?«

Es wirkte auf Olivia, als wäre alles Beiläufige mit einem Mal von Wardy gewichen. Es schien fast so, als hätte sie der Anblick des Schlüssels in eine Form von Trance abdriften lassen, mit schlagartig leerem, gedankenverlorenem Blick sah sie nun auf die schwere Metalltür, so als spräche diese zu ihr.

»Ich habe auch die Kollegen zu Hilfe gerufen. Das war gar nicht so einfach, weil ich zwar Polizistin war, aber trotzdem in privater Mission unterwegs. Und das noch nicht mal in meinem Bundesland.« Wardy sah noch immer mit verdunkeltem Blick zu der Tür.

»Ihr Ruf dürfte Ihnen da wohl geholfen haben.« Olivia trat festen Schrittes auf die Bunkertür zu und führte den Schlüssel ins Schloss. Bevor sie ihn jedoch herumdrehte, wandte sie sich noch einmal zu Wardy um. »Was genau hat Sie darauf gebracht, dass Karl und Kai hier versteckt sein könnten?«

Die alte Dame setzte einen kleinen Schritt zurück und hob den Blick. Sie deutete mit ausgestrecktem Arm auf eine kleine Lichtung, die weniger als fünfzig Meter entfernt lag.

»Es waren die Reifenspuren.«

»Welche Reifenspuren?«

»Ich hatte von den Berliner Kollegen erfahren, dass die Bunker im Umland nicht abgesucht worden waren, weil es einem Entführer gar nicht möglich gewesen wäre, in eine der Anlagen hineinzukommen. Die stehen ja schließlich nicht offen herum, und mit einer Brechstange macht man sie auch nicht einfach mal so auf. Ich war trotzdem der Ansicht, dass das zu kurz gedacht war. Wir wussten ja nicht, wer die Kinder entführt hatte. Der Täter hätte schließlich beruflich Zugang zu den Schlüsseln haben können, oder zumindest die Möglichkeit, einen neuen anzufertigen. Wie auch immer. Dazu kommt, dass ich offen gestanden zu diesem Zeitpunkt auch schon so weit war, dass ich einfach blind nach jedem Strohhalm gegriffen habe, der sich mir geboten hat. Es gibt viele Bunker in Brandenburg, und die meisten davon sind komplett verlassen. Auf die habe ich meine Suche fokussiert. Und dann stand ich schließlich hier, ziemlich genau da, wo Sie gerade stehen.«

Olivia sah sich ein weiteres Mal um. Wer würde wohl auf die Idee kommen, hier, in dieser Abgeschiedenheit, nach zwei verschwundenen Jungen zu suchen? Sie konnte es den Kollegen von damals wirklich nicht verübeln, dass sie diese Option nicht geprüft hatten. Ebenso gut hätten sie in der nordschwedischen Tundra suchen können.

»Was war denn jetzt mit den Reifenspuren?«

Wardy wirkte so, als wäre es wieder dieser Tag vor zwanzig Jahren. »Ich habe sie auf der Lichtung gesehen. Das Muster hat deutlich gezeigt, dass jemand sein Auto gewendet hat, dann so nah wie möglich rückwärts in die Nähe dieser Anlage gefahren und danach dann zielstrebig und ohne Schlenker wieder verschwunden ist. Dazu Fußspuren, die in Richtung des Bunkers geführt haben und auf dem Rückweg weniger tief waren als auf dem Hinweg. Der Verursacher hatte also auf dem Hinweg etwas Schweres getragen, auf dem Rückweg dann aber nicht mehr. Die Spuren waren nicht frisch, aber noch gut zu erkennen. Vorher und nachher ist dort kein Auto gewesen, und der Zustand der Spuren kam mit der Zeit seit dem Verschwinden von Karl und Kai in etwa hin.«

Jetzt war alles Großmütterliche von Wardy abgefallen. Hatte Olivia sie noch kurz zuvor als freundliche, Kuchen backende Pensionärin erlebt, spürte sie nun mit einem Mal, dass die mit allen Wassern gewaschene Ermittlerin wieder in Wardy erwacht war. Ihr Blick schien klar und fokussiert, ihr Verstand auf laut gestellt, und der kriminalistische Spürsinn, der sie zu einer Polizeilegende gemacht hatte, schien erwacht wie der Drache aus einer Heldensage, der zuvor hundert Jahre im Tiefschlaf gelegen hatte.

»Lassen Sie uns reingehen!« Olivia drehte den Schlüssel kraftvoll im Schloss herum. »Ich habe die Fotos von damals dabei.«

Wardy hielt Olivia noch ein letztes Mal zurück. »Machen Sie sich keine falschen Hoffnungen. Da drinnen dürfte nichts mehr von damals zu finden sein. Seien Sie froh darüber, es war schockierend. Zwei Achtjährige haben fast vierzehn Tage allein da unten ausgehalten. Es war furchtbar!«

Es bedurfte einiger Kraft, die schwere Tür aufzuschieben. Immerhin, deren Verarbeitung war hochwertig, und selbst nach der langen Zeit funktionierte ihr Mechanismus noch tadellos.

»Puh, das stinkt ganz schön!« Olivia rümpfte die Nase, nachdem sie den ersten Schritt in den Bunker gesetzt hatte.

»Sie denken, das hier sei übler Geruch?« Wardy war Olivia dicht gefolgt. »Als ich damals hier reingekommen bin, hat es so sehr gestunken, dass ich fast bewusstlos geworden wäre. Es gab nur eine Campingtoilette für die Kinder, und die Zwillinge hatten keine Erfahrung damit, so was zu bedienen. Zum Glück gewöhnt sich die Nase sehr schnell an ständige Umgebungsgerüche, die beiden haben den Gestank damals nicht so stark wahrgenommen.«

Erwartungsgemäß funktionierte das Licht im Bunker nicht mehr. Olivia zog die Taschenlampe hervor, die sie aus dem LKA mitgenommen hatte, und ließ deren Lichtkegel über die schimmeligen, nackten Wände des Flures gleiten. Wie kalt, düster und beklemmend es hier war. Selbst sie, eine erfahrene und gut ausgebildete LKA-Beamtin, spürte, wie die schweren Mauern ihr die Atemwege zu verengen schienen. Wie die bloße Vorstellung, hier unten eingesperrt zu sein, klaustrophobische Gefühle in ihr weckte.

»In welchem Zustand haben Sie die Kinder vorgefunden?« Olivia ließ den Lichtkegel weiterhin systematisch durch den Raum gleiten.

»Einer der Zwillinge war offenbar kurz vor meinem Eintreffen kollabiert. Der andere hat neben ihm auf dem Boden gehockt und wie ein Verrückter pausenlos auf ihn eingeredet. Sogar noch, als ich die Tür aufgestoßen hatte und in den Raum getreten bin. Es war so, als hätten die Kinder mich gar nicht sehen können, ich bin mir wie ein Geist vorgekommen. Alles, was ich gehört habe, war Karls pausenloses Reden. Na ja, und dieses Lied war da auch noch …«

»Was denn für ein Lied?« Olivia blieb stehen und sah sich zu ihrer Begleiterin um.

»Darf ich mal?« Wardy streckte ihre Hand nach der Taschenlampe aus.

»Ich weiß von den Fotos, dass es im Bunker einen alten Plattenspieler gab.« Olivia reichte Wardy die Lampe.

»Und das, obwohl die Stromversorgung sowieso schon am Limit war. Hier, der Plattenspieler stand in diesem Raum.« Wardy richtete den Lichtkegel auf eine Tür, die zu einem der insgesamt vier Räume der Anlage führte. »Der Bunker war über eine interne Anlage mit Strom versorgt. Für zwei oder drei Tage hätten Energie und Luftversorgung noch gereicht, dann wären die Kinder durch den schwindenden Sauerstoff irgendwann eingeschlafen und nie wieder aufgewacht.«

Olivia trat im Licht der Lampe, die noch immer Esther Wardy führte, in den Nebenraum. Er war vollkommen leer, und obwohl sie wusste, dass die nackten, schimmeligen Wände ihr nichts anhaben konnten, spürte sie doch das innige Bedürfnis, so schnell wie möglich wieder nach oben zu kommen. Ans Licht, zur Luft, einfach nur hinaus in die Freiheit.

»Was ist damals mit der Einrichtung des Bunkers passiert?«

»Die hat der Erkennungsdienst mitgenommen, zur Spurenauswertung.« Wardy schloss die Augen und schien zu lauschen, wenn es auch nichts zu lauschen gab. »Ich kann immer noch dieses Lied hören. Es lief die ganze Zeit. Es gab zu dem Plattenspieler nämlich nur eine einzige Single. *Save your kisses for me* von Brotherhood of Man. Das war der Britische ESC-Beitrag von 1976. Wie ich später erfahren habe, lief dieser Song wohl beinahe die ganzen zwei Wochen lang ohne Unterbrechung. Wie ein Rauschen, das man irgendwann gar nicht mehr wahrnimmt. Außer wenn es plötzlich endet.«

»Glauben Sie, dass der Entführer mit diesem Song etwas sagen wollte?« Olivia griff ihr Handy aus der Tasche und rief ihre Musik-App auf.

Der Empfang hier draußen, mitten in der Brandenburgischen Landschaft, war ohnehin schon nicht besonders gut. Hinter den meterdicken Mauern des Bunkers war an eine Internetverbindung jedoch gar nicht zu denken. Olivia gab den Befehl zum Download des Songs so ein, dass dieser automatisch geladen werden würde, sobald sie wieder online war.

»Die Kollegen sind dieser Spur damals gefolgt, aber wie auch alle anderen Dinge, die hier unten zu finden waren, hat das zu nichts geführt.«

»Wo genau haben Sie die Kinder damals vorgefunden?«

Wardy schwieg kurz. Es wirkte auf Olivia, als überlege sie, wie sie ihr die Frage am besten beantworten konnte.

»Kommen Sie mal mit!« Wardy, die noch immer nicht die Taschenlampe aus der Hand gegeben hatte, verließ den Raum und ging zielstrebig durch einen kurzen Gang in den nächsten. Plötzlich blieb sie ruckartig stehen und regte sich nicht mehr, obwohl ihre Bewegungen noch eine Sekunde zuvor von Tatendrang und Zielstrebigkeit getrieben zu sein schienen.

»Ist irgendwas?« Olivia spürte Verunsicherung.

Einige Sekunden der Stille folgten ihrer Frage. Sekunden, die sich hier unten, in Gestank, Enge und Dunkelheit, wie Minuten anfühlten. Wardy regte sich nicht, und da sie den schmalen Eingang mit ihrem Körper versperrte, konnte Olivia auch nicht erkennen, was es war, das ihre frühere Kollegin schlagartig zu lähmen schien. Schließlich begann Wardy wieder zu sprechen, doch die Worte kamen jetzt nicht mehr sicher und forsch aus ihr heraus. Sie stotterte beinahe.

»Karl stand vor Kai, als ich hier reingekommen bin. Kai lag nur da und hat sich nicht bewegt. Ich konnte in dem Moment nicht einschätzen, was der Grund dafür war, ich musste vom Schlimmsten ausgehen. Karl hat wie ein Verrückter auf Kai eingeredet, Versprechungen gemacht, Hilfe angekündigt, Pläne für die Zukunft gesponnen. Er hat mich gar nicht bemerkt, ich stand hier einfach wie angewurzelt und habe ihm zugesehen, wie er vor seinem leblosen Zwilling stand.«

»Die Erinnerung muss schrecklich für Sie sein.« Olivia legte Wardy von hinten eine Hand auf die Schulter.

»Das ist sie. Aber es ist etwas anderes, das mich gerade beeindruckt.« Noch immer ließ Wardy keinen Blick in den Raum zu. »Kai war nicht hier, sondern vorn im Flur zusammengebrochen. So hat es die spätere Ermittlung ergeben. Karl hat Kai danach durch den halben Bunker geschleift, nur damit sie beide in diesem Raum unter dieser Wand liegen konnten. Das hat Karl seine letzten Kräfte gekostet, aber er wollte seinen Zwilling unbedingt zu dieser Stelle schaffen.«

»Was war der Grund?« Olivia spürte, wie ihre Stimme brüchig wurde.

»An der Wand hing ein Bild. Das einzige Bild in dem ganzen Bunker.« Wardy atmete tief durch, bevor sie sich zu Olivia umdrehte. »Es war ein simples Poster aus einer Kinderzeitschrift, mit Flüssigkleber vollflächig auf die Wand gehaftet.«

Jetzt begann Olivia zu verstehen, was Wardy so beeindruckte. Schließlich hätte jeder Versuch, das Bild zu entfernen, es zerstört.

»Das Poster hängt da noch?« Sie flüsterte, ohne dass es einen Grund dafür gegeben hätte.

Jetzt trat Wardy in den Raum und reichte Olivia die Taschenlampe zurück. Diese ließ den Lichtkegel kurz über die verlassenen, düsteren Wände gleiten, bis sie es gefunden hatte. Das Poster, das seit Jahrzehnten dort an der Wand klebte.

»Warum war den Zwillingen dieses Bild so wichtig?« Olivia konnte sich nur schwer von dem Tier losreißen, das sie, wenn auch verblasst, teilweise mit Schimmel bedeckt und von Rissen durchzogen, aus dem Bild heraus anzusehen schien.

»Die Kinder haben es mir nie erzählt.« Wardy schien um jedes ihrer Worte kämpfen zu müssen, während auch sie das Poster unablässig betrachtete. »Aber dieses Zebra schien eine magische Bedeutung für die beiden zu haben.«

KAPITEL 28

BOESHERZ

»Du bekommst jetzt die nächsten Informationen zu der Entführung des Obdachlosen. Eine neue Figur kommt ins Spiel, der Sohn der Milliardärin.« Boesherz schenkte sich einen guten Schluck Quercus nach, ließ das Glas aber zunächst noch auf dem Esstisch stehen.

»Das geht so nicht!« Ferdinand sah seinen Vater mit strenger Miene an. »Olivia braucht dringend deine Hilfe, mittlerweile steht ihre ganze Karriere auf dem Spiel. Du kannst hier nicht einfach Wein trinken und Denkspiele mit mir machen.«

Boesherz schwieg, wenn er auch seine Blicke sprechen ließ. Der vielschichtige Hintersinn, mit dem er Ferdinand ansah, schien diesem nicht verborgen zu bleiben.

»Ich weiß genau, was du vorhast.« Der Junge wandte sich demonstrativ ab. »Aber dein Einsatz ist zu hoch.«

Boesherz ließ sich auf die Tischkante sinken und griff nach seinem Quercus. Er roch kurz daran und setzte das Glas wieder ab. »Die Toten sind tot, Olivia kann ihnen nicht mehr helfen. Und die entführten Jungs befinden sich zwar nicht unbedingt in Sicherheit, aber ihr Leben gerät frühestens in einigen Tagen in Gefahr. Olivia wird es nicht so weit kommen lassen.«

Boesherz schloss die Augen und lächelte, als er an seine erste Begegnung mit Olivia zurückdachte. Eine burschikose junge Frau war sie gewesen, voll von Energie und Tatendrang, wenn es ihr auch noch an Erfahrung gemangelt hatte. Er war damals *der Neue* im LKA Berlin gewesen, und es konnte kaum einen Zweifel daran gegeben haben, welche Art von Geschichten man sich vor seinem Eintreffen über ihn erzählt hatte. So gut wie aus jedem Bundesland hatte es Angebote für *das Genie aus dem Rheingau* gegeben, sogar vom Geheimdienst und aus der Politik waren Rufe zu Boesherz vorgedrungen. Doch es waren weder Geld noch Ruhm oder Ehre, die seine Entscheidungen beeinflusst hatten. Das hatten sie nie. Allein die Vorstellung, in das Chaos und die Unordnung des Molochs Berlin wenigstens da, wo es seine Aufgabe sein würde, Ruhe bringen zu können, hatte ihn damals in die Hauptstadt gelockt. Dass er in Olivia jemanden gefunden hatte, den er gern an seinem Wissen und seiner Erfahrung teilhaben lassen wollte, hatte ihn dann sogar noch einige Jahre länger beim LKA gehalten, als er es eigentlich gewollt hatte.

»Willst du meine Einschätzung hören?« Ferdinand hatte selten in so strengem Ton zu seinem Vater gesprochen. »Olivia ist noch nicht so weit! Sie wurde noch in der Tradition erzogen, dass Polizisten harte Männer sind. Ich bin mir sicher, dass sie von Anfang an nicht nur gegen das Böse, sondern auch gegen die Vorurteile kämpfen wollte. Sie sieht sich tief in ihrem Inneren noch immer als das hässliche Entlein, das einfach nicht erkennen will, dass es längst dazu bereit wäre, der schöne Schwan zu sein. Und ja, ich habe es begriffen! Du willst, dass sie diesen Fall ohne deine Hilfe löst. Ohne dass sie *Papa um Hilfe bitten muss*. Sie soll endlich ans Ziel ihrer persönlichen Heldenreise kommen, indem sie diese Jungs rettet und diesen unmöglichen Fall löst. Ohne Hilfe, gegen alle Widerstände, allein aus ihrem eigenen Können heraus. Nur dass dieser erzieherische Akt sehr böse enden kann.«

Boesherz öffnete seine Augen wieder. »Wenn man unter dem Hochseil eines Akrobaten ein Netz spannt, dann wird er mit einiger Wahrscheinlichkeit früher oder später hineinfallen. Weil er weiß, dass es da ist. Und weil sein Unterbewusstsein ihm sagt, dass es nicht schlimm wäre, wenn er fiele. Entfernt man das Netz aber, dann sagt dem Artisten alles in ihm, dass Fallen keine Option ist. Und dann wird er auch nicht fallen.«

»Es sei denn, der Artist ist noch nicht gut genug. Dann wird er stürzen und schwer verletzt oder sogar tot sein. Es geht hier um Olivia, du kannst nicht einfach eine Münze werfen!«

Boesherz ließ einige Sekunden lang Stille im Raum stehen. Schließlich atmete er durch, nahm einen Schluck seines Rotweines und ließ ihn genüsslich über seine Zunge rollen. Dann sagte er: »Die Milliardärin ist entsetzt, man hat dem Obdachlosen vor ihren Augen einen Finger abgeschnitten. Das Beraterteam will gerade neue Optionen besprechen, als ihr Sohn nach Hause kommt.«

Ferdinand verharrte einige Sekunden lang in seiner Position. Boesherz konnte ihm deutlich ansehen, wie er mit sich rang, doch schließlich fügte er sich und nahm auf dem Sofa Platz.

»Also gut. Beschreib mir den Sohn.«

»Er ist das genaue Gegenteil seiner Mutter. Anfang dreißig, ruppig, schlecht gekleidet. Seine akkurate Frisur und seine gefeilten und sauberen Fingernägel zeigen, dass er sich pflegt, aber anscheinend hat er getrunken. Es stinkt penetrant nach Bier und kaltem Rauch, als er in den Flur tritt. Seine Mutter hat ihn angerufen und aufgefordert, sofort nach Hause zu kommen. Jetzt, wo sie ins Visier von Erpressern geraten ist.«

»Wie verhält sich der Sohn?«

»Aufgebracht, aggressiv. Er will das alles nicht glauben.«

»Aber wenn er es nicht glaubt, warum ist er dann aufgebracht und aggressiv?«

»Gute Beobachtung! Wir zeigen dem Sohn die Bilder von dem Obdachlosen, und er wird plötzlich ganz still. Als seine Mutter ihm mitteilt, dass sie nicht zahlen wird, rastet er beinahe aus.« Boesherz zog sich mit dem Schließen seiner Augen aus seiner Wohnung zurück und begab sich wieder in die Villa der Medienunternehmerin in den Grunewald. Er betrachtete erneut den Sohn der Milliardärin, und wieder sah er den Zorn und die Ablehnung in dessen Augen. »Es schien für mich so, als wolle der Sohn nicht in erster Linie den Obdachlosen retten, sondern gegen seine Mutter rebellieren.« Er trat in seinen Gedanken einen Schritt von dem jungen Mann weg.

Ferdinands Stimme erklang: »Die Entführer haben dem Obdachlosen gerade einen Finger abgeschnitten und damit den psychischen Druck enorm erhöht. Wie reagiert die Frau darauf?«

Boesherz ließ Ferdinand in seiner Vorstellung zu ihm in das Zimmer treten, in dem nun alle Beteiligten gemeinsam um den Rechner herumstanden und dem Geschehen im Verlies des Entführten folgten. »Sie ist schockiert und unsicher, was sie jetzt tun soll. Die Frage kommt auf, ob zumindest eine inszenierte Lösegeldübergabe stattfinden könnte, aber der Sohn fährt dazwischen. Er schreit seine Mutter vor allen Anwesenden an, dass sie sofort das Geld aus ihrem Tresor holen solle.«

»Wenn der Sohn den Obdachlosen so dringend retten will, warum zahlt er das Lösegeld dann nicht einfach selbst? Ich vermute, dass der Sohn einer Milliardärin selbst über einiges Vermögen verfügt.«

Boesherz sah noch einmal auf den Monitor, auf dem der Obdachlose winselnd und blutend auf seiner Matratze kauerte. Dann stellte er seine Erinnerung auf Pause und nahm Ferdinand in seiner Vorstellung zur Seite.

»Er ist ein Dauerstudent, seine Mutter gibt ihm monatlich ein paar Tausend Euro und hält ihn darüber hinaus von Kosten für Studium, Wohnung und Auto frei.«

Auf Ferdinands Lippen blitzte ein Lächeln auf, und Boesherz nahm an, dass dies auch in der realen Welt geschehen war.

»Der Sohn will seine Mutter abzocken! Er weiß, dass sie immer Bargeld im Haus hat, und hat diese Entführung arrangiert, um vermeintlich schnell und unkompliziert an Geld zu kommen.«

Boesherz schüttelte den Kopf und wandte sich von Ferdinand ab. »Was sind die Makel an dieser Theorie?«

Einige Sekunden lang herrschte Stille. Schließlich sagte Ferdinand: »Es wäre in diesem Fall weit sinnvoller und effektiver gewesen, wenn er seine eigene Entführung vorgetäuscht hätte. Seine Mutter hätte vermutlich nicht die Polizei eingeschaltet, und er hätte mindestens eine Million abzocken können. Und selbst wenn diese vollkommen unnötig komplizierte Nummer mit dem Obdachlosen wirklich sein Plan gewesen wäre, hätte er spätestens beim Betreten der Villa erkannt, dass die Aktion schiefgelaufen ist. Seine Mutter hat ein Elitekommando zu Hilfe gerufen, will nicht zahlen, und das Opfer wurde schwer verletzt. Zudem hätte er jetzt Komplizen, die wiederum ihn erpressen könnten. Es wäre sehr dumm, als Milliardärssohn gemeinsame Sache mit rücksichtslosen Verbrechern zu machen. Außerdem – hätte er mit der Entführung zu tun, dann würde er spätestens jetzt nicht mehr wollen, dass seine Mutter zahlt. Er würde versuchen, seinen Arsch zu retten, indem er alles daran setzt, dass seine Komplizen nicht gefasst werden. Sie würden ihn zweifellos verraten, um ihre Strafen zu mildern. Ganz davon abgesehen, dass ein Milliardärssohn nicht viel davon hätte, ein so schweres Verbrechen zu begehen, wenn er dafür gerade mal hunderttausend Euro bekommt, die er noch mit mindestens zwei Komplizen teilen muss.«

Boesherz konnte sich ein Lächeln nicht verkneifen. Er selbst hatte damals zu diesem Zeitpunkt der Ermittlung noch nicht alle Teile des Puzzles zusammengesetzt, wenn ihm das Schlüsselelement des Falles auch schon bekannt gewesen war.

»Deine Erwägungen sind logisch, und genau deswegen ist es von Bedeutung, dass der Sohn jetzt moralisch auf seine Mutter einwirkt. Er appelliert an ihren Glauben, die Frau ist streng katholisch. Er verweist darauf, dass es ihre christliche Pflicht ist, dem Obdachlosen zu helfen. Er erinnert sie daran, dass Jesus in der Bergpredigt klarstellt, dass wir unseren Nächsten lieben sollen, sogar unseren Feind. Und somit natürlich auch einen Fremden.«

Ferdinand schien beeindruckt. »So einen moralischen Einlauf schüttelt man nicht einfach aus dem Ärmel. Entweder der Sohn ist extrem fromm, dann kann er mit diesem Verbrechen nichts zu tun haben. Oder er hat sich schon vor Längerem dieses Argument zurechtgelegt. Aber dann hinge er in der Sache mit drin, weswegen er seiner Mutter logischerweise unter den gegebenen Umständen von einer Zahlung abraten müsste. Jedes entscheidende Argument widerspricht einem anderen entscheidenden Argument.«

Boesherz sah aus dem Fenster der Villa, vor deren Eingang der Wagen des Sohnes stand.

»Kurz darauf übergießen die Entführer den Obdachlosen vor laufender Kamera mit Benzin und drohen, ihn zu verbrennen, wenn sie nicht innerhalb einer Stunde das Geld haben.«

»Was bewirkt diese Drohung?«

»Die Milliardärin bittet sich Bedenkzeit aus. Später stellt sich Folgendes heraus: Während sich unser Team darüber berät, was zu tun ist, loggt sich der Sohn über einen anderen Rechner in die Übertragung der Entführer ein und macht mit ihnen eigenmächtig einen Übergabeort aus. Das Geld im Austausch gegen den Obdachlosen. Er stiehlt seiner Mutter Schmuck im Wert von deutlich mehr als hunderttausend Euro und rast in seinem Ferrari davon. Ziel unbekannt.«

»Ich muss nachdenken.« Ferdinand wirkte angespannt.

Boesherz öffnete die Augen und war nun wieder zurück in seiner Maisonette. »Für heute soll es reichen. Du weißt jetzt fast alles, was du wissen musst, um das Rätsel zu lösen. In der nächsten Sitzung bekommst du die letzten Informationen.« Er führte sein Weinglas zum Mund und leerte es in einem Zug, ohne zuvor daran gerochen zu haben.

Ferdinand wollte anscheinend gerade zu einer Frage ansetzen, als sein Handy vibrierte. Er zog es aus der Tasche und warf einen Blick aufs Display. »Das ist Olivia.«

»Sie hat deine Nummer?«

»Du redest ja nicht mit ihr.« Ferdinand nahm den Anruf entgegen. Er wechselte nur wenige, präzise Worte mit seiner Gesprächspartnerin, bevor er das Telefonat wieder beendete. Dann sah er seinen Vater mit einem Blick an, der eindringlicher kaum hätte sein können. »Olivia klingt verzweifelt. Sie läuft von einer Wand gegen die nächste, und der Druck auf sie steigt mit jeder Stunde.« Er trat ganz nah an seinen Vater heran, bevor er hinzufügte: »Treib es nicht zu weit!«

KAPITEL 29

OLIVIA

»Bitte sagt mir, dass irgendjemand von euch endlich eine konkrete Verbindung zwischen unserem Fall und Fjodor Sokolov gefunden hat!«

Die Stimmung war nicht gerade als inspirierend zu bezeichnen. Die meisten Gesichter ihrer Kollegen waren von Olivia abgewandt und dem Anschein nach unmotiviert auf Laptopmonitore oder Akten gerichtet. Was hatte sie auch anderes erwartet, immerhin tappte das Team seit Wochen im Dunkeln. Olivia hatte die Spezialisten der Beweiserhebung sowie die Spurenanalytiker und Ermittler ihres Teams zu einem außerordentlichen Meeting im LKA zusammengerufen. Nur Julius Kern, der Dezernatsleiter der Abteilung *Delikte am Menschen,* war nicht erschienen. Er befand sich auf einem Außentermin, und Olivia konnte nicht vor sich verhehlen, dass ihr das ganz recht so war. *Er muss mich wirklich nicht so erleben. Verzweifelt und am Ende mit meinem Latein.*

»Ich habe noch mal mit den Kollegen von der Drogenfahndung und ein paar V-Leuten aus der Szene geredet.« Oberkommissar Dennis Baum beugte sich vor und stützte seine Ellenbogen auf dem Tisch ab. »Es stimmt, dass die getöteten Eltern aus Berlin mit Sokolovs Leuten zu tun hatten. Es ging wohl um das gelegentliche Aufbewahren von Kokain in mittelgroßen Mengen im einen Fall sowie um den Vertrieb im anderen. Aber diese Infos sind inoffiziell an unsere eingeschleusten Ermittler gegangen, offiziell wird sich niemand finden, der den Namen Sokolov vor irgendeinem Polizisten oder Richter aussprechen würde. Und sorry, Olivia, aber bei der momentanen Sachlage wird auch keiner unserer Leute seine Tarnung aufgeben. Nicht noch einer.«

Olivia senkte kurz den Kopf, bevor sie ihren langjährigen Kollegen schließlich voll Sorge im Blick ansah. »Natürlich nicht …« Sie atmete tief durch. »Und es würde ja auch sowieso nicht reichen, um Sokolov mit den Morden und den Entführungen der Jungs in Verbindung zu bringen. Alle seine Mitarbeiter, die wir auf dem Dampfer festgenommen haben, behaupten, dass sie ihn gar nicht kennen. Dass er nur ein normaler Passagier auf der *Moby Dick* war. Die riskieren nicht ihr Leben, das können wir vergessen. Die gehen einfach ein paar Jahre ins Gefängnis und fertig.«

»Sorry, aber es sieht nicht gut aus.« Dennis sah Olivia mitleidsvoll an. »Wir kriegen diesen Penner Sokolov nach aktuellem Stand der Dinge definitiv nicht dran. Und um ehrlich zu sein: Am aktuellen Stand der Dinge wird sich wohl auch nicht mehr viel ändern. Wir haben fast zwei Wochen rund um die Uhr jede erdenkliche Spur verfolgt. Ohne echten Erfolg. Der Fall ist praktisch ausermittelt.«

Olivia ließ sich auf die Kante des Tisches sinken. Der Beamer, der darauf stand, ruckelte leicht und verwackelte kurz das Bild von dem Bunker, das Olivia an die Wand des Besprechungsraumes projiziert hatte.

»Ich war gerade in dem Bunker, in dem damals die Zwillinge gefunden wurden. Laut Akte gab es darin nur Spuren der Kinder und von Esther Wardy. Wer immer dieses Versteck damals vorbereitet hat, wusste ganz genau, was er tat. Überhaupt, die ganze Spuren- und Beweislage deutet auf einen hochintelligenten, sehr beherrschten Täter hin, der große Erfahrung damit hat, unsere Methoden der Fallanalyse ins Leere laufen zu lassen. Das schränkt den Kreis der Verdächtigen stark ein. Und dann diese zwanzig Jahre seit dem alten Fall! Warum kommt diese Sache ausgerechnet jetzt wieder auf?« Olivia sah eine Kollegin aus dem Team an. »Judith, was hat deine Suche nach Mördern und Entführern ergeben, die vor ungefähr zwanzig Jahren wegen irgendetwas eingesperrt wurden und erst vor Kurzem wieder entlassen worden sind?«

Judith Beer zuckte mit den Schultern. »Da kamen nicht sehr viele infrage. Nach aktuellem Stand und nach Rücksprache mit den Kollegen der anderen Länder hat das Raster sechs Personen ausgesiebt. Die DNA, die wir an den sieben Tatorten gefunden haben, hat zu keinem gepasst. Zudem hatten sie alle entweder Alibis oder wären rein körperlich gar nicht dazu in der Lage gewesen, diese Nummer durchzuziehen. Mal ganz davon abgesehen, dass nach allen Gesetzen der Physik sowieso niemand auf der Welt in der Lage wäre, sieben Entführungen gleichzeitig durchzuziehen.«

Olivia schloss die Augen, als könne sie zusammen mit dem Blick in die ratlosen Gesichter ihrer Teamkollegen auch gleich den ganzen Fall verschwinden lassen. Und ohne dass sie sich Hoffnungen auf eine erfreuliche Antwort machte, fragte sie: »Gibt es wenigstens irgendwelche Fortschritte bei der Suche nach den Jungs?«

Es war erneut Dennis Baum, der das Wort ergriff. »Die Kollegen aus den anderen Ländern und wir gehen zahlreichen Hinweisen nach. Bundesweit wurden Hunderte leer stehende Hallen, stillgelegte Fabriken und Bunker durchsucht. Mantrailer-Hunde haben vergeblich nach neuen Fährten gesucht, Entführungsspezialisten, Psychologen und inhaftierte Straftäter aus dem Bereich sind gehört worden. Aber es ist einfach nichts zu machen. Der Entführer meldet sich nicht mit Forderungen, und wir können nicht jedes Dachgeschoss und jeden Keller in der ganzen Bundesrepublik durchsuchen. Ohne neue Ermittlungsansätze sind wir am Arsch!«

Olivia sah in die Runde. Die einen sahen sie jetzt mitleidig an, andere starrten nach wie vor auf die Monitore ihrer Laptops. Natürlich, es gab seltene Fälle, in denen alle Ermittlungstechnik nicht zum Erfolg führte, Olivia wusste das sehr genau. Aber dieser Fall hier war keiner, in dem es auch nur als eine Option erschien, sich dem besonders gerissenen Täter geschlagen zu geben. *Die Jungs verrecken in ihrem Versteck, und Sokolov kommt ungeschoren davon. Gibt es nicht einen Deal, der etwas weniger schlecht wäre?*

»Was hat denn *Lady Firehand* zu den Zwillingen Karl und Kai gesagt?«

Die Stimme von Judith Beer drang wie aus weiter Ferne an Olivias Ohr, doch sie wollte ihr keine Beachtung schenken. Der Gedanke, der ihr gerade gekommen war, gefiel ihr ganz und gar nicht. Er war verwerflich, widerlich und stand in extremem Gegensatz zu allem, woran sie glaubte. Aber die Vorstellung von einer *gerechten Welt*, die Olivia als Vierjährige ihren Kuscheltieren erklärt hatte, würde den Jungs, die in ihrem Versteck auf Rettung hofften, nicht weiterhelfen. *Im Gegensatz zu …*

»Ist alles okay mit dir?« Dennis' Stimme riss Olivia aus ihren Gedanken.

»Ja, sorry. Ich habe über etwas nachgedacht.« Sie schaltete den Projektor aus. Die Fotos von den düsteren Bunkerräumen mit den verschimmelten Wänden würden hier ebenso wenig helfen wie die Großaufnahme des jahrzehntealten Zebra-Posters.

»Können wir dir bei irgendwas helfen?« Judith Beer klang eher besorgt als hilfsbereit.

Noch einmal sah Olivia in die Gesichter ihres Ermittlerteams. Und während sie sich noch vormachte, letzte Zweifel an ihrer Entscheidung zu haben, erkannte sie auch schon, dass die Würfel längst gefallen waren. Wenn sie auch entschied, das Ungeheuerliche zunächst für sich zu behalten. »Ja, alles okay. Macht einfach weiter, nicht aufgeben.«

»Und was hast du als Nächstes vor?« Dennis klang, als hätte er im Gesicht seiner Kollegin etwas ausgemacht, das ihm ihre ungeheuerlichen Absichten verraten hatte.

»Ich gehe noch mal zu Sokolov. Wie es aussieht, ist er der Letzte, der mir jetzt noch helfen kann.«

KAPITEL 30

Selten hatte Olivia einen Menschen mit größerer Eleganz und Selbstverständlichkeit in einer Haftzelle gesehen. Fjodor Sokolov saß auf seinem wenig bequem wirkenden Stuhl so, als wäre dieser ein Ohrensessel, und obwohl der sonst so auffällig und teuer gekleidete Russe in der Untersuchungshaftanstalt Moabit lediglich bequeme Freizeitkleidung trug, wirkte er doch in seiner ganzen Erscheinung so, wie Olivia sich einen Zaren vorstellte, wenn man ihn in seinem Palast aufsuchte.

»Ich wusste, dass Sie wiederkommen würden.« Sokolov klang auf eine Weise freundlich, als wären er und Olivia alte Bekannte.

»Ihr Anwalt ist gut, das muss man ihm lassen.« Olivia blieb direkt neben der offenen Zellentür stehen und lehnte sich mit verschränkten Armen gegen die kalte Wand. »Aber Ihre Killerkommandos sind noch besser. Wie konnten Sie das Safehouse von Boris Grigorenko finden?«

Sokolov machte ein unschuldiges Gesicht. »Ich weiß nicht, wovon Sie sprechen. Aber wenn die Polizei Leute bei den bösen Buben einschleusen kann, dann geht das vielleicht auch umgekehrt. Damit kenne ich mich allerdings nicht aus.«

Olivia sah Sokolov in die stechend blauen Augen, die das, was dieser Mann wirklich war, wie eine Tarnkappe zu verbergen schienen.

»Sie werden vermutlich bald hier rauskommen.« Sie deutete ironischen Applaus an. »Und ja, wie es aussieht, habe ich das wohl zu verantworten.«

Sokolov erhob sich von seinem Stuhl, der dabei knarzend nach hinten gegen die Wand geschoben wurde. Er strich seine Kleidung glatt und machte einen kleinen Schritt auf Olivia zu.

»Sie sind hier, weil Sie auf mein Angebot zurückkommen wollen, oder? Bevor ich es mir noch anders überlege.«

Wie tief war sie gesunken? Boesherz um Hilfe anzubetteln und sich dabei gleich zwei Mal abkanzeln lassen zu müssen, war schon nichts von dem gewesen, auf das Olivia stolz sein konnte. Jetzt aber vor einem internationalen Verbrecher vorzusprechen wie ein fünfzehnjähriges Mädchen vor seinem Schülerpraktikum unterschritt selbst die tiefste Linie, die sie sich bisher hatte vorstellen können.

»Es geht um sieben unschuldige Jungs. Nur deswegen rede ich mit Ihnen.«

»Es gibt weit schlechtere Gründe, zu Kreuze zu kriechen. Und außerdem, was ich Ihnen beim letzten Mal gesagt habe, war ernst gemeint. Ohne Sie wäre ich in großen Schwierigkeiten. Also, wie kann ich Ihnen helfen?« Jetzt war es der Russe, der seine Arme vor der Brust kreuzte.

Olivia sah Sokolov an, als habe sie ihm eine schlechte Nachricht mitzuteilen. »Dieses Gespräch hier hat niemals stattgefunden, das ist doch wohl hoffentlich klar?«

»Natürlich hat das Gespräch stattgefunden, schließlich ist es ja dokumentiert, dass Sie mich heute aufgesucht haben. Leider haben Sie aber meinen Verteidiger nicht rechtzeitig von Ihrer Befragung in Kenntnis gesetzt, weswegen ich Sie leider unverrichteter Dinge wieder wegschicken musste.«

Olivia sah ihm direkt in die Augen. Nichts Böses schien darin zu liegen, und das, obwohl Fjodor Sokolov zweifellos zu den skrupellosesten Menschen zählte, mit denen sie es je zu tun bekommen hatte. Vermutlich, so ging es ihr durch den Kopf, war die Soziopathie dieses Mannes so ausgeprägt, dass er sich selbst tatsächlich nicht als böse ansah. Gut möglich, dass er in seiner eigenen Welt tatsächlich ein freundlicher Mensch war, der einer Frau, die ihm geholfen hatte, mit einer Gegenleistung seinen Dank ausdrücken wollte.

»Wir wissen, dass alle Eltern, die von dem Mann, den ich suche, ermordet wurden, irgendwie mit Ihren Leuten zu tun hatten. Keiner davon redet mit uns, und Ihren Namen nimmt sowieso keiner in den Mund. Ich werde Sie also vermutlich nicht dranbekommen, das ist die traurige Wahrheit.«

Sokolov trat ganz nah an Olivia heran. »Mit Ihren Leuten wird aus der Szene tatsächlich keiner über die Opfer Ihrer Mordserie reden. Mit meinen Leuten dagegen schon …«

Olivia schwieg zunächst vielsagend, bevor sie endlich zu ihrem Anliegen kam. »Können Sie Erkundigungen einholen, was es mit den Opfern auf sich hatte? Warum der, den ich suche, ausgerechnet diese Leute ausgewählt hat? Ob die Opfer vor oder nach der Entführung ihrer Söhne irgendwas erzählt haben, das mir weiterhelfen könnte? Die Auswahl der Opfer erscheint so völlig beliebig, wer würde denn ausgerechnet in Affalterbach oder Premnitz seine Opfer suchen? Es muss eine Verbindung geben.«

Jetzt war es still in der Haftzelle. Olivia sah Sokolov an, als wäre er so etwas wie ein Orakel. Und seltsamerweise bemerkte sie an sich, dass ihr schlechtes Gewissen allmählich diesem Gefühl zu weichen begann, das sie als Kind immer gehabt hatte, nachdem der Zahnarzt mit dem Bohren fertig gewesen war und sie das Schlimmste überstanden hatte. Sie bemerkte, dass Sokolov in seine Hosentasche griff und etwas herausholte. Als er es Olivia direkt vor das Gesicht hielt, erkannte sie einen zerknüllten Zettel.

»Den habe ich Ihnen bei unserem letzten Gespräch gegeben. Zu diesem Zeitpunkt waren Sie meiner Hilfsbereitschaft aber noch weit weniger zugetan. Also, rufen Sie die Nummer auf diesem Zettel an und sagen Sie dem Mann, der rangeht, was Sie mir gesagt haben. Sie werden dann sehr bald zurückgerufen werden.«

Olivia zögerte kurz, bevor sie den Zettel widerwillig ergriff und einsteckte. »Muss ich jetzt auch noch *Danke* sagen?«

Sokolov lächelte sie jungenhaft an und trat mit einem großen Schritt nach hinten von Olivia weg. »Ich bin es, der zu danken hat! Und jetzt vergeuden Sie keine weitere Zeit mit mir, sondern versuchen Sie, diese Kinder zu finden.«

KAPITEL 31

LENNOX

»Was war denn heute mit der Brücke los? Die ist ja nur zur Hälfte explodiert.« Lennox warf dem Chef der Stuntcrew einen fragenden Blick zu.

»Hör bloß auf, da ist wieder irgendwas mit der Gasleitung. Seit dem Umbau funktioniert hier alles nur noch, wenn es Lust hat.«

Paul Witt war ein großer, bulliger Mann, der trotz seiner sechzig Jahre sportlicher und agiler war als die meisten anderen, die Lennox kannte. Sogar die Mitglieder seines Stuntteams aus Parcours-Spezialisten, Motocross-Profis und Kampfsportlern bewunderten ihn für seine Fitness. Paul war früher selbst Stuntman gewesen, und er erzählte gern und oft davon. Von den Zeiten, bevor die digitalen Möglichkeiten seinen Job maßgeblich verändert hatten. Zu der Zeit, als Stuntleute noch als harte Kerle und toughe Frauen angesehen wurden, denen man es zutraute, ungesichert von Felsenklippen zu stürzen oder auf Motorrädern in Flammen stehende Häuserdächer zu überspringen. Zu Zeiten, als sein Beruf noch Leuchten in Kinderaugen hervorrief und in denen niemand danach fragte, wie ernst, risikominimiert und akkurat die Arbeit der Stuntleute tatsächlich war. Lennox neigte wahrlich nicht dazu, mehr Zeit mit seinen Kollegen in den *Spree Studios* zu verbringen, als es unbedingt nötig war, doch zu Paul pflegte er ein Verhältnis, das man fast als freundschaftlich hätte bezeichnen können. Natürlich nur, wenn man nicht wusste, dass Lennox keine Freunde hatte.

»Du meinst den Umbau vom Wasserbecken zur Rennstrecke?« Lennox ließ seinen Blick über die Stuntfläche gleiten.

Es war seltsam, wie bedeutungslos das Gelände wirkte, sobald die Zuschauer gegangen waren. Wenn die Ränge mit den Tausenden Sitzplätzen verwaist, die Flammen auf der Spielfläche erloschen und die dramatische Musik verstummt waren. Noch vor einer Viertelstunde waren Stuntleute in martialisch aussehenden Kostümen mit Autos und Motorrädern kreuz und quer über das Gelände gerast, brennend von Türmen gestürzt oder hatten sich komplex choreografierte Kämpfe miteinander geliefert. Der Pyrotechniker hatte Flammen auflodern lassen und Explosionen per Knopfdruck ausgelöst, und der Tontechniker hatte nicht nur die jeweils passende Musik, sondern auch synchron zu den Bewegungen der Stuntleute die entsprechenden Geräusche eingespielt. Und das alles, nachdem Lennox den Zuschauern zuvor minutenlang eingeheizt hatte. Den Menschen, die ihn von den Rängen aus ansahen, und dann auch wieder nicht. Zu Tausenden, Tag für Tag. Und obwohl es alles wie immer war, einem ständig gleichen Ablauf folgend, fühlte es sich für Lennox doch jeden Tag wieder neu an. Weil er das, was er präsentierte, nicht mit seinen Augen betrachtete, sondern mit denen des Publikums.

»Kennst du das Wasserbecken eigentlich noch?« Paul zog eine Zigarette aus der Tasche und zündete sie sich an.

»Nur von Fotos. Ich bin erst hier, seit es die Rennstrecke gibt.«

Paul ließ seinen Blick über den Beton schweifen und deutete mit dem Zeigefinger auf die Mitte der Bühnenfläche. »Wir hatten früher eine Show zum Thema Haie. Sie hieß *Hai-Alarm in der Spree*, war ziemlich witzig. Die halbe Spielfläche war ein riesengroßes Wasserbecken, aus dem Hai-Attrappen rausschießen konnten. Das kam super an, aber irgendwann kamen dann immer mehr Beschwerden. Eltern, die dachten, ihre Kinder hätten

Angst davor. Oder Umweltschützer, die sich beschwert haben, dass wir Haie als Menschenfresser darstellen und sie als Monster stigmatisieren. Das hat echt mal eine Frau als Beschwerde an die Geschäftsleitung geschrieben! In der Story der Show sind fünf Menschen gestorben, das hat keinen interessiert. Nur der offensichtlich aus Gummi bestehende Hai.«

»Irgendwann ist einfach alles scheiße geworden. Die Unsicheren haben die Führung übernommen und unterdrücken seitdem die Mündigen.«

»Bitte?« Paul zog an seiner Zigarette.

»Das sind die beiden Arten von Menschen: Die Unsicheren und die Mündigen. Unsichere haben zum Beispiel die Sorge, dass eine Show mit künstlichen Haien dazu führen könnte, dass *die anderen* beginnen, Haie zu jagen. Mündige Menschen lachen über eine lustige Show, verstehen, wie sie gemeint ist, und jagen danach dann einfach keine Haie.«

»Du meinst, so wie Unsichere befürchten, man würde ihnen etwas tun, wenn sie nicht jeden Mist, den irgendwer macht, daraufhin überprüfen, ob er *politisch korrekt* war? Wenn sie sich nicht wegen jeder Kacke zum Richter darüber erheben, wer gut ist und wer böse?«

Lennox nickte. »Mündige lassen auch mal fünfe gerade sein, solange es aus dem Zusammenhang klar ersichtlich ist, dass jemand etwas nicht böse gemeint hat. Was glaubst du, über was für belanglose Witze sich manchmal Zuschauer bei mir beschweren …«

Paul lachte auf, trat an Lennox heran und klopfte ihm auf die Schulter. »Du solltest mal ein paar Tage unter normale Menschen kommen. Begleite mich mit meiner Stuntcrew doch mal auf einen Dreh! Nächsten Monat steht in Babelsberg eine Thrillerverfilmung an, irgendwas von einem Berliner Autor. Ich sage dir, ein paar Tage mit meiner Crew sind wie eine Zeitreise in die

Welt, bevor die Angstmenschen aus ihren Löchern gekrochen sind. Bier, Zoten, Zigaretten!«

Lennox lächelte so, wie er auch seine Kandidaten im Tierquiz anlächelte, wann immer sie eine seiner Fragen richtig beantwortet hatten. »Das klingt äußerst verlockend. Lass uns das mal im Hinterkopf behalten!«

Paul kontrollierte kurz sein Handy, warf seinen Zigarettenstummel zu Boden, trat die Glut aus und sah wieder Lennox an. »So, ich muss los, ich gebe nachher noch einen Stuntworkshop. Heute geht es ums Brennen, das ist immer lustig.«

Witt lachte laut auf, klopfte Lennox auf die Schulter und verließ die Showfläche. Lennox sah ihm noch so lange nach, bis er schließlich hinter dem Ausgang des Tunnels verschwunden war, durch den die Stuntleute mit ihren Fahrzeugen auf die Showfläche gelangten. Dann erst senkte er den Blick und betrachtete den Betonboden unter seinen Füßen. Er würde halten, ganz bestimmt.

KAPITEL 32

OLIVIA

Das ist also sein letztes Wort?« Marvin klang besorgt durch das Handy. »Boesherz wird dir definitiv nicht helfen?«

»So sieht es aus, ja. Ich bin ziemlich am Arsch.« Olivia zwängte sich rastlos durch den Gang des Supermarktes, in dem sie zwischen zwei Terminen auf die Schnelle noch einige dringend notwendige Besorgungen machen musste, die sie trotz aller Arbeit wirklich nicht mehr länger aufschieben konnte. »Ich kann es Severin auch nicht verübeln, dieser Fall ist nämlich ein einziger Albtraum. Nichts, womit man sich freiwillig beschäftigen möchte, glaub es mir. Ich schlafe kaum noch länger als ein paar Stunden, esse zu wenig und habe das Gefühl, dass mir immer mehr Haare ausfallen. Lange halte ich das nicht mehr aus.«

Olivia hatte ihrem Freund nichts von dem Besuch bei Fjodor Sokolov erzählt. Was hatte sie sich überhaupt dabei gedacht? Ja, sie war es den Jungs schuldig, nach jedem Strohhalm zu greifen. Aber dieser Verbrecher würde sehr wahrscheinlich in wenigen Tagen vollkommen unbehelligt das Land verlassen, und sie wäre ihm fortan vermutlich für immer verpflichtet. Was sollte sie schließlich tun, wenn er oder einer seiner Leute plötzlich vor ihr stehen und einen *Gefallen* einfordern würde? Sie konnte ja bereits von Glück reden, dass Sokolovs Killer nur den Kronzeugen Boris getötet hatten, nicht auch noch sie und Marc Donder. Nein, Olivia würde diesen mehr als unrühmlichen Pakt mit dem Teufel für sich behalten.

»Meine sexy Polizistin trägt also demnächst Glatze?« Marvin lachte auf. »Das sieht bestimmt heiß aus! Aber im Ernst, kann ich dir irgendwie helfen?«

Olivia blieb mitten im Gang stehen. Sie hatte endlich das Regal gefunden, in dem das Salz stand. Seit Tagen würzte sie schon alles, was sie sich zu essen machte, mit Pfeffer, weil sie einfach immer wieder vergessen hatte, das wohl selbstverständlichste aller Gewürze nachzukaufen. Ihre Blicke flogen über die Auswahl.

»Du könntest mir erklären, warum es hier hundert verschiedene Sorten Salz gibt. Das ist doch wohl das einzige Produkt auf dem gesamten Planeten, das immer genau gleich schmeckt, vollkommen egal, wer es anbietet oder wie es verpackt ist. Wie kann denn bitte die gleiche Menge Salz zwischen ein paar Cent und mehreren Euro kosten?«

»Du bist ganz schön fertig mit den Nerven, was?« Marvin sprach jetzt so sanft, wie er es immer vor dem Einschlafen tat, wenn er Olivia noch eine Weile im Arm hielt. »Soll ich heute Abend zu dir kommen? Dann kannst du mir von deinem Fall erzählen. Oder wir reden über Salz! Ich könnte eine Verkostung arrangieren.«

Endlich huschte mal wieder ein Lächeln über Olivias Gesicht. »Aber bitte mit Hintergrundinformationen über Lage, Ausbau und Reifung.«

Sie griff eine Packung Salz, deren Farbe ihr gefiel, während sich eine stattliche ältere Dame mühsam mit ihrem leeren Einkaufswagen an ihr vorbeizwängte.

»Müssen Sie sich so breitmachen?« Die Frau sah Olivia an, als sei diese der Leibhaftige.

»Ich versuche nur, Sie mit vollem Körpereinsatz davon abzuhalten, in die Gemüseabteilung vorzudringen.« Sie sah die Frau mit großer Ernsthaftigkeit an. »Ich habe Informationen, nach denen das Wurzelgemüse einen Angriff auf uns Menschen plant.«

Während die Frau noch ratlos starrte, erklang wieder Marvins Stimme aus dem Handy: »Also, wie sieht es aus, soll ich heute zu dir kommen?«

Olivia zögerte mit ihrer Antwort. Würde sie Marvin heute wirklich sehen wollen? Er war ganz bestimmt der einzige Mensch in ihrem Leben, der ihr überhaupt noch Freude bereiten und ihr das Gefühl geben konnte, wertvoll zu sein. Doch in ihrer momentanen Verfassung würde sie ihm einfach nicht die Zuneigung und Aufmerksamkeit entgegenbringen können, die er verdiente. Was, wenn sie ihn mit ihren Sorgen und ihrer ständigen gedanklichen Abwesenheit vergraulte? Eine mürrische, übernächtigte Freundin, die rund um die Uhr mit furchtbaren Gedanken an entführte Kinder und abgeschlachtete Eltern befasst war, würde in den Augen eines Mannes, der so viel Wert auf Gemeinsamkeit und gegenseitige Fürsorge legte, vermutlich nicht gerade als besonders gute Partie durchgehen. Andererseits, wann konnte sie denn die Nähe und Zuneigung ihres Partners mehr gebrauchen als jetzt? *Eine kleine Verschnaufpause in seinen Armen wäre schon wirklich toll.*

»Also gut, dann komm vorbei. Aber bitte lass dir nicht wieder so eine Überraschung wie mit dem Dodge einfallen!«

»Hat es dir nicht gefallen?« Marvin klang besorgt.

»Natürlich hat es das, es war absolut genial! Aber ich bekomme ein schlechtes Gewissen, wenn du dir immer so viel Mühe mit mir gibst und ich trotzdem die ganze Zeit nur an meine Arbeit denken kann.«

Marvin schwieg einige Sekunden lang, sodass Olivia nun eine Durchsage zu hören bekam, in der ein Sonderpreis für hausgemachtes Gyros von der Frischetheke proklamiert wurde. Schließlich erklang seine Stimme wieder durch das Telefon:

»Also gut, dann organisiere ich heute ausnahmsweise mal kein 800-PS-Auto. Einfach einen gemütlichen Abend mit einer Flasche Rotwein. Oder drei. Aber auf Dauer kommst du mir nicht davon, ich habe nämlich noch eine echte Überraschung für dich parat. Und ich verspreche dir, sie wird dich umhauen!«

KAPITEL 33

FERDINAND

Der einzige Metzger, den Menschen und Tiere lieben.

Ferdinand war schon vor fünf Minuten am S-Bahnhof Steglitz aus dem Zug gestiegen, doch noch immer hatte er den Bahnhof nicht verlassen. Eher zufällig war sein Blick auf dieses Plakat gefallen, das seine Aufmerksamkeit schlagartig in Geiselhaft genommen und ihn wie einzementiert an den Boden gefesselt hatte. Und das, obwohl er so einiges an der Schloßstraße vorhatte und die Zeit schon fortgeschritten war. Die beliebteste Einkaufsmeile im Berliner Süden bot gleich mehrere Shoppingmalls, Modegeschäfte vieler bekannter Marken sowie Gastronomie aller Art. Ferdinand hatte sich vorgenommen, ein paar neue Shirts und Hosen zu kaufen, was bei ihm üblicherweise einige Zeit in Anspruch nahm. Manchmal beneidete er seinen Vater um dessen Modegeschmack. Boesherz' klassischer Stil erleichterte ihm die Kleiderwahl schließlich ganz enorm, man konnte nicht viel falsch machen, wenn man sich auf zeitlose Moderegeln verließ. Zudem, wenn die Kleidung den Mann machte, dann lag die Arbeit nicht mehr beim Träger. Ferdinand hingegen hatte den Anspruch, Outfits zu tragen, die ein Statement seiner Persönlichkeit waren, was ihm weitaus mehr Entscheidungen abnötigte, als es das Befolgen althergebrachter Modegesetze tat.

»Das muss ja wirklich ein echt krasses Plakat sein! Du starrst es schon seit Minuten an.«

Die Stimme riss Ferdinand aus seinen feuerwerksartigen Gedanken zu dem Text auf der riesigen Werbetafel, die unmittelbar hinter den Gleisen angebracht war.

»Das ist Werbung für einen *vegetarischen Metzger*. Wie könnte man davon nicht fasziniert sein?« Ferdinand wandte sich dem Mann nicht zu, sein Blick blieb wie festgenagelt auf das Plakat gerichtet. »Der gesamte Text besteht nur aus Widersprüchen und Unsinn.«

Aus dem Augenwinkel heraus bemerkte Ferdinand, dass der Mann ihm etwas näher kam, und ein Luftzug trug eine Note von dessen Duft an seine Nase. *Wilde Tiere, die einen unsichtbaren Zirkuswagen hinter sich herziehen. Er riecht nicht übel, sehr interessant. Dem ist einiges zuzutrauen, ich kenne diese Note, und wer immer sie ausströmt, der hat es faustdick hinter den Ohren.*

Der Fremde las den Text der Anzeige nun anscheinend auch.

»Dir ist aber schon klar, dass das Werbung ist und es dabei nur darum geht, aufzufallen? Die wollen mit diesen Widersprüchen im Gedächtnis bleiben und Neugier auf ihr Produkt lenken. Was ihnen bei dir ja anscheinend gelungen ist.«

»Das verstehe ich schon. Aber solche Erkenntnisse sind meiner Wahrnehmung egal. Die spielt gerade einfach nur komplett verrückt.«

»*Metzger* kommt von *metzeln*. Ein Metzger verarbeitet ausschließlich Fleisch.« Der Fremde schien das Plakat jetzt ebenfalls näher in Augenschein zu nehmen. »Wenn jemand vegetarische Gerichte herstellt, dann ist er schon per definitionem kein Metzger.«

Ferdinand entging nicht, dass der Mann ihm mit Bewegungen näher kam, die so zufällig wirkten, dass sie es nicht sein konnten.

»So geht es schon mal los, ja. Außerdem sind Tiere für gewöhnlich zu einer Emotion wie Liebe nicht in der Lage. Und sogar bei den wenigen Arten, bei denen ein Verhalten beobachtet wird, das der menschlichen Liebe ähnelt, richten sich diese Emotionen auf die eigenen Artgenossen. Kein Tier wird jemals einen Metzger lieben, das ist komplett absurd.«

Der Mann mit dem verheißungsvollen Duft lachte kurz auf, bevor er hinzufügte: »Außer vielleicht Hunde, aber die lieben dann wiederum keinen vegetarischen Metzger! Und Menschen, die dazu neigen, Metzger zu lieben, werden diese Liebe vermutlich nicht ausgerechnet einem Metzger entgegenbringen, der kein Fleisch verarbeitet. Man liebt ja auch seinen Arzt nicht dafür, dass er keine Ahnung von Medizin hat.«

Ferdinand spürte, dass dieser Fremde mit dem äußerst verlockenden Duft eines Bad Boys sein Interesse geweckt hatte. Der Kerl verstand seine Sicht auf die Welt, und diese Erfahrung machte er nicht oft. Noch würde er seinen Blick aber nicht auf ihn richten. *Du hast nur ein einziges Mal die Möglichkeit, ihn unvoreingenommen nach seinem Duft einzuschätzen. Hast du ihn einmal angesehen, mischen sich zusätzliche Kriterien in dein Bild von ihm und verwischen es.* Der Wind stand günstig. Ferdinand hatte zuvor ähnliche Aromen gerochen, und praktisch immer waren deren Erzeuger klug, attraktiv und sportlich gewesen. Ebenso wie unbeugsam, bestimmend und verantwortungslos.

»Denkst du viel über Sprache nach?« Der Fremde wandte sich Ferdinand zu.

»Sie ist die wichtigste aller Fähigkeiten, die uns vom Tier unterscheiden. Sie kann uns zu Freunden machen – oder auseinandertreiben und gegeneinander aufwiegeln. Wenn ich etwas sehe oder höre, das der Physik der Sprache widerspricht, dann hängt sich meine Aufmerksamkeit daran auf. Ich hänge fest, der Fehler zieht mich immer wieder zurück. Das System in meinem Kopf versucht, das Falsche aufzulösen, und bleibt dabei immer wieder daran hängen.«

»Die Physik der Sprache? Das klingt interessant.« Der Fremde klang noch vertrauter als zuvor, und wieder war er etwas näher getreten.

»Wenn ich ein Glas in die Luft hebe und es loslasse, dann wird es zu Boden fallen. Es schwebt nicht in der Luft, es fliegt nicht nach oben. Das ist unabänderlich und absolut. Ein Metzger schlachtet Tiere und verarbeitet Fleisch, das Produkt seiner Arbeit als Metzger kann also nicht vegetarisch sein. Auch das ist unabänderlich und absolut.«

»Dieses Plakat ist für dich also so, als würde jemand vor deinen Augen ein Glas hochhalten, es loslassen – und das Glas würde in der Luft schweben?«

»Ganz genau! Die Ignoranz von Menschen, die Sprache ihren Irrtümern unterordnen wollen, grenzt mich aus.«

»Dann stehst du bestimmt auch auf *Bürger*innenmeister*innen*, was?« Er lachte, und scheinbar zufällig wischte sein Handrücken über den von Ferdinand.

»Das war, was ich gerade meinte. Als *Bürger* sind wir eine Gemeinschaft. Als *Bürger*innen* müssen wir uns entscheiden, in welches Team wir gehören. Das teilt uns und sorgt dafür, dass wir als Gemeinschaft dann nur noch die halbe Power haben.«

»Etwas, das nur die Unsicheren tun.«

»Was meinst du?« Ferdinand musste sich eingestehen, dass der Kerl sein Interesse weckte.

»Der Unsichere sagt *Bürger*innen*, weil er seine Ängstlichkeit vor sich herträgt wie eine Monstranz. Er hat Angst vor Ausgrenzung, sucht Zustimmung und will zeigen, dass er von der *richtigen Gesinnung* ist. Er signalisiert, dass jeder, der sich nicht so verhält wie er, schlechter ist als er und sich somit bereits aus moralischen Gründen automatisch im Unrecht befindet. Damit lenkt er von jeder Kritik an sich geschickt ab. Der Unsichere vergrößert ein Problem, das andere Unsichere erst erfunden haben. Der Mündige sagt *Bürger*, weil er weiß, dass es niemanden gibt, der sich darunter ernsthaft nur eine Gruppe männlicher Bürger vorstellt. Und weil sein Selbstverständnis ihm sagt, dass man Menschen immer gemeinschaftlich bezeichnen sollte. Der Mündige macht es einer Frau sprachlich möglich, *der beste Bundespräsident der deutschen Geschichte* zu werden. Der Unsichere enthält ihr das vor. Bei dem darf sie höchstens die Beste unter den weiblichen Bundespräsidenten sein. Und damit wird die Endung *-in* zu einer Verkleinerung, zu einem Teil von etwas eigentlich Ganzem. Der Unsichere schafft in seiner Sprache einen Rückschritt, wo ein Fortschritt sein sollte.«

Ferdinand fühlte sich wie aufgeputscht. »Die *Unsicheren* und die *Mündigen*. Eine interessante Unterteilung! Der Mündige bewegt sich selbstbewusst und auf Augenhöhe mit den anderen in der Welt. Er sortiert Menschen nicht nach Geschlecht, Rasse, Hautfarbe, Religion oder sexueller Orientierung. Weder im Alltag noch in der Sprache.« Meist wurde er für seine Eigenheiten von anderen als seltsam oder pedantisch angesehen. Es kam nicht oft vor, dass ihn jemand einfach auf Anhieb verstand. »Ich unterscheide übrigens auch nicht nach Geschlecht oder sexueller Orientierung …« Ferdinand machte eine leichte Drehung nach rechts und sah dem Fremden zum ersten Mal seit Beginn ihres Gespräches in die Augen.

»Was hast du denn gerade so vor?« Der Fremde zwinkerte.

Eigentlich hatte sich Ferdinand darauf eingestellt, Hosen und Hemden in zu engen und völlig überbeleuchteten Umkleidekabinen anzuprobieren. Doch für sein Studium der Menschen, ihrer Gerüche und dessen, was diese über sie und ihre verborgenen Eigenschaften aussagten, würde dieser sexy Typ sicher interessante neue Erkenntnisse bringen. *Hosen gibt es auch noch morgen*. Gerade, als Ferdinand etwas erwidern wollte, klingelte sein Handy. Er sah auf das Display. »Das ist mein Vater, da muss ich kurz rangehen.«

Der Fremde deutete mit einer Geste an, dass er kein Problem damit hatte.

»Was gibt es denn?« Ferdinand vernahm schweres Atmen am anderen Ende der Verbindung. So als hadere sein Vater damit, die Frage zu beantworten.

»Ich habe nachgedacht. Darüber, was du zu Olivia und ihrem Fall gesagt hast. Und ich habe Entscheidungen getroffen. Außerdem möchte dir jetzt auch noch die letzten Hinweise zu der Milliardärin und dem Obdachlosen geben. Es wird Zeit, dass du das Rätsel löst.«

Ferdinand sah zu dem Typen, der ihm einen heißen Blick zuwarf.

»Ich habe gerade keine Zeit. Ich komme heute Abend vorbei, okay?«

Es dauerte wieder einige Sekunden, bis Boesherz antwortete: »So lange kann es vermutlich noch warten.«

»Ist alles okay mit dir?«

»War es das jemals?« Und noch ehe Ferdinand etwas erwidern konnte, hatte sein Vater das Telefonat beendet.

»Sorry, mein Vater scheint irgendwas zu haben. Schwermütig und nachdenklich ist er immer, aber heute treibt ihn offenbar irgendwas Konkretes um.«

»Väter haben doch immer irgendwas. Am besten, du rufst ihn gleich an, wenn wir mit der ersten Runde durch sind. Also, Herr Sprachphysiker, bist du dabei? Ich wohne in der Nähe.«

Ferdinand musste nicht überlegen. Er würde sich alle Mühe geben, ihn so stark wie möglich zum Schwitzen zu bringen. Die olfaktorischen Informationen, die er dabei von sich preisgeben würde, konnten äußerst interessant sein. Ferdinand sah auf seine Uhr.

»Okay, ein paar Stunden hätte ich Zeit. Die sollten ja wohl reichen.«

»Warten wir mal ab!«

»Ich bin Ferdinand, und du?«

Der Typ hob sein Kinn leicht an, sodass es in Richtung Sonne zeigte. Kurz schienen seine Augen aufzublitzen, bevor er sich scheinbar zufällig mit der Hand durch die Haare fuhr. Fast schon schamlos musterte er Ferdinand mit Blicken, die ihre Intention nicht einmal zu verbergen versuchten, bevor er sich in Richtung Ausgang umwandte und dabei sagte: »Ich bin Lennox. Und jetzt lass uns keine Zeit verlieren, wir haben einiges vor!«

KAPITEL 34

ESTHER WARDY

Wardy spülte eine Tablette hinunter, und nur Sekunden später folgte eine weitere. Es war längst zur Routine geworden, immer wieder neue Medikamente waren im Lauf der Zeit hinzugekommen, mittlerweile hatte sie selbst fast den Überblick verloren. Die täglichen Pillen und Kapseln ersetzten ihr fast schon eine Mahlzeit. Und Wardys Tagespensum war noch lange nicht absolviert, was aber zurzeit wahrlich ihr geringstes Problem war. Schlagartig spürte sie einen Reiz in der Brust, hustete heftig und legte ihren Kopf auf dem Esstisch ab. Das Holz fühlte sich gut an, vertraut und sicher. Als Wardy spürte, wie sich der Krampf in ihren Atemwegen allmählich zu lösen begann, richtete sie sich vorsichtig wieder auf und sah zu dem Foto ihres verstorbenen Mannes Simon, das über der kleinen Anrichte aus dem Erbe seiner Mutter in der Küche hing.

»Ich habe es nie überwunden, wie auch?« Sie glaubte, das Foto ihres Mannes habe eine Regung gezeigt, wenn ihr auch bewusst war, dass sie sich das nur einbildete. »Und jetzt, so viele Jahre danach, passieren diese furchtbaren Dinge. Ist es späte Gerechtigkeit? Aber was hätte ich denn tun sollen? Karl und Kai durften die ganze Wahrheit nicht erfahren, unter keinen Umständen. Ja, die Ungewissheit war schrecklich für die beiden, vermutlich kaum zu ertragen. Aber wenn die Ungewissheit schon schrecklich war, was wäre dann erst die Wahrheit gewesen?«

Wardy glaubte zu wissen, was ihr Mann antworten würde, wenn er noch bei ihr wäre. *Die Ungewissheit ist weit schlimmer, sogar schlimmer als die schrecklichste Wahrheit. Denn die Wahrheit ist wie ein Gegner, den man bekämpfen kann. Vielleicht gewinnt man, vielleicht verliert man. Aber man weiß, wer der Feind ist, und kann ihm in die Augen sehen. Die Ungewissheit dagegen ist wie der Wind. Immer da, jederzeit um dich herum, aber immer unsichtbar und niemals zu fassen. Du hättest es den Zwillingen sagen müssen. Auch wenn es schrecklich für sie gewesen wäre.*

»Du hast ja recht.« Sie lächelte dem Foto zu, wenn es auch ein wehmütiges Lächeln war. »Aber ich bin der Ansicht, dass es eben auch Fälle gibt, in denen es besser ist, dem Wind nachzujagen. Im Gegensatz zu einem echten Feind kann er einen nämlich nicht töten. Ich war damals in der schrecklichsten Lage meines Lebens, und du weißt, ich war in meinem Leben in vielen schrecklichen Lagen. Ich hätte tun können, was ich wollte, es wäre immer falsch gewesen. Die Katastrophe war nicht zu verhindern, ich konnte nur verlieren.«

Wardy schüttelte verschämt den Kopf, als ihr klar wurde, was ihr Mann darauf geantwortet hätte. *Die Zwillinge waren es, die nur verlieren konnten. Du hast dafür gesorgt, dass sie zumindest nicht alles verloren haben. Nicht einander, nicht das Leben. Und wenn es für die beiden auch ein Leben in der Düsternis ihres Traumas ist, so ist es doch immer noch Leben.*

»Und was ist jetzt? Der Junge will, dass ich abschließen kann. Er will das LKA dazu zwingen, endlich herauszufinden, wer mir das angetan hat. Mir! Er denkt wirklich, dass er das alles für mich tut!« Wardy sah beiläufig die Tablettenbox an, die vor ihr auf dem Tisch lag. Was, wenn sie einfach damit aufhörte, die Pillen und Kapseln zu schlucken? Wieder sah sie zu ihrem Mann. »Ich schätze, diesen Ausweg darf ich nicht nehmen. Oder was meinst du?«

Lange verweilte ihr Blick auf dem Foto. Es war auf ihrer

Hochzeitsreise nach Tel Aviv entstanden, jung und glücklich strahlte Simon darauf in die Kamera. Viele Jahrzehnte war das her, lange vor der Sache mit Karl und Kai. Damals, bevor sie zu *Lady Firehand* geworden war. Ein beschauliches Leben hatte Simon mit ihr führen wollen, weit weg von Organhändlern und Kindermördern. Vielleicht sogar an einem anderen Ort als der Hauptstadt, irgendwo draußen, wo es friedlicher war. Aber er hatte eingesehen, dass es nunmal die Bestimmung seiner Esther gewesen war, sich dem Bösen zu stellen. *Einer muss es ja tun*, hatte er immer gesagt. *Das Böse verschwindet nicht, indem man es ignoriert. Es wächst dann nur, und irgendwann kommt es dich holen.*

»… und irgendwann kommt es dich holen. Wie recht du doch wieder mal hattest.« Wardy überlegte, wenn auch nur kurz. »Ich glaube, ich weiß jetzt, mit wem ich reden muss.« Sie lächelte Simons Foto an, warf ihm einen Kuss zu, erhob sich vom Küchentisch und ging schweren, aber entschlossenen Schrittes in den Flur. Kurz zögerte sie, den Hörer des alten, grauen Wählscheiben-Festnetztelefons abzuheben. Schließlich überwand sie ihre Bedenken und wählte, ohne die Nummer zuvor in dem kleinen Büchlein nachgeschlagen zu haben, das neben dem Apparat lag. Es dauerte eine Weile, bis jemand den Anruf entgegennahm.

»Esther? Bist du es?« Die Stimme aus dem Hörer klang gleichermaßen besorgt und überrascht.

Wardy bemerkte, wie ihre Hände zu zittern begannen. *Das Böse verschwindet nicht, indem man es ignoriert. Du musst es tun!*

»Es geht um diese sieben entführten Kinder.« Wardys Stimme wurde brüchig.

»Ich dachte mir schon, dass du dich melden würdest.«

Wardy schloss die Augen und ließ einige Sekunden verstreichen. Konnte sie das wirklich tun? Konnte sie sagen, was sie noch nie zuvor jemandem gesagt hatte? Konnte sie ihr größtes

Geheimnis lüften und es damit noch einem weiteren Menschen zumuten, von dem Grauen zu erfahren?

»Hallo?«, klang es aus dem Hörer. »Was ist denn los, warum rufst du an?«

Wardy drehte sich um und warf durch die offene Küchentür einen weiteren Blick auf das Foto ihres Mannes. Dann erst antwortete sie: »Es ist schon gut. Ich erzähle es dir wohl besser ein anderes Mal.«

KAPITEL 35

20 JAHRE ZUVOR

Kai ist schwach, aber ich bin ja da. Als großer Bruder und Beschützer! Ich bin eine Minute älter.«

Esther Wardy hielt Karls Hand. Diese war kalt und zittrig, doch der Junge hielt sich trotz der Umstände wirklich tapfer. Er war bereits im Krankenwagen untersucht worden, und auch hier, in der Klinik, hatte er die ersten medizinischen Tests mit einigermaßen beruhigenden Ergebnissen hinter sich gebracht. Doch erst jetzt, nachdem er und Kai schon seit mehr als einer Stunde in der Klinik waren, hatte der Junge allmählich damit begonnen, mit Wardy in klaren, zusammenhängenden Sätzen zu sprechen.

»Wo sind Mama und Papa?« Karl riss sich los und sprang von der unbequemen Bank im Krankenhausflur auf. Er lief ziellos auf dem grünen Linoleumboden hin und her und blickte dabei ohne Sinn und Verstand durch jede offen stehende Tür, die er ausmachen konnte. Bis zu diesem Zeitpunkt hatte der Junge hauptsächlich wirre und größtenteils zusammenhanglose Satzfragmente von sich gegeben, sogar noch während seiner ersten Untersuchungen. Inzwischen schienen die bisherigen Maßnahmen der Ärzte jedoch insoweit zu greifen, dass sich der Verstand des Kindes zu klären begann. Auch wenn dies den unerfreulichen Nebeneffekt der Erkenntnis mit sich brachte.

»Es geht jetzt erst mal um dich und Kai.« Wardy war ebenfalls von der Bank vor dem Behandlungszimmer aufgestanden.

»Kai ist einfach umgefallen, aber wir hatten ja das Zebra!«

Wie er dagestanden hatte, vorhin, als Wardy ihn und Kai aus

dem Bunker geholt hatte. Verwahrlost, stinkend, wirr. Sie hatte den Jungen über Kai gebeugt vorgefunden. Er hatte versucht, den Text dieses Liedes mitzusingen, das ununterbrochen aus dem Nebenraum geklungen hatte, so als könne er Kai damit helfen, wieder zu sich zu kommen. Die Worte hatte er dabei aufgrund seiner fehlenden Englischkenntnisse aber nur phonetisch imitiert. *Kississ fo mie, sehf oh ju kisses fo mie.*

»Ihr beiden seid sehr stark!« Wardy fasste Karl mit der linken Hand sanft unter das Kinn und strich ihm mit der rechten über das mittlerweile gewaschene Haar. »Es wird alles wieder gut werden.«

Die Worte waren ihr einfach so herausgerutscht. Ein ängstlicher, unbeholfener Reflex, dumm und unangemessen. Wie sollte denn die Welt dieser Kinder jemals wieder gut werden? Und wie lange wäre es noch zu verhindern, dass man ihnen erzählte, was mit ihren Eltern geschehen war? Das, was Wardy wusste, konnte sie den Zwillingen nicht sagen. Es ihnen vorenthalten aber ebenso wenig. Zumindest nicht alles.

»Wo sind Mama und Papa denn nun?« Die Augen des Jungen schienen immer größer zu werden, und die Sehnsucht nach Erlösung schien aus seinem Blick zu sprechen. »Haben sie dich geschickt, um uns abzuholen? Mama kocht uns bestimmt gerade Spaghetti. Das mögen Kai und ich am liebsten! Sie macht immer unser Lieblingsessen, alles, was wir uns wünschen. Und Papa kauft uns bestimmt gerade Geschenke! Weil er uns so lange in dem Versteck allein gelassen hat. Fahren wir jetzt nach Hause?«

Gerade, als Wardy zu einer weiteren ungeschickten Antwort ansetzen wollte, wurde die Tür zum Behandlungsraum von innen geöffnet, und die behandelnde Ärztin trat auf den Flur. Sie nickte Wardy knapp und verbindlich zu und ging dann hinunter in die Knie, damit Karl nicht zu ihr aufsehen musste.

»Es wird alles wieder gut. Kai ist aufgewacht und redet auch schon wieder, du kannst jetzt reingehen.«

Ohne die Ärztin einer Antwort zu würdigen, stürzte Karl in den Behandlungsraum. Wardy folgte ihm, blieb aber im Türrahmen stehen. Jetzt schien Karl nichts anderes mehr wahrzunehmen als seinen Zwilling. Und obwohl dieser kleine, verstörte Junge unterernährt, traumatisiert und hilflos war, gab ihm die Annahme, jetzt für Kai stark sein zu müssen, offensichtlich die Energie, das alles hier auszuhalten. Er wusste ja noch nicht, was Wardy wusste.

KAPITEL 36

OLIVIA

Obwohl sich Olivia auf Marvins Besuch freute, trieb sie doch vor allem Sorge um. Er war der einzige Mensch, der ihr Halt, Zuneigung und Antrieb gab, der einzige, den sie lieben konnte, ohne sich schlecht dabei zu fühlen. Doch konnte sie ihm heute wirklich eine gute Gastgeberin sein? Kochen würde sie nach diesem Tag ganz sicher nicht mehr, abgesehen davon, dass es ihr ohnehin immer unangenehm war, dass Marvin es viel besser konnte als sie. Und das Essen von der kleinen Pizzeria auf der gegenüberliegenden Straßenseite war zwar ziemlich gut, aber irgendwann, nachdem sie nur oft genug dort gegessen hatte, schmeckte für Olivia alles, was aus deren Küche kam, irgendwie gleich. Sie fürchtete, dass Marvin ihr anmerken würde, dass sie mit ihren Gedanken weit weg von ihm war, und wenn das so weiterginge, würde er wohl sehr bald das sagen, was alle seine Vorgänger früher oder später gesagt hatten. *Du weißt, wie wichtig du mir bist, aber ich spüre, dass du nicht mit mir zusammen bist, sondern mit deinem Beruf.*

Immerhin schien bisher noch alles in Ordnung zwischen ihm und ihr zu sein, und wenn Olivia so darüber nachdachte, war Marvin von allen ihren bisherigen Partnern mit einigem Abstand der beständigste. Sie würde einfach versuchen, für ein paar Stunden abzuschalten und Marvin einfach mal von seinem Beruf erzählen lassen. Auch wenn seine Geschichten aus der Wunderwelt der Gehaltsabrechnungen eines mittelständischen metallverarbeitenden Betriebes an Spannung nicht eben mit Olivias Berichten von Drogenbossen, Massenmördern und Psychopathen auf eine Stufe zu stellen waren. *Was vielleicht aber auch ganz gut so ist.*

Gerade hatte Olivia ihre Autotür verriegelt und den Bürgersteig betreten, als sie den Mann bemerkte, der unter der Straßenlaterne vor dem Eingang ihres Hauses stand.

»Severin? Was machst du denn hier? Ich dachte, du verlässt deine Wohnung nicht mehr.«

Boesherz zog die Hände aus den Taschen seines Kamelhaarmantels.

»Das war auch mein ursprünglicher Plan.« Er machte einen Schritt auf Olivia zu. »Aber du weißt ja selbst, wie das mit Plänen so ist.«

Olivia wollte ihren Augen noch immer nicht recht trauen. Der Mann, mit dem sie jahrelang zusammengearbeitet hatte, stand einfach so auf der Straße vor ihrem Haus. Und so vollkommen normal dieses Bild eigentlich hätte sein sollen, so unwirklich erschien es ihr jetzt.

»Hat Ferdinand dir erzählt, wo ich jetzt wohne?«

»Nicht nur das. Er hat auch immer wieder versucht, mich dazu zu bringen, dir zu helfen.«

»Leider ohne nennenswerten Erfolg. Warum bist du hier? Was war so wichtig, dass du zum ersten Mal seit Jahren deine Wohnung verlassen hast?«

»Manchmal trifft man Entscheidungen aus freiem Willen, und manchmal sind es die Umstände, die einen dazu zwingen.«

Olivia deutete auf die Haustür. »Willst du reinkommen? Ich habe aber keinen Quercus da, tut mir leid.«

Boesherz zeigte keine Regung. »Danke, aber ich bleibe nicht lange. Es gibt nur etwas, das ich dir sagen will.«

Olivia senkte den Blick und prüfte Boesherz im Licht der Straßenlaterne etwas eingehender. Er war tadellos gekleidet, so wie immer. Edler Mantel, Anzug, Weste, Taschenuhr und italienische Lederschuhe. Dennoch kam es ihr nach der langen Zeit, die seit seinem Ausstieg beim LKA vergangen war, jetzt eher so vor, als stehe sie lediglich einem Imitator ihres früheren Kollegen gegenüber.

»Es muss etwas ziemlich Wichtiges sein, wenn du dafür aus deinem Exil ausbrichst.«

»Es ist wegen Ferdinand, er hat mit mir gesprochen. Über dich, und darüber, wie ich mit deiner Bitte um Hilfe umgegangen bin.«

»Das ist schon …«

Boesherz unterbrach sofort. »Du sollst wissen, dass ich die Lösung deines Rätsels nicht kenne. Weil mir dazu noch entscheidende Informationen fehlen. Ich enthalte dir keine Antworten vor, mit deren Hilfe du diese sieben Jungen retten könntest. Du musst aber wissen, dass die Hinweise, die dir bisher vorliegen, ein dichtes, wenn auch äußerst komplexes Bild eines Dramas liefern, das weit größer sein muss, als du bisher vielleicht denkst. Und vor allem musst du wissen, dass es höchstens noch ein oder zwei Informationen sind, die du benötigst, um das Puzzle dieses Falles zusammenzusetzen. Du musst es nur sehen, wenn es so weit ist.«

Es war auf einmal ganz still auf der Straße, was ungewöhnlich für diese Uhrzeit war. Olivia meinte, spüren zu können, aus welchem Grund Severin sich die Mühe gemacht hatte, sie persönlich aufzusuchen. Dieser Mann, der ihr Mentor, ihr Vorbild und ihre Vaterfigur gewesen war, hatte ganz offensichtlich eine Entscheidung getroffen. Einen Entschluss, der mindestens so bedeutsam gewesen war wie der, sich von seinem Beruf abzuwenden und fortan ein Leben innerhalb der Mauern seiner neunzig

Quadratmeter am Schlachtensee zu führen. Einzig umgeben von seinem Sohn, seinem Wissen um die Welt und den zahllosen Dramen, die er erlebt hatte. Severin hatte ohne jeden Zweifel etwas beschlossen, das von großer Tragweite war. Mindestens für ihn, vermutlich aber auch für die wenigen, die noch immer Teil seines Lebens waren. Dass er ohne jede Vorankündigung hier, mitten auf der Straße und möglicherweise bereits seit einiger Zeit, auf sie gewartet hatte, anstatt sie einfach anzurufen oder zu sich nach Hause zu bitten, war ein Statement von besonderer Größe.

»Muss ich mir Sorgen um dich machen?« Olivia trat einen Schritt näher an Boesherz heran.

Dieser streckte wie zur Abwehr die rechte Hand aus. »Du solltest dir um einiges Sorgen machen, aber ganz sicher nicht um mich. Ich werde mich für eine Weile zurückziehen, aber nicht wieder in meine Wohnung. Ich werde an einen Ort gehen, den niemand kennt, nicht einmal Ferdinand. An einen Ort, den niemand finden wird. Ich kann jetzt noch nicht sagen, für wie lange, aber das wird auch keine Rolle spielen.«

»Warum denn nicht?« Olivia spürte, dass sich Sorge in ihr ausbreitete.

»Weil ihr mich nicht mehr benötigt.«

»Das stimmt nicht, Severin!«

»Du hast immer gedacht, dass du mich brauchst. Aber das hat dich blockiert, genauso wie ich Ferdinand blockiere. Sag ihm bitte, dass ich mich bei ihm melden werde, wenn die Zeit dafür gekommen ist.«

»Und wann wird das sein?«

Es war zwar dunkel, doch selbst im faden Schein der Straßenlaterne konnte Olivia erkennen, dass sich Boesherz' Mundwinkel leicht nach oben bewegten.

»Das entscheidet er selbst. Auf die gleiche Weise, wie auch du entscheiden wirst, wann wir einander wiedersehen. Und ich freue mich jetzt schon darauf. Also dann, bis dahin!« Damit wandte sich Boesherz ab und ging ruhigen, aber sicheren Schrittes auf die andere Straßenseite, wo er in seinen Phaeton einstieg und davonfuhr.

KAPITEL 37

Olivia hing noch immer ihren Gedanken zu dem ebenso überraschenden wie rätselhaften Treffen mit Boesherz nach, als sie ihre Haustür aufschloss. So entging es ihr zunächst, dass etwas in ihrem neuen Zuhause anders war, als sie es noch am Morgen zurückgelassen hatte. Erst, als sie beim Aufhängen ihrer Jacke am Garderobenhaken einen flüchtigen Blick in den Spiegel warf, fiel ihr darin auf, dass die kleine Leselampe in ihrem Wohnzimmer zu brennen schien.

»Marvin, bist du schon da?«

Sie sah zu dem Stuhl, neben dem immer die Schuhe ihres Freundes standen, wenn er sie besuchte, doch dort war nichts dergleichen zu sehen. Es roch zudem nicht nach Essen, und auch sonst gab es keine Anzeichen dafür, dass ihr Freund bereits vor ihr eingetroffen war. Anscheinend hatte sie wohl einfach vergessen, das Licht zu löschen. Immerhin war es hell gewesen, als sie das Haus am Morgen verlassen hatte, und ein schwaches Leselicht, das im Wohnzimmer vor sich hin brannte, wäre ihr ganz sicher nicht aufgefallen. Olivia trat über die Schwelle zum Wohnzimmer und schaltete, noch immer in Gedanken versunken, das Deckenlicht ein.

»Guten Abend, Frau Holzmann, was für eine Überraschung, Sie zu sehen!«

Olivia zuckte zusammen wie ein Kind, vor dessen Augen in der Geisterbahn ein Erschrecker im Skelettkostüm hinter einer Ecke hervorgesprungen war. Sie spannte ihren Körper an, als müsse sie jeden Augenblick mit bloßen Fäusten um ihr Leben kämpfen, während ihr Blick auf den Mann fiel, der mit der Gelassenheit eines Großvaters beim Geschichtenvorlesen mit übereinandergeschlagenen Beinen auf ihrer Couch saß. Mit einer schallgedämpften Pistole in der Hand.

»Sokolov?« Olivia riss die Augen auf, während Adrenalin in ihr Blut schoss. »Was machen Sie denn hier?«

Der Russe reagierte mit einem charmanten Lächeln, bevor er antwortete: »Ich nutze anscheinend meine wiedererlangte Freiheit dazu, einen kleinen Höflichkeitsbesuch bei einer alten Bekannten zu machen. Freuen Sie sich denn gar nicht?« Er hob die Waffe in seiner Hand an. »Leider habe ich keinen Kuchen dabei, dafür aber eine andere Überraschung.«

KAPITEL 38

Ihnen ist ja wohl klar, dass ein bewaffneter Einbruch vollkommen ausreicht, um Sie wieder in Untersuchungshaft nehmen zu können?« Olivia bemühte sich, überlegen zu wirken.

»Solche Haarspaltereien sind doch wohl unter Ihrem Niveau, Frau Holzmann.« Sokolov schraubte den Schalldämpfer von seiner Pistole ab und ließ beides in den Taschen seines Mantels verschwinden. »Wenn ich Ihnen sage, was ich herausgefunden habe, werden Sie mir vermutlich sogar noch Tee aufsetzen.«

»Haben Sie mich verfolgen lassen?« Olivia stand wie ein Eindringling inmitten ihres eigenen Wohnzimmers vor Sokolov, der seinerseits dasaß, als wäre er der Hausherr. »Ich bin an dieser Adresse noch gar nicht angemeldet, und mein Name steht auch nicht an der Tür. Wie können Sie wissen, dass ich hier wohne?«

Sokolov setzte eine Kunstpause, bevor er mit einem süffisanten Lächeln erwiderte: »Sie stellen die richtigen Fragen zum falschen Zeitpunkt. Daran sollten Sie arbeiten!« Er deutete auf den Sessel, der ihm direkt gegenüber stand. »Wollen Sie sich nicht setzen? Das, was ich Ihnen mitteilen möchte, könnte Sie möglicherweise umwerfen.«

Olivia wartete noch einige Sekunden, bevor sie tatsächlich Platz nahm. Natürlich war es eine weitere Provokation, dass er es wagte, ihr in ihrem eigenen Zuhause einen Sessel anzubieten. Doch Fjodor Sokolov würde sein Sozialverhalten wohl kaum einer Überarbeitung unterziehen, wenn Olivia ihm ausgerechnet jetzt, im unpassendsten aller Momente, die Stirn zu bieten versuchte. Die hintersinnige Vorfreude, die regelrecht aus ihm herausstrahlte, ließ keinen Zweifel daran, dass er anscheinend etwas wusste, das von großer Bedeutung für ihre Ermittlung war. Somit musste sich Olivia wohl oder übel eingestehen, dass sie in der unterlegenen Position war. *Alles für die vermissten Jungs!*

»Ihre Idee, ich könnte etwas mit diesen Entführungen zu tun haben, war gar nicht so unsinnig. Tatsächlich haben die meisten der Menschen, deren Mörder Sie suchen, mit Leuten zu tun gehabt, die ich kenne.«

»Was für eine wundervolle Formulierung.« Olivia sah Sokolov mit festem Blick in die Augen.

»Weniger wundervoll war es dagegen um die Moral der Ermordeten bestellt. Ich schätze, ihr Killer wollte ganz sichergehen, dass er mit seinen Taten die Richtigen erwischt. Und, nebenbei bemerkt, dass er die Richtigen beschützt!«

Etwas hatte sich in Sokolovs Mimik verändert. Der Blick, den er Olivia jetzt zuwarf, hatte nichts Verächtliches oder Herablassendes mehr, er schien viel eher aufrichtige Verbrüderung anzudeuten. Olivia meinte, eine Verbindlichkeit darin auszumachen, der alles Heimtückische oder Sarkastische fehlte.

»Wie meinen Sie das?« Auch Olivias Mimik entspannte sich etwas.

»Sämtliche Eltern, deren Söhne Sie suchen, haben eine Gemeinsamkeit. Aber ich meine damit nicht, dass sie mit Bekannten von mir zu tun hatten. Ich meine eine Gemeinsamkeit, die Sie und Ihre Kollegen nicht herausfinden konnten, weil der Mann, den Sie suchen, zwischen den Entführungen und den Morden an den Eltern einige Tage hat verstreichen lassen. Es liegt mir fern, mich in Ihre Ermittlung einzumischen, aber wenn Sie mich fragen, dann hatte der Täter dafür einen sehr wichtigen Grund: Er wollte, dass die Eltern selbst alle Spuren vernichten, die Sie später auf die Methode seiner Opferauswahl gebracht hätten. Ein gerissener Hund! Sollten Sie ihn fassen, sagen Sie ihm doch bitte, dass ich Leute kenne, die gern mit ihm arbeiten würden.« Er schien sich ein Lächeln zu verkneifen.

»Also gut.« Olivia beugte sich zu Sokolov vor. »Weil ich die Ermittlung der Drogenfahndung versaut habe und weil ich nicht Russisch spreche, sind Sie jetzt frei. Es war Ihr eigenes Angebot, sich dafür erkenntlich zu zeigen, und ich konnte es mir nicht leisten, dieses Angebot auszuschlagen. Also bitte, dann sagen Sie mir jetzt endlich, was Sie herausgefunden haben.«

Sokolov setzte ein wissendes Lächeln auf. »Alle sieben Jungs, nach denen Sie suchen, wurden von ihren Eltern im Internet angeboten. Für Sexleistungen.«

Olivia wurde schlagartig kalt, und es kam ihr auf einmal so vor, als zöge sich der Raum um sie herum zusammen. Als legten sich Möbel und Wände um ihren Körper wie eine Autopresse. »Dann hat der Täter die Jungs also im Darknet über Pädophilenseiten gefunden und sie vermutlich von seinen Eltern zum Schein für Sex gebucht?« Sie war schlagartig ganz ruhig geworden, und ihre Gedanken klarten auf. »Dann hat er sie stattdessen aber entführt und, wenn wir Glück haben, irgendwo in Sicherheit gebracht. Danach mussten die Eltern zwangsläufig alle Beweise von ihren Computern löschen, die uns auf genau diese Spur hätten bringen können. Es war ja schließlich klar, dass die Kriminalpolizei Nachforschungen anstellen würde. Danach hat er sie ermordet. Und jetzt verstehe ich auch, warum er dabei so brutal vorgegangen ist. Der Täter ist als Kind vielleicht selbst Opfer von Missbrauch geworden.«

Sokolov lehnte sich zurück und klatschte demonstrativ in die Hände. »So könnte es gewesen sein. Mit diesem Wissen haben Sie Ihren Fall zwar noch nicht gelöst, es tun sich aber vollkommen neue Ermittlungsansätze auf. Und falls es Sie beruhigt, auch ich bin der Meinung, dass diese sieben Jungs nach dem Willen ihres Entführers nicht sterben sollen.«

Olivia dachte nach. »Das mag zwar beruhigend klingen, es bedeutet aber nicht, dass die Jungs in Sicherheit sind. Der Kerl hat sich Opfer gesucht, deren Ermordung ihm kein schlechtes Gewissen bereitet. So weit kann ich seine Sicht nachvollziehen. Er will ja aber trotzdem nach wie vor, dass wir einen zwanzig Jahre alten Fall für ihn aufklären, der komplett ausermittelt und allem Anschein nach einfach nicht zu lösen ist. Mit jedem Tag, den die Kinder in ihrer Geiselhaft sind, leiden sie körperlich und psychisch. Und da die armen Jungs ja anscheinend immer wieder von ihren Eltern dazu gezwungen wurden, Sex mit irgendwelchen Leuten aus dem Internet zu haben, dürften sie ja leider alle unter seelischen Störungen leiden. Ich muss die Jungs so schnell wie möglich finden, sonst gehen die am Ende noch gegenseitig aufeinander los. Wir reden hier von schwer traumatisierten Kindern, die sich in einer Ausnahmesituation befinden!«

Sokolov antwortete lediglich mit einem leichten Kopfwippen, das Olivia Zustimmung vermuten ließ. Dann erhob er sich von ihrer Couch und strich seine Kleidung glatt. »Dr. Schliek, mein Verteidiger, lässt übrigens ausrichten, dass er diesen Mann gern verteidigen würde, sobald Sie ihn haben. Das würde er sogar kostenlos machen, dieser magische Fall fasziniert ihn nämlich sehr. Ein Entführer, der sich selbst ein Alibi für alle seine anderen Entführungen gibt. Und der vor seinen Morden dafür sorgt, dass seine Opfer selbst alle Spuren beseitigen. Wen auch immer Sie da suchen, Frau Holzmann, er muss ein bemerkenswerter Mensch sein.«

»Vor allem muss er ein sehr verzweifelter und tieftrauriger Mensch sein. Und, nebenbei bemerkt, ein Massenmörder!« Olivia fand allmählich wieder zu ihrem Selbstbewusstsein zurück. »Ihre Leute wissen also, dass die Opfer über das Internet mit dem Täter, den ich suche, über ihre Söhne verhandelt haben. In diesem Fall müssen ja alle Opfer innerhalb desselben Zeitraumes mit ein und demselben Mann über das Darknet kommuniziert haben.« Sie hob ihren Blick und sah Sokolov an. »Können Ihre Leute denn auch herausfinden, wer es war oder zumindest, von welcher IP-Adresse aus der Täter mit den Eltern verhandelt hat?«

»Der Sinn des Darknet liegt darin, dass sich eben gerade *nicht* zurückverfolgen lässt, von welchem Rechner aus jemand kommuniziert. Ich befinde mich allerdings in der privilegierten Position, einige Leute zu kennen, an die Ihre Kollegen von der Polizei eher nicht so bald herankommen werden.«

Olivia konnte es sehen. Alles an Sokolov schien regelrecht herausbrüllen zu wollen, dass er weit mehr wusste, als er bislang erzählt hatte.

»Was wollen Sie mir damit sagen?«

Sokolov verzog keine Miene. So als wäre es das Selbstverständlichste der Welt, antwortete er: »Ich hatte Gelegenheit, mit dem Mann zu sprechen, der die fragliche Pädophilenseite betreibt. Sie dürfen davon ausgehen, dass niemand dieses Netzwerk nutzen wird, der sich zumindest dem Betreiber gegenüber nicht klar und überprüfbar zu erkennen gibt. Jeder, der sich dort herumtreibt, muss seine IP-Adresse darlegen und mindestens eine strafbare Handlung begehen, zu der ein Ermittler der Polizeibehörden nicht berechtigt wäre. Zum Beispiel kinderpornografisches Material hochladen. So sind die Regeln.«

»Sie wissen also, wen ich suche?« Olivia glaubte, ihr Herz bis in den Hals schlagen zu spüren.

»Nein. Aber ich weiß, von wo aus er mit seinen späteren Opfern gechattet hat. Ich kenne seine IP-Adresse.«

Olivia erhob sich von ihrem Sessel, ohne es selbst zu bemerken. »Dann sagen Sie sie mir bitte!«

Sokolov sah demonstrativ auf seine ebenso prunkvolle wie geschmacklose Uhr. »Das ist nicht Teil unserer Abmachung. Ich habe Ihnen einen Gefallen zugesagt, und diese Schuld habe ich mit meinen Informationen zu den Opfern und den Jungs eingelöst. Wir sind quitt.«

Sokolov wandte sich um und durchschritt Wohnzimmer und Flur. Olivia verweilte noch kurz auf ihrer Position, bevor sie ihm nachlief. Kurz bevor Sokolov die Tür zum Hausflur öffnete, drehte er sich noch einmal um.

»Stellen Sie Ihr Licht nicht immer unter den Scheffel, Frau Holzmann. Ich bin mir ziemlich sicher, dass Sie sich nach unserer kleinen Unterhaltung alle Ihre Fragen selbst beantworten können.«

Er deutete eine Verneigung an, trat aus dem Haus, ging zügig zur Straße vor und ließ Olivia wortlos zurück. Jetzt würde sie Marvin wohl absagen müssen. Es gab nämlich jemand ganz anderen, mit dem sie nun ein Gespräch zu führen hatte.

KAPITEL 39

BOESHERZ

Ilias Arie aus Mozarts *Idomeneo* klang in reiner Tonqualität aus den Boxen der Musikanlage. Es handelte sich um eine von Boesherz' Lieblingsopern, und die besänftigenden Klänge erleichterten es ihm, die Flut der Informationen, die an den Fenstern seines Wagens vorbeiflogen, mit Gelassenheit zu ertragen. Er hatte sie nicht einen Tag lang vermisst, diese Welt hinter seinen abgedichteten Fenstern. Weder die Welt noch das, was in ihr war. Der ganze Planet war für Boesherz überall da, wo er sich ihm zeigte, wie ein offenes Buch. Eine Geschichte, deren Inhalt logisch war und doch keinen Sinn ergab. Eine einzige, endlos lange Erzählung, die niemals zu einem befriedigenden Ende kommen würde. Wie ein Netz, das immer, wenn man es an einem Ende geflickt hatte, an einem anderen wieder aufriss. Boesherz aktivierte die Massagefunktion des Sitzes in seinem Phaeton und genoss das sogleich darauf einsetzende Pulsieren der Rollen in seiner Rückenlehne. Gut, dass er seinen Wagen gelegentlich an Ferdinand ausgeliehen hatte. So war das Fahrzeug während seiner Jahre des Rückzugs nicht auf seinem Tiefgaragenstellplatz eingerostet. Wie gern hätte er jetzt die Augen geschlossen, so wie sonst, wenn er die Arie der Ilia hörte. *Bald kannst du das immer tun, und vielleicht öffnest du deine Augen einfach nie wieder. Die Welt hinter deinen Lidern ist schließlich sehr viel leichter zu ertragen als die davor.* Ein Tonsignal riss Boesherz aus seinen Gedanken, denn kaum dass die Arie verklungen war, ging ein Anruf von Ferdinands

Handy ein, der direkt an die Freisprechanlage des Phaeton umgeleitet wurde.

»Schön, dass du dich meldest. Hast du meine letzte Nachricht gehört?«

»Ja, aber ich war beschäftigt.« Ferdinand klang außer Atem, und das, obwohl in seinem Hintergrund keine Straßengeräusche zu hören waren. *Die Anzahl der erwartbaren atemraubenden Aktivitäten, die man in geschlossenen Räumen unternehmen kann, ist begrenzt.*

»Ich hoffe, du hast bei deinem aktuellen Abenteuer etwas dazugelernt. Es scheint ja anstrengend gewesen zu sein.«

»Aber hallo! Mein lieber Mann …«

Boesherz ließ sich noch etwas tiefer in seine pulsierende Rückenlehne sinken, während er fragte: »Warum rufst du mich an, während du mit deinem Date im Bett liegst?«

»Weil mein Date gesagt hat, dass ich das machen soll. Er glaubte, dass ich deinetwegen besorgt bin, und damit hat er recht. Du klangst vorhin sehr seltsam. Okay, das tust du oft, aber auf andere Weise. Was ist denn überhaupt passiert, dass du deine Wohnung verlassen hast? Ich höre doch, dass du im Auto sitzt.«

»Es kommen manchmal Zeiten, die einem Menschen Entscheidungen abverlangen. Zeiten des Veränderns, des Wandelns. Ich war gerade bei Olivia, sie ist in keiner guten Verfassung. Und ich bin unsicher, ob ich die richtige Entscheidung getroffen habe.«

»Was denn für eine Entscheidung? Ihr nicht bei ihrer Ermittlung zu helfen?«

»Nein, diese Entscheidung ist die richtige. Ich meine eine andere. Aber …« Boesherz hielt inne. Er hatte hören können, dass jemand über knisternde Daunenbettwäsche gekrochen und dabei zügig an Ferdinand herangekommen war. Dann, völlig unerwartet, überschlugen sich die Ereignisse: Ein Ruck, und das

Handy war auf Teppichboden gefallen. Boesherz blieb still, rief nicht nach seinem Sohn. Es hätte ihn daran gehindert, das Geschehen, das durch die Lautsprecher an seine Ohren drang, zu analysieren. *Rangeln, aber kein echter Kampf. Ächzen, Keuchen, zwei Beteiligte, beide männlich, einer davon Ferdi, der andere unbekannt. Das Rangeln lässt sehr schnell nach, Ruhe, jemand greift das Handy vom Boden, hantiert mit irgendetwas vor dem Telefon herum und wird jetzt etwas sagen.*

»Guten Tag, Herr Boesherz.« Die Stimme war durch einen Verzerrer unkenntlich gemacht.

Boesherz ließ einige Sekunden verstreichen, bevor er mit Gelassenheit antwortete: »Ich habe während meiner Zeit im LKA einige Male mit einem Experten für Phonetik gearbeitet. Professor Matthias Hegel, ein bemerkenswerter Mann. Er hätte viel Freude an Ihrem Stimmenverzerrer.« Boesherz blieb vollkommen ruhig, er bremste nicht einmal seinen Wagen ab. »Aber ich schätze, Sie haben meinen Sohn nicht zu sich nach Hause gelockt und vermutlich mit Chloroform betäubt, um mit mir über Kollegen aus alten Zeiten zu sprechen.«

Für einige Sekunden blieb es still in der Leitung, nur das Knistern der Daunenbettwäsche war zu hören. Wer immer es war, der Ferdinand dazu geraten hatte, seinen Vater noch aus dem Bett heraus anzurufen, damit er den Angriff auf ihn live mit anhören konnte, war zweifellos von seiner gelassenen Reaktion überrascht.

»Ich wurde schon darauf vorbereitet, dass Sie ein außergewöhnlicher Mann sind, Herr Boesherz. Also gut, Sie sind schwer zu beeindrucken. Lassen Sie es mich trotzdem versuchen: Ferdinand wird an den Ort kommen, an dem auch die anderen Jungs sind. Die Lebensmittel, die ich den Entführten überlassen habe, werde ich deswegen aber nicht aufstocken. Das bedeutet, Sie haben maximal drei Tage, um den Fall von Frau Holzmann zu lösen und das Geheimnis um die Entführung von Karl und Kai zu entwirren.«

Boesherz setzte schließlich doch noch den Blinker und hielt seinen Wagen am Fahrbahnrand an. Natürlich war er innerlich nicht so gelassen, wie er sich gab. Natürlich pulsierte es in ihm, natürlich würde er gern drohen, warnen und schreien. Doch was würde es helfen? Hatte er diese Sache wirklich unterschätzt? Hatte er wirklich nicht kommen sehen, dass dieser Mörder zu jedem erdenklichen Mittel greifen würde, um ihn notfalls dazu zu zwingen, diesen Fall nach zwanzig Jahren endlich zu lösen?

»Ich gehe davon aus, dass Sie meinem Sohn nichts antun werden.« Boesherz schloss die Augen, um alle Reize um sich herum auszublenden.

»Ich habe kein Interesse daran, Ferdinand etwas zu tun. Auch nicht den anderen Jungs. Aber ich werde es müssen, wenn Sie sich weiterhin weigern herauszufinden, was ich wissen will.«

Wie würdelos das alles war. Dieser alberne Verzerrer oder die Vorstellung, wie dieser Mensch den bewusstlosen Ferdinand gleich mühselig würde anziehen und in sein Auto schleppen müssen, um ihn in das Versteck zu schaffen, das ein ganzes Ermittlerteam bislang nicht hatte finden können und in dem sieben Jungen mittlerweile vermutlich rund um die Uhr aufeinander losgingen und um Wasser und Nahrung kämpften.

Es half nichts, Boesherz musste eine Entscheidung treffen. *Und zwar die einzig richtige*. Er spürte noch einmal mit Bewusstsein die Massage an seinem Rücken und ließ in seiner Vorstellung erneut die Arie der Ilia erklingen, bevor er so freundlich, wie er es nur konnte, erklärte: »Ich habe Frau Holzmann mehrfach mitgeteilt, dass ich mich an ihrem Fall nicht beteiligen werde. Dafür habe ich eine Vielzahl guter Gründe, und Sie dürfen mir glauben, dass ich nicht dazu neige, gut begründete Entscheidungen zu revidieren. Schon gar nicht, wenn man versucht, mich dazu zu zwingen. Sie haben mit Ferdinand jemanden in Ihre Gewalt gebracht, der ausgesprochen gut dazu in der Lage ist, allein zurechtzukommen. Was damals hinter der Entführung der Zwillinge gesteckt hat, wird sich vielleicht irgendwann klären lassen, vielleicht aber auch nie. Glauben Sie mir nur bitte, dass sich schon sehr bald klären lassen wird, was Sie getan haben. Und auch, wie Sie es angestellt haben. Richten Sie meinem Sohn bitte schöne Grüße aus, wenn er wieder zu sich kommt. Das Abenteuer, das ihm bevorsteht, wird sehr nützlich für seine weitere Entwicklung sein. Und – nur der guten Form halber – was Ihre Forderung betrifft: Sie können mich mal am Arsch lecken!«

KAPITEL 40

JULIUS KERN

»Woher hast du denn plötzlich diese Informationen?« Julius Kern sah Olivia an, als hätte sie einen geschmacklosen Scherz gemacht.

Kern war Dezernatsleiter der Abteilung 1 am LKA Berlin, *Delikte am Menschen*. Bevor er diese Laufbahn eingeschlagen hatte, um seine in den Ruhestand verabschiedete Vorgängerin Daniela Castella in ihrem Amt ablösen zu können, war er selbst Ermittler gewesen. Unter den Kollegen war Kerns Ruf nicht weniger gut als der von Esther Wardy oder Severin Boesherz, nur dass Kern seinerzeit nicht mit Wardys unerbittlicher Härte oder mit Boesherz' messerscharfer Logik zu seinen Ermittlungserfolgen gelangt war. Julius Kern besaß eine ganz besondere Form von Intuition. Eine hochsensible Empathie, die es ihm ermöglicht hatte, an einem Tatort das zu fühlen, was der Täter gefühlt haben musste. So konnte er sich allein anhand der Taten in die Seelen der Täter hineinfühlen und dadurch zu immer neuen Wegen finden, das Wesen der Verbrecher und die Motive ihrer Taten zu verstehen und zu entschlüsseln. Doch die Zeiten von Kerns aktiven Ermittlungen waren längst vorbei, schon lange hatte er die Welt vor den Türen des LKA seinen jüngeren Kollegen überlassen. Das Grauen, das dort zu finden war, sollte ihn nie wieder zu fassen bekommen. Auch wenn ihm bewusst war, dass er sich niemals wirklich davon würde zurückziehen können.

»Das ist leider etwas heikel. Deswegen bin ich auch erst mal allein zu dir gekommen, bevor ich das Team informiere.« Olivia sprach leise und sah immer wieder zur Tür von Kerns Büro. »Ich habe dieses Wissen von einem Informanten, der ganz sicher nicht in den Akten auftauchen oder zu einem Gerichtstermin als Zeuge erscheinen wird.«

Es war schon spät, doch Kern verließ das LKA selten pünktlich zu seinem Feierabend. Olivia hatte ihn unmittelbar nach Sokolovs Abgang angerufen, es gab schließlich keine Zeit zu verlieren. Die beiden arbeiteten schon seit vielen Jahren miteinander, und das Verhältnis zwischen Olivia und Kern war ebenso freundschaftlich wie von gegenseitigem Vertrauen geprägt.

»Du willst mir jetzt aber nicht sagen, dass Fjodor Sokolov etwas mit diesem Hinweis zu tun hat?« Kern sah Olivia an, als könne er ihre Gedanken lesen. »Er wird von seinem Anwalt aus der Untersuchungshaft geholt, und gerade mal ein paar Stunden später kommst du plötzlich mit Infos an, die du und dein Team schon längst ermittelt hätten, wenn das ohne Insiderwissen möglich gewesen wäre.«

»Julius, ich bin ganz sicher nicht stolz darauf, aber es hat sich ja offenbar gelohnt.« Olivia trat näher an Kern heran, obwohl sie allein im Raum waren und man durch die Glasfront des Büros sehen konnte, dass niemand auf dem Flur in Hörweite war. »Wir haben jetzt eine echte Chance, die Jungs zu finden. Die Kollegen müssen versuchen, die Festplatten der Rechner der Ermordeten irgendwie wiederherzustellen und deren Aktivitäten im Darknet nachzuvollziehen.«

Kern wiegte den Kopf hin und her. »Wenn das alles so stimmt, wie deine *geheime Quelle* sagt, dann haben die Opfer nach der Entführung ihrer Söhne ihre widerlichen Aktivitäten ja vermutlich kopflos und in Panik von ihren Rechnern gelöscht. Dabei sind sie wohl nicht wie EDV-Profis vorgegangen. Es ist also gut möglich, dass die Fachleute das alles wiederherstellen können.«

Olivia signalisierte Zustimmung. »Ehrlich gesagt ist das Knacken von Informationen aus dem Darknet nicht gerade meine Spezialität, aber unsere Profis werden garantiert was finden. Da setzen sich ja Cracks aus sechs Bundesländern ran, und jetzt, wo die wissen, wonach sie suchen müssen, würde es ja vollkommen reichen, wenn es nur bei den Rechnern von einem oder zwei der Opfer gelingt, was zu finden.«

Kern warf einen kurzen Blick auf das Foto von seiner Frau und seiner Tochter, bevor er sich erhob und ans Fenster trat, von wo aus er auf den nächtlichen Tempelhofer Damm sehen konnte.

»Das klingt vielversprechend.« Seine Stimme wurde weicher, seine Körperhaltung lockerer. »Unser Täter hatte, setzt man deine Informationen als zutreffend voraus, vor den Morden online Kontakt zu allen seinen späteren Opfern. Das ist vermutlich unsere erste echte Chance in dieser ganzen Ermittlung. Das Darknet ist natürlich ziemlich gut gesichert, aber unsere Profis könnten es vielleicht trotzdem schaffen, eine IP zu ermitteln.«

Olivia ließ sich in einen der Besucherstühle sinken, lehnte sich zurück und rieb sich mit beiden Händen durchs Gesicht

»Was die Freilassung von Sokolov betrifft: Hast du schon mit Ertel oder Marc Donder gesprochen?« Sie sah zu Kern, dessen Gesichtszüge sich schlagartig veränderten.

Marius Ertel, Dezernatsleiter der Abteilung für Rauschgiftdelikte, war ein guter Freund von Kern, und auch mit Marc Donder hatte es in der Vergangenheit schon mehrfach eine Zusammenarbeit gegeben.

»Donder hat von Sokolov eine Flasche Wodka geliefert bekommen, mit Grußkarte dran.«

Olivia senkte den Kopf. »Ich rede morgen mit ihm. Falls er überhaupt noch ein Wort mit mir wechselt.«

Kern winkte ab und trat von hinten an Olivia heran. »Er sieht das professionell. Glücklich ist er natürlich nicht, wie auch? Das war sein bisher größter Fall. Aber letztlich haben alle Abteilungen dein Eingreifen in seine Ermittlung abgesegnet. Es schien richtig, und hinterher ist man immer klüger. Glaub mir, niemand macht dich verantwortlich. Auch nicht hinter deinem Rücken.«

Olivia musste bitter auflachen. »Darüber kann ich mich dann ja freuen, wenn ich in den Innendienst abgezogen werde und meiner Pensionierung bei Kaffee und Keksen auf meinem Hintern sitzend entgegenfiebere.«

Kern ging zu seinem Sessel zurück und setzte sich wieder. »Der Großeinsatz auf diesem Dampfer wurde durchgeführt, weil es so aussah, als habe Sokolov bei unserem Fall seine Finger im Spiel. Und ob das nun so ist oder nicht, diese Aktion hat letztlich dazu geführt, dass wir jetzt wesentliches Wissen zu unserer Ermittlung gewonnen haben. Immerhin hat dir Sokolov – also, dein *geheimer Informant!* – eine vielleicht entscheidende Information geliefert.«

Olivia sah Kern mit Glanz in den Augen an, wenn dieser wohl auch eher von unterdrückten Tränen herrührte. »Da ist schon was dran. Wenn wir die Jungs durch meine Blödheit retten können, dann war mein Eingreifen am Ende doch nicht umsonst.«

Kern sah seine Kollegin einige Sekunden lang wortlos an. Er hatte sie völlig falsch eingeschätzt, damals, als er ihr zum ersten Mal begegnet war. Als sportliche, eher burschikose Kommissarin hatte er sie gesehen. Als eine, die mit ihren überwiegend männlichen Freunden nach Feierband in der Kneipe ums Eck gern Wetttrinken veranstaltete und anschließend jeden von ihnen zum Armdrücken aufforderte. Doch schon sehr bald hatte er erkannt, dass Olivia weit fragiler war, als es ihr Äußeres vermuten lassen konnte. Immer öfter waren sie nach Feierabend noch nach gegenüber auf eine Currywurst zu *Bärbel's Gourmet-Tempel* gegangen, und ihre Gespräche waren im Laufe der

Zeit immer intensiver und tiefgründiger geworden. So hatte Kern schließlich eine Frau kennengelernt, die sich einfach nur nicht fügen wollte. Die sich nicht wehrlos denen ergeben wollte, die anders waren. Den Dominanten, den Machtmenschen und den Unterdrückern. Leuten wie denen, die Olivias Mutter zuerst in die Arbeitslosigkeit und später in die Depression getrieben hatten. Denen, die ihr gesagt hatten, dass eine Frau nicht boxen solle, wenn sie nicht zumindest lesbisch sei, und dass *Mädchen* bei der Polizei ohnehin nur aus Gründen der politischen Korrektheit und per Quote geduldet waren. Kern richtete sich in seinem Sessel auf und griff zum Telefonhörer.

»Ich veranlasse jetzt, dass sofort mit der Analyse der Festplatten begonnen wird. Die sollen die ganze Nacht durchmachen, wenn es sein muss.«

Olivia sah Kern mit Skepsis an. »Wie willst du den Kollegen denn erklären, wie wir plötzlich auf eine mögliche Verbindung zu Pädophilennetzwerken kommen?«

Kern winkte ab. »Einem von uns beiden kam beim Brainstorming zu neuen Ermittlungsansätzen die Idee, die Fotos der entführten Kinder V-Leuten aus der Szene zu zeigen. Einer der Jungs wurde von einem Informanten erkannt, was uns auf unsere neue Idee gebracht hat.«

Olivias Skepsis schien keineswegs gewichen, eher im Gegenteil. »Und wem von uns beiden kam diese brillante Idee, wenn ich fragen darf?«

Julius Kern setzte sein freundlichstes Lächeln auf. »Na ja, das hängt davon ab: Wenn die Suche zum Erfolg führt, dann war es deine Idee. Wenn nicht, dann war es meine.«

KAPITEL 41

LENNOX

Damit hatte er nicht gerechnet. Natürlich hatte Lennox verstanden, dass Severin Boesherz kein einfacher Mensch war, stolz, unbestechlich und schwer zu manipulieren. Doch dass er seinen eigenen Sohn schulterzuckend und anscheinend ungerührt einem Entführer überlassen würde? Nein, das war nun wirklich nicht zu erwarten gewesen. Lennox atmete tief durch. Er hatte Mühe damit gehabt, den bewusstlosen Ferdinand anzukleiden und ihn in einer großen Holzkiste versteckt in den Pritschenwagen zu hieven, den er eigens für den Transport seiner Geisel angemietet hatte. Immerhin, das Versteck war nachts gut für Lennox zu erreichen gewesen, und er hatte dort auch nicht befürchten müssen, dass man ihn überraschen oder beobachten würde. Insofern war alles nach Plan gelaufen. *Aber auch nur das!* Lennox legte sich der Länge nach auf seine Couch, die an einigen Stellen noch immer nach dem Herrenduft roch, den Ferdinand getragen hatte. *Kisses for me, save all your kisses for me.* Was sollte er jetzt machen? Ganz sicher würde er sich nicht noch einmal von Boesherz abkanzeln und wie einen Vollidioten behandeln lassen. Ein weiterer Drohanruf kam nicht infrage. Doch vielleicht war das auch gar nicht erforderlich. Vermutlich bereute Boesherz seine Reaktion ohnehin längst, es war nicht auszuschließen, dass er inzwischen vielleicht schon an dem Fall arbeitete. *Aber was, wenn nicht? Ich könnte ihm eine Warnung senden, indem ich Ferdinand einen Finger abschneide und ihn Boesherz vor die Tür lege. Aber kann ich das wirklich tun? Bin ich wirklich das Monster, das ich sein müsste, um so etwas zu machen?* Lennox bemerkte ein blondes Haar, das an der Rückenlehne seiner Couch haftete und offenkundig von Ferdinand stammte. *Ich habe keine andere Wahl. Die Zeit drängt, das Rätsel muss gelöst werden. Ich muss die Wahrheit wissen, um jeden Preis!*

Das Damastmesser, das sich Lennox im vergangenen Jahr geleistet hatte, war so scharf, dass es einen menschlichen Finger problemlos abtrennen konnte. Zudem würde es eine äußerst glatte Schnittstelle hinterlassen, sodass sich die Schmerzen im Rahmen halten würden. Ferdinand war ganz sicher noch nicht aufgewacht, die Tür zu den Jungs war noch verschlossen. Noch konnte Lennox zu Ferdinand gelangen, ohne dabei von einer Horde Angreifer überrannt zu werden.

Severin Boesherz wird mir die Antworten liefern, die ich brauche. Und ja, wenn es dazu erforderlich ist, das Monster zu werden, das ich eigentlich zur Strecke bringen will, dann ist es eben so. Ich habe schon genug getan, darauf kommt es jetzt auch nicht mehr an. Was ist schon ein Finger gegen die Antworten auf die Fragen? Ferdinand wird es verkraften, ihm bleiben ja noch neun.

Lennox erhob sich von der Couch und ging zügigen Schrittes in seine kleine Einbauküche. Er zog die Besteckschublade auf und griff nach der Ledertasche, in die das extrem hochwertige Messer aus über hundert Lagen gefalteten Stahls gehüllt war. Er nahm es aus der Tasche und betrachtete das Spiel des Lichtes seiner Deckenlampe auf der Klinge. Die charakteristische Maserung des Damaszener Stahls, dem das Damastmesser seinen Namen verdankte, erinnerte Lennox an einen Regenbogen. Nur dass am Ende dieses Regenbogens ganz sicher kein Topf voll Gold verborgen war. *Also dann, ich habe nicht viel Zeit. Wenn er erst mal aufgewacht ist, kann ich nicht mehr zu ihm.* Er steckte das Messer in die Ledertasche zurück und ging damit in den Wohnungsflur, um sich seine Schuhe anzuziehen. Gerade als er den ersten Schnürsenkel zubinden wollte, klingelte es. Er legte das Messer auf dem Boden ab, trat vorsichtig an den Türspion und sah hindurch.

»Ich habe dich schon gehört. Ich weiß, dass du da bist«, klang es aus dem Flur.

Lennox sah noch einmal zu der Tasche mit dem Messer darin. Wenn er jetzt die Tür öffnete, dann konnte er die Sache mit dem Finger vergessen. Dann wäre dieser sture, selbstverliebte Boesherz allen Ernstes ungestraft mit der vermutlich dreistesten Antwort durchgekommen, die jemals irgendein Entführer zu hören bekommen hatte. Es klingelte erneut, und sofort folgten dem Läuten wieder Worte vom Flur: »Ich merke doch, dass es dir wieder schlechter geht. Los, mach schon auf.«

Lennox sah ein, dass er keine Wahl hatte. Sie würde ohnehin nicht wieder gehen. Und selbst wenn, dann würde sie in ihrem Rollstuhl so lange dafür brauchen, dass Ferdinand in seinem Versteck längst zu sich gekommen war. Lennox hob die Tasche mit dem Messer darin vom Boden, versteckte sie im Schuhregal und öffnete.

»Emma, du hast keine Ahnung, welches Glück dein Besuch bringt. Wenn auch vielleicht nicht unbedingt mir.«

KAPITEL 42

FERDINAND

Sein Kopf schien schwer wie Blei zu sein, und der Untergrund, auf dem er lag, fühlte sich wie kalter Stein an, der nach Schimmel und Fäulnis roch. Ferdinand fühlte sich vollkommen leer, jegliche Orientierung fehlte ihm, und auch die Erinnerung daran, was zuletzt geschehen und wo er eigentlich zuvor gewesen war, hatte sich noch nicht wieder eingestellt. *Der einzige Metzger, den Menschen und Tiere lieben*. Was war das denn bloß für ein saumäßig bescheuerter Satz? Und warum schoss er ihm ausgerechnet jetzt durch den Kopf, hier, inmitten des muffigen, nasskalten Moders eines Ortes, der sich ohne jeglichen erkennbaren Kontext plötzlich um ihn gelegt hatte und an dem er zuvor vermutlich niemals gewesen war? *Atmen! Ein und aus, ganz tief und ruhig*. Ferdinand ließ sich für einige Sekunden, die vielleicht auch einige Minuten gewesen waren, darauf ein, machtlos zu sein. Ein Gefühl, das er nicht schätzte, das ihm aber auch nicht fremd war. Er hatte einmal auf einer Party irgendeine Pille geschluckt, von der ihm die Gastgeberin versichert hatte, dass sie *total reinknallen* würde. An das, was danach geschehen war, hatte er sich später nur in groben Umrissen erinnert. Irgendwas mit Alkohol, Sex und weiteren Drogen. Doch das Gefühl des Erwachens nach dem großen Rausch war seiner jetzigen Lage sehr ähnlich gewesen. *Du musst das Verstehen einatmen. Mit jedem Zug dieser widerlichen Luft*. Ferdinand erkannte schließlich, dass die Tatsache, dass er weder kombinieren noch herleiten konnte, bereits seine erste Herleitung war. Und, dass diese dazu führen musste, dass er durch sie irgendetwas würde kombinieren können. *Wenn du denken kannst, dann lebst du, wenn du keine Schmerzen spürst, dann bist du nicht verletzt. Wenn du nicht weißt, was los ist, dann hast du dich in deine Lage nicht freiwillig begeben. Wenn du aufgewacht bist, hast du vorher geschlafen. Wenn es nass, kalt und hart ist, dann liegst du nicht auf etwas, auf das du dich freiwillig gelegt hast. Du bist also ohne Erinnerung und unverletzt an einem kalten, nassen Ort aufgewacht, an den du nicht wolltest. Es gab keinen Unfall, es bleibt also nur eine Möglichkeit: Du wurdest verschleppt.* Ferdinand riss die Augen auf. *Ruhe bewahren, die Lage analysieren, Lösungswege finden.*

Das Erste, was er zu sehen bekam, waren Rohre. *Ein Heizungskeller? Nein, dafür ist es zu kalt und zu leise.* Beton, Rohre, Schimmel. Kaltes, dunkles Licht. Nicht zum Beleuchten, nur zum Orientieren. Von weiter hinten nahm er jetzt das Brabbeln von Stimmen wahr. Zu dumpf, um von Menschen zu stammen, die sich im selben Raum befanden wie er. Unterschiedlich laut, teilweise hoch, teilweise tief. Mal kratzig, mal kindlich. *Ich schätze, ich weiß jetzt, wo ich bin. Oder zumindest, bei wem!*

»Hallo? Seid ihr die entführten Jungs?«

Mit Kräften, von denen er noch Minuten zuvor nicht gedacht hätte, dass er sie aufbringen konnte, sprang er vom Boden hoch und drehte sich um die eigene Achse. Der Raum war klein und zu zwei Seiten hin durch Metalltüren abgetrennt. *Er hat mich in einen Zwischenraum gesperrt. Durch die eine Tür geht es hier raus, hinter der anderen sind die Jungs. Dieses Verlies ist für seine Zwecke günstig konstruiert, das hat seine Wahl des Ortes sicher beeinflusst. Er hätte mich ja nicht hier reinschleppen und einsperren können, wenn er dafür die Tür hätte öffnen müssen, hinter der seine Opfer sind. Er wäre sofort von sieben Jungs angegriffen wor-*

den. Die sind zwar teilweise noch sehr jung und vermutlich ausgezehrt, aber das kann trotzdem schiefgehen. Vor allem, wenn sie verzweifelt und zu allem bereit sind.

»Wer ist da?« Ein Junge, der sich erkennbar im Stimmbruch befand, rief durch die Tür hindurch. »Mach auf, du Penner! Lass uns sofort raus!«

Ferdinand bemerkte, dass im Schloss der Tür, hinter der sich die Jungs befanden, ein Schlüssel steckte. *Ich soll durch die Tür zu den anderen kommen. Zur zweiten Tür passt der Schlüssel vermutlich nicht. Oder?* Er musste es zumindest versuchen. Immerhin konnte es ja auch sein, dass der Entführer mit dieser Aktion beabsichtigte, seine Opfer freizulassen. Dass er Ferdinand betäubt und hierhergebracht hatte, um dadurch Zeit zu gewinnen, sich selbst aus dem Staub zu machen. Und auch wenn der Kerl dazu tausend wesentlich leichtere Möglichkeiten gehabt hätte, zog Ferdinand den Schlüssel ab und probierte ihn zunächst an dem Schloss der Tür aus, hinter der er den Ausgang vermutete. Er öffnete die Tür nicht. *Der einzige Metzger, den Menschen und Tiere lieben.* Ferdinand ließ sich mit dem Rücken gegen den kalten Stahl fallen und fasste sich an die Stirn. Was war das für ein Satz, und wo war er gewesen, bevor man ihn betäubt hatte? *Ruf doch deinen Vater zurück, am besten sofort. Ich muss sowieso schnell was aus dem Bad holen.*

»Natürlich!« Ferdinand musste fast lachen. »Lennox!«

Der sexy Typ vom S-Bahnhof. Ferdinands Erinnerungen kamen allmählich zurück, mit jeder Sekunde klärte sich sein Verstand weiter auf. Wie hatte Lennox noch gerochen? Faszinierend und rätselhaft, grundsätzlich nicht böse, aber zum Bösen imstande. *Offensichtlich!* Jetzt war alles wieder präsent, sogar die Details waren wieder zu Ferdinand zurückgekehrt. Eine der Noten, die er an Lennox' Nacken gerochen hatte, war ähnlich wie die gewesen, die er zum ersten Mal bei dieser Frau in Portugal bemerkt hatte, die ihn mit Tüchern ans Bettgestell gefesselt und mehr als eine Stunde lang mit eher sanften Schlägen geohrfeigt und dabei seltsame Lieder gesummt hatte. Eine ganz spezielle Note, die Ferdinand danach nur noch an Menschen ausgemacht hatte, die nicht notwendigerweise böse, deren Leben aber auch ganz sicher nicht so gelaufen waren, wie sie selbst es sich wohl einmal vorgestellt hatten.

Er musste sich eingestehen, dass er die Warnungen nicht verstanden hatte. Lennox war wohl kaum auf der Suche nach einem schnellen Date auf den S-Bahnhof Steglitz gegangen, dafür hätten ihm in Berlin zahllose erfolgversprechendere Wege zur Verfügung gestanden. Vermutlich war es dieses bekloppte Plakat gewesen, das Ferdinand so sehr aus der Harmonie der Welt gerissen hatte, dass es sogar seine Instinkte zurückgedrängt hatte. Doch er haderte nicht mit seiner Lage. Vielmehr machte er sich bewusst, dass die Tatsache, dass er jetzt bei den gesuchten Jungs war, deren beste Chance bedeutete, endlich gefunden zu werden. Schließlich konnte das alles hier nach Abwägen aller Möglichkeiten ja am wahrscheinlichsten nur dem Zweck dienen, seinen Vater dazu zu zwingen, endlich Olivias Fall zu lösen.

Ferdinand holte noch einmal tief Luft. Dann trat er an die Tür, hinter der noch immer das Stimmengewirr der Jungs zu hören war, und führte den Schlüssel ins Schloss. Bevor er ihn herumdrehte, hielt er noch einmal kurz inne und rief so klar, wie er nur konnte, durch die Tür hindurch: »Ich schließe jetzt auf. Aber seid bitte so lieb, mich nicht sofort zu erschlagen. Ich wurde genauso entführt wie ihr, und hinter dieser Tür liegt auch nicht die Freiheit. Stürmt also bitte nicht raus, ihr könntet euch dabei verletzen. Ihr seid leider nach wie vor eingeschlossen, aber keine Sorge! Lange wird das hier alles nicht mehr dauern.«

»Ach ja?«, rief einer der Jungs. »Und warum nicht?«

»Weil unser Entführer entschieden hat, diese Sache jetzt sehr schnell zu Ende zu bringen. Wie auch immer dieses Ende aussehen mag.«

Dann öffnete er die Tür.

KAPITEL 43

LENNOX

Du siehst angegriffen aus.« Emma rollte ein Stück auf Lennox zu. »Ich spüre schon lange, dass etwas in dir kämpft. Du bist anders als sonst.«

»Anders? Ich wünschte, das ginge! Leider bin ich immer noch genau so, wie ich es immer war. Aber es wird ein Ende haben. Bald, sehr bald sogar.«

Emma presste die Lippen aufeinander. Nach einigen Sekunden der Stille schien sie ihre Gedanken neu geordnet zu haben und deutete auf die leichten Spuren eines Bisses an Lennox' Hals.

»Wer war denn das? Sie scheint ja sehr leidenschaftlich gewesen zu sein.«

Lennox machte eine abweisende Handbewegung, stand von seinem Stuhl auf und trat ans Fenster. Er wandte seinen Blick von Emma ab und sah nach draußen auf die Straße, die um diese Uhrzeit nur noch wenig befahren war.

»Ich werde es bald wissen.« Er flüsterte fast.

»Du meinst, wer es war? Und warum?«

Lennox schloss die Augen. »Ich habe Dinge getan, die sich nicht rückgängig machen lassen. Unverzeihliche Dinge. Ich muss mir leider eingestehen, dass ich genau zu dem geworden bin, was ich am meisten verabscheue. Aber das spielt jetzt alles keine Rolle mehr. Ich werde es zu Ende bringen.«

Jetzt war es still im Raum. Lennox wusste, dass er sich Emma anvertrauen konnte. Mit allem, was auch immer es sein mochte.

Doch er wusste auch, dass alles Böse, von dem man erfuhr, auch immer einen Teil von sich und seiner zerstörerischen Kraft auf einen selbst übertrug. Er hatte Emma nicht damit belasten wollen, sie hätte alles in ihrer Macht Stehende getan, um ihn daran zu hindern. Außerdem, was war denn schon passiert? Ja, er hatte getötet. Aber diese widerlichen Menschen hatten den Tod ja schließlich auch verdient. Wie viele Stunden er damit zugebracht hatte, sich von den Eltern berichten zu lassen, zu welchen sexuellen Gefälligkeiten ihre Söhne bereit waren und was er dafür zu bezahlen hatte. Die beiden Jungen, die bereits in die Pubertät gekommen waren, hatte man ihm billiger angeboten. Fotos hatten sie ihm geschickt, und auf jedem davon hatten die Kinder gelächelt. Aber nur mit den Lippen. Ihre Augen hatten matt gewirkt, und alles in ihren leeren Blicken hatte um Hilfe geschrien. Und Lennox hatte ihnen geholfen. Eines Tages würden sie es ihm sicher danken, natürlich nur dann, wenn sie das alles überlebten. Lennox hoffte inständig darauf, dass Boesherz' dreiste Antwort nur ein Bluff gewesen war. Welcher Vater würde schließlich seinen Sohn im Stich lassen? *Meiner jedenfalls nicht. Es war nicht seine Schuld, dass er gestorben ist.*

»Du musst einen Schlussstrich ziehen.« Emma klang so sanft, als erzähle sie eine Gutenachtgeschichte. »Ja, man hat diesen Menschen nie gefunden, und das ist schrecklich. Aber Esther hat den Bunker gefunden, und ich bin sicher, das war ein Zeichen Gottes.«

Lennox wandte sich zu Emma um. »Gott war ganz sicher nicht daran beteiligt. Aber das ist auch nicht mehr wichtig. Alles in mir ist tot, außer dass mein Körper noch seine Vitalfunktionen erfüllt.«

»So darfst du nicht reden!« Emma sah Lennox tief in die Augen.

Dieser atmete durch und richtete sich mit breiter Brust vor ihr auf. »Das sagt die Frau, die sich vom Balkon gestürzt hat? Wir beide wissen doch, wie das ist. Zu leben, ohne es zu wollen. Indem ich endlich diesen Kerl finde, widme ich mein nutzloses Dasein einem höheren Ziel. Das ist das Beste, was ich damit noch anfangen kann.«

Emma sah mit großen Augen zu Lennox auf. »Was immer du getan hast, du kannst es noch stoppen.«

»Ach ja, kann ich das? Kann ein Jäger das Reh, das er geschossen hat, wieder aufstellen? Kann ich eine Lawine stoppen, indem ich den Stein wieder aufhebe, mit dem ich sie losgetreten habe?«

Emma wirkte noch immer ruhig, allein ihr Blick war sorgenvoll. Mit sanfter Stimme sagte sie: »Erzähl mir jetzt bitte genau, was du getan hast. Alles. Ich verspreche dir, ich werde zu dir halten und alles versuchen, um zu retten, was noch zu retten ist.«

Lennox presste die Lippen aufeinander, während seine Augen sich mit Tränen füllten, die sogleich an seinen Wangen hinunterzulaufen begannen. Seine gepressten Worte waren für Emma vermutlich kaum zu verstehen, als er erwiderte: »Wir wissen doch beide, dass es keine Rettung gibt!«

»Wenn du es dir nur oft genug einredest, dann wird es auch so kommen.«

Lennox wischte sich eine Träne von der Wange.

»Ich werde es durchziehen, vollkommen egal, was ich dafür noch tun muss. Denn was danach kommt, ist ohne jede Bedeutung für mich. Wenn ich es geschafft habe, kann ich gehen.«

KAPITEL 44

OLIVIA

Als Olivia aufwachte, fand sie sich vollständig angezogen auf ihrer Wohnzimmercouch wieder. Sie musste gestern wohl einfach eingeschlafen sein, und das, obwohl sie sich fest vorgenommen hatte, die Nacht durchzumachen. Julius Kern hatte schließlich noch in ihrem Beisein mit den Kollegen telefoniert und IT-Spezialisten aus sechs Bundesländern darauf angesetzt, gelöschte Dateien auf den Festplatten der Rechner der getöteten Eltern wiederherzustellen. Es war gut möglich gewesen, dass Olivia noch in der Nacht die Nachricht erhalten würde, dass es einem der Experten gelungen war, aus dem Wust an digitalen Verschlüsselungen eine greifbare Information zu gewinnen, und auf keinen Fall wollte sie diesen Anruf verschlafen. Hastig griff sie nach ihrem Handy, das ihr dabei aus der Hand glitt und zu Boden fiel. Sie hob es wieder auf und prüfte, ob ein Anruf vom LKA eingegangen war. *Nichts!* Olivia ließ sich wieder in die Lehne ihrer Couch sinken, auf der sie die Nacht ungewollt ohne Decke und eher im Sitzen als im Liegen verbracht hatte. Sie legte das Telefon neben sich ab, enttäuscht davon, dass ihre Hoffnung nach einem schnellen Ermittlungserfolg sich nicht erfüllt hatte. Noch einmal gingen ihr Sokolovs Worte vom Vorabend durch den Kopf. *Der Sinn des Darknet liegt darin, dass sich eben gerade nicht zurückverfolgen lässt, von welchem Rechner aus jemand kommuniziert. Ich befinde mich allerdings in der privilegierten Position, einige Leute zu kennen, die Ihre Kollegen von der Polizei eher nicht so bald kennenlernen werden. Ich weiß, von wo aus der*

Täter mit seinen späteren Opfern gechattet hat. Ich kenne seine IP-Adresse. Es musste ihm eine wahre Genugtuung gewesen sein, ihr das auf die Nase zu binden. Wie er dagesessen hatte mit seiner schallgedämpften Pistole in der Hand. Wie ein Gangsterboss aus einem Film von Francis Ford Coppola. Ein Mann, der sich keine Gedanken über Regeln und Gesetze machte und, was viel schlimmer war, damit auch noch durchkam. Sokolov würde vermutlich jetzt schon wieder in Russland sein und sich darüber kaputtlachen, wie er sie in ihrem eigenen Haus mit dem Wissen zurückgelassen hatte, dass er mit nur wenigen Worten ihren kompletten Fall hätte lösen können. *Stellen Sie Ihr Licht nicht immer unter den Scheffel, Frau Holzmann. Ich bin mir ziemlich sicher, dass Sie sich nach unserer kleinen Unterhaltung alle Ihre Fragen selbst beantworten können.*

»Vielen Dank für das Vertrauen, du blöder Penner.« Sie sah zu der Stelle auf dem Sofa, an der Sokolov gesessen hatte.

Gerade wollte Olivia sich aufraffen, um sich mit einem starken Kaffee für den anstehenden Tag fit zu machen, als ihr Handy zu vibrieren begann. Ihr Herzschlag beschleunigte sich. Konnte es sein, dass die Kollegen von der IT etwas herausgefunden hatten? Sie griff hastig das Telefon, sah auf das Display und stellte fest, dass es Marvin war, der sie anrief. Schlagartig wandelte sich ihr Hoffen in eine Mischung aus Scham und schlechtem Gewissen. Nur zögerlich nahm sie das Telefonat schließlich entgegen.

»Muffi, es tut mir leid, dass ich dir gestern abgesagt habe. Es gab eine wichtige neue Entwicklung in meinem Fall. Aber wenn jetzt alles gut läuft, ist das alles bald gelöst. Dann kommt uns so was nicht mehr dazwischen, ist jetzt einfach alles blöd gelaufen.«

»Das sind ja echt gute Nachrichten!« Marvin klang begeistert. »Du weißt also endlich, wer die Jungs entführt hat?«

»Na, noch nicht. Aber wir finden gerade raus, von wo aus er Kontakt zu den Opfern hatte. Wir folgen seiner Spur im Internet. So bekommen wir ihn sogar, wenn er aus einem Internetcafé gechattet hat. Schließlich hängen heute überall Kameras.«

»Das sind die besten Nachrichten, die ich seit Langem gehört habe!« Er sprach jetzt wieder so, wie er zu Olivia gesprochen hatte, nachdem sie sich am Abend ihres Kennenlernens zum ersten Mal geküsst hatten. »Soll ich dann heute Abend vorbeikommen? Mit einer Flasche Champagner?«

Olivia musste schmunzeln. »Du bist süß. Aber wenn wir ihn heute schnappen, dann bin ich die ganze Nacht im LKA. Und wenn nicht, dann ist mir bestimmt nicht nach Champagner zumute. Muffi, ich mache alles wieder gut, wenn wir nur endlich die Jungs und den Mörder haben.«

»Na gut.« Er gab ihr einen Kuss durchs Handy. »Dann schnapp dir den Typen jetzt endlich und ruf mich an, sobald du ihn hast!«

Es klopfte in der Leitung an. Olivia sah, dass Severin sie zu erreichen versuchte.

»Muffi, ich muss auflegen! Bis später, ich liebe dich!« Eilig wechselte sie zu Boesherz' Anruf. »Severin, was gibt es denn?«

Im Hintergrund waren Fahrgeräusche zu hören.

»Dein Täter erhöht den Druck. Er hat mich gestern darüber informiert, dass er Ferdinand in seine Gewalt gebracht hat.«

Olivia sprang ruckartig von ihrem Sofa auf. »Was?! Er hat … gestern? Und da meldest du dich *jetzt* erst? Das kann doch wohl nicht dein …«

Boesherz unterbrach. »Es ist schon in Ordnung. Ich wollte nicht, dass du deswegen die Nacht durchmachst.« Er klang absolut ruhig und vollkommen gelassen.

»Hast du ihn denn schon gefunden?« Olivias Herz schlug wie verrückt. »Oder warum bist du so cool?«

»Es ist besser, wenn ich den Entführer erst mal machen lasse. Er will Ferdinand zu den sieben Jungs bringen, das ist gut. Er kann denen dann berichten, dass alle nach ihnen suchen. Vielleicht findet er sogar einen Weg, sie zu befreien. Der Kerl hat sich mit Ferdinands Entführung ein Eigentor geschossen, ich schätze, er wird den morgigen Tag schon nicht mehr in Freiheit erleben. Im Gegensatz zu seinen Entführungsopfern.«

Olivia versuchte, ihre Gedanken zu ordnen. Konnte es möglicherweise sein, dass sie noch immer auf ihrem Sofa schlief und diesen Anruf nur träumte? Ferdinand war der einzige Mensch auf der Welt, der nach dem Tod seiner großen Liebe Leonore noch von echter Bedeutung für Severin war. Wie konnte er nur mit einer solchen Sachlichkeit darüber reden, dass sich sein eigener Sohn in der Hand eines Mannes befand, der bereits zweifelsfrei bewiesen hatte, dass er selbst vor brutalster Gewalt nicht haltmachte?

»Severin, ich rufe jetzt sofort die Kollegen zusammen, wir stellen eine Taskforce auf. Gib mir alle Infos, die du hast!«

Noch immer blieb Boesherz ruhig. »Du brauchst keinen Einsatztrupp. Der Mörder verliert allmählich die Nerven, auch deswegen, weil ich mich hartnäckig weigere, diesen alten Fall für ihn zu lösen. Sein Spiel will und will einfach nicht so laufen, wie er es sich vorgestellt hat. Das erhöht kontinuierlich den Druck auf ihn, und er macht Fehler deswegen.«

»Okay, das ist verrückt, und ich weiß nicht, was ich dazu sagen soll. Aber es könnte tatsächlich sein, dass Ferdi wirklich bald wieder frei ist.« Olivia ließ sich wieder auf die Couch sinken. »Ich habe gestern eine wichtige Information bekommen. Sokolov war bei mir, unangekündigt. Er ist hier einfach eingebrochen und saß auf meiner Couch, als ich nach Hause gekommen bin. Er hat für mich herausgefunden, von welchem Ort aus der Täter mit seinen späteren Opfern gechattet hat. Aber er sagt es mir nicht.«

»Wie kann Sokolov wissen, wo du wohnst?«

Olivia atmete schwer aus. Wem sollte diese Frage denn jetzt bitte irgendetwas nützen? »Was weiß ich denn? Das ist Fjodor Sokolov, der kann alles rausfinden!«

Boesherz schwieg einige Sekunden lang, bevor er antwortete: »Du solltest dich nicht zu schnell mit Antworten wie diesen zufriedengeben. Sie sind wie Steine im Weg, sie bremsen das Erkennen. Und jetzt, liebe Olivia, werde ich Berlin verlassen. Ich sage Ferdinands Adoptiveltern aus Bad Lauterberg noch nichts von der Entführung, und du bitte auch nicht. Die beiden sind freundliche Menschen und sollen sich keine Sorgen um ihren Jungen machen. Dazu besteht kein Anlass. Offiziell weißt du von der Entführung ja noch gar nichts, vor morgen früh solltest du die beiden nicht verrückt machen. Bis dahin wird er sowieso wieder frei sein. Und die anderen Jungs auch. Zumindest dann, wenn du dir beim Beantworten der wichtigen Fragen nicht weiterhin Steine in den Weg legst. Und jetzt los, schnapp ihn dir!« Damit beendete er das Telefonat.

Olivia hielt das Handy weiterhin am Ohr, ohne es zu bemerken. Sie blieb noch eine Weile still und reglos auf dem Sofa sitzen, während die Eindrücke dieses unfassbar bizarren Telefonats wie die Zahnräder einer altertümlichen Maschine in ihr arbeiteten. *Du solltest dich nicht zu schnell mit Antworten wie diesen zufriedengeben. Sie sind wie Steine im Weg, sie bremsen das Erkennen*. Olivia schloss die Augen und versuchte, den tieferen Sinn aus Severins Worten herauszufiltern. Warum war er sich plötzlich so sicher gewesen, dass Olivia unmittelbar vor ihrem Ziel stand? Was hatte er aus den wenigen Informationen erkennen können, die sie ihm gegeben hatte? Nicht einmal von dem Pädophilennetzwerk hatte sie Boesherz erzählt. *Er konnte nur aus dem seine Schlüsse ziehen, was ich ihm erzählt habe*. Sie fokussierte sich auf die Fakten. *Sokolov hat mein Haus gefunden, obwohl ich hier noch gar nicht angemeldet bin und auch mein*

Name nicht an der Tür steht. Ich habe darüber nicht weiter nachgedacht, weil ich dachte, dass so ein Mann wie er eben einfach alles rausfindet. Aber niemand im LKA wird meine Adresse rausgeben, und auch sein Anwalt kann sie nicht aus den Akten kennen. Sie lässt sich nicht hacken, weil sie noch gar nicht in irgendeinem Computer hinterlegt ist. Marc Donder hätte zwar Grund, sauer auf mich zu sein, aber niemals würde er deswegen mit Sokolov paktieren. Hat er mich verfolgen lassen? Nein, das kann es nicht sein. Wenn das nämlich der Grund wäre, hätte Severin daraus keine wichtigen Erkenntnisse gewinnen können.

»Einfache Antworten bremsen das Erkennen.« Sie flüsterte die Worte in die Leere ihres Wohnzimmers. »Was hätte ich erkennen müssen? Welche Information liegt in der bloßen Tatsache, dass Sokolov wusste, wo ich wohne?«

Olivia schloss die Augen und versuchte, sich an Sokolovs Worte zu erinnern. Was hatte er noch in diesem salbungsvollen Ton zu ihr gesagt? *Ich bin mir ziemlich sicher, dass Sie sich nach unserer kleinen Unterhaltung alle Ihre Fragen selbst beantworten können.*

»Das, was Sokolov mir verraten hat, geht aus dem Inhalt unseres Gespräches hervor.« Olivia sprach jetzt absichtlich zu sich selbst, um ihre Gedanken auf diese Weise klarer ordnen zu können, als wenn sie ihr nur wirr und konfus im Kopf herumfliegen würden. »Vielleicht liegt die Lösung ja gar nicht nur in dem Gespräch selbst, sondern auch in seinem Ablauf.«

Sokolov hatte eine schallgedämpfte Pistole in der Hand gehalten, als sie ihn auf der Couch angetroffen hatte. *Der Schalldämpfer hat gezeigt, dass er vorhatte, die Waffe wirklich zu benutzen. Nachdem ich ins Zimmer gekommen bin, hat er sie dann trotzdem sofort eingesteckt. Er hat nicht mal versucht, mich damit einzuschüchtern oder mir Angst zu machen. Was sollte das? Sokolov kommt in mein Haus, das er gar nicht kennen kann, wartet im*

Dunkeln mit einer Waffe auf mich, die er aber offenbar gar nicht gegen mich einsetzen wollte, gibt mir wertvolle Hinweise und sagt rätselhafte Dinge. Und was sollte eigentlich sein letzter Satz bedeuten: Ich bin mir ziemlich sicher, dass Sie sich nach unserer kleinen Unterhaltung alle Ihre Fragen selbst beantworten können.

Und dann geschah es! Olivia riss die Augen auf, während sie die Erkenntnis wie ein Faustschlag traf.

»Ach du Scheiße!«

Sie merkte, wie es sie zu frösteln begann, während sie unwillkürlich die Hände über ihrem Kopf faltete. Mit einem Mal schien sich alles um sie herum zu drehen. Die Wucht der Erkenntnis hatte sie mit einer solchen Härte getroffen, dass sie am ganzen Körper zu zittern begann. Ihr Mund wurde schlagartig trocken, während sie glaubte, jedes ihrer Organe spüren zu können. Das konnte doch nicht sein! Nein, das durfte einfach nicht sein!

»Wie blöd bist du eigentlich?« Olivia hielt sich die Hände vor das Gesicht, als könne sie sich so vor der Fassungslosigkeit über ihre eigene Blindheit verstecken. »Er hat es mir gesagt! Mit seinen allerersten Worten! Dieser Drecksack von Sokolov hat mir die Antwort gleich zur Begrüßung auf dem Silbertablett serviert! Und es war so logisch! *Guten Abend, Frau Holzmann, was für eine Überraschung, Sie zu sehen!*«

Es war einfach kein Zweifel möglich. Olivia stand wie paralysiert von der Couch auf und trat fast schon torkelnd in den Flur, wo sie sich vor den Spiegel an der Garderobe stellte. Als müsse sie sich erst noch selbst von dem überzeugen, was ihr soeben in den Sinn gekommen war, sprach sie zu ihrer Reflexion: »Er war in meinem Haus. Er saß auf meiner Couch. Warum also sollte es denn bitte eine Überraschung gewesen sein, mich zu sehen? Und warum hatte er diese Waffe in der Hand, wenn er sie doch offensichtlich gar nicht gegen mich einsetzen wollte? Und zur

Hölle noch mal, er konnte einfach nicht wissen, dass ich hier wohne!«

Olivia sah auf ihre Hände. Sie zitterten. Es dauerte einige Sekunden, bis sie es geschafft hatte, ihr Smartphone zu greifen und einen Anruf zu machen. Es dauerte nicht lange, bis Julius Kern ihn entgegennahm.

»Olivia, entschuldige bitte, dass ich mich noch nicht gemeldet habe.« Er klang besorgt. »Wir haben leider bisher kein Ergebnis. Die IP des Täters ist über so viele Quellen wieder und wieder verschlüsselt worden, dass …«

Olivia unterbrach ihren Dezernatsleiter, als wäre er ein Verkäufer, der sie mit einem unerwünschten Werbeanruf belästigte. »Schon gut. Du kannst den Leuten von der IT sagen, dass sie ins Bett dürfen. Ich weiß jetzt, von wo aus der Mörder mit den Eltern gechattet hat.«

»War Sokolov etwa noch mal bei dir?« Kerns Beunruhigung war selbst durch das Smartphone hindurch wie mit Händen zu greifen.

»Das war nicht nötig. Er hat es mir schon beim ersten Mal gesagt.«

»Okay, dann raus damit!«

»Ich kümmere mich selbst darum. Das ist etwas Persönliches.«

Kern wollte noch etwas sagen, doch da hatte Olivia das Telefonat auch schon beendet. Ein letztes Mal holte sie tief Luft, bevor sie sich wieder ihrem Spiegelbild zuwandte und aussprach, was sie eigentlich schon von Anfang an hätte erkennen müssen: »Sokolov war deswegen von meinem Auftauchen überrascht, weil er mich gar nicht erwartet hatte. Und mein Haus musste er nicht finden, weil er es nie gesucht hat. Ihm war überhaupt nicht bewusst, dass er in meinem Haus war. Die Waffe hatte er nicht meinetwegen in der Hand, er war hier, weil er mit jemand völlig anderem gerechnet hatte. *Ich weiß, von wo aus der Täter mit seinen späteren Opfern gechattet hat. Ich kenne seine IP-Adresse.* Sokolov ist zu dem Haus gefahren, von dem aus der Täter mit den Eltern der entführten Jungs gechattet hat. Er dachte, dass er hier auf den Entführer der Kinder treffen würde. Von dem er nicht zulassen wollte, dass wir ihn vor ihm schnappen und ihm Informationen zu dem Pädophilennetzwerk entlocken, das seinem *Bekannten* gehört.«

Olivia wurde schwindelig. Sie setzte zwei ungelenke Schritte zurück, bis sie sich auf den Stuhl im Flur sinken lassen konnte. War es wirklich so einfach gewesen, sie zu manipulieren? Musste man wirklich nichts weiter tun, als ihr die Hoffnung auf eine Zukunft zu geben, wie vermutlich jeder sie sich wünschte, wenn auch so gut wie niemand sie jemals wirklich bekam? Warum hatte sie es nicht bemerkt? Hätte es sie nicht misstrauisch machen müssen, dass es einfach viel zu gut gelaufen war? Olivia ließ die Tränen zu, die schlagartig wie Sturzbäche über ihre Wangen liefen. Das war also, was dabei herauskam, wenn sie vertraute. Wenn sie zu glauben wagte, dass sie auf dem Foto, das nach ihrer Pensionierung auf dem Nachttisch stehen würde, im Kreise ihrer strahlenden Familie zu sehen sein könnte. Mit Kindern und Enkeln. Ein eiskalter Schauer lief Olivia den Rücken hinunter, während sie in die Leere ihres Hausflurs flüsterte: »Und ich dämliche Kuh erzähle ihm auch noch im Halbschlaf, dass wir heute herausfinden werden, wer mit den Opfern gechattet hat. Da bist du ein Mal kurz unprofessionell, und *das* kommt dabei heraus. Was, wenn ich die sieben Jungs damit getötet habe? Und Ferdinand.«

KAPITEL 45

Ein *Marvin Lorisch* existiert nicht. Bundesweit kein Eintrag.« Der Kollege klang so nüchtern durch das Telefon, als läse er die Lottozahlen vor.

Natürlich nicht. *So eine verfluchte Scheiße!* Olivia hatte alle ihre Partner überprüft, zumindest früher noch, bevor sie zur Hauptkommissarin befördert worden war. Sie vertraute ohnehin nicht gern, und mit jedem faulen Ei, das sie in ihr Leben gelassen hatte, war ihr Misstrauen größer geworden. Aber andererseits war es natürlich nicht erlaubt, aus rein privaten Gründen ihre Möglichkeiten dazu auszunutzen, ihre Liebhaber auf etwaige dunkle Flecken in deren Vergangenheit hin zu überprüfen. Mit ihrer letzten Beförderung hatte sie sich vorgenommen, auf solche Verstöße in Zukunft zu verzichten. Mal ganz abgesehen davon, dass Marvin einfach so umwerfend gewesen war und Olivia so sehr an seine Liebe hatte glauben wollen, dass sie es gar nicht hätte wissen wollen, wenn da mal irgendwas gewesen wäre. Wie damals bei diesem Typen, den sie im Technoclub kennengelernt hatte. Heiß und männlich war er gewesen, genau ihr Beuteschema. Leider hatte sie den bulligen Macho aber irgendwie nicht mehr so wirklich sexy finden können, nachdem sie bei ihrem indiskreten Datenbankcheck festgestellt hatte, dass er einige Jahre zuvor von den Kollegen der Schutzpolizei angetrunken, mit Drogen in den Taschen und in einem vollgekotzten Hühnerkostüm aus seinem Toyota Auris gezogen worden war.

»Alles klar, danke dir trotzdem!« Sie beendete das Gespräch mit dem Kollegen und trat aufs Gas.

Wie gottverdammt bescheuert und blind konnte sie denn nur gewesen sein? Eingelullt von leuchtenden Augen, einer warmen Stimme, ebenmäßigen Gesichtszügen, einem knackigen Hintern und dem besten Vanilleeis, das sie jemals gegessen hatte, war sie auf diesen Kerl so dermaßen hereingefallen, dass sie am liebsten heulen wollte. Doch dazu war jetzt nicht die Zeit. Sie musste ihn finden, sofort! Natürlich hatte sie ihn angerufen. Gleich nachdem sie sich so weit gefasst hatte, dass sie meinte, er werde nicht mitbekommen, wie aufgewühlt und fassungslos sie war. Doch Marvins Handy war ausgeschaltet und eine Ortung nicht möglich gewesen. *Weil er natürlich sofort nach unserem Telefonat die SIM-Karte vernichtet und das Handy weggeworfen hat. Er ist gewarnt, aber er wird auch wissen, dass die IT-Experten nicht so schnell darauf kommen werden, dass er diesen ganzen Wahnsinn über das WLAN in meinem Haus organisiert hat.*

»Ahhhhhhhh!!!« Olivia schrie es aus sich heraus.

Er hatte sie angesprochen, in der Cocktailbar, in die sie mindestens ein Mal die Woche ging, um mit Freunden oder Kollegen etwas zu trinken und sich von ihrem tristen Berufsalltag abzulenken. Das war nur wenige Wochen vor den Entführungen und Morden gewesen. Er hatte sie sich offensichtlich ausgesucht, ganz gezielt. Severin Boesherz und seine Brillanz waren nicht selten Thema in den Medien gewesen, und das Internet war voll von Beiträgen, die Olivia als seine Kollegin präsentiert hatten. Mit Fotos. Und es hatte viele Artikel darüber gegeben, dass sich Severin aus dem Berufsleben zurückgezogen hatte. Danach hatte Marvin einfach nur vor dem LKA darauf warten müssen, dass sie das Gebäude verließ. Auf dem Tempelhofer Damm war immer viel los, er wäre niemandem aufgefallen. Marvin hätte Olivia einfach nur mit ausreichend Abstand und in einem unauffälligen Auto verfolgen müssen, um herauszufinden, wo sie wohnt. Und was sie in ihrer Freizeit unternimmt. Er hatte ja schließlich zur Genüge bewiesen, wie gut er darin war, seine Verbrechen zu organisieren und mit bemerkenswerter Akribie durchzuführen. Wie unauffällig er auf Boesherz zu sprechen gekommen war, ganz nebenbei. *Ich habe dich ein bisschen im Internet gestalkt, bist du mir böse?*, hatte er sie gefragt, während er sie so gekonnt massiert hatte, dass sie hatte schnurren müssen. *Du hast ja anscheinend mal mit einem echt krassen Kollegen zusammengearbeitet. Wer ist denn dieser Boesherz?* Sie selbst hatte es ihm erzählt. Wie brillant Severin sei, und wie sehr sie sich wünschte, dass er ihr bei dieser Ermittlung helfen würde. Dass er der Einzige sei, der dieses unmögliche Rätsel lösen könne. Weil er einfach jedes unmögliche Rätsel lösen könne. Marvin hatte gar nicht selbst davon anfangen müssen, sie hatte ihm und seinen Absichten von Anfang an selbst in die Karten gespielt. Auch mit dem Hausschlüssel! Marvin hatte sie nicht darum gebeten, er war weit subtiler vorgegangen. Er hatte einfach immer nur aufwendig und köstlich für sie gekocht, wann immer er sie besucht hatte. *Sorry, dass ich gerade nicht so viel mit dir reden kann, aber wenn ich am Herd stehe, bin ich nicht ansprechbar!* Olivia selbst war schließlich der Gedanke gekommen, es ihm zu ermöglichen, schon mit dem Kochen zu beginnen, bevor sie zu Hause war. Um sie gleich damit empfangen zu können. *Der Teufel tarnt sich mit Schönheit. Und mit gutem Essen.* Und dann hatte sie ihn auf dem Laufenden gehalten. Jeden Tag, und in so mancher Nacht. Wie oft sie ihm erzählt hatte, welche Fortschritte sie gemacht hatten. Zumindest bis zu dem Punkt, an dem es nicht weiter vorangegangen war. Weil der Mann, der sie dabei im Arm gehalten hatte, dafür Sorge getragen hatte, dass nur Severin Boesherz seinen Zaubertrick entschlüsseln konnte.

»Und jetzt tauchst du ab, oder?« Sie sprach zu sich selbst,

während sie auf die Stadtautobahn abbog, um so schnell wie möglich zum LKA zu gelangen. »Obwohl, nein. Das tust du nicht. Du hast noch immer die Jungs und Ferdinand in deiner Gewalt. Und du hast noch nicht die Antworten, nach denen du suchst. Du musst es zu Ende bringen, du kannst jetzt nicht einfach abhauen. Wer bist du, und wie finde ich dich?«

Olivia erschrak, als ein weißer Aston Martin mit völlig überhöhter Geschwindigkeit rechts an ihr vorbeiraste. Sie schrie ein weiteres Mal vor Wut auf und wollte schon intuitiv die Verfolgung aufnehmen, als ihr klar wurde, dass dieser Idiot von Raser ihr soeben einen wirklich vielversprechenden Ermittlungsansatz geliefert hatte. Sofort betätigte sie ihre Freisprechanlage und rief erneut bei den Kollegen an.

»Ich brauche sofort eine Halterabfrage für ein Auto.« Olivias Herz pochte wie verrückt.

»Okay, Kennzeichen?«

»Das weiß ich nicht mehr, aber sehr viele Treffer wirst du nicht haben. Es geht um einen *Dodge Challenger SRT Hellcat* mit rotem Lack.«

Kurz war nur das Klicken einer Computertastatur zu hören, bevor der Kollege sich endlich wieder zu Wort meldete.

»Okay, seltene Karre. In Rot gibt es nur einen Treffer in Berlin. Der Wagen ist gemeldet auf das Stuntteam der *Spree Studios*. Inhaber Paul Witt. Adresse …«

Olivia unterbrach.

»Die brauche ich nicht, das finde ich auch so!«

Sie platzierte die Sirene ihres Dienstwagens auf dem Dach, schaltete sie ein und trat das Gaspedal durch.

KAPITEL 46

FERDINAND

Die Jungs hatten nicht auf Ferdinand gehört. Natürlich nicht, was hatte er denn erwartet? Kaum dass er den Schlüssel im Schloss herumgedreht und die Klinke nach unten gedrückt hatte, war ihm die massive Metalltür auch schon mit voller Wucht von der anderen Seite her gegen den Körper gerammt worden, und während die beiden größeren Jungs mit allem, was sie an Schlagwerkzeugen hatten finden können, über Ferdinand hergefallen waren, hatten sich die kleineren auf die zweite Tür gestürzt, durch die sie hofften, aus dem Verlies fliehen zu können. Ferdinand hatte alle Mühe, sich der Angreifer zu erwehren. Er musste zunächst einige Schläge und Tritte verkraften, bis es ihm schließlich gelungen war, die Lage zu beruhigen.

»Ich habe es euch doch gesagt! Glaubt ihr wirklich, der Typ, der euch hier eingesperrt hat, kommt einfach mal zu Besuch vorbei, um nach dem Rechten zu sehen?« Ferdinand saß mittlerweile mit dem Rücken gegen die kalte Betonwand gelehnt gemeinsam mit den Jungs im Nebenraum und drückte sich ein abgerissenes Stück Stoff von einem der mittlerweile vollkommen versifften Bettlaken auf die blutende Schramme an seiner Stirn.

»Wer ist das Schwein? Wer hat uns hier eingesperrt?« Justin, einer der beiden älteren Jungen, spuckte auf den Boden, der dadurch vermutlich eher sauberer als schmutziger wurde.

Mehr noch als die Schmerzen an seiner Stirn litt Ferdinand unter dem Gestank in diesem auffällig großen Raum. Weiter hinten konnte er einige Campingtoiletten erkennen, doch selbst auf die Ferne verbreiteten sie noch einen Geruch, für dessen Beschreibung sogar Ferdinand das Vokabular fehlte.

»Wenn euer Entführer derselbe war, der mich hergebracht hat, dann ist es ein relativ junger Typ. Ziemlich gut aussehend, aber äußerst manipulativ.«

»*Mani...* was?« Justin sah Ferdinand an, als hätte dieser sich über ihn lustig machen wollen. »Außerdem, warum sollte er dich entführt haben? Wer von den Säcken soll dich denn noch ficken wollen? Du bist hundert!«

Ferdinand horchte auf. Ein Gedanke, der ihm bislang noch gar nicht gekommen war, ließ seine Gedanken wie ein Karussell drehen und begann schon bald damit, einige seiner Fragen zu beantworten.

»Wer mich ficken will? Das ist deine zweite Frage nach *Wer hat uns entführt?*« Unwillkürlich ließ er das Stück vom Laken in seiner Hand zu Boden fallen. »Willst du damit sagen, dass ihr ...?«

Justin fiel Ferdinand ins Wort.

»Alter, was ist dein Problem?« Anscheinend hatte der Junge, der weit reifer als vierzehn Jahre wirkte, die Führung der Gruppe übernommen. Die anderen saßen nur schweigend um Justin herum und beäugten Ferdinand mit kaum verringertem Misstrauen. »Warum ist bisher noch keiner zu uns gekommen? Und was ist mit diesem Typen, der uns entführt hat? Will der uns ins Ausland verkaufen? Oder soll das hier ein Kerker-Porno werden? Ist das irgendein mieses Sexspiel, geilen sich irgendwelche Leute daran auf, dass wir hier eingesperrt sind?«

Ferdinand betrachtete die sieben Jungs erneut. Nachdem sie ihm schließlich geglaubt hatten, dass er nicht zu den Entführern gehörte, hatten sie sich ihm vorgestellt. Dabei war Ferdinand aufgefallen, dass die Jungs erstaunlich ruhig und beherrscht mit ihrer Situation umgingen. Sie hatten anscheinend so etwas wie Gruppensolidarität entwickelt, was Ferdinand für Kinder und Teenager in einer lebensbedrohlichen Lage mehr als beachtlich vorkam. Insbesondere, da sie einander zuvor anscheinend nicht gekannt hatten.

Ferdinand hatte sich mittlerweile ausgiebig in diesem seltsamen Versteck umgesehen und zahlreiche Schlüsse gezogen. Zunächst hatte er den Raum an sich betrachtet. Wie auch nebenan waren Boden und Wände aus massivem Beton gebaut, und es gab keine Fenster. Nicht nur der Boden, auch die Wände waren schimmelig, und überall waren Rohre und Abflüsse zu sehen. Licht kam lediglich von schwachen Neonlampen, die aber nicht an der Decke befestigt waren, sondern auf Stativen im Raum standen. Der Strom kam von Kabeln, die durch ein Loch geführt waren, das man anscheinend erst nachträglich in die massiven Wände gebohrt hatte. *Ursprünglich gab es hier keine Steckdosen, und es hingen keine Lampen an der Decke. Es gab nie Fenster, wir sind hier also sehr wahrscheinlich unterirdisch eingesperrt.* Alles, was sich an Gegenständen erkennen ließ, diente klaren Zwecken. Matratzen, Bettzeug, Toiletten, Wasserflaschen und Nahrung.

Es gab nur eine Ausnahme: Das Einzige, was in diesem Verlies offenbar lediglich der Dekoration diente, war ein Poster mit einem Zebra darauf. Und wenn das Bild auch scheinbar unpassend, beliebig und fehl am Platz wirkte, konnte Ferdinand nicht umhin, ihm eine tiefere Bedeutung beizumessen. *Das hängt hier nicht einfach nur so. Es will etwas ausdrücken. Aber was?* Ferdinand war aufgefallen, dass die Wasserflaschen, ebenso wie der Käse, die Minisalami, die Bananen und Äpfel, der Milchreis, die Salzstangen und die Kartoffelchips nach einem anscheinend durchdachten Prinzip sortiert, gestapelt und mit Vernunft und Weitsicht eingeteilt worden waren. Sowohl die Menge der zu diesem Zeitpunkt noch vorhandenen Lebensmittel als auch der herumliegende Verpackungsmüll ließen keinen anderen Schluss zu als den, dass diese sieben Jungs sich offenbar in bemerkenswerter Einigkeit um die effektive und gerechte Verteilung ihrer Ressourcen bemüht hatten. *Oder soll das hier hier ein Kerker-Porno werden? Ist das irgendein mieses Sexspiel, geilen sich irgendwelche Leute daran auf, dass wir hier eingesperrt sind?* Was hatte dieser Teenager denn da geredet? Warum ging er offenbar selbstverständlich davon aus, dass es hier nicht um Lösegeld ging, sondern um Sex?

Los, zieh deine Schlüsse: Die Jungs sind gut organisiert und handeln weitsichtig und koordiniert. Sie mussten anscheinend alle sehr früh lernen, allein klarzukommen und ihre Vorräte einzuteilen. Extreme Notlagen irritieren sie nicht so sehr, dass sie deswegen austicken oder aufeinander losgehen. Im Gegenteil, sie haben mich als ihren mutmaßlichen Feind gemeinsam und koordiniert angegriffen. Sie hatten trotz ihres Alters die Disziplin, ein schlüssiges Angriffs- und Fluchtszenario zu entwickeln und zu trainieren. Sie haben keine Wunden in ihren Gesichtern, es gab hier während der ganzen Zeit in diesem übel stinkenden Verlies keine Schlägereien oder Kämpfe um Wasser und Nahrung. Die kleineren Jungs sind nicht von den stärkeren übervorteilt worden. Jeder hat seine Matratze, sie haben mit Justin offenbar so was wie einen Anführer, und sie verhalten sich in dieser Ausnahmesituation sogar nach der langen Zeit hier unten noch vernünftig und solidarisch. Also: Warum war ihr erster Gedanke, dass ich zu ihnen gekommen bin, um ausgerechnet einen Porno zu drehen? Und vor allen Dingen: Warum hat nicht einer *der Jungs bisher auch nur mit einer Silbe nach seinen Eltern gefragt?*

»Ihr seid davon ausgegangen, dass Pädophile euch für Sex gekauft haben. Und ihr seid so solidarisch und abgebrüht, weil es nicht das erste Mal gewesen wäre. Für keinen von euch.« Es war so eindeutig, wie es schrecklich war. »Ihr sitzt mit eurer Lebensgeschichte alle im selben Boot, deswegen haltet ihr zusammen und handelt reif und durchdacht.«

Justin stand auf und sah mit großer Geste einmal ins Rund seiner Freunde. Nachdem sie ihm alle ihre Zustimmung signalisiert hatten, trat er auf Ferdinand zu und ging direkt vor ihm in die Hocke.

»Jetzt erzähl endlich! Wer bist du, und was willst du hier? Du wurdest auch entführt? Never! Du siehst ja nicht übel aus, aber du bist locker über zwanzig. Digga, ich bin vierzehn, und mich will schon keiner mehr, weil ich *hormonverseucht* bin. Was bist du denn dann bitte? Eine Mumie?«

Ferdinand musste sich eingestehen, dass ihm dieser Gedanke bislang nicht auch nur ein einziges Mal gekommen war. Was hatte sein Vater einmal zu ihm gesagt? *Wenn du das Schreckliche ausschließt, weil du es nicht sehen willst, dann gewährst du ihm dadurch freie Bahn. So kann es sich ungehindert und unbemerkt ausbreiten, so lange, bis es zu groß geworden ist, um es noch einzudämmen.*

»Wisst ihr denn, wer euch hierhergebracht hat? Und wie er das angestellt hat? Ihr wurdet nämlich alle innerhalb derselben drei Minuten entführt, und das von ein und demselben Täter. Da draußen ist ganz schön was los wegen euch, die Polizei hat ziemliche Probleme.«

In den Augen der Jungs war nichts als Ratlosigkeit zu lesen. Der rothaarige Wuschelkopf Benny fand als Erster Worte: »Wir wissen alle nicht, wie wir hergekommen sind. Wir wissen auch nicht, wer uns hergebracht hat. Wir sind alle zu Hause eingeschlafen und dann in diesem Raum hier wieder aufgewacht.«

»Das klingt, als ob man euch was gegeben hätte. Wurdet ihr betäubt?« Ferdinand sah in die Gesichter der Jungs, in denen mit jeder Minute weniger Feindseligkeit zu lesen war.

Justin lachte auf.

»Betäubt? Alter, wir haben von unseren Erzeugern Pillen bekommen. Die mussten wir schlucken. Der Kunde hat dafür extra bezahlt. Er wollte nicht, dass wir sein Auto sehen oder mitbekommen, wo er mit uns hinfährt.«

»Und das habt ihr ernsthaft mitgemacht?«

Schlagartig verfinsterten sich die Gesichter der Jungs wieder. Justin kam jetzt so nah an Ferdinand heran, dass dieser seinen Geruch wahrnehmen konnte. Dieser war zwar von Schweiß und mangelnder Körperhygiene dominiert, doch das, was Ferdinand hinter dem Vordergründigen als Justins hervorstechende Eigenschaften herausriechen konnte, waren Mut, Stolz und Kampfgeist. *Rote Türen, an denen rechteckige Ringe hängen.*

»Denkst du vielleicht, dass wir das selbst entscheiden durften?« Der Klang in Justins Stimme ließ Ferdinand frösteln. »*Schluck die Pille, oder ich tauche dich so lange unter Wasser, bis du bewusstlos wirst, du kleiner Pisser*. Immerhin bekommen wir keine Prügel, nie. Wir lassen uns nicht gut verkaufen, wenn wir blaue Flecken haben. Es kann manchmal vorkommen, dass der Kunde uns verprügeln will. Das kostet dann halt extra, weil wir danach für eine Weile nicht verkauft werden können. Oder nur billiger. Alter, wenn der verschissene Kunde sagt, *betäube den Boy!*, dann betäuben unsere Erzeuger uns eben. Denkst du, das wäre irgendwas Krasses oder Abgefucktes? Jeder von uns hat schon deutlich schlimmere Sachen erlebt als einen Typen, der will, dass wir betäubt sind, wenn er uns holt! Alter, in diesem Business wird nicht diskutiert! Felix und ich sind vierzehn, wir haben's bald hinter uns. Dann ticken wir Drogen oder so, das ist nicht so schlimm. Aber die restlichen von uns müssen das noch jahrelang mitmachen!«

»Müsst ihr nicht!« Ferdinand legte tiefe Überzeugung in seine Worte. »Das halbe Land sucht nach euch, eure Entführung ist ein riesiges Thema in den Medien. Nach dieser Nummer hier wird euch niemals wieder irgendjemand zu etwas zwingen, das ihr nicht wollt. So gesehen ist eure Situation hier eigentlich das Beste, was euch passieren konnte.«

»Ja, voll geil!« Justin verzog keine Miene. »Falls uns hier mal jemand rausholt. Aber Alter, warum suchen die Bullen denn bitte nach uns? Weil wir nicht in der Schule aufgetaucht sind? Für so was haben unsere Erzeuger tausend Ausreden auf Lager.«

Ferdinand schwieg zunächst. Keiner der Jungs dürfte wohl übermäßig traurig darüber sein, dass seine Eltern ihm nichts mehr antun konnten. Doch von deren brutaler Ermordung würde er trotzdem nichts erzählen. Nicht jetzt, nicht hier.

»Weißt du, was du da gerade gesagt hast, Justin?« Die Räder in Ferdinands Kopf begannen sich zu drehen. »Ihr werdet tatsächlich deswegen gesucht, weil eure Eltern die Entführungen angezeigt haben. Und jetzt, wo ich darüber nachdenke, wirft das tatsächlich wichtige Fragen auf.«

»Allerdings!« Felix erhob sich vom modrigen Boden. »Wenn einer von meinen Pädokunden mich entführt, verprügelt oder umbringt, dann würde meine Mutter ganz sicher nicht zu den Bullen laufen. Sie würde einfach nur ihre dumme Fresse halten. Was sollte sie denen denn erzählen? Dass der Typ aus dem Darknet, dem sie ihren Sohn zum Ficken verkauft hat, ihren kleinen Engel jetzt nicht mehr zurückgeben will?«

Ferdinand spürte auf einmal dieses warme, wohlige Gefühl, von dem sein Vater ihm etliche Male berichtet hatte. Diesen Moment, in dem die Fragezeichen wichen, um dem Ausrufezeichen Platz zu machen. Der Augenblick, in dem sich das endlose Fragen löste, das ihn zuvor noch in den Wahnsinn zu treiben versucht hatte.

»Ich weiß jetzt, wie der Typ euch quer durchs Land alle gleichzeitig entführen konnte. Aber das ist im Moment nicht wichtig. Wichtig ist nur, wie wir hier rauskommen. Also los, Jungs, wir haben zu tun!«

KAPITEL 47

OLIVIA

Olivia war wie ein ganz normaler Besucher zum Haupteingang der *Spree Studios* gefahren und hatte ihren Wagen auf dem Gästeparkplatz vor dem Eingangstor abgestellt. Natürlich hätte sie auch zur anderen Seite des Geländes fahren können, an dem sich die Hintereingänge und Tore für die Mitarbeiter der technischen Abteilung und der Verwaltung befanden. Doch das Letzte, was Olivia wollte, war Aufsehen erregen. Sie hatte Marvin zwar leider vorgewarnt, dass seine Enttarnung möglicherweise unmittelbar bevorstand, doch konnte er andererseits auch durchaus davon ausgehen, dass dies eine ganze Weile dauern und möglicherweise sogar noch an den Verschlüsselungsmethoden des Darknet scheitern würde. *Er hat sein Handy deaktiviert, weil er in der jetzigen Lage nichts riskieren kann. Es ist aber gut möglich, dass er glaubt, ich weiß es noch nicht.*

Olivia reihte sich brav in die Besucherschlange ein und kaufte eine Eintrittskarte. Auf gar keinen Fall wollte sie hier auffallen und verzichtete deshalb darauf, sich mit ihrer Dienstmarke sofortigen Einlass zu verschaffen. Sie hatte schließlich zum jetzigen Zeitpunkt noch keine Ahnung davon, wie genau das Stuntteam und der Dodge mit Marvin zusammenhingen. Nur eins stand fest: Wer immer es war, der Marvin diesen Wagen, den es so im ganzen Land nur ein einziges Mal gab, geliehen hatte, würde ihr Informationen zu ihrem *Muffi* geben können. Vielleicht arbeitete er ja sogar in den *Spree Studios*, es war nicht auszuschließen, dass sie gleich auf ihn treffen würde. *Seinen langweili-*

gen Beruf in der Buchhaltung hat er garantiert nur deswegen erfunden, damit ich ihn zu seiner Arbeit möglichst wenig befrage. Olivia betrachtete die Mitarbeiter, die in der Nähe des Eingangstores standen. Einige davon waren mit Funkgeräten ausgestattet, der Besuch einer Kommissarin des LKA würde sich unter den Kollegen also vermutlich innerhalb von Sekunden wie ein Lauffeuer herumsprechen. Nein, Marvin durfte nicht gewarnt werden, falls er sich auf dem Gelände befand, Olivia würde sich konsequent als ganz normale Besucherin geben. Nachdem sie das Gelände schließlich betreten hatte, versuchte sie, auf ihrem Weg zum Stuntareal so gut wie möglich in Menschenansammlungen unterzutauchen und sich von allzu stark frequentierten Attraktionen fernzuhalten.

»Whoaaaahhh!«

Olivia erschrak und wandte sich reflexartig um, als sie den Schrei vernommen hatte. Ein ziemlich gut und vermutlich von professionellen Maskenbildnern geschminkter Zombie-Darsteller befand sich anscheinend auf einer Tour durch den Park, um die Gäste auf das Horrorhaus, eine der Hauptattraktionen der *Spree Studios*, aufmerksam zu machen. Olivia konnte sich gut daran erinnern, wie sie als Teenager mit ihren Eltern davorgestanden hatte. Sie wollte einerseits unbedingt hineingehen, hatte gleichzeitig aber auch Bedenken gehabt, es könne vielleicht zu gruselig sein. Schließlich hatte jedoch ihre Neugier gesiegt. Die Schreckmomente, die gruselige Dekoration und die ausgezeichnet geschminkten und kostümierten Darsteller hatten ihr danach zwar noch Nächte später Albträume bereitet, doch Olivia hatte dennoch befunden, dass der Besuch des Horrorhauses das wert gewesen war. Wäre die Lage jetzt nicht so unglaublich ernst gewesen, hätte Olivia das Horrorhaus ganz sicher noch einmal aufgesucht. Doch für das Aufarbeiten von Kindheitserlebnissen war jetzt keine Zeit. So arbeitete sie sich immer weiter durch die

Besucherströme hindurch am Dschungel, der Achterbahn und dem Areal, auf dem die Filmtiere trainiert wurden, vorbei. So lange, bis sie schließlich die große Stuntarena erreicht hatte, die mit ihrer Tribüne stolz in den Himmel ragte. Auf einem großen Schild stand die Zeit, zu der die nächste Show beginnen würde. Olivia sah auf ihre Uhr und stellte dabei fest, dass es bis dahin noch fast eine Stunde war. Gut möglich, dass sich dieser Paul Witt noch gar nicht auf dem Gelände befand. Olivia hielt Ausschau nach einem Mitarbeiter der *Spree Studios* und stieß dabei sehr bald auf eine Frau, die mit wichtiger Geste über das Gelände schritt und dabei ein bisschen wirkte, als hielte sie sich für den Sheriff in einem alten Western.

»Arbeiten Sie hier?«

»Ich bin hier die Parkleitung!« Die Frau wirkte pikiert. »Kann ich Ihnen helfen?«

Als sie näher gekommen war, bemerkte Olivia das Namensschild, auf dem *C. Gerster* zu lesen war.

»Ich suche nach Paul Witt vom Stuntteam, kennen Sie den?« Olivia versuchte, so freundlich wie möglich zu klingen.

Die Frau sah sie an, als sei die Frage ein Scherz gewesen.

»Da können Sie mich auch fragen, ob ich meinen Mann kenne. Herr Witt ist der Chef des Stuntteams, der ist hier mindestens so bekannt wie ich. Was wollen Sie denn von ihm?«

Olivia sah sich unauffällig um. Niemand beobachtete das Gespräch, daher zog sie vorsichtig ihre Dienstmarke hervor und zeigte sie der Frau.

»Hat Paul etwa Ärger?« Gerster sah Olivia jetzt an, als sei diese einer der Zombies aus dem Horrorhaus. »Ich kann hier keine schlechte Presse gebrauchen.«

»Machen Sie sich bitte keine Sorgen, ich brauche nur eine Information von ihm. Also, ist er da? Es eilt.«

Gerster schwieg einige Sekunden lang, doch etwas in ihrem

Blick wirkte auf Olivia, als fühle die Dame sich befugt zu erfahren, worum es ginge. Nachdem Olivia keine weiteren Worte mehr machte, nickte Gerster schließlich zögerlich und bat Olivia, ihr zu folgen. Kurz darauf hatten die beiden durch einen Gang, der anscheinend nur für Mitarbeiter gedacht war, die Stuntshowfläche erreicht.

»Ich hole Herrn Witt, bitte warten Sie kurz. Und betreten Sie bitte nicht die Showfläche. Man weiß nie, wo ein Sprengsatz verbaut ist.« Damit wandte sie sich ab und verschwand hinter dem Torbogen, durch den anscheinend die Fahrzeuge auf die Stuntfläche kamen.

Olivia nutzte den Augenblick, um sich die Showfläche näher anzusehen. Diese war vollkommen anders, als sie es in Erinnerung hatte. Anstelle des riesigen Wasserbeckens mit den lustigen Gummihaien gab es jetzt eine futuristische Stadtkulisse mit einer Rennstrecke, die wahrscheinlich dem Look eines der Filme nachempfunden war, die in den nahe gelegenen Filmstudios produziert wurden. Sie wandte sich zur Besuchertribüne um, die Platz für mehrere Tausend Zuschauer bot. Dann betrachtete sie die Kabinen oberhalb der letzten Sitzreihe, in denen wohl die Showtechniker saßen und mit Blick von oben Musik und Soundeffekte abspielten. Außen an der Technikerkabine führte eine Leiter nach oben auf das Dach der Zuschauertribüne. Vermutlich waren dort oben Scheinwerfer installiert, und wenn Olivia sich richtig erinnerte, waren damals, als es noch das Haibecken gegeben hatte, einige der Stuntleute von dem Dach mit einer Seilbahn nach unten ins Wasser gerast. Das Seil war nach wie vor installiert, gut möglich, dass die Seilbahn noch immer in Verwendung war.

»Sie sind von der Polizei?«

Die Stimme riss Olivia aus ihren Erinnerungen und warf sie schlagartig ins Jetzt zurück. Sie drehte sich um und stand einem großen, kräftigen Mann gegenüber.

»LKA Berlin, Holzmann.« Sie zeigte ihre Marke. »Herr Witt, ich bin hier, weil auf Ihren Namen ein *Dodge Challenger SRT Hellcat* registriert ist. Trifft das zu?«

Der Mann verzog missmutig das Gesicht. »Ich dachte mir schon, dass da noch irgendwas nachkommt. Was ist denn passiert?«

»Gar nichts. Mit dem Wagen wurde keine Straftat begangen, seien Sie unbesorgt. Es geht darum, dass Sie den Dodge vorgestern jemandem geliehen haben.«

Paul Witt trat einen Schritt von Olivia weg und betrachtete sie mit Skepsis. »Darf ich das nicht?«

Olivia winkte ab, zog ihr Handy hervor, öffnete das Fotoalbum und klickte auf das Bild, das sie von Marvin gemacht hatte, als er in ihrer lächerlichen rosa Kochschürze in der Küche gestanden und mit feierlicher Ernsthaftigkeit eine Sauce béarnaise angerührt hatte. Sie zoomte auf sein Gesicht und streckte Witt das Handy entgegen.

»Haben Sie den Wagen diesem Mann hier geliehen?«

Witt musste nur einen kurzen Blick auf das Foto werfen. Sofort war seine Mimik mit Sorge erfüllt. »O Gott, sagen Sie jetzt bitte nicht, dass ihm was passiert ist! Er ist heute nicht zur Arbeit gekommen, wir telefonieren ihm seit Stunden hinterher. Keiner von uns konnte ihn erreichen, ein Kollege musste herkommen und seine Schicht übernehmen.«

»Dieser Mann arbeitet also hier im Park?«

»Klar, das ist unser bester Moderator. Immer pünktlich, immer gut drauf, das Publikum liebt ihn. Und dann kommt er einfach nicht, ist nicht zu erreichen, und das LKA taucht seinetwegen auf und stellt Fragen. Was ist denn passiert? Braucht er Hilfe?«

Olivia steckte ihr Handy wieder ein. »Ich kann Ihnen dazu keine Auskünfte geben. Können Sie mir bitte sagen, wo Ihr Kollege wohnt?«

Witt schloss kurz die Augen, bevor er Olivia mit ratlosem Blick ansah. »Er wohnt wohl irgendwo in Steglitz, aber genau weiß ich es nicht. Wir kennen uns nur von der Arbeit, bei ihm zu Hause war ich noch nie. Aber seine Adresse bekommen Sie von der Verwaltung, da kann ich gern für Sie anrufen.«

»Danke, das wäre nett. Sagen Sie mir bitte noch, wie der Mann heißt. Wir kennen ihn unter dem Namen Marvin Lorisch, ist das zutreffend?«

Paul Witt runzelte die Stirn. »Marvin? Nein, der heißt nicht Marvin. Er heißt Lennox.«

»Und hat er auch einen Nachnamen?« Olivia wurde unruhig.

»Klar! Er heißt Wardy. Lennox Wardy.«

KAPITEL 48

WARDY

Guck nicht so. Ich hätte mir auch gewünscht, dass es anders läuft.«

Simon schien seine Esther strafend von dem Foto her anzusehen. Obwohl er an ihrer Stelle auch nicht anders gehandelt hätte, sogar ganz sicher nicht. Auch er hätte es zunächst mit Appellen versucht, mit gutem Zureden und Verständnis. Immerhin war Lennox nun wirklich kein gewöhnlicher Mann, ganz davon abgesehen, dass nur er allein wusste, wo die sieben Jungs versteckt waren.

»Er hat gesagt, dass er mich nicht in die Sache hineinziehen wollte. Deswegen hat er das alles ohne mein Wissen geplant und hinter meinem Rücken durchgezogen. Und deswegen sagt er mir angeblich auch nicht, wo er diese armen Kinder versteckt hält. Ich glaube allerdings, er will sich damit eher absichern. Würde ich ihn verraten, dann sorgt er dafür, dass wir die Jungs niemals finden. Als ob ich das tun könnte, ihn verraten …«

Wardy hatte es sofort gewusst, ab dem Moment, als die erste Meldung durch die Presse gegangen war. Und wenn sie ehrlich zu sich war, dann hatte sie schon lange gespürt, dass es in Lennox brodelte. Dass er es nicht mehr lange aushalten würde, ohne endlich zu erfahren, was damals geschehen war. Dass er aber bereit und imstande war, dafür dermaßen tief in die Abgründe des Menschseins abzutauchen, damit hatte sie dann doch nicht gerechnet.

»Er glaubt wirklich, dass er das alles für mich tut. Er macht sich vor, dass ich nicht an meinem Krebs sterben will, ohne vorher noch zu erfahren, wer uns allen diese Sache damals angetan hat. Er geht davon aus, dass ich durch mein Eingreifen damals auch zum Opfer seines Entführers geworden bin. Simon, was soll ich denn tun? Ich weiß wirklich nicht, wie ich ihn stoppen kann, ohne das Leben der Jungs zu riskieren. Denn so viel ist sicher: Dieses Mal werde ich das Versteck nicht finden.«

Lennox würde nicht aufgeben, bevor er die Wahrheit kannte, Wardy wusste das ganz genau. Und mit jedem Tag, den sie tatenlos verstreichen ließ, rückte ihr unausweichliches Ende näher. Was, wenn Lennox die Antworten, die er zu erzwingen versuchte, bis zu ihrem Tod nicht bekommen würde? *Es scheint mir die einzige Chance zu sein, das hier schnell zu beenden. Wenn ich tot bin, dann gibt es keinen Grund mehr für ihn, die Kinder weiter festzuhalten*. Noch einmal sah Wardy das Bild von ihrem Simon an.

»Ich weiß, dass du nicht gutheißt, was ich jetzt tun muss. Aber ich habe das nun mal alles begonnen, und ich werde es jetzt auch beenden.« Sie griff die Tablettenschachtel und leerte deren Inhalt vollständig auf dem Tisch aus. »Selbsttötung ist nicht akzeptabel, ich kenne die Regeln. Aber ehrlich gesagt gehe ich lieber so, als dass ich in ein paar Wochen unter Schmerzen in einer Klinik verrecke.«

Wardy griff nach und nach sämtliche Tabletten vom Tisch, nahm das Wasserglas in die andere Hand und schloss die Augen. Da klingelte es an der Haustür. Wardy öffnete die Augen wieder und sah ihren Simon mit vorwurfsvollem Blick an.

»Das warst du, oder? Du willst mich wohl noch gar nicht bei dir haben.«

Sie warf die Tabletten in ihre Besteckschublade und wollte schon zur Tür gehen, als sie wieder einen dieser Krämpfe spürte. Sie ließ sich zurück auf den Küchenstuhl sinken, nahm einen

Schluck von dem Wasser und fokussierte sich. Es klingelte erneut, und dieses Mal gelang es Wardy, sich zu erheben und zur Tür zu gehen. Sie öffnete.

»Was machst du denn hier?« Wardy trat aus dem Haus und ging auf das Gartentor zu.

»Ich muss mit dir reden.« Emma sah Wardy aus großen Augen an. »Lennox geht es immer schlechter, er macht mir Sorgen.«

»Ich kann dazu nichts sagen, das muss er schon selbst tun.« Wardy öffnete das Tor und half Emma dabei, mit dem Rollstuhl die zwei Stufen zu überwinden, über die sie in den Hausflur gelangten.

»Ich glaube nicht, dass wir für solche Spiele Zeit haben. Was wolltest du mir neulich sagen, als du mich angerufen hast?«

Wardy winkte ab. »Ach, das war nichts.«

Sie wollte sich schon in Richtung Küche abwenden, als Emma nach ihrer Hand griff und sie kräftig drückte. Wardy sah Emma an und stellte fest, dass der Ausdruck unbedingter Entschlossenheit in ihrem Blick lag.

»Hör auf, mich zu verarschen, Esther! Denkst du, ich weiß nicht, dass Lennox mit diesen Morden und Entführungen zu tun hat? Ich liebe ihn, aber ich bin deswegen nicht blind. Er war ganz sicher noch nie einfach zu handhaben, aber seit diese Sache mit den sieben Jungs passiert ist, kann man es ja förmlich mit Händen greifen, dass er da mit drinsteckt. Also los jetzt, was weißt du? Wir müssen ihm helfen, irgendwie!«

Wardy schloss die Augen. Nach einigen Sekunden sah sie Emma wieder an und sagte in vollkommen verändertem Tonfall: »Du weißt doch genau, worum es ihm geht. Und das ist auch der Grund, weswegen ich dich gestern angerufen habe. Lennox will mit allen Mitteln die Wahrheit herausfinden, solange ich noch lebe. Und diese Zeit läuft ihm leider rasant davon. Es ist aber so, dass es Dinge gibt, die ich niemals irgendjemandem erzählt habe. Und wenn ich tot bin, dann nehme ich dieses Wissen mit in mein Grab. Zumindest war es eigentlich so geplant.«

Jetzt wurde auch Emma ganz ruhig.

»Eigentlich? Du hast mich also angerufen, weil du …« Sie beendete den Satz nicht, er verhallte in beklemmendem Schweigen.

Wardy legte ihre Hände auf Emmas Wangen. Jetzt funkelten ihre Augen wieder so, als wäre sie die freundliche Großmutter, die sie seit ihrer Pensionierung zu werden versucht hatte.

»Wenn ich dir erzähle, was ich bisher verschwiegen habe, dann wirst du damit zum Hüter eines Geheimnisses, das die Macht besitzt, noch weit größeres Leid anzurichten, als es mein Schweigen je getan hat. Du wirst Dinge erfahren, die deine Sicht auf die Welt verändern, und es gibt aus diesem Erkennen keinen Rückweg. Denkst du, du kannst diese Last tragen?«

»Du machst mir Angst.« Emma wurde blass.

»Du musst es entscheiden. Kannst du die Wahrheit ertragen, auch wenn sie furchtbar ist? Oder ziehst du die Ungewissheit vor? Wählst du den Feind, gegen den du kämpfen kannst, oder den Wind, den du niemals zu greifen bekommen wirst, der dir aber auch nichts anhaben kann?«

KAPITEL 49

OLIVIA

Sie hatte ein Stück von Wardys Haus entfernt geparkt und wollte schon aus ihrem Wagen steigen, als endlich der Anruf von Dennis einging. Olivia hatte ihren Kollegen über die neu gewonnenen Erkenntnisse informiert, noch bevor sie sich von den *Spree Studios* aus auf den Weg zu Esther Wardy gemacht hatte.

»Dennis, endlich! Leg los, was hast du rausgefunden?« Ihr Herz pochte wie wild, und sie war außer Atem, obwohl sie über zwanzig Minuten lang einfach nur am Steuer ihres Dienstwagens gesessen hatte.

»Sehr interessante Dinge! Lennox ist nicht Wardys leiblicher Sohn. Das hat mir Julius übrigens schon vor der Rückmeldung vom Standesamt aus seiner persönlichen Erinnerung heraus bestätigen können. Sie und ihr Mann hatten keine Kinder. Esther Wardy hat Lennox vor acht Jahren als Erwachsenen adoptiert.«

Olivia schloss die Augen, ohne es selbst zu bemerken. Die Bilder, die sich vor ihrem geistigen Auge abzeichneten, waren ohnehin interessanter als der Ausblick auf eine etwas spießige Nebenstraße in einem Berliner Randbezirk.

»Okay, das hat Severin mit Ferdinand vor ein paar Jahren auch gemacht. Eine Erwachsenenadoption geschieht meistens symbolisch oder aus erbrechtlichen Gründen. Manchmal werden damit auch einfach nur Adelstitel gekauft, aber in unserem Fall geht es vermutlich eher um die Symbolkraft. Wardy wollte Lennox als ihren Sohn annehmen, vermutlich als Zeichen der besonderen Nähe und Wertschätzung. Was hast du noch rausgefunden?«

»Vor der Adoption hieß er Lennox Schulz, und jetzt wird es interessant: Seine Vita vor der Adoption liest sich auffallend schlüssig und ist in weiten Teilen absolut nicht nachprüfbar. Seine Kindheit hat er *im Ausland* verbracht. Und das Stammbuch der Familie hilft uns nicht weiter, weil seine Eltern Marianne und Michael Schulz hießen, in Kambodscha gelebt haben und somit für unsere Behörden absolut nicht nachvollziehbar sind.«

Olivia war nicht überrascht. »Also eine fiktive Vita?«

Dennis zögerte nicht mit seiner Antwort. »Ich schätze schon! Das riecht nach Zeugenschutz. Wenn du mich fragst, *Lennox Schulz* ist eine Erfindung des BKA.«

Olivia hatte es bereits vermutet. Doch an dem, was zuvor schon mehr als naheliegend erschienen war, konnte es nach diesen Erkenntnissen keinen Zweifel mehr geben.

»Lennox ist entweder Karl oder Kai. Das ergibt absolut Sinn! Esther Wardy hat die Jungs damals gerettet. Und sie hat sich danach darum gekümmert, dass niemand sie finden kann. Offensichtlich haben die drei aber immer Kontakt zueinander gehalten. Später hat sie dann einen der beiden sogar noch adoptiert.«

»Aber warum sollte sie denn nur einen der beiden als Sohn annehmen?«

Olivia musste nicht lange überlegen. »Weil es schon ziemlich auffällig gewesen wäre, wenn sie plötzlich eineiige Zwillinge gehabt hätte. Der Kerl, der die Jungs damals entführt hat, hätte nur eins und eins zusammenzählen müssen. Das hätte Karl und Kai in Gefahr gebracht. Und deswegen wollte sie mir auch nicht helfen. Sie schützt die Zwillinge bis heute! Danke, Dennis, ich melde mich später!« Sie beendete das Telefonat.

Olivias Blick richtete sich nun auf das Anwesen von Esther Wardy. Sie glaubte zu erkennen, dass Licht im Flur brannte. Wardy schien zu Hause zu sein. Doch was würde Olivia wohl hinter dieser Tür erwarten, wenn sie die Frau, die anscheinend zwanzig Jahre damit zugebracht hatte, Karl und Kai zu schützen, jetzt mit ihren Erkenntnissen konfrontierte? Immerhin handelte es sich um niemand Geringeren als um *Lady Firehand*, und dass Lennox hinter den Morden und Entführungen steckte, konnte Wardy ja auch nicht ernsthaft entgangen sein. Vielleicht hing sie sogar in der Sache mit drin, immerhin waren die Mordopfer gewissenlose Kinderquäler gewesen, und Wardy hatte schon zu Zeiten ihrer Tätigkeit beim LKA wenig Gnade mit solchen Menschen gezeigt.

Olivia zog ihre Dienstwaffe aus dem Holster und vergewisserte sich, dass diese durchgeladen und gesichert war. *Was für Geheimnisse verbirgst du noch, Esther?* Gerade als Olivia aussteigen wollte, klingelte ihr Handy erneut. In Erwartung weiterer Rechercheergebnisse ihrer Kollegen griff sie das Telefon und erschrak, als sie das Foto des Anrufers auf dem Display sah. Sie sammelte sich wieder und holte tief Luft, bevor sie den Anruf so gelassen wie möglich entgegennahm.

»Marvin?« Es bereitete Olivia Mühe, sich nichts anmerken zu lassen.

»Na, meine sexy Polizistin, wie läuft's denn mit der Verbrecherjagd?«

Marvin klang so sorglos und freundlich wie immer. Konnte es wirklich sein, dass er darauf spekulierte, bislang noch nicht enttarnt worden zu sein? Ja, Olivia hatte Paul Witt mit Nachdruck darauf hingewiesen, dass er Lennox unter keinen Umständen über ihren Besuch informieren oder ihn sonst irgendwie warnen durfte, doch die Solidaritätsregeln einer Männerfreundschaft zu unterschätzen wäre mehr als töricht von ihr gewesen. *Mitspielen. Einfach mitspielen!*

»Muffi, ich bin voll im Stress. Warum war denn dein Handy die ganze Zeit aus?«

Marvin lachte auf. »Weil ich Vollpfosten dachte, ich hätte es über Nacht aufgeladen. Dafür wäre es aber gut gewesen, wenn ich das Ladekabel nicht nur ins Handy, sondern auch noch in die Steckdose gesteckt hätte. Und was ist bei dir los? Hast du denn deinen Killer inzwischen geschnappt? Der Champagner steht schon kalt.«

Wie weit wird er das Spiel wohl noch treiben?

»Hör bloß auf! Die Kollegen können seine Aktivitäten im Darknet nicht zurückverfolgen. Die Spur führt wohl leider auch schon wieder ins Leere. Ich schätze, den Champagner kannst du wieder aus dem Kühlschrank nehmen. Kommst du nachher zu mir? Ich brauche Trost.«

Ihre eigenen Worte verursachten Olivia eine Gänsehaut. Und diese legte sich auch nicht, als Marvin erwiderte: »Sehr gern sogar! Ich kann auch jetzt schon zu dir fahren und was Leckeres kochen. Dann steht schon alles auf dem Tisch, wenn du kommst.«

Warum nicht? Den Versuch ist es wert. Das Empfangskomitee wird dir allerdings nicht gefallen, Muffi!

»Super Idee, du bist mein Held! Wann willst du denn bei mir sein? Damit ich mich zeitlich drauf einrichten kann.«

»Ich muss halt noch einkaufen. In etwa einer Stunde bin ich bei dir und koche dann mindestens noch mal eine Stunde. Also weißt du ja, wann du zu Hause sein musst!«

Die beiden beendeten das Telefonat. Olivia lehnte sich in ihrem Autositz zurück. Wie lächerlich es ihr auf einmal vorkam, dass sie sich vor dem Einschlafen ernsthaft vorgestellt hatte, wie sie Marvin irgendwann, in nicht allzu ferner Zukunft, ins Ohr flüstern würde, dass sie ein Kind von ihm erwartete. Wie sie sich seine Freude vorgestellt hatte und mit einem beseelten Gefühl von Glück eingeschlafen war. *Nicht jetzt. Damit kannst du dich quälen, wenn das hier vorbei ist.* Olivia sah erneut zu Wardys

Haus hinüber. Wäre es immer noch eine gute Idee, sie jetzt mit ihren neuen Erkenntnissen zu konfrontieren? Die Pferde scheu zu machen und sich vielleicht sogar in Gefahr zu bringen? Oder würde sie zunächst abwarten, ob Marvin wirklich so dumm wäre, ihr von selbst in die Falle zu tappen? Obwohl, er hieß ja gar nicht Marvin, sondern Lennox. Und um ehrlich zu sein, hatte er am Telefon in keiner Weise irgendwie anders als sonst gewirkt. Fast so, als wisse er überhaupt nicht, was eigentlich los war. Entweder, er war ein grandioser Schauspieler, oder …

»Ach du Scheiße!« Olivia riss die Augen auf und fasste sich an den Kopf.

Warum kam sie erst jetzt darauf? Es war doch im Grunde komplett offensichtlich! *Marvin und Lennox sind zwei verschiedene Personen. Einer ist Karl, der andere ist Kai. Marvins Aufgabe war es, über mich Severin ins Spiel zu bringen. Aber hat er auch mit den Verbrechen zu tun? Er ist nicht verpflichtet, seinen Bruder anzuzeigen. Wer von den beiden ist der, den ich brauche, wenn ich die Jungs finden will?* Olivia sah noch einmal zu Wardys Haus hinüber.

»Vollkommen egal! Um absolut sicherzugehen, dass ich den Richtigen schnappe, brauche ich sie beide …«

KAPITEL 50

FERDINAND

Die Jungs hatten während ihrer Gefangenschaft so ziemlich alles ausprobiert, was möglich war. Doch dem Verlies aus massivem Beton waren sie nicht entkommen. Jetzt jedoch war Ferdinand aufgetaucht, und mit ihm der Schlüssel zu einem Nebenraum, von dessen Existenz die Kinder bis dahin noch gar nichts gewusst hatten und der neue Möglichkeiten bot, möglicherweise doch noch einen Weg aus diesem nasskalten Betonkerker heraus zu finden.

»Keine Fenster, kein Lüftungsschacht.« Ferdinand hatte die Mauern einer eingehenden Überprüfung unterzogen. »Vor den Rohren sind zwar keine Gitter, aber die sind viel zu schmal, als dass einer von uns da durchpassen würde. Bleibt nur die Tür.«

Ferdinand trat einen Schritt näher an den mutmaßlichen Ausgang heran und musterte dessen Verarbeitung.

»Wir haben schon die andere Tür nicht aufbekommen.« Justin hatte sich zu Ferdinand gestellt und folgte seinen prüfenden Blicken. »Die Teile sind so stabil wie Tresortüren.«

»Das ist ja das Interessante daran.« Ferdinand fuhr mit der Hand über das Türblatt. »Das ist Metall, und der Rahmen ist abgedichtet. Es gibt keine Deckenlampen, wir sitzen auf knallhartem Beton, und Sauerstoff kommt hier nur über diese ganzen Rohre rein, die anscheinend überhaupt keinen baulichen Sinn ergeben. Dazu kommt, dass die Deckenhöhe ziemlich niedrig ist. Was ist denn das bitte für ein Bauwerk, in dem wir hier sitzen?«

Justin sah zu Felix, der ihm zunickte.

»Wir glauben, dass das hier ein Militärgelände ist. Vermutlich ein Bunker oder irgendwas zum Testen von Sprengstoff.«

Ferdinand wandte sich zu Justin um und sah ihn mit Fragezeichen in den Augen an. »Das ist eine ebenso überraschend konkrete wie unerwartete Vermutung. Zumal ich hier nirgendwo auch nur einen einzigen Einschuss an den Wänden sehen kann. Wie kommt ihr darauf?«

Felix verschränkte die Arme vor der Brust. »Die schießen hier. Jeden Tag.«

»Was redet ihr da? Wer schießt hier?«

»Wir hören es nur leise, die Mauern sind wohl total dick. Aber mindestens ein Mal am Tag kommen Geräusche von Schüssen und Sprengungen durch den Beton durch.«

Konnte es sein, dass das hier ein Bunker unter einem Truppenübungsplatz der Bundeswehr war? Es wäre nicht einmal ein schlechtes Versteck, zumindest aus Sicht des Entführers. Wenn er beispielsweise Soldat war und aus welchem Grund auch immer alleinigen Zugriff auf den Bunker hatte, dann konnte er seine Opfer da verstecken, wo sie garantiert niemand suchen würde. Direkt unter den Füßen Hunderter Soldaten.

»Wann hört ihr denn diese Schüsse, und wie lange dauern sie an?«

Felix ergriff das Wort: »Das geht immer so ungefähr eine halbe Stunde. Meistens ein Mal am Tag, aber gelegentlich auch zwei Mal.«

»Was zur Hölle …« Ferdinand hob seine Hände und schloss die Augen. »Das scheint sich alles zu einem schlüssigen Bild zusammenzufügen.«

Schlagartig kam Unruhe auf. Alle sieben Jungs traten näher an Ferdinand heran und warfen ihm durcheinander ihre Fragen zu.

»Alter, was ist los?« Felix sah Ferdinand an, als wolle er gleich auf ihn losgehen. »Wenn du was weißt, dann sag's!«

Ferdinand betrachtete erneut die Wände und Rohre. »Diese Tür ist dazu gebaut worden, einem enormen Druck standhalten zu können. Die bekommen wir niemals auf. Dann Schüsse, aber nur ein Mal am Tag. Ich bin mir sicher, dass ich alle Informationen habe, die ich benötige, um zu wissen, wo wir sind. Aber es will sich mir einfach nicht zeigen.« Damit ließ er sich auf den Boden sinken und verbarg das Gesicht unter seinen Händen. »Lasst mich denken. Bitte, lasst mich einfach denken.«

KAPITEL 51

LENNOX

»Da bist du ja, ich habe die ganze Zeit versucht, dich zu erreichen! Wir hatten den Park voll mit Leuten, du musst dich doch melden, wenn was ist!«

Lennox schrak auf und sah ruckartig in die Richtung, aus der die Worte gekommen waren. Cordula Gerster stand in der Tür des Management-Büros und stützte mit vorwurfsvollem Blick ihre Hände in die Hüften.

»Ich stecke in Schwierigkeiten, und da habe ich keine Zeit, dir irgendwelche Erklärungen abzugeben!«

Gerster sah mit prüfenden Blicken an Lennox auf und ab. »Was denn für Schwierigkeiten? Die Polizei war vorhin im Park, hast du vielleicht was damit zu tun?«

Lennox riss die Augen auf. »Im Ernst? Wer denn?«

Gerster trat in das Büro, das sie sich mit zwei weiteren Mitgliedern des Parkmanagements teilen musste, und nahm auf ihrem knarzenden Schreibtischstuhl Platz. »Da war eine Frau vom LKA. Holzmann oder so. Sie wollte mit Paul reden.«

Lennox ballte die Hände zu Fäusten. »Diese verfluchte Karre, natürlich!«

Gerster zog ihre linke Augenbraue hoch und sah Lennox an, als sei er ihr Schüler. »Was suchst du hier eigentlich in meinem Büro?«

Warum hatte diese verblödete Kuh ausgerechnet jetzt in diesen stickigen Container kommen müssen? Lennox spürte, wie sich seine Muskulatur anspannte, während mehr und mehr Adrenalin in seine Blutbahn schoss. Olivias blindes Vertrauen zu ihrem *Muffi* war ihm ein erstklassiger Komplize gewesen, doch Lennox war auch klar gewesen, dass diese Scharade nicht ewig weitergehen konnte. Marvins Tarnung war ganz offensichtlich aufgeflogen, denn wenn Olivia die Spur des Dodge aufgenommen hatte, dann konnte das nur eins bedeuten: Sie hatte herausgefunden, wer der Spion in ihrem Bett gewesen war. Sehr bald würde sie das Spiel durchschaut haben, und dann bestand kein Grund mehr für das LKA, den alten Fall noch aufzuklären. *Und das ist eine sehr schlechte Nachricht für die Jungs.*

»Ich brauche den Schlüssel zum Technikkeller. Hast du den etwa bei dir?« Er starrte Gerster mit festem Blick an.

»Ich habe alle Schlüssel immer bei mir. Für den Technikkeller habe ich einen, und Paul hat auch noch einen. Aber wozu brauchst du den denn? Du bist doch gar nicht befugt, da reinzugehen.«

Ich bin nicht befugt? Sorry, aber um mich mit deinem Ich bin hier der Boss zu nerven, ist es definitiv der falsche Zeitpunkt!

Lennox trat ganz langsam näher an Gerster heran. »So was ist wichtig für dich, oder? Wer zu etwas befugt ist und wer nicht. Aber natürlich nur dann, wenn du befugt bist – und die anderen es nicht sind. Wie oft hast du mir schon irgendwelche Anweisungen gegeben, zu denen du gar nicht *befugt* warst? *Zwei Zuschauer haben heute Hochzeitstag, weise vor der Stuntshow doch bitte das Publikum darauf hin!* Genau, weil viertausend Menschen liebend gern noch länger auf den Start der Show warten wollen, damit sie erfahren, dass *Gabi und Harald aus dem Bayerischen Wald* was zu feiern haben. *Lennox, du musst immer eine Stunde vor der ersten Show auf dem Gelände sein.* Weil der Auftraggeber entscheidet, was der selbständige Dienstleister in seiner Freizeit zu machen hat?«

Er war jetzt ganz nah an sie herangekommen. So nah, dass Gerster sich in ihre Stuhllehne zu vergraben versuchte.

»Was ist denn los mit dir?« Sie stotterte.

Lennox holte tief Luft, streckte sein Kreuz durch und baute sich breitschultrig vor Cordula Gerster auf. »Heute ist ein Tag der Entscheidungen. Heute geht es um Leben und Tod. Es ist eine Menge schiefgelaufen, und es wird noch einiges mehr schieflaufen. Genau deswegen brauche ich den Schlüssel zum Technikkeller. Jetzt!«

»Aber …«

Lennox unterbrach sofort. »An deiner Stelle würde ich mich jetzt nicht weiter provozieren. Du bist dumm, komplexbeladen, inkompetent und die Pest am Arsch der gesamten Belegschaft. Ich weiß nicht, ob ich den heutigen Tag überleben werde, und es ist mir auch vollkommen gleichgültig. Aber wenn du am Leben bleiben willst, dann gibst du mir jetzt den Schlüssel!«

Wortlos und mit zittriger Hand griff Gerster nach dem übermäßig großen Bund, das sie an ihrem Gürtel trug. Mit glasigem Blick suchte sie den passenden Schlüssel heraus.

»Was hast du denn vor?« Sie hauchte ihre Worte nur noch heiser.

Lennox wandte sich zur Tür um. Er war um diese Zeit hergekommen, weil er wusste, dass der Container jetzt üblicherweise leer war. Gerster machte ihre letzte große Runde über das Gelände, und ihre Kollegen aus der Buchhaltung hatten so kurz vor Schließung der *Spree Studios* schon Feierabend.

»Kannst du dich noch an die Gruppe aus Eriwan erinnern?« Er sah Gerster mit einem bohrenden Blick an.

»Ich, äh, warum?« Ihr Stuhl knarzte immer stärker, je tiefer sie sich in die Lehne zurückbeugte.

»Ich habe sie als Kandidaten für das Filmtierquiz genommen. Wie du es wolltest, und obwohl du mir gegenüber nicht zur Weisung *befugt* bist. Und obwohl ich dir auf Grundlage meiner jahrelangen Berufserfahrung vorher gesagt habe, dass das nicht funktionieren kann, weil ich alle anderen Zuschauer damit ausschließe. Und weißt du, was passiert ist? Die anderen Zuschauer haben sich ausgeschlossen gefühlt! Sie sind scharenweise während der Show von der Tribüne aufgestanden und aus dem Studio gegangen. Was die Filmtiere so verwirrt hat, dass sie alle nicht gemacht haben, was sie sollten. Die Show, an der du herumgefummelt hast wie ein Idiot an einem Uhrwerk, war absolut beschissen. Ein echter Albtraum! Und ich hatte es dir prophezeit. Vorher!«

Er steckte den Schlüssel in seine Hosentasche und trat einen kleinen Schritt von Cordula Gerster zurück. Dann spitzte er seine Lippen und begann eine Melodie zu pfeifen.

Kisses for me, save all your kisses for me.

»Lennox …« Gerster war ganz blass geworden. »Was zur Hölle ist denn passiert? Und warum sucht dich das LKA?«

Lennox spürte, wie das Adrenalin ihn sich leicht fühlen ließ. Ein Gefühl, das er nicht oft spürte. Auf diese seligen Minuten befreit von Angst, Sorge und Schmerz hin lächelte er vorfreudig, denn er wusste, dass ab jetzt ohnehin nichts mehr zählte. Nur noch das eine, nur noch diese letzte Antwort.

»Du willst wissen, warum mich das LKA sucht? Ja, das interessiert dich, oder? Aber bevor ich darauf antworte, habe ich erst noch etwas anzusagen: Wir haben heute Gabi und Harald aus dem Bayerischen Wald zu Besuch. Sie feiern ihre Silberhochzeit.«

Dann griff er den schweren Locher vom Tisch und schlug zu.

KAPITEL 52

OLIVIA

»Wie ist die Lage vor dem Haus?« Olivia spähte vorsichtig durch die Lamellen ihrer Jalousien aus dem Fenster des Schlafzimmers im Obergeschoss.

»Alles ruhig. Nur ein paar Anwohner, aber kein Fahrzeug in Sicht.«

Es hatte alles sehr schnell gehen müssen. Olivia hatte sich sofort nach Marvins Anruf auf den Weg zu ihrem Haus gemacht und noch während der Fahrt mit Julius Kern telefoniert. Dieser hatte seinerseits unverzüglich mit Staatsanwalt Carl vom Stein gesprochen. Es war erwiesen, dass der Mann, der sich Olivia gegenüber *Marvin Lorisch* genannt hatte, in direkter Verbindung zu Esther Wardy stand. Ebenfalls war unstrittig, dass er sich vor den Morden und Entführungen unter Angabe einer fiktiven Identität Olivias Vertrauen erschlichen und sie dazu manipuliert hatte, Severin Boesherz in die Ermittlungen einzubeziehen. Dass er von Olivias Haus aus mit illegalen Aktivitäten im Darknet aktiv gewesen war, ließ sich zwar noch immer nicht beweisen, doch die Verdachtslage hatte ausgereicht, um einen Haftbefehl zu erwirken, der zunächst auf *Lennox Wardy* ausgestellt war. Doch selbst wenn die Beamten, die gerade auf Marvins Eintreffen in Olivias Haus warteten, nur Lennox' Zwilling fassen würden, konnten sie ihn zur Feststellung seiner Identität mit ins LKA nehmen.

»Es ist nicht deine Schuld.« Dennis Baum saß mit seiner kugelsicheren Weste auf dem geblümten Sessel, der gegenüber von

Olivias Bett stand und ihr üblicherweise als nächtliche Kleiderablage diente.

»Was ist nicht meine Schuld?« Sie trat wieder vom Fenster weg.

»Wir alle wären drauf reingefallen, das ist menschlich. Wenn ich eine kluge, sympathische und verdammt attraktive Frau treffen würde, die mir gutes Essen macht und sich für mein Leben interessiert, dann wäre mein Verstand auch abgeschaltet. Mach dir bloß keine Vorhaltungen deswegen, es war allein seine Schuld.«

Olivia wollte schon reflexartig behaupten, dass sie sich gar keine Vorhaltungen machte, doch selbstverständlich wäre das gelogen gewesen, und Dennis hätte das auch gewusst.

»Es ist gar nicht so sehr die Enttäuschung darüber, dass ich meinen Traummann schon wieder nicht gefunden habe. Das war die ganze Zeit über so perfekt, dass etwas in mir sowieso immer gedacht hat, dass es gar nicht wahr sein kann. Und ein bisschen schwach habe ich mich ihm gegenüber auch immer gefühlt. Es kam mir so vor, als ob ich überhaupt nicht gut genug für ihn wäre. Die Angst davor, dass er das bald merken und sich eine Bessere suchen würde, hat das Glücksgefühl die meiste Zeit über wieder ausgeglichen.«

»Was ist es denn dann, worüber du nachdenkst?«

»Ich glaube, es ist die Scham darüber, verarscht worden zu sein und es einfach nicht gemerkt zu haben. Die ganze Zeit über war ich nur ein Werkzeug, das er benutzt hat, um endlich seinen Entführer von vor zwanzig Jahren in die Finger zu bekommen. Und damit nicht genug! Er hat ja nicht einmal darauf vertraut, dass ich das schaffen werde, sondern mich nur benutzt, damit ich Severin um Hilfe bitte. Jedes einzelne Mal, wenn er mich gestreichelt, geküsst oder mit mir geschlafen hat, hat er einfach nur seinen Job gemacht. Um mich als seine Marionette funktionsfähig zu halten. Das ist so entwürdigend. Dennis, ich habe diesem Typen meine tiefsten Gefühle und Sehnsüchte offenbart. Arm in Arm im Bett, an ihn angekuschelt und in bedingungslosem Vertrauen. Er kennt meine Ängste, meine Träume und Schwachstellen. Ich komme mir so dumm und schmutzig vor. So als wäre ich auf einen Heiratsschwindler reingefallen. Wie soll ich denn andere Menschen vor Verbrechern und Mördern schützen, wenn ich selbst auf sie reinfalle, sobald sie mir nette Dinge sagen und mir was zu essen kochen?«

Dennis sah Olivia einige Sekunden lang verständnisvoll und mit Wärme im Blick an, bevor er erwiderte: »Liebe macht uns nun mal verwundbar. Weil sie es erforderlich macht, dass wir für sie unseren Schutzpanzer fallen lassen. Streng genommen ist Liebe das Schlimmste, was uns passieren kann. Wer liebt, der rennt, ohne nachzudenken, in ein brennendes Haus, obwohl er draußen in Sicherheit wäre. Wer liebt, der offenbart Geheimnisse und Wünsche, die man jederzeit gegen ihn verwenden könnte. Er gibt, ohne zu nehmen, und er verzeiht Dinge, die eigentlich unverzeihlich sind. Ganz ehrlich, einem Außerirdischen würde ich nicht erklären können, warum Menschen sich diesem Gefühl immer wieder hingeben. Lieben ist von außen betrachtet das Dümmste, was man tun kann. Das ist, als würde man ohne Fallschirm aus einem Flugzeug springen. Man weiß, dass der Aufprall kommen wird, aber man nimmt ihn trotzdem in Kauf, um bis dahin das Hochgefühl des Adrenalinkicks zu genießen.«

Olivia musste für die Dauer eines Wimpernschlags schmunzeln, wenn ihr eigentlich auch so gar nicht danach zumute war. Sie kannte Dennis schon seit vielen Jahren, doch selten hatte sie ihn so vertraut und geradezu väterlich erlebt. Der bullige Kerl aus dem Fitnessstudio, dem bei einem Einsatz mit Julius Kern vor vielen Jahren ein Teil seines Ohres weggeschossen worden war, schien nach den vielen Jahren in einem Beruf, der einen die Menschen wie das Leben lehrte, tatsächlich angekommen zu sein. *Was auch immer das für ein Ort sein mag, den man meint, wenn man sagt, dass jemand angekommen ist.*

»Fahrzeug nähert sich von Süden«, klang es aus dem Funkgerät.

Olivia sah zu Dennis, der sich wortlos mit einer schnellen Bewegung in den Hausflur zurückzog. Sie selbst griff ihr Funkgerät und antwortete dem Kollegen, der in Zivilkleidung und in Begleitung eines Hundes auf einer gegenüber ihres Hauses gelegenen Parkbank saß und vorgab, ein Buch zu lesen.

»Was für ein Auto ist es?«

»Ein weißer Citroën 2CV mit Berliner Kennzeichen.«

Olivias Herzschlag beschleunigte sich. Das war eindeutig Marvins *Ente!* Gut möglich, kam es ihr in den Sinn, dass er sich diesen Wagen auch eigens für seine Undercoveraktion zugelegt hatte. Wer würde schon einem attraktiven Mann wie ihm widerstehen können, wenn er neben allem, was ihn auszeichnete, auch noch einen so liebevoll sympathischen Oldtimer fuhr?

»Okay, das ist er. Lasst ihn erst mal ganz normal ins Haus gehen, wir dürfen keine Schießerei auf der Straße riskieren. Sichert dann die Fluchtwege, Dennis und ich schnappen ihn uns hier drinnen.«

»Verstanden!«

Dann trat Funkstille ein. Olivia schlich an Dennis vorbei in ihr Badezimmer und warf einen Blick aus dem Fenster, das nach hinten zum Garten hinaus lag. Der Kollege, der diesen Fluchtweg sicherte, war auf seiner Position.

»Wir warten, bis er die Schuhe ausgezogen hat und in der Küche ist«, flüsterte Olivia Dennis zu. »Da sitzt er in der Falle, außerdem flieht es sich auf Socken nicht so gut.«

Da, das Geräusch eines Schlüssels, der ins Schloss geführt

und herumgedreht wurde. Olivia und Dennis zogen ihre Waffen, entsicherten sie und verfielen unverzüglich in Schweigen. Die Tür wurde geöffnet, und Schritte erklangen im Flur. Olivia wartete darauf, dass Marvin hörbar seine Schuhe ausziehen und seine Jacke aufhängen würde, doch nichts davon war zu vernehmen. Stattdessen setzte sich das Geräusch der Schritte so lange fort, bis sich Marvin anscheinend nicht mehr bewegte. Olivia und Dennis sahen einander verwundert an. Schließlich deutete Olivia ihrem Kollegen an, dass sie eine Idee hatte. Sie steckte ihre Waffe in das Holster zurück und trat an das Geländer zum Erdgeschoss.

»Muffi, bist du da?« Ihr Ruf klang fast liebevoll. »Erschrick bitte nicht, ich bin schon früher nach Hause gefahren!«

Damit ging sie sicheren Schrittes die Treppe nach unten und strebte zügig auf die Küche zu. Kurz bevor sie Marvin erreicht haben würde, sagte sie noch: »Wundere dich bitte nicht über meine Aufmachung. Ich war bei einem Einsatz, deswegen trage ich diese Rüstung. Hast du …« Olivia brach ihren Satz ab.

Sie hatte die Küche erreicht, doch was sie nun sah, verschlug ihr die Sprache. Sie sah ihrem Gegenüber mit Ratlosigkeit in die Augen, doch als sie gerade dazu ansetzen wollte, etwas zu fragen, ertönte auch schon das Poltern von Dennis, der die Treppe nach unten lief, gefolgt von seinem schallenden Ruf: »Polizei! Nehmen Sie die Hände hoch und gehen Sie runter auf den Boden!«

KAPITEL 53

Schon gut, Dennis. Alles okay!« Olivia deutete ihrem Kollegen mit einer Geste an, dass er seine Waffe senken solle, bevor sie den jungen Mann, der mit schlottrigen Knien vor ihr stand, mit strengem Blick ansah. »Wer sind Sie, und was machen Sie in meinem Haus?«

Der höchstens neunzehnjährige Junge, der Dennis blass und mit aufgerissenen Augen anstarrte, hatte seine Arme hochgerissen und war unverzüglich auf die Knie gesunken.

»Bitte nicht schießen, Lennox schickt mich! Er hat mir den Schlüssel und sein Auto gegeben.«

Olivia atmete tief aus, verdrehte die Augen und griff ihr Funkgerät.

»Wir haben den Falschen, Einsatz abbrechen.« Dann wandte sie sich dem Teenager zu. »Also gut, dann erzähl mal: Was ist hier los, und wer bist du?«

Sie reichte dem Jungen die Hand, die er nach kurzem Zögern ergriff. Während sie dem Unbekannten von den Küchenfliesen aufhalf, steckte Dennis seine Pistole ins Holster zurück und verschränkte mit strengem Blick die Arme vor der angespannten Brust.

»Ich heiße Luca Wolf, ich jobbe an den Wochenenden in den *Spree Studios*. Ich verkaufe da Getränke und Popcorn. Lennox ist einer unserer Moderatoren, daher kennen wir uns. Er kommt in den Showpausen manchmal vorbei, und dann plaudern wir immer ein bisschen. Er hat mir fünfzig Euro dafür gegeben, dass ich herkomme.«

Olivia begann zu verstehen. Nachdem sie Marvin am Morgen verraten hatte, dass sie ihm dicht auf den Fersen war, hatte er zunächst sein Handy deaktiviert. Schließlich hatte er aber wohl herausfinden wollen, ob er denn nun zwischenzeitlich aufgeflogen war. Um dies zu testen, hatte er Olivia mit seinem Anruf die Möglichkeit eingeräumt, ihm eine Falle zu stellen. Danach hatte er nur noch einen arglosen Abiturienten, der neben seiner Haarfarbe auch in etwa seine Größe und Statur hatte, als Köder vorschicken müssen, um herauszufinden, ob sie ihm auf die Schliche gekommen war. *Okay, das läuft ja alles ganz super! Aber es ist immer noch nicht zu spät!*

»Wo ist Lennox jetzt?« Sie sah den Schüler streng, aber ohne Feindseligkeit an.

»Also, seinen Wagen hat er mir kurz vor Feierabend in den *Spree Studios* gegeben. Vielleicht ist er da noch, keine Ahnung. Sind Sie Frau Holzmann?«

»Ja, das bin ich. Hat er was über mich gesagt, als er dich hergeschickt hat?«

Der Junge nickte verunsichert. »Er hat gesagt, dass ich ihn anrufen soll, wenn ich in Ihrer Wohnung bin. Und dass ich das Handy dann Ihnen geben soll, falls ich Sie antreffe.«

Olivia wägte kurz die Lage ab.

»Also gut, wie du wohl mitbekommen hast, ist das hier ein Polizeieinsatz. Du wirst ihn jetzt anrufen und sagen, dass ich nicht zu Hause bin. Und dass dir hier nichts Besonderes aufgefallen ist. Dann fragst du ihn, wo er ist. Damit du ihm sein Auto zurückbringen kannst.«

Der Blick des Schülers wandelte sich, als hätte er Olivia das Geständnis zu machen, dass er soeben die Vase aus dem Erbe ihrer Großmutter mit einem Fußball zerschossen hatte.

»Das geht leider nicht …« Seine Stimme wurde heiser und brüchig, auch sein Blick wich immer wieder verschämt aus.

Jetzt meldete sich Dennis zu Wort, indem er mit forscher Stimme fragte: »Warum geht das nicht? Wenn du hier einen auf *Kumpels belügt man nicht* machen willst, dann bist du wegen Beihilfe dran!«

Der Junge wirkte, als wolle er am liebsten weinen, die ganze Situation schien ihn vollkommen zu überfordern. Mit zittriger Hand griff er langsam und ohne ruckartige Bewegungen in seine Hosentasche, in der erkennbar nur sein Mobiltelefon steckte. Unter aufmerksamer Beobachtung von Olivia und Dennis zog er es hervor und streckte es den beiden Beamten entgegen, während er fast schon flehentlich sagte: »Es geht nicht, weil er mir gesagt hat, dass ich die Verbindung schon herstellen soll, bevor ich ins Haus reingehe. Er hat alles mitgehört.«

Olivia sah zu Dennis, dessen Blick keiner Auslegung bedurfte. Sie holte tief Luft, sammelte sich und griff das Handy aus der Hand des Jungen.

»Also gut, dann jetzt eben mit offenen Karten. Was willst du mir sagen, Marvin? Oder Lennox, was weiß ich.«

Für eine Sekunde war nur schweres Atmen am anderen Ende der Verbindung zu hören. Dann erklang die Stimme, die Olivia bislang stets Wohlgefühle bereitet hatte und die in ihr jetzt nur noch Scham und Abscheu hervorrief: »Ich heiße Karl, aber das hast du ja bestimmt inzwischen herausgefunden. Überhaupt, du beginnst anscheinend langsam, das alles hier zu verstehen. Den großen Zusammenhang, das Spiel von Ursache und Wirkung. Ich bin die Wirkung. Aber wie dir wohl längst klar geworden ist, geht es hier um die Ursache. Ich habe die sieben Jungs, und ich habe Ferdinand Boesherz. Nachdem du jetzt aber weißt, wer ich bin, habe ich meine Tarnung verloren. Und das bedeutet, dass es mir jetzt bedauerlicherweise an jeglicher Zeit fehlt!«

Olivia schloss die Augen und senkte den Kopf. »Also los, was willst du?«

»Ich werde jetzt einen Hebel betätigen. Danach haben die Jungs noch maximal zwei Stunden zu leben, bevor sie jämmerlich verrecken. Ich gehe jetzt All-in, alles oder nichts! In zwei Stunden muss dein genialer Boesherz herausgefunden haben, wer mich und Kai vor zwanzig Jahren entführt und unsere wundervollen Eltern ermordet hat. Mich kannst du haben, ich beabsichtige nicht zu fliehen. Es geht ab jetzt nur noch um die acht Jungs. Löst dieses Rätsel jetzt nach zwanzig Jahren innerhalb von zwei Stunden – oder lasst acht Unschuldige krepieren.«

KAPITEL 54

Was machen wir denn jetzt?« Dennis sah Olivia mit besorgter Miene an.

Sie hatten den Schüler mit ihren Kollegen ins LKA geschickt, damit der junge Mann auf dem Revier seine Aussage machen konnte. Für Olivia und Dennis hingegen galt es jetzt, schnelle Antworten auf wesentliche Fragen zu finden.

»Severin geht weder an sein Handy noch an sein Festnetz. Mail und WhatsApp beantwortet er auch nicht. Und offen gestanden glaube ich kaum, dass er sich zurückmelden wird.« Olivia tippte noch immer wild auf ihrem Smartphone herum.

»Wie konntest du es denn bitte für dich behalten, dass Severins Sohn entführt worden ist?« Dennis hatte selten so streng geklungen.

Olivia machte eine Bewegung, die gleichermaßen abweisend und hilflos wirkte.

»Ich weiß es ja selbst, das war gegen jede Vorschrift. Aber Marvin, oder wie dieser Typ auch immer heißt, spielt ja auch nicht nach den Regeln. Und als Adoptivsohn von Esther Wardy weiß er genug über unsere Arbeit, dass wir ihn nur schnappen können, wenn wir uns anders verhalten, als er es erwartet. Er ist fest davon ausgegangen, dass Ferdis Entführung Severin in den Ring zwingen wird. Und genau das hat er nicht bekommen!«

»Alter, das ist doch total krank!« Dennis trug Abscheu im Blick. »Severin lässt aus taktischen Erwägungen seinen eigenen Sohn hängen? Was zur Hölle ist denn bitte mit ihm los?«

»Ich bin mir sicher, dass er irgendwas plant. Ich habe nur ein bisschen Angst vor dem, was es ist. Severin bildet sich ernsthaft ein, dass ich diesen Fall allein lösen kann, aber wie soll ich denn innerhalb von zwei Stunden …« Sie brach ihren Satz ab, nur angespannte Stille stand jetzt im Raum.

»Wenn sich dein Marvin so sicher ist, dass du den alten Fall in zwei Stunden lösen kannst, dann nimmt er vielleicht an, dass du etwas weißt, das du nur noch nicht richtig ausgewertet hast«, fing Dennis wieder an.

Olivia streckte Dennis die rechte Hand entgegen, als wolle sie damit weitere Worte abwehren. Ihre Gedanken waren in Fluss geraten, und sie hatte kein Interesse daran, durch äußere Einflüsse in ihrem Erkennen unterbrochen zu werden. Schließlich begann sie zu sprechen, wenn es für Dennis auch zweifellos so klingen musste, als rede sie eher zu sich selbst.

»Die Frage, die wir innerhalb von zwei Stunden beantworten müssen, lautet nicht, wer Karl und Kai entführt hat. Das wissen wir seit zwanzig Jahren nicht, und neue Erkenntnisse dazu liegen uns nicht vor. Marvin – also Karl – weiß, dass er geliefert ist, und macht noch mal massiv Druck, weil er blind darauf hofft, dass Severin die Lösung schon aus dem Nichts herbeizaubern kann, wenn man nur seinen Sohn bedroht. In diesen ganzen Komplex dürfen wir keine einzige Minute unserer Zeit investieren! Wir müssen jetzt also definieren, wie unsere wirkliche Frage lautet.«

»Und ich vermute mal, du hast auch schon eine Antwort darauf?« Dennis sprach ganz leise, fast so, als befürchte er, Olivia sonst aus ihren Gedanken zu reißen.

»Die einzige Frage, die wir beantworten müssen, lautet: Wo hat er die Jungs versteckt?«

Dennis zuckte mit den Schultern. »Aber die suchen wir seit Wochen mit Großaufgeboten. Warum sollten wir das jetzt plötzlich so schnell schaffen?«

Olivia grinste über das ganze Gesicht. »Weil mein lieber *Muffi* mir gerade wertvolle Informationen dazu geliefert hat. Vermutlich nur aus Unachtsamkeit, es war schließlich ein harter Tag für ihn.«

Sie erhob sich und begann, in ihrem Wohnzimmer auf und ab zu gehen. Ihr Blick fokussierte sich auf nichts, und ihre Wege waren richtungslos. So als wolle sie alles in und an sich in einen durchgängigen Fluss bringen, von dem sie hoffte, dass er letztlich das Gold vom Boden des Sees ans Ufer spülen würde.

»Er hat seinen Wagen in den *Spree Studios* an diesen Schüler übergeben. Das Gelände liegt im Industriegebiet, ohne Auto kommt man da nur mit der Buslinie weg, die für die Parkbesucher angelegt wurde. Aber ich kann mir nicht vorstellen, dass er die nutzen wird. Jetzt, auf dem Höhepunkt seines wahnsinnigen Plans, setzt er sich doch nicht in den Bus und tuckert durch Berlin. Nein, er will dabeibleiben, er will den Showdown miterleben. Und vor allem muss er in der Nähe der Jungs sein. Immerhin will er sie ja eigentlich nicht töten, er muss also jederzeit in der Lage sein, den Countdown zu stoppen. Ich bin mir sicher, dass er sich immer noch in den *Spree Studios* aufhält! Das Gelände ist riesig, verwinkelt und bietet Hunderte Möglichkeiten, sich zu verstecken. Gerade für ihn, er kennt sich da schließlich seit Jahren aus. Zwei Stunden kann er auf dem Gelände locker so abtauchen, dass wir ihn nicht finden. Aber jetzt kommt überhaupt erst die wichtigste Information, die er mir gegeben hat.«

Olivia sah zu Dennis und bemerkte, dass er sie gebannt ansah. Sie hatte die Ermittlung vom ersten Tag an mit großer Leidenschaft und Hingabe geleitet, doch das, was sich jetzt in ihrem Verstand abspielte, fühlte sich für Olivia so an, als sei ihr Gehirn ein Glücksspielautomat, dessen Jackpot sie geknackt hatte und der nun unablässig Münzen auswarf.

»Sag schon, was hat er dir verraten?« Dennis wurde sichtlich unruhig.

»Er hat gesagt: *Ich werde jetzt einen Hebel betätigen. Danach haben die Jungs noch maximal zwei Stunden zu leben, bevor sie jämmerlich verrecken.* Ich glaube nicht, dass es Absicht von ihm war, mir dieses Detail zu nennen. Er war total nervös, zu allem entschlossen, bereit dazu, Unschuldige zu töten. Ich glaube, er ist total verzweifelt und hat seine Worte in diesem Moment nicht auf die Goldwaage gelegt.«

Dennis sah zur Zimmerdecke hoch, anscheinend seine Art, sich zu fokussieren.

»Wenn er die Jungs in den *Spree Studios* versteckt hat, dann muss es da einen Ort geben, an dem sie zwei Wochen lang weder gehört noch zufällig von der Reinigungstruppe oder sonst irgendwem gefunden werden können. Darauf musste er sich absolut verlassen können, er konnte nichts riskieren. Und es muss ein Versteck sein, das man durch bloßes Betätigen eines Hebels in eine Todesfalle verwandeln kann, die aber erst nach zwei Stunden tötet.«

»Du sagst es!« Olivia sprang auf Dennis zu und nahm ihn in die Arme, als wäre sie seine große Schwester, die ihm zum Bestehen des Abiturs gratulieren wollte. »Karl kennt jeden Stein auf diesem Gelände, und er ist in den *Spree Studios* beliebt. Man gibt ihm Auskünfte, spielt ihm Informationen zu, lässt ihn in abgeschirmte Bereiche gehen. Und vor allem: Er ist mit dem Chef des Stuntteams befreundet! Wir müssen sofort Kontakt zu Paul Witt herstellen, und wir müssen in die *Spree Studios!*«

Sie klopfte Dennis mit beiden Händen auf den Brustkorb, als wäre er ein Rennpferd, das sie zum Loslaufen motivieren wollte.

»Wo versteckt er die Jungs denn nun?« Dennis sah Olivia fragend an.

»Sokolov hat gesagt: *Wenn man will, dass etwas unbemerkt bleibt, dann sollte man es in aller Öffentlichkeit tun.* Karl scheint derselben Meinung zu sein!«

KAPITEL 55

FERDINAND

Über unseren Köpfen sitzen Tausende Menschen. Jeden Tag!« Ferdinand schüttelte den Kopf, wenn dabei auch mehr Anerkennung als Sorge in seiner Mimik lag. »Besser hätte er uns nicht verstecken können, das muss ich leider anerkennen. Hier findet uns niemals jemand.«

Es waren nicht die wummernden Vibrationen in der Betondecke gewesen, die von den vermeintlichen Schüssen ausgegangen waren, von denen die Jungs berichtet hatten. Ferdinand hatte aufmerksam zugehört, als diese vor einigen Stunden wie angekündigt stattgefunden hatten. Es war vielmehr die Tatsache, dass die durch den massiven Beton kaum zu vernehmenden Sprengungen ziemlich genau eine halbe Stunde angedauert hatten. Und dass dies nach Aussagen der Jungs nur ein Mal täglich, manchmal aber auch zwei Mal passierte. Die Puzzleteile hatten sich vor Ferdinands innerem Auge zu einem Bild zusammengefügt, und jetzt, als er es endlich sehen konnte, beeindruckte es ihn sogar noch etwas mehr, als es ihn beunruhigte.

»Was willst du damit sagen?« Justin war von seiner Matratze aufgesprungen und hatte die anderen Jungs zu sich herangewunken.

Ferdinand wartete, bis sie sich um ihn versammelt hatten.

»Die Decke hat keine Lampen, weil das hier kein Lager oder sonst irgendein Raum ist, den irgendjemand beleuchten wollen würde. Es gibt hier deswegen so viele Rohre und wasserdichte Türen, weil wir uns in einem Wasserbecken befinden. Deswegen ist das hier auch alles so weitläufig, diese Zwischenwand, die den vermeintlichen Nebenraum abtrennt, ist vermutlich aus rein statischen Gründen eingezogen worden.«

Justin sah seinen Freunden in die fragenden Gesichter, bevor er sich wieder Ferdinand zuwandte.

»Was soll das denn bitte für ein Wasserbecken sein?«

»Als Kind war ich mit meinen Eltern mal übers Wochenende in Berlin, und da haben wir die *Spree Studios* besucht. Das ist zehn Jahre her. Damals gab es eine Stuntshow mit einem riesigen Wasserbecken, in dem unechte Haie waren. Vor drei Jahren war ich mit einem Freund noch mal in den *Spree Studios* und habe gesehen, dass die das Wasserbecken inzwischen für eine andere Stuntshow zugebaut haben. Das bedeutet, wir sitzen hier direkt unter den Füßen von Tausenden Menschen, die jeden Tag eine Stuntshow sehen, die vielleicht fünf Meter über uns stattfindet. Weil der Beton aber sehr stark ist, kommt bei uns kein Jubel oder Applaus an, sondern nur die Vibrationen der größeren Explosionen auf der Showfläche. Ich sage es nicht gern, aber hier wird uns niemals jemand suchen. Das Versteck ist bedauerlicherweise genial.«

Die Blicke der umstehenden Jungs wandelten sich von sorgenvoll zu ängstlich. Einzig Felix schien noch nicht bereit zu sein, Ferdinands Erkenntnis anzunehmen.

»Alter, wenn das stimmt, dann muss doch hier früher oder später irgendein Hausmeister oder so vorbeikommen.«

»Ihr sitzt hier unten seit zwei Wochen. Das wäre doch schon längst passiert! Außerdem, warum sollte irgendwer hier reinkommen? Diese Fläche wird ja nicht mehr genutzt, niemand lagert hier irgendwas, und ich sehe auch keine technischen Anlagen, die einer Wartung bedürften. Das hier war ein Wasserbecken, hier liegen also keine Stromleitungen, unsere Lampen wurden nachträglich und heimlich hier reingestellt, und die

Türen müssen hohem Wasserdruck standhalten können und sind deswegen so stabil, dass wir sie niemals ohne Werkzeug aufbekommen werden.«

Felix wollte wohl schon zu einer Erwiderung ausholen, als plötzlich ein dumpfes Röcheln erklang. Kein menschliches, dafür war es zu tief und bei Weitem zu voluminös. Es klang eher so, als wäre ein Riese erwacht, hinter den Mauern, ächzend und stöhnend, irgendwo in den Tiefen der Rohrleitungen.

»Leute, das ist nicht gut!« Ferdinands Blick erstarrte. »Absolut gar kein bisschen gut …«

»Was ist denn los?« Der kleine Benny griff instinktiv nach der Hand des Jungen, der gerade neben ihm stand.

Ferdinand führte sich den Zeigefinger vor den Mund, um den anderen zu bedeuten, dass sie leise sein sollten. Er schloss die Augen, um noch besser zuhören zu können. Da war es wieder, dieses Stöhnen, das sich in so etwas wie ein mechanisches Wimmern wandelte. Quietschen, Winden, das Geräusch von Entlüftung, gefolgt von Klacken und Hämmern.

»Wir haben ein Problem, Jungs!« Ferdinands Hände begannen zu zittern, und seine Haut wurde blass. »Der Typ, der uns hier eingesperrt hat, macht Ernst. Ich schätze, er wollte mit meiner Entführung erzwingen, dass mein Vater etwas für ihn herausfindet. Aber das hat er anscheinend nicht getan.«

»Woher willst du das denn wissen?« Justin sprach ganz leise, und seine Stimme wurde brüchig.

»Wenn mein Vater auf seine Forderung eingegangen wäre, dann würde der Typ nicht das tun, was er anscheinend gerade macht.«

Das Klacken und Ächzen verstummte, doch kaum zwei Sekunden später erklang ein anderes Geräusch. So als reite eine Horde von Kriegern von der Ferne her durch die Wände hindurch. Ein gewaltiges Raunen, das sehr schnell näher kam.

»Mann, jetzt rede endlich!« Justin schrie seine Angst aus sich heraus.

Ferdinand sah sich noch einmal im Raum um, schätzte ein, taxierte. »Der Typ will es offenbar zu Ende bringen. Er hat die Wasserleitungen aufgedreht und flutet gerade unser Versteck. Je nachdem, wie viele der Leitungen er aufdreht, wird dieser Raum hier in einer, maximal zwei Stunden komplett mit Wasser gefüllt sein.«

Und noch ehe einer der Jungs etwas darauf erwidern konnte, schoss auch schon das Wasser aus dem ersten Rohr.

KAPITEL 56

OLIVIA

Im Grunde kannst du dem Typen doch erzählen, was du willst. Du behauptest einfach, dass Severin irgendwas auf den alten Tatortfotos entdeckt hat, das keiner außer ihm sehen konnte und das nur den einen Schluss zulässt, dass Oberst von Gatow die Eltern damals mit dem Kerzenleuchter im Salon erschlagen hat. Das kann der Typ doch gar nicht nachprüfen.« Dennis saß angespannt auf dem Beifahrersitz, während Olivia in Richtung *Spree Studios* raste.

»Habe ich auch schon überlegt, aber das ist zu riskant. Karl beschäftigt sich schon fast sein ganzes Leben lang mit diesem Fall. Diese Geschichte treibt ihn um, lässt ihn nachts nicht schlafen, hat ihn vermutlich sogar in den Wahnsinn getrieben. Wenn ich ihn jetzt mit irgendeiner halbgaren, erfundenen Geschichte verarsche, dann wird er das sofort merken. Ich muss davon ausgehen, dass er durch Esther Wardy die Fallakten kennt. Er würde also gezielt nachfragen, immer tiefer und tiefer bohren. So lange, bis ich mich in Widersprüche verstricke und mit meiner Lügenstory auffliege. Das kann ich nicht riskieren, es würde ihn noch wütender machen, als er ohnehin schon ist. Er könnte mich dafür bestrafen, indem er die Jungs erst recht sterben lässt.«

Dennis griff sein Handy aus der Tasche. »Also gut, dann veranlasse ich jetzt, dass ein Einsatzkommando zu den *Spree Studios* kommt, okay?«

Olivia winkte ab. »Bitte warte noch ein paar Minuten! Lass uns erst sicher sein, dass Karl wirklich da ist. Und dass die Jungs wirklich unter der Stuntfläche versteckt sind. Wenn die Kollegen da jetzt in Mannschaftsstärke anrücken und eine Riesenwelle machen, könnte es passieren, dass Karl das Becken daraufhin vielleicht schneller flutet. Und wir müssen auch damit rechnen, dass er den Zugang zu der unterirdischen Anlage versperrt, falls er das bisher noch nicht gemacht haben sollte. Die Kollegen brauchen nur ein paar Minuten, ruf sie einfach, sobald wir vor Ort sind. Okay?«

Olivia griff ihr Handy und wählte einen Kontakt an. Das Gespräch wurde automatisch auf die Freisprechanlage ihres Dienstwagens umgeleitet, sodass Dennis mithören konnte.

»Ich habe schon auf Ihren Anruf gewartet, Frau Holzmann.« Esther Wardy klang abgeklärt und überraschend besonnen.

Olivia verzichtete auf Umschweife. »Machen wir es kurz: Ich weiß Bescheid! Sie haben einen der Zwillinge adoptiert, meines Wissens Karl. Und damit ist auch klar, dass Sie die ganze Zeit über wussten, dass Ihr Sohn und sein Zwilling mit diesen Verbrechen zu tun haben.«

Es war kurz still in der Leitung, bis Wardy schließlich mit ruhigen, wohlplatzierten Worten sagte: »Lennox wollte, dass ich es noch miterlebe, wie sein Entführer gefasst wird. Weil ich bald sterben werde. Ich habe es erst erfahren, als alles schon geschehen war.«

»Soll das ein Witz sein?« Olivia schnaubte vor Zorn. »Es ist bei Weitem noch nicht alles geschehen! Sie hatten zwei Wochen Zeit, um auf Lennox einzuwirken und die Jungs zu retten!«

»Lennox hat klargestellt, dass ich die Jungs niemals finden werde. Und auch sonst keiner. Er hat deutlich gemacht, dass er sie notfalls töten wird, falls er nicht bekommt, was er will.«

Olivia atmete tief durch, sie musste jetzt die Ruhe bewahren. »Auf sein Versteck konnte er sich tatsächlich verlassen, das muss ich zugeben. Zumindest bis jetzt.«

Olivia meinte zu hören, dass sich Wardys Atmung beschleunigte.

»Sie wissen, wo die Jungs sind?«

»Ich glaube, sie sind in den *Spree Studios*. Die haben für heute schon geschlossen, wir sind also vermutlich allein mit ihm auf dem riesigen Gelände. Sie kommen da jetzt sofort hin und werden mir und meinem Kollegen dabei helfen, Karl zu finden und zur Umkehr zu bewegen. Die Kinder sind in weniger als zwei Stunden tot, wenn es uns nicht gelingt, sie zu befreien oder Karl freiwillig zur Aufgabe zu bewegen.«

Wardy antwortete nicht sofort, es klang stattdessen so, als decke sie ihr Telefon ab und tuschele mit jemandem. Schließlich erklang ihre Stimme wieder durch die Freisprechanlage: »Also gut, ich komme.«

Damit beendete Wardy das Telefonat.

»Denkst du, das geht gut?« Dennis wirkte skeptisch.

»Wir haben nicht viel Zeit für eine friedliche Beilegung des Problems.« Olivia sah zur Uhr. »Von seiner Frist sind dreißig Minuten abgelaufen, bevor wir da sind. Ruf bitte Paul Witt an, er ist der Chef des Stuntteams. Gut möglich, dass er Zugang zu dem Wasserbecken hat. Sobald Ferdinand und die Jungs in Sicherheit sind, hat Lennox kein Druckmittel mehr. Dann ist es vorbei, aber auch erst dann!«

KAPITEL 57

LENNOX

Er hatte nicht alle vorhandenen Wasserleitungen aufgedreht, so schnell würde das Becken also nicht vollgelaufen sein. Vermutlich hatten die Jungs sogar ein paar Minuten mehr als nur zwei Stunden Galgenfrist, aber so exakt vorhersagen konnte Lennox das natürlich nicht. Trotzdem sah er wieder und wieder zur Uhr, während er auf seinem Spähposten lauerte und kontrollierte, ob sich Polizeifahrzeuge näherten oder andere verdächtige Dinge geschahen. Es war noch immer hell, und die Umgebung rund um die *Spree Studios* war von dort oben sehr gut zu überblicken.

Lennox war über die Außenleitern auf das Dach der Stuntarena gestiegen, von wo aus er freie Sicht über das Areal der mittlerweile menschenleeren Anlage und die angrenzenden Straßen hatte. Natürlich war es auch möglich, dass man ihn hier gar nicht suchen würde. Doch auch wenn Olivia wochenlang auf den Charme von *Marvin* hereingefallen war und ihrem scheinbaren Traummann freimütig alles erzählt hatte, was er wissen musste, würde er sie nicht unterschätzen. Schließlich war es nicht Dummheit gewesen, die Olivia so unvorsichtig und manipulierbar gemacht hatte. Lennox war ganz sicher kein Experte auf dem Gebiet der Liebe, doch dass sie Menschen irrational und weit gedankenloser handeln ließ, als sie es in Wirklichkeit waren, hatte er durchaus verstanden. Und wenn er auch nicht der empathischste Mensch auf der Welt war, so besaß er doch die Gabe, sich so zu verstellen, wie die Menschen ihn sehen wollten. Nicht ohne Grund war er in seinem Beruf so erfolgreich und beliebt. Weil er jedem Gegenüber stets passgenau der Mensch sein konnte, den dieser suchte oder in ihm sehen wollte.

Ein weiteres Mal sah Lennox zur Uhr. Was würde wohl gerade im LKA geschehen, während die Jungs dort unten, tief unter dem Donnern verborgen, um ihr Leben bangten? Hatte Olivia ihren Freund Boesherz wohl endlich dazu gebracht herauszufinden, was damals geschehen war? Wer ihn und Kai entführt und ihre liebenden Eltern auf so entwürdigend brutale Weise ermordet hatte? Olivia hatte ihrem *Marvin* immer wieder erzählt, dass es niemanden gab, der so wie Boesherz in der Lage war, innerhalb kürzester Zeit und selbst unter höchstem Druck das scheinbar Unlösbare zu entschlüsseln. Doch war es realistisch, innerhalb von vielleicht noch einer Stunde die lang ersehnten Antworten erhalten zu können? Nein, Lennox hatte die Wasserleitungen niemals aufdrehen wollen, zu keinem Zeitpunkt. Diese Jungs waren Opfer, hatten schreckliche Dinge erlebt. Sie verdienten es nicht, dort unten in ihrem Verlies jämmerlich zu ertrinken. *Aber was würde sein, wenn sie freikämen? Ich weiß jedenfalls, was aus Kai und mir geworden ist. Will ich diesen armen Jungs wirklich so ein Leben zumuten? Wäre es nicht die wahre Erlösung, sie von alldem zu befreien? Von den Jahren und Jahrzehnten der Qual, die vor ihnen liegen würden? Von den Nächten, in denen sie sich fragen, warum Menschen ihnen so schreckliche Dinge angetan haben? Von den andauernden Selbstmordgedanken, der ständigen Angst, dass die anderen etwas bemerken könnten, von den Albträumen in jeder einzelnen Nacht und der Sehnsucht danach, dass es nur endlich aufhören soll wehzutun? Ist es nicht ein Akt der Gnade von mir, sie jetzt zu erlösen?* Was war Lennox denn auch anderes übrig geblieben, als das Wasser aufzudrehen? Was konnte er denn sonst noch tun, jetzt, da er aufgeflogen und seine Verhaftung nur noch eine Frage der Zeit war?

Dabei war die Vorbereitung doch so gut gelaufen. Olivias einsames Herz war eine Festung gewesen, die der schöne *Marvin* nicht einmal hatte erobern müssen. Freiwillig hatte sie ihm die Zugbrücke heruntergelassen und sich von dem scheinbaren Prinzen in der glänzenden Rüstung in einen Kokon aus warmen Worten, gutem Essen und liebevollen Aufmerksamkeiten einwickeln lassen, in dem sie zu einem beliebig manipulierbaren Spielball für seine Ziele geworden war. Auch die Suche nach den Jungs und die Übergabe durch deren Eltern hatte reibungslos funktioniert. Ganz zu schweigen von seinem raffiniert erdachten Kunststück, sie anscheinend alle gleichzeitig zu entführen. Ja, bis dahin hatte es alles wunderbar funktioniert. Ab dann jedoch war sein minutiös durchkonstruierter Masterplan mehr und mehr ins Stocken geraten. Zunächst hatten Olivia und ihre Kollegen einfach nicht begriffen, wie sie die Botschaft zu deuten hatten. *Wie lange wollt ihr noch im Dunkeln tappen?* Und dann, als sie endlich verstanden hatten, nach wem sie wirklich suchen sollten, hatte Olivia herausgefunden, dass der Kerl, den Lennox in die Finger bekommen wollte, nicht der Entführer der sieben Jungs war.

Und erst dieses Desaster mit Severin Boesherz! Was zum Teufel stimmte denn bitte mit diesem arroganten, aufgeblasenen Arschloch nicht, dass er sich hartnäckig weigerte, diesen Fall zu lösen? Was um alles in der Welt konnte ihn bloß dazu bewogen haben, noch nicht einmal seinen eigenen Sohn retten zu wollen? Nein, es war wirklich nicht so gelaufen, wie Lennox es sich vorgestellt hatte. Und wenn er ehrlich zu sich war, dann hatte er auch große Zweifel daran, dass sein letzter verzweifelter Schachzug das Blatt noch rechtzeitig würde wenden können. *Olivia wird das Rätsel nicht in einer Stunde lösen. Und selbst wenn Boesherz jetzt doch endlich eingreift, ist es alles andere als sicher, dass ihm dieses Kunststück gelingt. Wen würde ich damit bestrafen, wenn ich die Jungs jetzt wirklich ertrinken lasse? Olivia? Oder Esther? Vielleicht würde sie es sich danach zum Vorwurf machen, dass sie mich und Kai damals gerettet hat? Sie würde erkennen, dass sie damit letztlich den Tod von acht Jungs verschuldet hat. Und das ironischerweise nur deswegen, weil ich ihr vor ihrem Tod noch Erlösung verschaffen wollte.*

Lennox wurde aus seinen Gedanken gerissen, als er bemerkte, wie sich unten auf einer der Zufahrtsstraßen der *Spree Studios* etwas tat. Ein Auto raste mit quietschenden Reifen in Richtung der hinteren Zufahrt des Areals. Zu dem Tor, durch das die Mitarbeiter auf das Gelände kamen. Der Pförtner würde Olivia die Schranken öffnen, und so, wie es aussah, würde sie sofort mit der Suche nach dem Versteck beginnen. Nicht auszuschließen, dass sie mittlerweile darauf gekommen war.

»Aber das wird dir nichts nützen.« Er behielt den Wagen fest im Blick, der soeben die Schranke passiert hatte und sich nun in Richtung des hinteren Parkeingangs bewegte. »Ich werde dich erwarten, Olivia. Und ich werde nicht zulassen, dass du die Jungs rettest. Nicht, bevor ich weiß, was ich wissen will.«

KAPITEL 58

DENNIS

»Wann wird denn Paul Witt hier sein? Wir müssen so schnell wie möglich in die Stuntarena!« Olivia wirkte unruhig, aber fokussiert.

Dennis sah auf die Uhr.

»Er sagt, er braucht mindestens eine Viertelstunde. Und die schafft er auch nur, wenn er den Dodge nimmt und ordentlich das Gas durchtritt.«

Olivia verschaffte sich einen Überblick von der Umgebung und trat an das Tor mit dem Zahlencode-Schloss, durch das man auf das Gelände der *Spree Studios* gelangte. Der Pförtner hatte ihr die PIN genannt und zugesagt, Esther Wardy, Paul Witt und das SEK schnellstmöglich auf das Gelände zu lassen, sobald diese eintreffen würden.

»Wir können hier unter keinen Umständen rumstehen und auf die Verstärkung warten. Es geht um jede Minute! Wir nutzen die Zeit, um nach Karl zu suchen.« Olivia öffnete das Tor und sah auf das weitläufige Gelände.

»Und wie gehen wir vor?« Dennis hatte sich noch immer nicht auf das Tor zubewegt. »Ich war seit locker zehn Jahren nicht mehr hier, ich kenne mich null aus.«

»Ich schätze, wir werden ihn nicht lange suchen müssen.« Olivia wirkte selbstsicher. »Er versteckt sich vermutlich gar nicht vor mir. Ich wette, er will mir in die Augen sehen, wenn ich erkenne, dass ich versagt habe.«

Dennis hatte es verstanden. Das hier war keiner dieser Einsätze, wie er sie sonst an Olivias Seite durchführte. Keine Abfolge von vorgeschriebenen Vorgehensweisen, keine exakt konzertierte Polizeiaktion aus dem Lehrbuch. Das hier war etwas Persönliches, etwas zwischen Olivia und dem Mann, den sie *Marvin* genannt und geliebt hatte.

»Du bist befangen, Olivia! Der Typ und sein Zwillingsbruder haben dich als ihr Werkzeug benutzt, du kannst doch da drinnen gar nicht objektiv vorgehen. Vielleicht solltest du das mich und die Kollegen machen lassen.«

»Hast du es denn immer noch nicht verstanden?« Olivia klang fokussiert. »Absolut alles in diesem Fall beruht auf persönlicher Befangenheit. Jeder Beteiligte ist irgendwie in diese Sache verstrickt.«

Dennis griff den rechten Unterarm seiner Kollegin und hielt sie zurück.

»Ich nicht!« Er sah Olivia tief in die Augen und erkannte dabei, dass sie seinen Blick verstanden hatte.

»Also gut.« Sie zog ihren Arm zurück. »Du rufst jetzt die Kollegen, die können sich den Penner schnappen. Und sie sollen das Technische Hilfswerk mitbringen, wir müssen das Becken unter der Showfläche vielleicht gewaltsam öffnen.«

»Ganz genau so machen wir das!« Dennis griff bereits nach seinem Handy, als er bemerkte, dass Olivia ihren Worten noch etwas hinzufügen wollte.

»Die Kollegen brauchen aber ein paar Minuten, bis sie hier sind. Diese Zeit verschenke ich nicht, das kann ich den Jungs und Ferdinand nicht antun.«

Noch ehe Dennis seiner Kollegin widersprechen konnte, vernahm er hinter sich das Geräusch eines herannahenden Fahrzeugs. Er drehte sich um.

»Ist das Esther Wardy?« Er sah zu dem Wagen, der etwas weiter hinten und teilweise durch eine Hecke verdeckt zum Stehen kam.

Nachdem er keine Antwort erhielt, wandte sich Dennis wieder zu Olivia um. *Bitte nicht!* Er stellte fest, dass sie seine Unaufmerksamkeit dazu genutzt hatte, auf das Gelände der *Spree Studios* zu laufen und sich seinem Einfluss damit für den Augenblick zu entziehen. Dennis wollte ihr schon nachlaufen, als er den Ruf von Wardy vernahm: »Haben Sie meinen Sohn schon gefunden?« Sorge stand in ihr Gesicht geschrieben, während sie auf ihn zueilte.

»Wir sind selbst gerade erst eingetroffen. Meine Kollegin sucht gerade nach ihm, und ich rufe jetzt das SEK. Zeit wird's.« Dennis aktivierte sein Handy.

Esther Wardy legte den Kopf schräg und sah Dennis an, als wäre er ihr Enkel, der gerade im Begriff war, etwas Dummes zu tun.

»Das sollten Sie lieber nicht machen, junger Mann.« Sie drohte mit dem Finger.

Dennis fiel auf, dass Wardy eine seltsam künstliche Pose eingenommen hatte. So als spiele sie in der Bühneninszenierung eines Laientheaters die Rolle der kauzigen alten Dame.

»Ich soll keine Verstärkung rufen?« Er streckte die Brust heraus. »Warum denn nicht, Frau Kollegin?«

»Nun ja.« Wardy lächelte verschämt. »Weil es mein Junge ist, und weil ich ihm versprochen habe, immer auf ihn aufzupassen. Ich habe vor, diese Sache hier diskret zu lösen. Glauben Sie mir, das schulde ich ihm.«

»Frau Wardy, bei allem Respekt.« Dennis setzte einen strengen Blick auf und sprach etwas tiefer als sonst. »Wir reden hier nicht über einen Ladendiebstahl. Acht Menschen werden sehr bald tot sein, wenn wir nicht handeln. Ich …«

Und noch ehe Dennis seinen Satz beenden konnte, war die Hand der alten Frau auch schon mit der Geschwindigkeit einer zubeißenden Kobra vorgeschnellt. Er spürte, wie eine unnatürliche Drehung seines Handgelenks ihn trotz seiner Masse und Körperkraft gegen seinen Willen auf die Knie zwang, und noch ehe er nach Esther Wardy greifen konnte, hatte sie ihm auch schon irgendetwas in den Hals gerammt, das er nicht einmal hatte kommen sehen. Ein Druckgefühl folgte, mit dem sie ihm vermutlich irgendetwas injizierte, und während Dennis noch versuchte, sich ihrem überraschend gekonnten und verblüffend routiniert ausgeführten Griff zu entwinden, spürte er auch schon, wie mit rasanter Wucht ein Hochgefühl in ihm aufstieg, das ihn unfähig und gleichsam unwillig machte, eine Verteidigung zu versuchen.

»Was …?«, stammelte er.

Doch schon fiel er ins Dunkel eines seligen Schlafes.

KAPITEL 59

FERDINAND

»Die Rohre lassen sich nicht verstopfen, der Wasserdruck ist viel zu hoch!« Ferdinand atmete schwer.

Zum wiederholten Mal war er untergetaucht, um das Leitungssystem nach etwaigen Schwachstellen abzusuchen. Ohne jeden Erfolg.

»Ich kann nicht schwimmen!« Der kleine Benny war schon fast unter dem immer weiter ansteigenden Wasserspiegel verschwunden.

Justin, der deutlich größer gewachsen war, schwamm von der Tür, die er entgegen aller Vernunft ein weiteres Mal vergeblich zu öffnen versucht hatte, zu dem Jungen und ließ ihn huckepack auf seinen Rücken steigen. Ferdinand sah im Rund zu den anderen. Sie alle hatten sich zwischenzeitlich in der Nähe der Tür versammelt, hielten sich aneinander fest und halfen sich gegenseitig dabei, oberhalb des Wasserspiegels zu bleiben.

»Das hier ist nicht das Ende!« Ferdinand versuchte, so gut es eben möglich war, Zuversicht auszustrahlen. »Mein Vater ist ein Genie, er wird einen Weg finden, uns hier rechtzeitig rauszuholen. Außerdem sucht Olivia nach uns, das ist eine Freundin von mir. Sie wird unter keinen Umständen zulassen, dass wir hier ertrinken!«

Die Blicke der Jungs waren nicht unbedingt von Zuversicht gezeichnet, doch immerhin kämpften sie noch, anstatt sich in ihr anscheinend unausweichliches Schicksal zu fügen.

»Die Großen nehmen die Kleinen auf die Schultern!« Felix

deutete mit Gesten an, welcher der Jungs zu welchem seiner Kameraden hinüberschwimmen sollte. »Wir bekommen die Tür nicht auf, aber wir müssen trotzdem so lange durchhalten wie möglich! Es ist erst zu Ende, wenn es zu Ende ist! Bis dahin kämpfen wir!«

Teile der Campingtoiletten aus dem hinteren Teil des Raumes trieben schon auf der Wasseroberfläche, ebenso wie einige der letzten Lebensmittel. Ferdinand warf einen Blick zu dem Poster an der Wand im Nebenraum. Das Zebra darauf war bereits bis zur Nase unter dem Wasserspiegel versunken, allein die Augen des Tieres waren noch zu sehen. Ferdinand berechnete, dass der Raum, sofern das Wasser mit gleichbleibender Geschwindigkeit anstieg, in etwa einer halben Stunde komplett vollgelaufen sein würde. Danach würde es dann sehr schnell gehen. Die Kohlenstoffdioxidkonzentration im Blut der Jungs würde bei angehaltenem Atem innerhalb kürzester Zeit so groß werden, dass sie alle instinktiv versuchen würden, nach Luft zu schnappen. Das Wasser würde dabei in ihre Atemwege gelangen, woraufhin sich die Stimmritze mit einem Schutzreflex verkrampfen würde. Ein Atmen wäre dann sogar oberhalb der Wasseroberfläche nicht mehr möglich. Sehr schnell musste der Sauerstoffmangel dann bei ihnen allen zur Ohnmacht führen, woraufhin nach drei bis fünf Minuten das Absterben der Gehirnzellen einsetzen würde. *Was für eine beschissene Art zu sterben.*

»Mir ist kalt!« Niklas, einer der Kleineren, hatte bereits blaue Lippen.

»Warte!« Ferdinand schwamm zu dem Jungen hinüber und nahm ihn in die Arme. »Ihr habt das hier so lange ausgehalten, die paar Minuten schafft ihr jetzt auch noch.« Ferdinand hatte alle Mühe, liebevoll und vertrauenerweckend zu klingen, er hätte selbst nicht sagen können, ob es ihm einigermaßen gelungen war. Niklas zitterte am ganzen Körper, und es war unter den gegebenen Umständen auch nicht möglich, ihn zu wärmen.

»Ich will hier raus.« Der Junge hauchte mehr, als dass er sprach.

Ferdinand drückte den Jungen etwas fester an sich.

»Du hast schon so viel in deinem Leben erleiden müssen, da bekommst du das hier auch noch hin.« Ferdinand bemerkte, dass auch die anderen Jungs trotz der Umstände mit gebannten Blicken zu ihm und Niklas hinübersahen. Ihm war bewusst, dass, was immer er zu dem Jungen in seinen Armen jetzt sagte, auch die anderen gleichermaßen auf sich selbst beziehen würden. »Ich verspreche dir, dass diese Tür rechtzeitig aufgehen und mein Vater dahinter stehen wird. Und dann wirst du größer und stärker, als du es jemals warst, aus diesem Kerker in die Freiheit treten. In ein neues Leben ohne Mauern und ohne Leiden. Niemand wird dich mehr zu etwas zwingen, das du nicht willst, und niemand wird dich jemals wieder einsperren. Und eines Tages, wenn du erwachsen bist, dann wirst du mit deinen neuen Freunden auf diesen Moment zurückblicken und sagen: In diesem Bunker hat der Schrecken meiner Kindheit geendet, und der Aufbruch in eine neues, besseres Leben hat begonnen!«

Und während das Schreien und Rufen jetzt einer fast schon weihevollen Stille gewichen war, verzog Niklas seine Lippen zu einem sanften Lächeln, bevor sich seine Augen schlossen und er in sich zusammensackte.

KAPITEL 60

OLIVIA

Olivia rüttelte an dem Tor, hinter dem die Stuntarena lag. Es war fest verschlossen, und der Stahl, aus dem es gefertigt war, bildete eine unüberwindbare Hürde. Ohne den Schlüssel oder die Hilfe des Technischen Hilfswerks würde sie nicht in die Arena gelangen, die zudem auch noch den einzigen Zugang zu den unterirdischen Räumen bot, in denen sie die Jungs vermutete. *Paul Witt ist schon auf dem Weg, er hat den Schlüssel!* Olivia wandte sich vom Tor ab.

»Wo bist du, Karl?« Sie rief, so laut sie konnte. »Komm schon, du willst doch wissen, was damals passiert ist. Vielleicht habe ich es ja herausgefunden!«

Olivia horchte in die Stille des weitläufigen Areals hinein. Nichts, keine Reaktion. Aber Lennox, Marvin, Kai oder Karl, wer auch immer es eigentlich war, den sie gerade suchte, würde sich melden, ganz sicher. Immerhin hatte er ihr ein Ultimatum gestellt, das noch nicht verstrichen war. Spätestens wenn die Jungs nur noch Luft für wenige Minuten haben würden, musste er ihr die Chance gewähren, seine Forderung zu erfüllen. Doch leider war er es, der die Spielregeln machte, und ohne irgendwelche neuen Erkenntnisse zu Karls und Kais Entführung konnte sie es sich nicht leisten, Zeit ungenutzt verstreichen zu lassen. Olivia wollte schon nach Dennis Ausschau halten, als sie etwas vernahm. Zunächst war es noch ein unbestimmtes Rumpeln, das sich aber schnell in das Geräusch eines davonlaufenden Menschen wandelte. Olivia stürmte weg vom Tor der Stuntarena, hinaus auf den großen Weg, der sich in drei Richtungen verzweigte. Sie schloss die Augen und horchte, aus welcher Richtung die immer leiser werdenden Geräusche kamen. Es war nicht die Richtung, in der die Achterbahn in den Himmel ragte, und auch nicht die, über die man das Areal mit den trainierten Filmtieren erreichen konnte. *Natürlich nicht. Du willst mich so weit wie möglich von den Jungs weglocken. Und du läufst dahin, wo du dich am besten verstecken kannst: ins Horrorhaus!* Olivia zog ihre Pistole aus dem Schulterholster und lud sie durch, wenn sie die Waffe auch noch nicht entsicherte. Sie sah sich noch einmal um und stellte dabei fest, dass weder von Dennis noch von Esther Wardy irgendetwas zu sehen war. Schließlich folgte sie den mittlerweile verstummten Laufgeräuschen in Richtung Horrorhaus. Es dauerte weniger als eine Minute, bis sie es erreicht hatte.

»Bist du da drinnen, Karl?« Sie testete die Türklinke und stellte fest, dass das Haus aufgeschlossen war. »Falls du mit Kai ein kleines Verwirrspiel geplant haben solltest – ich bin vorbereitet! Der einzige Weg, auf dem du deine Antworten bekommst, führt über das Leben der Jungs.«

Sie trat vorsichtig über die Türschwelle und ließ die mit voller Absicht unheimlich quietschende Tür hinter sich ins Schloss fallen. Karl hatte offenbar die Notbeleuchtung aktiviert, sodass Olivia ausreichend gut sehen konnte.

»Eure Eltern waren einfache Leute.« Olivia rief ins Dunkel. »Niemand konnte erwarten, dass sie viel Lösegeld für euch zahlen würden. Aber wenn man eure Eltern aus irgendeinem Grund einfach nur hätte töten wollen, warum hätte man euch beide dann so aufwendig entführen sollen? Welchen Grund gab es dafür?«

Etwas polterte, weiter hinten im Raum, irgendwo in der Nähe der Tafel, um die herum eine Gruppe beängstigender Wachsfiguren drapiert war. Natürlich wurde das Horrorhaus für die Besucher vor allem durch Darsteller in gruseligen Kostümen und erschreckenden Masken belebt, doch darüber hinaus fanden sich auch Nachbildungen historischer und sogar zeitgeschichtlicher Gruselereignisse. Olivia erkannte die Nachbildung der Toten an dieser Tafel, die mitten im Raum stand, als eine Anlehnung an das sogenannte *Scheunenmassaker*, das Jahre zuvor im Berliner Umland stattgefunden hatte. Julius Kern hatte in diesem brutalen Massenmord damals die Ermittlungen geleitet, und er hatte Olivia immer wieder von den Geschehnissen erzählt.

»Warum versteckst du dich vor mir? Das, was du willst, bekommst du nicht, indem du wegläufst.«

Olivia ging Schritt für Schritt auf die Tafel mit den Wachsfiguren zu. Sie würde zunächst an ihr vorbeigehen müssen, um wenige Meter dahinter den Abzweig zu einer nicht einsehbaren Ecke zu erreichen, hinter der sie glaubte, Geräusche vernommen zu haben. Sie sah sich um, doch niemand schien ihr auf den Fersen zu sein. *Sie sind vermutlich zu zweit. Und die Zwillinge kennen hier jeden Winkel. Sei verdammt vorsichtig!*

»Es war damals ziemlich viel Nahrung in eurem Bunker. Dann aber wiederum ein lausiges Unterhaltungsprogramm, nur eine einzige Platte mit gerade mal zwei Liedern drauf. Und Toiletten, die nach spätestens zwei oder drei Tagen eigentlich hätten gereinigt und neu präpariert werden müssen. Einerseits sollte man es in diesem Bunker wohl eine Weile aushalten können, andererseits wirkte es aber wie ein Versteck, in dem man nur vorübergehend jemanden einsperren würde. Habt ihr jemals darüber nachgedacht, dass euer Entführer vielleicht deswegen nicht zurückgekommen ist, weil er gestorben ist, nachdem er euch da eingesperrt hat?«

Da erklang wieder ein Rascheln. Aber nicht das eines gehenden Menschen. Es klang eher so, als drehe und wende eine sitzende Person ihren Körper. Olivia blieb wenige Schritte vor der Tafel mit der unheimlichen Szenerie stehen. Im Dämmerlicht des düsteren Raumes ließ sie ihren Blick über die Köpfe der Toten schweifen. Irgendetwas stimmte doch da nicht, Olivia konnte sich aber noch nicht erklären, was es war. Der Fall um den Massenmörder Tassilo, der das *Scheunenmassaker* damals begangen hatte, dessen aber niemals überführt werden konnte, gehörte im LKA Berlin zur Allgemeinbildung. Julius Kern hatte Olivia oft davon erzählt, sie kannte die damaligen Opfer und deren Geschichten gut. Es raschelte erneut, und es klang wieder so, als bewege sich eine sitzende Person. *Kann es vielleicht sein, dass du …?* Olivia betrachtete die Tafel jetzt näher. Olaf Steinbrecher und Vanessa Christensen waren damals zwei der Opfer gewesen. Ihre Nachbildungen waren an der Tafel gut zu erkennen. Der mit einer Schraubzwinge aufgebrochene Kopf von Dietmar Wagner, einem weiteren der damaligen Opfer, war ebenfalls erschreckend realistisch nachgebildet, und auch die Leichen des Ehepaares Dosander saßen am Tisch. Nur eine Figur, die Olivia den Rücken zugewandt hatte und durch einen Mantel mit Kapuze von hinten nicht erkennbar war, weckte ihr Interesse. *Wer ist diese sechste Person am Tisch?*

»Wo steckst du denn? Los, komm schon, lass uns reden. Wir lassen jetzt erst mal die Jungs frei und sprechen dann mit Severin. Er wird es dir hoch anrechnen, dass du Ferdinand und die anderen freiwillig rausgelassen hast, und gemeinsam werden wir dann schon rausfinden, was damals passiert ist.«

Olivia hatte es durchschaut. Dieser clevere Hund hatte sich zwischen den Wachsfiguren an der Tafel versteckt! Alle Nachbildungen der damaligen Opfer waren sinnvollerweise mit den Gesichtern zu den Besuchern ausgerichtet, wenn diese in den Raum traten. Einzig der unbekannte sechste Gast, der praktischerweise durch seine Kapuze von hinten nicht identifizierbar war und sich anscheinend gelegentlich leicht bewegte, saß den Besuchern mit dem Rücken zugewandt. *Er denkt, dass ich unachtsam an dem Tisch vorbeigehe, damit er mir dann in den Rücken fallen kann. Vergiss es, Muffi!*

»Ich kann dich hören!« Olivia setzte mit Bedacht einen Fuß vor den anderen, während sie ihre Pistole entsicherte. »Ich werde gleich um die Ecke kommen, solltest du eine Waffe auf mich richten, muss ich schießen.«

Gut möglich, dass es Kai war, der hinter dieser Ecke stand und die verwirrenden Geräusche verursachte, während Karl an der Tafel darauf lauerte, dass Olivia ihm unachtsam endlich den Rücken zuwenden würde.

»Es gibt nur eine sehr, sehr wichtige Sache, die du wissen solltest!«

Wer immer hinter dieser Ecke möglicherweise auf sie wartete, würde jetzt von seinen Plänen abgelenkt sein. Er würde erfahren wollen, auf welche sehr, sehr wichtige Sache Olivia wohl anspielte. *Nichts bringt einen Menschen so verlässlich von seinen Zielen ab wie Neugier. Er ist in seinen Gedanken kurz abgelenkt. Jetzt ist der perfekte Moment!* Olivia sprang ansatzlos an den lauernden sechsten Gast der Tafelrunde heran, klemmte seinen Kopf in ihrer linken Armbeuge ein, während sie mit der Waffe auf die Ecke zielte, von der sie erwartete, dass der andere Zwilling jetzt hinter ihr hervorspringen würde. Doch kaum dass Olivia den Sitzenden umklammert hatte, bemerkte sie, dass etwas an ihm seltsam war. Er war kalt, roch unangenehm und fühlte sich auf unnatürliche Weise leblos an. Sie wandte den Blick von der nicht einsehbaren Ecke ab und überprüfte, wen sie da eigentlich gerade in ihrem Klammergriff fixierte. Das Gesicht kam ihr bekannt vor, wenn es auch weder das von Karl noch das von seinem Zwilling

Kai war. *Ist das etwa diese Frau von der Firmenleitung? Wie hieß sie noch, Cordula Gerster?* Und kaum dass Olivia begriffen hatte, dass Karl sie soeben mit einer Leiche abgelenkt hatte, wurde sie auch schon mit Wucht gerammt, und während sie zu Boden fiel, riss ihr jemand die Pistole aus der Hand und stürzte aus dem Raum.

KAPITEL 61

LENNOX

Er wusste selbst nicht mehr, was er jetzt eigentlich noch vorhatte. Wie Funken sprangen Gedanken, Emotionen, Bilder und Wahrnehmungen durch seinen Verstand, nichts war noch deutlich, logisch oder gar zielführend. Es war ihm entglitten, alles, und was auch immer von jetzt an noch passieren würde, konnte nur noch dem einen Zweck dienen: Rache zu nehmen! Rache an einem System, dem nicht einmal der bevorstehende Tod von acht unschuldigen Jungs dazu ausreichte, endlich zu handeln. Und dessen Polizei, deren verdammte Aufgabe es war, herauszufinden, wer ihm und Kai das alles angetan hatte, sich nicht am Riemen riss und dieses Schwein endlich und viel zu spät wenigstens noch daran hinderte, seinen Lebensabend unbehelligt irgendwo in der Sonne zu genießen. Darüber lachend, dass er ihre liebenden Eltern ermordet hatte und ohne irgendwelche Konsequenzen einfach so davongekommen war. Und was hatte Olivia da eigentlich gerade in ihrer kompletten Inkompetenz vor sich hin geredet? Warum sollte dieser Typ denn gestorben sein, nachdem er ihn und Kai in dem Bunker eingesperrt hatte? Was für ein bescheuerter Zufall hätte das denn gewesen sein sollen? Nein, auf solche komplett unwahrscheinlichen und abstrusen Überlegungen würde er sich nicht einlassen, ganz sicher nicht. Überhaupt, er würde sich auf gar nichts mehr einlassen! Wenn sein Plan schon gescheitert war, und wenn sein Leben hier und heute auch enden würde, so wollte er doch wenigstens noch mit einem Paukenschlag abtreten. *Und mit was für einem!* Gerade als Lennox den Eingang zur Stuntarena erreicht hatte, bemerkte er, dass sich jemand hinter dem Tor verborgen gehalten hatte.

»Mutter?« Er bremste seinen Lauf und kam schwer atmend zum Stehen.

»Da bist du ja, Junge! Was hast du denn bloß vor?« Esther Wardy griff nach Lennox' Handgelenken und zog ihn an sich heran, während sie ihm dabei eindringlich in die Augen sah. »Es ist endgültig vorbei, du wirst das jetzt sofort beenden. Lass die Jungs frei, auf der Stelle!«

»Du verstehst es nicht!« Er brüllte regelrecht, während er seine Hände mit einem kräftigen Ruck aus Wardys Griff entriss. »Der Mörder unserer Eltern läuft immer noch frei herum, und niemand ist bereit, ihn zu suchen! Dieser Boesherz lässt sogar lieber seinen Sohn ersaufen, als seinen Job zu machen! Warum will denn niemand unseren Fall lösen? Was ist so falsch an Kai und mir, dass sich keiner für uns interessiert?«

Wie ein Sturzbach liefen die Tränen an seinem Gesicht hinunter, und der mitleidsvolle Blick des einzigen Menschen, der sich jemals für ihn und Kai eingesetzt hatte, trug sein Übriges zu Lennox' Nervenzusammenbruch bei. Wardy zog ein Stofftaschentuch hervor und wischte Lennox damit die Tränen aus dem Gesicht.

»Sag mir jetzt bitte, wo die Jungs sind. Und dann lassen wir sie frei. Deine Seele kann ohne große Schwierigkeiten den Mord an Eltern verkraften, die ihre Kinder für Sex verkaufen. Ich weiß, wovon ich rede. Aber glaube mir, den Tod dieser Kinder verkraftet sie nicht.«

Lennox atmete mehrmals tief ein und aus. Er versuchte, sich zu sammeln, doch sosehr er sich auch auf Wardys Gedanken einzulassen versuchte, so unmöglich erschien es ihm. Und warum sollte er sich denn jetzt noch irgendwelchen Eingaben von außen fügen, mit Schreien und Weinen in seinem Kopf, dem Schmerz der Verzweiflung und dem Ende des Lebens, wie er es kannte, unmittelbar vor Augen? Er schrie so laut, dass Wardy zusammenzuckte und einen Schritt zurücktrat: »Ich werde es zu Ende bringen!« Lennox spürte, dass seine Entscheidung unumstößlich gefallen war. »Diese Jungs werden ihr Leben opfern müssen, es führt kein Weg daran vorbei. Kai und ich waren es nicht wert, den Mörder unserer Eltern zu jagen. Aber der Tod dieser acht unschuldigen Jungs wird die Menschen aufwühlen! Die Presse wird von nichts anderem mehr berichten, wahrscheinlich wird ihnen sogar irgendwo eine Gedenkstätte errichtet. Und der Druck der Öffentlichkeit wird gigantisch sein! Die Polizei wird es sich gar nicht mehr leisten können, den Mörder, der das alles ausgelöst hat, nicht endlich zu fassen! Und Severin Boesherz wird erkennen, wozu seine Arroganz geführt hat. Er wird den Mann finden müssen, der unsere Eltern getötet hat. Er wird gar keine andere Wahl haben, als auf diese Weise den Tod seines Sohnes zu rächen.«

Wardy sah Lennox schweigend und mit starrem Blick in die Augen. Vermutlich glaubte sie, er sei wahnsinnig geworden, doch das war er nicht. Die anderen waren es, ganz offensichtlich. Oder konnte es etwa normal sein, es über Jahrzehnte hinweg zu dem kommen zu lassen, was soeben geschah?

»Ich liebe dich, und Kai liebt dich auch.« Wardy hatte erkennbar Probleme, klare Worte zu formulieren. »Aber wenn du das hier nicht sofort beendest, dann werden wir beide das nicht mehr können.«

Lennox sah sich irritiert um.

»Wo ist Kai denn eigentlich? Wir sollten diesen bedeutenden Moment gemeinsam erleben.« Und noch ehe Wardy darauf antworten konnte, bemerkte Lennox, dass Olivia aus der Richtung des Horrorhauses auf ihn zulief. Er durfte jetzt keine Sekunde verlieren! »Wenn du willst, dann komm mit rein. Es ist das große Finale, du hast verdient, es mitzuerleben.«

Damit wandte sich Lennox von Wardy ab und lief eilig in die Stuntarena.

KAPITEL 62

OLIVIA

Die Zeit lief erbarmungslos gegen die Jungs.

»Wo will er hin?« Olivia hatte die Verfolgung unterbrochen, um eilig ein paar Worte mit Esther Wardy wechseln zu können, die noch immer nahezu regungslos vor dem Eingang zur Arena stand. »Helfen Sie mir bitte, ihn zu stoppen. Jeden Moment muss die Verstärkung kommen, aber darauf kann ich nicht warten. Ich brauche den Schlüssel zum Versteck der Kinder, schnell!«

Wardy senkte den Blick.

»Es wird keine Verstärkung kommen.«

»Was meinen Sie?« Olivia atmete schwer.

»Ich habe Karl nach seiner Befreiung aus dem Bunker versprochen, dass ich es niemals wieder zulassen werde, dass ihm jemand etwas antut. Ich empfinde für ihn, als wäre er mein leiblicher Sohn. Ich kann nicht zulassen, dass er von einem SEK erschossen wird. Es tut mir leid, aber ich habe Ihren Kollegen betäubt, bevor er Hilfe rufen konnte. Versuchen Sie bitte, die Jungs noch zu retten, aber Sie sind dabei auf sich allein gestellt.«

Olivia wusste nicht, ob sie lachen oder in einen Wutanfall ausbrechen sollte.

»Sind Sie komplett irre geworden?«

Olivia sah in Wardys Augen, doch sie erkannte keinen Stolz darin. Aus den Blicken dieser einst so erbarmungslosen Frau sprachen nur noch Angst und Sorge. Die Sorge einer Mutter, jemand könnte ihrem Kind etwas zuleide tun. Ihrem Kind, dessen Leben sie, ohne zu zögern, über das Leben aller anderen stellte. Olivia durfte jetzt keine weitere Zeit an Esther Wardy verlieren. Was geschehen war, das war geschehen, sie würde es jetzt allein richten müssen. Und ihre letzte realistische Chance bestand darin, die Schlüssel zum Verlies der Jungs von Karl zu bekommen. Wie auch immer.

»Beten Sie, dass ich das hier alles noch irgendwie retten kann!« Damit wandte sie sich von Wardy ab und folgte Karl in die Arena.

Obwohl die Dämmerung allmählich einsetzte, war es noch immer hell genug, dass Olivia sich einen schnellen Überblick verschaffen konnte. Der Zugang zu dem unterirdischen Becken musste wohl hinter dem Tor liegen, durch das die Stuntleute mit ihren Fahrzeugen auf die Fläche gelangten. Vielleicht gab es ja eine Möglichkeit, die Jungs auch ohne Schlüssel zu befreien oder zumindest die Wasserzufuhr zu stoppen. Olivia ließ zunächst von Karls Verfolgung ab und lief zügig auf das Tor zu. Ein Schuss fiel, und nur wenige Meter vor ihren Augen sah sie, wie die Kugel splitternd in dem Betonboden einschlug und eine kleine Staubwolke aufwirbelte. Sie stoppte ihren Lauf und drehte sich um.

»Vergiss es, ohne den Schlüssel bekommst du die Tür nicht auf!«

Olivia sah, dass Karl gerade dabei war, über die Außenleiter auf das Dach der Arena zu klettern.

»Dann wirf ihn mir runter! Wenn ich den Schlüssel habe, dann kannst du von mir aus abhauen. Ich will nur die Jungs retten, das kann hier alles noch gut enden!«

Ein irres Lachen, das Olivia durch Mark und Bein ging, schallte mit großem Echo über die Showfläche.

»Hier geht gar nichts gut aus! Du wirst dir den Schlüssel

schon holen müssen!« Damit steckte Karl die Pistole wieder in seine Jackentasche und kletterte weiter nach oben auf das Dach zu.

Olivia zögerte nicht, kehrte um und lief nun ebenfalls auf die Außenleiter zu. Ihre Kräfte waren bereits geschwächt, dennoch dauerte es nicht lange, bis sie oben angekommen war. Vorsichtig spähte sie über die Kante auf das Dach, gefasst darauf, dass Karl möglicherweise auf sie schießen könnte, sobald er sie bemerkte. Doch nichts dergleichen geschah. *Es ist gar nicht seine Absicht, mich einfach so zu erschießen, das hätte er schon im Horrorhaus tun können. Nein, er will, dass ich es miterlebe. Dass ich es machtlos zulassen muss, dass die Kinder und Ferdinand da unten jämmerlich ertrinken. Aber noch ist es vielleicht nicht zu spät!* Olivia stieg mit ruhigen Bewegungen auf das Dach.

»Wie war das Gefühl, als die Tür aufging?«

Sie machte einige Schritte auf Karl zu, der mit ihrer Pistole in der Hand am anderen Ende der Dachkante stand und wie ein Feldherr auf die Showfläche hinunterblickte. Er drehte sich nicht zu Olivia um.

»Du meinst damals, im Bunker?« Er klang exakt wie Marvin, doch noch war Olivia sich nicht sicher, mit welchem der Zwillinge sie es gerade zu tun hatte.

»Der Moment, als Esther Wardy die Tür geöffnet hat und ihr wusstet, dass ihr gerettet seid. Wie hat sich das angefühlt?«

Karl drehte sich noch immer nicht um.

»Ich habe keine Ahnung. Ich habe es gar nicht mitbekommen, ich war damit beschäftigt, Kai zu retten. Und wenn ich es gemerkt hätte, dann wäre es eine große Enttäuschung für mich gewesen. Es war mir nicht wichtig, dass uns da irgendjemand rausholt. Es war mir wichtig, *wer* uns da rausholt.«

Olivia sah auf die Uhr. Mit etwas Glück blieben den Jungs

vielleicht noch fünf bis zehn Minuten. Zumindest wäre das Ultimatum dann verstrichen.

»Du wolltest, dass es deine Eltern sein würden, die euch befreien.«

»Du hättest sie kennen sollen.« Er drehte sich zu Olivia um. »Sie waren die besten Menschen, die es jemals gegeben hat. Was dieser Verbrecher unseren Eltern damals angetan hat, darf einfach nicht ungesühnt bleiben. Du hättest ihn finden sollen, oder zumindest diesen Boesherz dazu bringen, dass er es tut. Dann wäre das hier alles nicht passiert.«

Jetzt gab es keinen Zweifel mehr. Der Blick, der Klang seiner Stimme. Die Vertrautheit, die in seinen Worten mitschwang. Dazu die kleine Narbe über dem rechten Auge, die Frisur, einfach alles. Es war eindeutig *Marvin*, der da vor ihr stand. Olivia spürte, wie ihr Herzschlag sich beschleunigte.

»Muffi, gib mir jetzt bitte die Schlüssel.« Sie sprach so, wie sie immer mit ihm gesprochen hatte, wenn er vor dem Einschlafen in ihren Armen gelegen hatte. »Ich werde den Mörder deiner Eltern finden, und Severin wird mir helfen. Aber lass die Jungs jetzt bitte gehen.«

Das zögerliche Lächeln, das kurz über sein Gesicht gehuscht war, konnte vielleicht gespielt gewesen sein. Nicht aber die Träne, die an seiner Wange hinunterlief.

»Es tut mir leid, wirklich. Aber ich werde das nicht machen.«

»Warum denn nicht? Du bist kein Kindermörder, das weiß ich.«

Karl fiel es offensichtlich schwer, zu sprechen.

»Nur wenn die Jungs sterben, kann ich es endlich tun.« Nichts Feindseliges klang in seiner Stimme, ganz im Gegenteil.

»Was meinst du?«

Er hob die Pistole an und richtete sie gegen seine Schläfe.

»Wenn ich die Jungs auf dem Gewissen habe, kann ich mich

endlich umbringen. Ich schaffe das sonst nicht, glaub mir, ich habe es immer wieder versucht. Aber wenn ich etwas so Unverzeihliches getan habe, dann werde ich die Kraft dafür haben. Denn damit werde ich endgültig nicht mehr leben können.«

»Jetzt redest du Blödsinn, Muffi.« Olivia streckte die Hand aus. »Gib mir die Waffe, und dann holen wir die Jungs da unten raus. Okay?«

Olivia sah in Karls Augen, und wenn sie auch zutiefst verabscheute, was er getan hatte, fühlte sie doch Mitleid mit ihm.

»Und dann?« Er flüsterte.

»Dann wirst du endlich wieder ruhig schlafen können.«

»Denkst du?« Er wirkte jetzt wie ein kleiner Junge auf Olivia, hilflos und verzweifelt.

»Es wird sich gut anfühlen, diese Katastrophe doch noch verhindert zu haben.«

Eine kleine Regung schien Olivia anzudeuten, dass Karl mit dem Gedanken spielte, ihr die Waffe auszuhändigen. Doch plötzlich durchschnitt Lärm die Stille. Das Wummern einer Auto-Soundanlage, das sich schnell näherte und dabei mit dem Geräusch eines Motors vermischte, den Olivia noch sehr gut in Erinnerung hatte. *Endlich!* Sie blickte nach unten auf die Showfläche und sah, wie nur wenige Sekunden nach dem Vernehmen der ersten Geräusche der *Dodge Challenger SRT Hellcat* auf die Rennstrecke fuhr. Paul Witt hielt den Wagen an und stieg aus, während die Musikanlage noch immer dröhnte, als wollte sie die Arena in eine Disco verwandeln. Witt griff sein Handy und wählte eine Nummer. Kurz darauf begann Olivias Smartphone in der Tasche zu vibrieren.

»Muffi, es ist vorbei.« Sie holte das Telefon mit einer ruhigen Bewegung aus der Tasche. »Jetzt wird alles wieder …«

Und noch bevor Olivia ihren Satz beenden konnte, hatte Karl

auch schon die Waffe auf die Showfläche gerichtet und vier Schüsse in Richtung von Paul Witt abgefeuert, der leblos zusammenbrach. Karl sah Olivia ohne erkennbare Gefühlsregung an, bevor er sagte: »Weißt du, dass Paul vermutlich mein einziger Freund war? Aber was soll's, das ist jetzt auch egal.«

KAPITEL 63

Olivia sah über die Dachkante hinunter zu Paul Witt, der zwar stark blutete, sich aber noch bewegte. Die Musik aus der Soundanlage seines Wagens dröhnte jedoch so laut, dass es unsinnig gewesen wäre, ihm irgendetwas zuzurufen. Abgesehen davon, dass er vermutlich ohnehin nicht imstande war, den Jungs in seinem jetzigen Zustand zu helfen. Olivia wusste, dass Witt die Schlüssel zu der unterirdischen Anlage sowie dem Technikraum bei sich trug, er hatte es Dennis am Telefon ausdrücklich zugesagt. Doch wie sollte sie es schaffen, gegen Karls Willen zu ihm nach unten zu gelangen?

»Gib mir bitte die Waffe.« Olivia sprach weich und liebevoll, während sie die Hand ausstreckte.

Karl sah auf seine Armbanduhr.

»Die kannst du in fünf Minuten haben. Wenn alles vorbei ist. Dann kannst du mich auch erschießen, falls ich es selbst nicht schaffe.«

»Wie steht Kai eigentlich zu dem, was du hier machst?« Es war riskant, ihn in dieser Situation auf seinen Zwilling anzusprechen, doch Olivia war nicht in der Position, auf Sicherheit spielen zu können.

»Kai ist anders als ich. Jeder ist anders als ich.« Seine Miene verfinsterte sich noch etwas mehr.

Olivia überlegte, ob sie nach der Waffe greifen und ihn überwältigen konnte, doch dafür stand Karl einfach noch zu weit von ihr entfernt. Sie wollte gerade zu einem weiteren Überredungsversuch ansetzen, als sie hinter sich eine Stimme vernahm.

»Gib Frau Holzmann jetzt die Waffe und die Schlüssel. Ich habe dich damals nicht wochenlang gesucht und gerettet, damit du jetzt unschuldige Kinder ermordest. Wenn du das tust, dann bin ich genauso ihr Mörder wie du.«

Karls Blick ging in die Richtung, aus der Wardys Stimme erklungen war. Auch Olivia drehte sich um. Die alte Frau war den beiden über die Leiter nach oben gefolgt, wenn sie dafür auch erwartungsgemäß um einiges länger gebraucht hatte als Olivia und Karl.

»Das ist doch Unsinn.« Karl zog die Nase hoch, während immer mehr Tränen aus seinen Augen liefen.

Olivia warf einen weiteren Blick zu Paul Witt. Er war aus ihrem Blickfeld verschwunden, doch eine Blutspur ließ sie erkennen, dass er sich anscheinend vor dem ihm unbekannten Angreifer hinter seinem Fahrzeug in Sicherheit gebracht hatte. *Karl rückt seine Schlüssel niemals raus. Ich muss die von Witt holen. Und zwar sofort!* Olivia nutzte Karls Ablenkung durch Wardy, um sich mit schnellen Blicken einen Überblick darüber zu verschaffen, welche Vorrichtungen die Stuntleute dort oben installiert hatten. Dabei entdeckte sie etwas, an das sie sich noch aus der Zeit erinnern konnte, als das Becken mit den Haien der Mittelpunkt der Show gewesen war.

»Deine Mutter hat dir nicht alles erzählt, was damals in dem Bunker geschehen ist.« Sie sah Wardy eindringlich an und bedeutete ihr mit einem Zwinkern, dass sie jetzt mitspielen solle. »Bitte gehen Sie zu Ihrem Sohn und erzählen Sie ihm, was Sie wissen.«

Wardys Blick ließ keine Regung erkennen. Natürlich nicht, diese Frau hatte schließlich schon einigen der übelsten Verbrecher Theater vorgespielt, und ein Pokerface zu wahren dürfte wohl die leichteste Übung für sie gewesen sein.

»Gib mir die Waffe.« Sie ging an Olivia vorbei und blieb etwa einen Meter vor Karl nahe der Dachkante stehen.

»Du weißt etwas, das du mir nicht gesagt hast?« Karl klang jetzt wie ein kleiner Junge.

Olivia sah zu den beiden hinüber. Karl hatte die Waffe gesenkt, zudem stand Wardy direkt in der Schusslinie zwischen ihm und ihr. *Jetzt oder nie!* Mit einem Satz sprintete Olivia los, schlug Haken dabei, immer in der Erwartung, dass sie jeden Moment eine Kugel in den Rücken treffen konnte.

»Was versuchst du denn da?« Karls Stimme überschlug sich, doch es folgte kein Schuss. »Gib doch endlich auf, es ist vorbei!«

Olivia hatte die Startrampe der Seilbahn erreicht, mit der offensichtlich auch in der aktuellen Show noch immer einer der Stuntleute vom Dach nach unten auf die Spielfläche raste. Die Seilbahn war präpariert und einsatzbereit, vermutlich gehörte es zur Arbeit der Stuntleute, ihre Showfläche samt aller Anlagen und Geräte nach jeder Aufführung wieder für den kommenden Tag vorzubereiten. Sie zog das Seil aus der Verankerung. Es war ein Sicherungshaken daran montiert, doch erstens fehlte Olivia der dazu passende Gurt, und zweitens hatte sie auch gar keine Zeit, sich umständlich an- oder abzuschnallen. *Die paar Sekunden wirst du dich wohl festhalten können.* Sie sah noch einmal zu Karl und Wardy hinüber, die überraschenderweise beide keine Regung zeigten, sie aufhalten zu wollen. Dann ging es auch schon los. Olivia umklammerte den Griff, stieß sich kräftig von der Dachkante ab und sauste in rasender Geschwindigkeit auf die Spielfläche zu. Während die Stelle des Aufpralls schnell näher kam, bemerkte Olivia, dass sich dort keine Matte oder sonstige Polsterung befand. *Das haben die über Nacht bestimmt ins Lager geräumt. Okay, es wird eine harte Landung werden!* Und schon im nächsten Moment hatte sie den Boden erreicht, riss die Beine hoch, spannte jeden Muskel ihres Körpers an und fühlte, wie der Boden gegen ihren Körper schlug, der Lärm der Musikanlage in den Hintergrund trat und es dunkel um sie wurde.

KAPITEL 64

In ihrem Kopf schien ein tiefer Ton zu summen, Oben und Unten verschwammen zu einer Einheit, Adrenalin durchflutete ihren Körper, und das Stechen und Pochen von ihrem rechten Knöchel her steigerten sich rasant zu einem Schmerz, der alles um sie herum zu einer Nebensächlichkeit verkommen ließ. Nur dass das, was um Olivia herum geschah, das genaue Gegenteil einer Nebensächlichkeit war. Es stellte keine Option dar, einfach hier auf diesem kalten Steinboden liegen zu bleiben, sich vom Schmerz in die Bewusstlosigkeit überleiten zu lassen und die Jungs ihrer vermutlich allerletzten Überlebenschance zu berauben. Was hatte ihr Vater einmal zu Olivia gesagt, als sie acht Jahre alt und bei einer Wanderung gestürzt war? *Leiden ist ein Luxus, den man sich leisten können muss. Du bist mitten im Wald, wärest du allein, hättest du nur die Wahl zwischen Leiden und Leben.* Olivia wandte sich allem Schmerz zum Trotz auf den Bauch und versuchte aufzustehen. Sie verlor dabei das Gleichgewicht, und als ihr verletzter Fuß aus einem Reflex heraus ihren Fall abstützen wollte, schoss der Schmerz mit einer solch gebündelten Wucht durch ihren Körper, dass sie mit einem Aufschrei stürzte, der sogar die Musik aus der Autoanlage übertönte. Mehrere Sekunden lang lag Olivia handlungsunfähig auf dem kalten Beton, als ihr Blick auf Paul Witt fiel, der leblos an sein Auto gelehnt in einer Blutlache saß. Alles in ihr wollte nur noch liegen bleiben. Bewusstlos werden, den Schmerz abschalten. Doch zu dem, was sie tun musste, gab es keine Alternativen, selbst ihre

Schmerzen waren ganz sicher keine Entschuldigung. Mithilfe ihres unverletzten Beins und der Kraft ihrer Arme kroch Olivia durch dessen Blut zu Paul Witt hinüber. Ob Karl ihre Verfolgung aufgenommen hatte oder gar auf sie schoss, konnte sie nicht sagen. Der Schmerz und die Musik übertönten alles andere, und das Einzige, was jetzt zählte, war der Schlüssel zum ehemaligen Wasserbecken. Wie auch immer sie mit ihrem gebrochenen Fuß da runterkommen und die Tür öffnen sollte. Olivia begann damit, Witts Körper abzutasten. Er lebte noch, immer wieder gab er Geräusche von sich.

»Hören Sie mich, Herr Witt?« Olivia schrie regelrecht. »Wo sind die Schlüssel? Schnell, ich brauche sie. Sofort!«

Keine Reaktion, es wäre ja auch zu schön gewesen. Olivia würde es allein schaffen müssen, und angesichts der Umstände vermied sie es, über die Tragweite dieser Erkenntnis nachzudenken. Nachdem sie alle erreichbaren Taschen an Witts Kleidung erfolglos abgesucht hatte, zog sie ihn an seinem rechten Arm so zu Boden, dass sie jetzt auch noch seine Gesäßtaschen inspizieren konnte. Ohne Erfolg.

»Das war eine sehr mutige Aktion. Ich bewundere Sie.«

Die Olivia unbekannte Stimme erklang aus der Richtung, in der das hintere Tor zur Stuntarena lag. Sie hatte die Worte nur schwer verstehen können, jemand musste bitte endlich diese verfluchte Musikanlage ausschalten! Mit letzten Kräften wandte sie sich in die Richtung um, aus der sie die Worte vernommen hatte. Sie erkannte eine junge Frau in einem Rollstuhl.

»Helfen Sie mir bitte!« Olivia war es gleichgültig, wen sie da vor sich hatte. »In dem Wagen müssen irgendwo die Schlüssel zu dem Raum unter dieser Showfläche liegen. Die brauche ich, sofort! Den Kindern bleiben vielleicht nur noch Sekunden.«

Das Gesicht der Frau drückte tiefes Mitgefühl aus.

»Aber in Ihrem Zustand könnten Sie doch gar nicht mehr irgendwo hingehen.« Sie deutete auf die Räder ihres Rollstuhles. »Und ich bin da wohl leider auch keine allzu große Hilfe.«

Olivia weigerte sich, das Offensichtliche anzuerkennen. Sie dachte nach, so gut es ihr Zustand noch erlaubte. Esther Wardy wäre wohl der einzige Mensch, der noch als Retter infrage kam, doch sie befand sich auf diesem dämlichen Dach, und bis sie wieder nach unten geklettert wäre, würden die letzten Minuten der Jungs wohl verstrichen sein. Abgesehen davon, dass Karl sie wohl auch kaum einfach würde gewähren lassen. Ein letzter Gedanke kam Olivia in ihrer ratlosen Verzweiflung noch in den Sinn. Sie wusste zwar nicht, wer diese Frau im Rollstuhl war, doch dass sie in einer Verbindung zu Karl und Esther Wardy stand, lag auf der Hand. Jedenfalls gehörte sie nicht zu Paul Witt, er war schließlich allein in seinem Wagen angekommen.

»Wir brauchen Karls Zwillingsbruder. Kai! Und wenn es nur am Telefon ist. Er kann Karl vielleicht noch zur Aufgabe bringen. Können Sie das hinbekommen?«

Die Frau sah Olivia mit Fragezeichen in den Augen an. »Karl hat keinen Bruder.«

Was redete sie denn da? Karl war zweifellos seit der Zeit im Bunker psychisch gestört und schwer traumatisiert, doch die alte Leier von der multiplen Persönlichkeitsstörung würde sie sich jetzt ganz sicher nicht auftischen lassen. Olivia zog ihr Handy hervor und streckte es der Frau entgegen.

»Natürlich hat Karl einen Bruder. Seinen Zwilling Kai!« Olivia musste gegen die Musik aus den Autoboxen anbrüllen. »Können Sie ihn ans Handy bekommen?«

Die Frau zeigte keine Regung, nach dem Handy greifen zu wollen. Sie rollte nur etwas näher an Olivia heran, beugte sich zu ihr nach unten und sagte mit beeindruckender Klarheit: »Karl hat keinen Zwillingsbruder. Er hat eine Zwillingsschwester! Ich bin Kai, und ich fürchte, dass ich meinen Bruder nicht aufhalten kann. Das konnte ich nie.«

Olivia verstummte für die Dauer einer Sekunde. Dann sah sie aus dem Augenwinkel heraus, wie Karl mit ruhigen Schritten hinter dem Dodge hervortrat und sich neben seine Schwester stellte. Er richtete Olivias eigene Waffe auf sie und sagte: »Schließ einfach die Augen. Jetzt kommt endlich Ruhe. Für uns alle. Wundervolle, selige Ruhe.«

KAPITEL 65

Es ist jetzt genug, Karl.« Emma schob sich zwischen Olivia und ihren Bruder. »Wo ist der Schlüssel?«

Karl sah seine Schwester an, als hätte sie Chinesisch mit ihm gesprochen. »Ernsthaft? Immer noch die Schlüssel? Was willst du denn jetzt noch damit?« Er griff in seine Hosentasche und zog den Schlüsselbund von Cordula Gerster hervor. »Es ist zu spät, die Jungs sind tot. Jetzt werden sie endlich aufwachen, jetzt werden sie ihn endlich finden. Für mich ist es vorbei, mir nützt das nichts mehr. Aber dir!«

Emma sah Karl verständnislos an.

»Was für ein Schwachsinn! Charles Manson und seine *Familie* dachten damals, dass ihr Massaker an der schwangeren Sharon Tate und ihren Freunden dazu führen würde, dass in der Folge die Welt in ein Höllenchaos stürzt. Was natürlich nicht passiert ist! Hör doch endlich damit auf, unsere *liebenden Eltern* rächen zu wollen. Und hör auch damit auf, unbeteiligte Menschen leiden zu lassen, damit du nur immer weiter und weiter in diesem Bunker bleiben und die Realität verleugnen kannst.«

Olivia hatte wegen der Musik zwar Mühe, dem Gespräch der Zwillinge zu folgen, doch die beiden standen nah genug, dass sie deren Worte noch verstehen konnte.

»Rede nicht so über Mama und Papa!«

Karls Aufmerksamkeit war jetzt ganz bei seiner Schwester, sodass Olivia durchatmen konnte und Gelegenheit dazu bekam, nachzudenken. Ihr Fuß war ganz eindeutig gebrochen, sie hatte nicht die geringste Chance zu entkommen. Die einzige Waffe, die sie gegen Karl einsetzen konnte, waren Worte. *Und das Smartphone in meiner Hand. Ich schätze aber, als Waffe fehlt es dem Ding an der erforderlichen Software …* Was, so fragte sich Olivia, würde Severin wohl sagen, wenn er jetzt hier wäre? *Ich schätze aber, als Waffe fehlt es dem Ding an der erforderlichen Software … Severin würde dazu sagen: Du solltest dich nicht zu schnell mit Antworten wie diesen zufriedengeben. Sie sind wie Steine im Weg, sie bremsen das Erkennen.*

»Du hast es damals schon gemacht, und du machst es heute immer noch!« Emma stand die Verzweiflung über die Situation ins Gesicht geschrieben, sie redete sich immer weiter in Rage. »Dieses Gewäsch von unseren *liebenden Eltern*, die uns jeden Wunsch erfüllen und alles tun, um ihre *kleinen Lieblinge* auf Händen zu tragen.«

War Karl bisher auf eine Furcht einflößende Weise gelassen gewesen, trat nun Schweiß auf seine Stirn, die sich zudem in Zornesfalten legte.

»Ich habe dich damals im Bunker am Leben gehalten. Ohne mich wärest du verreckt. Du hattest die Hoffnung aufgegeben, dass Mama und Papa uns da rausholen, aber ich nicht!«

»Warum hätte ich denn auch darauf hoffen sollen? Karl, hör doch endlich auf, die Realität zu verleugnen! Unsere Eltern waren grauenvoll! Papa war rund um die Uhr besoffen, und Mama war den ganzen Tag über high. Manchmal waren sie einfach tagelang weg. Ohne dass wir wussten, wo sie waren. Und ohne uns irgendwas zu essen dazulassen. Wir mussten zu unseren Nachbarn gehen, weil wir nicht wussten, wie man ein Ei kocht, aber sonst nichts anderes im Kühlschrank war. Wir wurden größtenteils von den anderen Bewohnern unseres Hauses ernährt und erzogen, die haben sich immer im Wechsel darum gekümmert, dass wir überhaupt was zu essen bekommen. Das Jugendamt war immer wieder da, aber die haben nie irgendwas gemacht. Weil unsere *liebenden Eltern* das Kindergeld für ihre Sucht gebraucht haben. Und weil sich das verfluchte Amt immer mit Termin angemeldet hat. Da waren sie dann natürlich nüchtern und geduscht. Was glaubst du wohl, warum wir wirklich in diesem verschissenen Bunker waren?«

Olivia konnte es sehen. Die Mimik des Mannes, den sie als *Marvin* kennen- und lieben gelernt hatte, war ihr wohlvertraut. Und das, was sie jetzt darin las, ließ nichts Gutes erwarten. *Ich muss etwas tun, aber ich weiß nicht, ob ich wirklich noch etwas tun kann. Körperlich bin ich besiegt, und Kai hat in dieser Hinsicht auch keine Chance gegen ihn. Aber sie greift ihn psychisch an, das schwächt ihn. Vielleicht lässt er sich ja mit Worten besiegen, in seinem jetzigen Zustand können die wie eine Waffe sein.* Doch dazu musste Karl ihre Worte erst einmal verstehen, und die Musik dröhnte nach wie vor aus dem Dodge. Hinzu kam, dass Olivia weder Psychologin war noch sich imstande sah, in ihrer jetzigen Lage …

Moment! Warum sehe ich diese Musik eigentlich die ganze Zeit über als meinen Feind an? Schlagartig wurde es hell in Olivias Denken. Sie hatte es einfach getan, ohne es verkrampft zu wollen, ganz intuitiv. Das, was Severin ihr immer wieder und wieder geraten hatte. *Denke anders, denke tiefer, verknüpfe die Dinge in großen Bogen, betrachte die Einzelteile und finde den Schlüssel, wie du sie zu einem Ganzen zusammenfügen kannst.*

»Sie wollten uns beschützen!« Karl schrie all seinen Zorn aus sich heraus, riss die Waffe hoch und richtete sie jetzt auf seine Schwester. »Hör auf zu lügen!«

Kai atmete tief durch, sammelte anscheinend ihre Gedanken und setzte dann mit ruhigerem Tonfall neu an: »Gib mir jetzt die Schlüssel zu dem Becken. Dann reden wir über Mama und Papa, und dann überlegen wir, wie wir ihren Mörder finden können. Okay?«

»Warum wollen alle diese Schlüssel?!« Karl schrie seinen Hass, seinen Zorn, seine Verzweiflung mit fliegendem Speichel aus sich heraus.

Dann hob er die Hand, in der er noch immer den Schlüsselbund von Cordula Gerster hielt, drehte sich zur Tribüne um, holte aus und warf ihn in hohem Bogen zwischen die Bankreihen, wo er sehr wahrscheinlich zwischen den Sitzen hindurchfallen und irgendwo unerreichbar im Unterbau der Arena landen würde. Olivia schloss die Augen. *Das war's für Ferdinand und die Jungs, jetzt ist alles verloren*. Esther Wardy hatte Dennis ausgeschaltet, Hilfe würde also nicht kommen. Und sie selbst lag mit gebrochenem Fuß auf dem Betonboden und sah ihre eigene Pistole in der Hand des Menschen, der sie töten wollte.

»Weißt du noch, wie wir vorgestern in diesem Dodge durch die Gegend gerast sind wie Bonnie und Clyde?« Sie sah Karl an, als wäre er wieder *Marvin* und sie beide immer noch ein Paar.

»Bonnie und Clyde sind am Ende gestorben.« Er war von seinem Wutanfall ganz außer Atem.

»Ich habe ja verstanden, dass das hier unser Ende ist.« Olivia musste nicht schauspielern, die Worte kamen wie von selbst so absolut überzeugend aus ihr heraus. »Aber dann lass uns doch wenigstens mit etwas mehr Würde in den Tod gehen als mit dieser ätzenden Scheißmusik im Ohr.«

Olivia hob ihr Handy.

»Was soll das werden?« Karl richtete die Pistole jetzt wieder auf sie.

»Ich habe neulich, als ich mit Wardy in eurem Bunker war, etwas auf mein Smartphone geladen und es dann vergessen. Aber mein Bluetooth ist ja immer noch mit dem des Dodge gekoppelt, du warst ja vorgestern so nett, das einzurichten. Also kommt schon, Karl und Kai, wenn wir jetzt alle sterben müssen, dann doch wenigstens mit etwas freundlicherer Musik!«

Olivia loggte sich mit einem Tastendruck in die Soundanlage des Autos ein und startete den Song, den sie aufgerufen hatte, während Karl mit seiner Schwester beschäftigt gewesen war. *Ich zeige dir, was für eine mächtige Waffe so ein Handy sein kann!* Die Musik von Paul Witt verklang, bevor der Song von Olivias Smartphone abgespielt wurde:

Kisses for me,
save all your kisses for me.
Bye-bye, baby, bye-bye!
Don't cry, honey, don't cry!
Gonna walk out the door
But I'll soon be back for more!

KAPITEL 66

Ahhhh!!!«

Karl ließ achtlos die Pistole fallen, presste sich beide Hände auf die Ohren und sackte auf die Knie, als hätte man ihm eine Axt in den Rücken geschlagen. Olivia sah zu Kai, die zwar ebenfalls irritiert und mit erkennbarem Missmut auf die Musik reagierte, jedoch weit gefasster als ihr Zwillingsbruder war.

»Die Waffe, schnell!«

Kai benötigte etwa eine Sekunde, bevor sie wieder zu einer rationalen Handlung imstande war. Sofort rollte sie zu ihrem Bruder und griff die Pistole vom Boden. Olivia robbte unter Schmerzen an Karls Schwester heran und ließ sich die Waffe von ihr aushändigen. Während der Song weiterhin aus der Musikanlage klang, griff Olivia ihre Handschellen und raffte sich in den Sitz auf. Karl ließ sich vollkommen widerstandslos fesseln, während ihm Ströme von Tränen aus den Augen liefen und er verzweifelt wimmerte: »Mama, Papa, warum kommt ihr denn nicht? Wir haben Hunger. Und Angst. Habt ihr uns hier vergessen? Wo seid ihr denn nur?«

Während Kai ihren Bruder jetzt liebevoll von hinten umarmte und ihn wie ein Kind wiegte und streichelte, robbte Olivia unter Schmerzen hinter dem Dodge hervor, sodass sie ihren Blick wieder auf das Dach der Arena richten konnte. Esther Wardy stand nach wie vor dort oben an der Kante des Daches und hatte das Schauspiel anscheinend verfolgt. Olivia deaktivierte schließlich den Song, der ihr das Leben gerettet hatte, wodurch es jetzt endlich wieder still auf der Showfläche war. Sie wandte sich noch einmal zu Karl und Kai um, die vollkommen miteinander beschäftigt und offenbar ganz weit weg von diesem Ort tief in die Welt ihres Traumas abgetaucht waren. Von den beiden würde keine Gefahr mehr ausgehen. *Aber eben auch keine Hilfe!*

»Kommen Sie schnell da runter!« Olivia versuchte, Wardys Blick zu treffen, doch sie war dafür viel zu weit von ihr entfernt. »Außer Ihnen kann jetzt keiner mehr die Jungs da unten rausholen!«

Es erfolgte zunächst keine Reaktion. Wardy bewegte sich nicht einmal, sie stand da, fast als wäre sie eine Schaufensterpuppe. Schließlich erklang ihre Stimme doch noch: »Haben Sie mal auf die Uhr gesehen? Es ist vorbei! Ich brauche ein paar Minuten, bis ich zu Ihnen runtergeklettert bin, und dann müsste ich noch den Schlüssel finden.«

»Was soll die Scheiße?« Olivia spürte, wie Zorn und Fassungslosigkeit in ihr aufstiegen. »Wir müssen es doch wenigstens versuchen!«

»Das hier ist alles meinetwegen passiert.« Wardy klang auf unheimliche Weise abgeklärt. »Seien Sie nicht zu hart zu Karl. Er ist genau so ein Opfer wie diese armen Jungs. Ich habe sie auf dem Gewissen. Alle!«

Damit breitete Esther Wardy die Arme aus, ließ sich ruhig und kontrolliert über die Kante des Daches fallen, stürzte, ohne einen Laut von sich zu geben, und prallte gleich darauf auf den Beton. Olivia wurde es schlagartig eiskalt, und ihre Atmung verlangsamte sich. Sie spürte, wie der letzte Hauch ihres Kampfeswillens gemeinsam mit dem Körper von *Lady Firehand* auf dem Boden dieser Arena zerschellt war. Sie sah zu Kai, die nach wie vor ihren wimmernden Bruder im Arm hielt und dem Hier und Jetzt vollkommen entrückt schien. Noch einmal wandte Olivia ihren Blick zu der Stelle, an der sich das Blut von Esther Wardy in breiten Strömen unter ihrem Körper ausbreitete. Die Zeit war längst abgelaufen, und niemand konnte jetzt noch irgendetwas tun. *Das ist das Ende. Die Jungs sind tot.*

KAPITEL 67

FERDINAND

Das Wasser schob sich immer weiter nach oben, näher und näher auf die Decke zu. Nur noch wenige Zentimeter blieben den Jungs, auf denen sie den Rest der Luft in ihrem beinahe vollgelaufenen Kerker atmen konnten. Der kleine Niklas war noch immer nicht wieder zu Bewusstsein gekommen, zudem hatte der Wasserspiegel mittlerweile die Kopfhöhe der Jungs überstiegen, sodass sie alle schwimmen mussten. Ferdinand trat mit immer kraftloser werdenden Beinen gegen das Wasser, während er den Kopf des leblosen Jungen mit dem Griff eines Rettungsschwimmers an der Oberfläche hielt. Die anderen Jungs hatten vergleichbare Mittel gefunden, um jeden von ihnen an der Oberfläche zu halten, doch diese verringerte sich mit jeder Sekunde ein Stückchen mehr.

»Das war's, wir sind am Arsch!«, rief Justin.

Das Japsen, Husten, Schreien und Weinen der Jungs wurde allmählich schwächer, kaum noch Luft befand sich zwischen dem Wasserspiegel und der Decke. Der Schall ihrer Hilferufe fand immer weniger Platz, um sich auszubreiten, zudem schwanden die Kräfte der verzweifelten Jungs rasant.

»Haltet durch, nur noch ein paar Minuten!« Ferdinand wusste selbst nicht, warum er das gerufen hatte, glaubte er mittlerweile doch selbst nicht mehr daran, dass irgendjemand sie hier noch würde rausholen können.

Er hätte nicht sagen können, ob der kleine Niklas in seinen Armen überhaupt noch am Leben war, doch das spielte jetzt auch gar keine Rolle mehr. Er würde ihn so oder so nicht loslassen. Niemand würde hier irgendjemanden loslassen!

»Soll ich zur Tür tauchen und sehen, ob sie sich durch den Wasserdruck aufmachen lässt?« Felix sah zu Justin hinüber, der seinerseits einen der kleineren Jungs über Wasser hielt.

»Versuch's, aber die ist dafür gebaut, dem Druck standzuhalten.«

Immer wieder hustete einer der Jungs, nachdem ihm Wasser in Mund oder Nase gelaufen war. Während Ferdinand erkannte, dass es jetzt nur noch maximal fünf Minuten dauern konnte, bis noch die letzten Zentimeter Luft vom Wasserspiegel verdrängt sein würden, erschien ihm plötzlich ein Bild vor seinem inneren Auge. Er stand im Garten des Hauses seiner Adoptiveltern in Bad Lauterberg, war wieder fünf Jahre alt und hielt eine Buddelkastenschaufel in der Hand. Noch war Ferdinand nicht klar, warum der eilig herannahende Tod ihm ausgerechnet diese Szene aus seiner Kindheit vor sein inneres Auge zurückrief, doch gleich darauf verstand er es. Als er wieder spürte, wie seine Mutter ihn von hinten griff, hochhob, ihn zu sich herumdrehte und ihm einen Kuss auf die Stirn drückte. Er sah das Lächeln in ihrem Gesicht, und er erkannte, dass es von Freude erfüllt war. Erst jetzt bemerkte der kleine Ferdi, wie sein Vater mit einem breiten Strahlen im Gesicht hinter der Garage hervorkam. In Begleitung eines kleinen Hundes, den er soeben aus dem Tierheim abgeholt hatte. *Stinkepuff!* Nein, das war natürlich nicht sein echter Name gewesen, der Terrier hatte *Romulus* geheißen. Doch Ferdinand hatte ihn von Anfang an immer nur *Stinkepuff* genannt. Warum, das wusste er selbst nicht mehr, doch das spielte jetzt auch keine Rolle.

Er umfasste Niklas noch etwas fester, schloss die Augen und stellte sich vor, dass es der kleine Stinkepuff war, der sich ihm jetzt, im Angesicht des Todes, ein letztes Mal zeigte und in seine

Arme gelegt hatte, damit sie beide nun gemeinsam ruhig und zufrieden einschlafen konnten. So wie damals in seinem Bett, als Ferdinand noch ein Kind gewesen war. Die Schreie traten in den Hintergrund, und die Kälte des Wassers begann, sich wohlig anzufühlen. Sein Körper, wenn er sich auch nach wie vor an der Wasseroberfläche zu halten versuchte, versank in der Umarmung der Wärme tief in schmerzloser Bedeutungslosigkeit. Das Rucken spürte Ferdinand nicht, und auch diesem Sog maß er keine Bedeutung mehr bei. Zumindest nicht, bevor er glaubte, Romulus sei aufgesprungen und habe ihn laut angebellt. So als wolle er ihn aufwecken, warnen, vor etwas beschützen. Ferdinands Verstand sprang schlagartig in die Realität zurück, und schon erkannte er, dass sich die Decke rasant von ihm entfernte, während er kraftvoll von dem Sog erfasst und in Richtung Tür gezogen wurde. Auch die anderen trieben mit der Strömung auf die Stelle zu, an der ganz offensichtlich das Wasser mit großem Druck und hoher Geschwindigkeit durch die Tür nach draußen strömte. Die Jungs prallten an der Abflussstelle aufeinander, tauchten einer nach dem anderen ab und wurden schließlich von den enormen Kräften des ausströmenden Wassers durch die Tür aus ihrem Verlies hinausgesogen. Kurz war noch Chaos, gegen Wände gedrückt werden, Wasser schlucken, Oben und Unten nicht unterscheiden können.

Doch schließlich, wie lange es auch immer gedauert haben mochte, war Stille. Ferdinand spürte, dass er Niklas noch immer in seinen Armen hielt, er hatte ihn wirklich nicht losgelassen. Die Schwerkraft, die ihn jetzt wieder auf den nassen, kalten Boden presste, fühlte sich wie ein heldenhafter Retter an, und die Ruhe, die endlich eingekehrt war, hatte so gar nichts Bedrohliches mehr an sich. Im Gegenteil, sie war ohne jeden Zweifel ein Bote der Erkenntnis, dass es ausgestanden war.

»Alter, du hast echt nicht gelogen!«

Ferdinand erkannte die Stimme von Justin.

»Was?« Er benötigte etwas Zeit, um sich zu orientieren.

»Ist das dein Vater?«

Ferdinand öffnete die Augen. Nein, das konnte kein Trugbild seiner Einbildung sein. Denn in diesem Falle wäre der Mann in dem edlen Anzug mit den italienischen Lederschuhen nicht nass bis auf die Knochen gewesen. Ferdinand lächelte selig, wandte seinen Blick zu Justin und sagte: »Ich habe euch doch versprochen, dass die Tür aufgehen und mein Vater dahinter stehen wird!«

KAPITEL 68

OLIVIA

Immer weitere Rettungsfahrzeuge kamen durch das Tor in die Stuntarena und tauchten die Rennstrecke in ein Meer aus Blaulicht. Während Sanitäter und Polizisten die Versorgung der geretteten Jungs und der anderen Verletzten koordinierten und Beweise sicherten, rollte Emma ohne Hast zu dem Rettungswagen, vor dem Olivia auf einem provisorischen Sitz darauf wartete, dass die Medikamente ihre Schmerzen, die der frisch gegipste Bruch verursachte, endlich betäuben würden.

»Wie geht es Ihrem Bruder?« Olivia hätte die Antwort ebenso gut aus Emmas Gesicht ablesen können.

»Man hat ihm ein Beruhigungsmittel gegeben. Er wird jetzt erst mal in eine psychiatrische Klinik gebracht.« Emma klang abgekämpft, doch noch immer war Stärke in ihrer Haltung zu erkennen. »Ich hätte es wissen müssen. Was er vorhatte, dass er an einem Punkt war, an dem er es nicht mehr länger unterdrücken konnte. Aber Karl ist ein genialer Schauspieler. Er kann Menschen manipulieren, da fällt Ihnen nichts mehr ein.«

»Ich schätze, ich weiß, wovon Sie reden …« Olivia senkte den Blick.

»Es ist nicht so, dass Karl damals erst in diesem Bunker zerbrochen wäre. Zu diesem Zeitpunkt war er es schon längst. Weil er der Junge war, hat er von unseren Eltern damals viel mehr abbekommen als ich. Und das war fast immer der Fall, wenn unser Vater mal wieder besoffen war oder unsere Mutter schlecht gelaunt, weil ihr die Drogen ausgegangen waren. Die beiden haben uns immer spüren lassen, dass wir nur eine Haupteinnahmequelle waren. Lästig, aber einträglich. Ich hatte damals keine Zweifel, dass wir in diesem Bunker waren, weil unsere Eltern irgendetwas Böses mit uns vorhatten. Ich wusste nicht, was es sein würde, aber mir war klar, dass die Sache erst dann so richtig übel werden würde, wenn sie uns da rausholen kämen. Karl hat schon ziemlich früh angefangen, sich vor den Misshandlungen zu schützen, indem er die Realität einfach verleugnet hat. Sein Familienbild hatte er hauptsächlich aus Werbespots und Fernsehserien. Die Kindheit, die wir hätten haben sollen, hat er sich einfach so lange eingebildet, bis sie real für ihn war. Er ist so ein guter Schauspieler, dass er es sogar geschafft hat, sich selbst etwas vorzuspielen.«

Olivia wandte ihren Blick von Emma ab und ließ ihn über die Rennstrecke gleiten. Dabei sah sie, wie zwei kräftige Männer gerade den Sarg mit der Leiche von Esther Wardy verluden. Kurz spürte sie ein Aufwallen von Trauer, bevor sie zu den Jungs hinübersah, die, ohne einander von der Seite zu weichen, als geschlossene Gruppe an einem der Rettungswagen standen. Der Anblick ließ sich Olivia wieder besser fühlen, alle sieben schienen wohlauf zu sein.

»Wie hat Karl es wohl geschafft, die Jungs alle gleichzeitig zu entführen?« Emma klang ratlos.

Olivia sah, dass sich Severin und Ferdinand von der Gruppe der Jungen gelöst hatten und sich auf direktem Weg auf sie und Emma zubewegten. Sie würde es keinem der beiden überlassen, die Lösung dieses Rätsels zu präsentieren. Olivia sah Emma an und sagte: »Es war von Anfang an offensichtlich. Und trotzdem unsichtbar.«

KAPITEL 69

Ich hätte es eigentlich sofort wissen können, nachdem ich erfahren habe, dass Karl die sieben Jungs über ein Pädophilennetzwerk gefunden hat.«

Olivia konnte spüren, wie die einsetzende Wirkung des Schmerzmittels ihr Denken beeinflusste. Wo zuvor noch Wirrnis und unbeholfener Eifer geherrscht hatten, hatten jetzt Ruhe und Klarheit Platz gefunden.

»Wie meinen Sie das?« Emma beugte sich vor.

»Mir war bewusst, dass die Eltern nach der Entführung ihrer Söhne alles von ihren Rechnern gelöscht haben mussten, was sie ans Messer hätte liefern können, sobald das LKA ermittelt. Tatsächlich erklärt sich aber über denselben Weg, wie Karl die Jungs angeblich alle gleichzeitig entführen konnte.« Olivia sah zu Severin und Ferdinand, die sie in wenigen Sekunden erreicht haben würden. »Karl hat die Kinder zunächst für den angeblichen Missbrauch abgeholt. Alle nacheinander, in einer großen Tour. Dazu musste er nur einen Transporter mieten und aufpassen, dass er nicht in eine Kontrolle gerät. Als er die Jungs in seiner Gewalt hatte, hat er die Eltern informiert, dass er sie wegen ihrer Verbrechen anzeigen würde, wenn sie nicht genau das täten, was er ihnen sagt. Er hat sie dann angewiesen, zur Polizei zu gehen, die Entführung ihrer Söhne anzuzeigen und dabei exakt das zu behaupten, was er wollte. Sie mussten den Tag und die Uhrzeit benennen, und die Täterbeschreibung hat er ihnen auch vorgegeben. Die Spuren hat er sie dann vermutlich auch noch platzieren lassen.«

»Das wäre Karl zuzutrauen, leider.« Emma kniff leicht die Augen zusammen. »Nachdem die Eltern dann allesamt ausgesagt hatten, was er von ihnen verlangt hat, mussten sie sterben.«

Olivia nickte, und Schwermut lag dabei in ihrem Blick. Severin und Ferdinand hatten die beiden jetzt erreicht, und Emma griff diesen Impuls auf.

»Ich lasse Sie jetzt mal allein. Ich muss mich um Karl kümmern, er braucht einen Anwalt und ärztliche Hilfe.«

Olivia griff nach Emmas Hand und drückte sie fest.

»Ich wünsche Ihnen beiden viel Kraft!«

Die junge Frau wandte sich ab und fuhr zu einem der Streifenwagen hinüber, wo sie sich vermutlich darüber informieren lassen würde, wo man ihren Bruder hingebracht hatte. Severin, von dessen Kleidung es noch ebenso tropfte wie von Ferdinands, setzte sich zu Olivia und strich ihr fast schon väterlich über die Wange.

»Ist alles okay mit dir?« Er klang besorgt.

Olivia winkte ab. »Ich werde schon wieder, keine Sorge. Aber ich schätze, ihr beide habt mir was zu erklären.«

Severin lächelte wie ein Lausbub, der sich bei einem Streich hatte erwischen lassen. »Na ja, nach unserem letzten Telefonat wusste ich natürlich, dass der Entführer der Jungs nur dein Freund gewesen sein konnte. Warum sonst hätte Sokolov in deinem Haus gewesen sein sollen?«

»Du hast also heute früh schon gewusst, dass es *Marvin* war, der hinter allem steckt? Severin, ich will nicht stänkern, aber ein klitzekleiner Hinweis wäre da schon sehr hilfreich gewesen.«

Severin deutete mit theatralischer Geste auf das rege Treiben ringsherum in der Stuntarena. »Offenbar bist du ja auch ganz gut ohne Hilfe zurechtgekommen. Im Gegensatz zu mir! Ich war derjenige, der deine Hilfe gebraucht hat, ohne dich wäre das hier heute übel ausgegangen.«

Olivia sah ihren Freund ungläubig an. »Das meinst du ja wohl nicht ernst?«

Boesherz zuckte mit den Schultern. »Ich wusste nicht, wo dein *Marvin* steckt oder wie ich ihn finden konnte. Aber mir war klar, dass er mich zum Versteck von Ferdinand und den anderen führen würde. Ich habe mich dann einfach an dich drangehängt und bin dir gefolgt.«

»Was?« Olivia sprang auf, stellte fest, dass dies mit ihrem gebrochenen Fuß keine übermäßig hilfreiche Reaktion war, und ließ sich sofort wieder auf ihren Sitz sinken. »Du bist mir den ganzen Tag über nachgefahren? Und das habe ich nicht gemerkt?«

Boesherz wiegelte ab. »Ganz doof bin ich ja auch nicht. Es gibt sehr unauffällige Carsharing-Wagen, die man über den Tag auch immer wieder wechseln kann. Letztlich hast du mich in diese Arena geführt, wo ich den verletzten Paul Witt hinter seinem Wagen vorgefunden habe. Wie geht es ihm eigentlich?«

»Die Kugel hat ihn aus ziemlich großer Entfernung getroffen, aber er hat viel Blut verloren. Der Arzt hat gesagt, wenn er für sein Alter nicht so top trainiert wäre, hätte er es vermutlich nicht überlebt.«

»Wir schulden ihm wohl einen Blumenstrauß! Er hat mir nämlich noch die Schlüssel für den Bunker gegeben, bevor er bewusstlos geworden ist. Leider werden meine Schuhe die äußerst nasse Rettung der Jungs wohl nicht überleben, aber ansonsten sind alle wohlauf.«

»Du hattest die Schlüssel also längst, als ich mich vom Dach abgeseilt habe. Na super, da hätte ich Witt ja lange absuchen können.«

Olivia sah noch einmal zu den sieben Jungs hinüber. Dem Anschein nach ging es ihnen gut. Auch dem kleinen, den Ferdinand gleich nach der Öffnung des Bunkers auf seinen Armen zum Sanitäter getragen hatte.

»Okay, Severin, du hast Ferdinand also natürlich nicht sich selbst überlassen. Das hätte ich mir ja eigentlich denken können. Aber möchtest du mir vielleicht noch sagen, warum es so wahnsinnig wichtig für dich war, mir unter keinen Umständen zu helfen?«

Boesherz sah Olivia an, als verstünde sich die Antwort auf diese Frage von selbst. »Ich hätte dir ziemlich viele Dinge sagen können, aber was hätte es dir genutzt? Wenn man will, dass ein Kind schwimmen lernt, dann muss man es irgendwann auch mal loslassen. Ich wollte, dass du das hier alles selbst schaffst. Und ich bin unglaublich stolz auf dich, wie du gegen alle Widerstände diese Kinder und meinen Sohn gerettet hast.«

Ferdinand schaute Olivia etwas zu reumütig an, als dass es ernst gemeint sein konnte. »Ich schätze, wir sind jetzt so was wie *Lochschwager!*«

Olivia konnte sich nicht dagegen wehren aufzulachen. Es war so abstrus, dass es tatsächlich irgendwie lustig war. »Du hast also mit meinem Freund *Marvin* geschlafen?«

»Zu meiner Verteidigung, bei mir hieß er *Lennox!*«

»Ich will dir das unter den gegebenen Umständen mal durchgehen lassen. Und die Strafe hast du ja wohl schon bekommen. Eins würde mich dann aber doch interessieren: Wie hat er denn gerochen?«

Ferdinand lächelte lausbübisch. »Nach grünen Pferden, die rückwärts über ein Gemälde von Picasso fliegen, das auf einer Idee von Albrecht Dürer basiert und eine Leihwagenfirma zeigt.«

Die beiden lachten, als der Notarzt an die Gruppe herantrat.

»Frau Holzmann, wir würden Sie jetzt gern in die Klinik fahren.«

Die beiden Männer traten zurück, während der Arzt Olivia in den Wagen half. Severin sagte noch: »Wenn du willst, dann kann ich dir jetzt sagen, wie der Typ es geschafft hat, die sieben Jungs angeblich alle gleichzeitig zu entführen.«

Olivia ließ sich auf die Transportliege sinken und winkte ab. »Lass nur, Severin. So weit waren wir schon!«

KAPITEL 70

BOESHERZ

Es ist noch nicht zu Ende.«

Severin hatte sich mit Ferdinand zur Tribüne zurückgezogen, nachdem Olivia und Dennis ins Krankenhaus gefahren worden waren.

»Ich weiß!« Ferdinand nahm auf einem der Zuschauersitze Platz. »Ich fasse noch mal zusammen: Die Milliardärin will für den Obdachlosen, mit dem sie nichts zu tun hat, kein Lösegeld bezahlen. Ihr Sohn will das aber unbedingt und mit allen Mitteln. Er vereinbart heimlich eine Übergabe mit den Entführern, stiehlt seiner Mutter teuren Schmuck und rast los. Wie geht es weiter?«

Boesherz schloss die Augen, trennte sich von seiner realen Umgebung und saß nun in seinem Phaeton, in dem er versuchte, den Sohn der Unternehmerin einzuholen.

»Ich verfolge ihn, aber er hat zu viel Vorsprung. Weil ich nicht weiß, wo er hinwill, entkommt er mir. Als wir viel zu spät und erst nach der Ortung seines Handys am Übergabetreffpunkt ankommen, ist alles schon passiert. Überall ist Blut, der Sohn ist verletzt. Er hat mit den Entführern gekämpft, schließlich deren Pistole in die Hände bekommen und sie beide erschossen. Der Obdachlose ist abgehauen, er wird später in der Notaufnahme gefunden, wo man seine verletzte Hand versorgt. Zu diesem Zeitpunkt weiß ich aber bereits, was geschehen ist, also zurück zu dem Sohn und den toten Entführern: Der Sohn hält die rote Jacke des Obdachlosen in der Hand. Er sagt, er habe versucht, den Mann daran festzuhalten.«

Boesherz stand jetzt wieder auf dem abgelegenen Autobahnrastplatz, auf dem sich der blutige Showdown zugetragen hatte. Und da sich der Fall im tiefen Winter zugetragen hatte, fror er plötzlich. Ferdinand hatte er seiner Vorstellung ebenfalls hinzugefügt, sein Sohn stand ihm jetzt direkt gegenüber, neben dem abgekämpften Sohn der Milliardärin.

»Das erscheint mir unsinnig.« In der Vision seines Vaters betrachtete Ferdinand den jungen Mann, der auf dem Boden saß und noch immer die rote Jacke des Obdachlosen in seiner Hand umklammerte. »Die Entführer wollten Geld, der Sohn hatte zwar keins, dafür aber immerhin wertvollen Schmuck. Er war bereit, den Obdachlosen damit auszulösen. Alle Beteiligten hätten miteinander einig sein müssen. Aus welchem Grund hätte die Übergabe tödlich enden sollen?«

Boesherz sah zu den Leichen der Entführer, deren tote Körper in der Kälte der Nacht dampften. »Alle Informationen, die du benötigst, habe ich dir jetzt gegeben. Du kannst das Rätsel lösen.«

Ferdinand richtete seinen Blick in den winterlichen Nachthimmel, und seine Atmung verlangsamte sich. Es vergingen vielleicht zehn oder zwanzig Sekunden, bevor sich sein Mund vor Boesherz' geistigem Auge zu einem breiten Lächeln verzog. »Das Ganze war eine komplett schiefgelaufene Entführung!« Er schüttelte ungläubig den Kopf. »Die Lösung steckt offensichtlich in deinen Hinweisen, wie bei einem Suchbild. Am Anfang guckt man nur blöd drauf und sieht es einfach nicht. Aber wenn man es dann verstanden hat, ist auf dem Bild plötzlich alles total offensichtlich. Also, was haben wir? Eine total professionell vorbereitete Entführung geschieht. Opfer ist ein Obdachloser, der offenbar starker Raucher ist und eine auffällige rote Jacke trägt, die nicht zu ihm passt. Die Entführer stellen absurde Forderungen und schrecken vor Gewalt nicht zurück. Das sind Profis, und ihr unsinniger Versuch, eine Milliardärin mit einem Mann zu erpressen, den sie gar nicht kennt, passt absolut nicht zu ihrem sonstigen Vorgehen. Dann haben wir den Sohn, der anscheinend Nichtraucher ist und total angepisst mit einer nach Qualm stinkenden Jacke nach Hause kommt. Er wirkt nicht übermäßig menschenfreundlich, wird aber schlagartig zum selbstlosen Retter, als er den entführten Obdachlosen auf dem Monitor sieht. Er setzt schlagartig und gegen alle Vernunft Himmel und Hölle in Bewegung, nachdem die Entführer den armen Kerl mit Benzin übergießen und drohen, ihn anzuzünden. Und obwohl die Entführer zu einer Übergabe bereit sind und der Sohn sie auch bezahlen kann, kommt es zu einem Kampf mit tödlichem Ausgang. Der Obdachlose ist abgehauen, aber seine Jacke ist noch da. Und das, obwohl es Winter ist und er sie bestimmt nicht freiwillig hergegeben hat. Wir reden von einer hochwertigen, vermutlich teuren Jacke, die nicht zu seinem sonstigen Outfit passt und die zuvor mit Benzin übergossen wurde.«

Boesherz spürte, wie die Anspannung des vergangenen Tages wich und Leichtigkeit seinen Körper ausfüllte. Das Drama um die entführten Jungs, das sich in dieser Arena zugetragen hatte, war für den Moment aus seiner Realität verschwunden. Hier, auf diesem Parkplatz, mitten im Winter, hatte das alles schließlich noch gar nicht stattgefunden. Boesherz wechselte den Ort seiner Vorstellung ein letztes Mal. Er stand mit seinem Sohn jetzt nicht mehr auf dem nächtlichen Rastplatz, sondern in einem weißen Raum, der keinen Anfang und kein Ende hatte. Einem Raum, der von Stille erfüllt und in Wärme getaucht war und in dem er seinem Sohn, der, wie er selbst, vollkommen in Weiß gekleidet war, gegenüberstand.

»Was ist in dieser Nacht passiert?«

Ferdinand sah seinen Vater wie ein Schüler an, der es kaum erwarten konnte, seinem Mentor zu beweisen, was er von ihm gelernt hatte. »Die Milliardärin soll Politiker bestochen haben. Das wäre sehr peinlich für sie, es gibt aber keine Beweise. Ihr Sohn scheint nicht von dem vielen Geld seiner Mutter zu profitieren, sie hält ihn an der kurzen Leine. Sie ist sehr katholisch und lehrt ihren Sohn vermutlich Werte wie Bescheidenheit und Verzicht. Dass sie ihm nicht einfach ihr Vermögen in den Hintern bläst, scheint ihn zu frustrieren.«

»So viel zum Hintergrund.« Boesherz sprach so neutral, wie er es nur konnte. »Jetzt zu der Entführung.«

»Es stürmt und schneit an diesem Abend, die Sichtverhältnisse sind schlecht. Der Obdachlose trägt eine teure Jacke, der Sohn dagegen eine schmutzige, die nach Rauch und Alkohol stinkt. Man würde doch vermuten, dass es eigentlich umgekehrt sein sollte. Und genau darin liegt die Lösung: Die beiden haben ihre Jacken vertauscht! Aber warum? Ich vermute, sie waren beide in derselben Bar. Eher zufällig, wahrscheinlich nicht gemeinsam. Der Obdachlose wollte rauchen, aber dafür musste er vor die Tür gehen. Es war kalt und seine Jacke vermutlich zu dünn. Er hat aus irgendeinem Grund die fatale Entscheidung getroffen, sich einfach irgendeine warme Jacke vom Garderobenhaken auszuleihen. Was er nicht wissen konnte, war, dass die Entführer dem Sohn der Milliardärin bis zu dieser Bar gefolgt waren und nur darauf gewartet haben, dass er rauskommt und sie ihn sich schnappen können. Die Entführer haben dann wegen des Sturms vermutlich einfach nur die leuchtend rote Jacke gesehen. Sie haben den Mann, den sie für den Sohn der Milliardärin gehalten haben, überwältigt, vermutlich betäubt und ihm etwas über den Kopf gestülpt. So konnte er nichts sehen, die Entführer konnten fatalerweise aber auch ihre Verwechslung nicht bemerken. Was für eine Überraschung es gewesen sein muss, als sie dann in ihrem aufwendigen Versteck bemerkt haben, wen sie da wirklich verschleppt hatten. Sie hätten jetzt eigentlich versuchen müssen, sich den Sohn bei einem zweiten Versuch zu schnappen. Vielleicht standen sie unter Zeitdruck. Sehr viel wahrscheinlicher ist aber, dass sie davon ausgingen, dass der Sohn die Aktion mitbekommen hat und sich ab sofort rund um die Uhr von Bodyguards bewachen lassen würde. Jedenfalls haben die Entführer die Entscheidung getroffen, zumindest noch ein bisschen Geld aus der Nummer zu schlagen, indem sie sich ein Psychospiel ausgedacht haben.«

Boesherz wirkte zufrieden, doch bislang hatte Ferdinand nur einen Teil der Aufgabe gelöst. »Es war eine Verwechslung, sehr richtig. Aber warum waren ein Milliardärssohn und ein Obdachloser in derselben Bar? Und aus welchem Grund wollte der Sohn diesen Mann so unbedingt freikaufen, sogar unter Einsatz seines Lebens?«

Ferdinands Mimik hellte sich weiter auf. Der stille, weiße Raum, in dem es nur ihn und seinen Vater gab, wirkte in Severins Vorstellung wie ein Gewand, in das sie sich beide gehüllt hatten, damit es sich wärmend um ihre Seelen legen konnte.

»Der Sohn war in dieser Bar, weil er sich da mit jemandem getroffen hat. An einem unauffälligen Ort, an dem man ihn nicht vermuten würde. Er hat wahrscheinlich von irgendwem Beweise gekauft, die seine Mutter mit dem Bestechungsskandal in Verbindung bringen konnten. Damit wollte er Geld von ihr erpressen oder sich an ihr rächen, weil sie ihn kurzhält. Er hat, was immer es auch war, in seine Jacke gesteckt. Ein Memorystick vielleicht, jedenfalls etwas Kleines. Er muss komplett ausgerastet sein, als er vom Klo kam und gesehen hat, dass seine Jacke weg war. Deswegen kam er so wütend nach Hause. Aber dann hat er gesehen, was passiert war. Die Entführer hatten nicht nur den Mann, sondern auch seine Jacke samt dem wertvollen Inhalt in ihrer Gewalt. Und sie waren drauf und dran, den Mann samt

Jacke zu verbrennen! Der Sohn wollte niemals den Obdachlosen retten. Er wollte nur seine Jacke zurückhaben.«

Boesherz richtete seinen Blick in die Weite des endlosen weißen Raumes. Wohin er wohl kommen würde, wenn er jetzt einfach losginge? Noch musste er so oder so bleiben, sein Sohn war noch nicht ganz am Ziel. »Letzte Frage: Wie kam es zu den Schüssen bei der Übergabe?«

Ferdinand lächelte in seinem weißen Gewand so strahlend, dass Boesherz meinte, er helle das Weiß um sie herum noch etwas weiter damit auf. »Die Erpresser standen jetzt genau vor dem Mann, den sie ja ursprünglich entführen wollten. Sie hätten ihren Plan also doch noch wie geplant umsetzen können, es ging wahrscheinlich um Millionen. Sie haben natürlich versucht, den Sohn in ihre Gewalt zu bringen, und sind dabei an den Falschen geraten. Der Obdachlose ist dann abgehauen, aber nicht, bevor der Sohn seine Jacke samt Inhalt zurückhatte. Ich kann mich nicht an einen Skandal um eine Medienunternehmerin erinnern, sie dürfte ihren Sohn später also vermutlich wirklich für sein Schweigen bezahlt haben.«

Es war vollbracht. Boesherz öffnete seine Augen und war jetzt wieder mit Ferdinand in der Stuntarena zurück. »Ich bin stolz auf dich.« Er sah seinen Sohn mit Ernsthaftigkeit an.

»Du wirst gehen, oder?« Ferdinand sprach jetzt leiser als zuvor.

»Du brauchst mich nicht mehr. Genau so wenig, wie Olivia mich noch braucht. Du kannst in meine Wohnung ziehen, ich werde sie eine Weile nicht nutzen. Halt mir alles in Ordnung, und trink nicht den ganzen Weinkeller leer. Irgendwann komme ich zurück.«

Ferdinand ließ seinen Blick in die Weite der Arena schweifen. Der Polizeieinsatz würde noch die ganze Nacht dauern.

»Warum denkst du, dass du gehen musst? Und wohin willst du überhaupt? Ich will dich nicht verlieren.«

»Du verlierst mich nicht, ich bin nur eine Zeit lang nicht da. Sieh es als eine Form der Wanderschaft. Wir beide müssen jetzt eine Weile allein unserer Wege gehen. Und egal, was uns dabei passiert, wen wir treffen, was wir lernen. Am Ende werden wir jeder eine bessere Version von dem sein, der wir vorher waren.«

Ferdinands Augen wurden feucht, doch er wusste, dass sein Vater seine Entscheidung längst getroffen hatte.

»Kann ich dich irgendwie erreichen?« Die erste Träne lief an seiner Wange hinunter. »Wenn ich dich brauche?«

»Es wird immer genauso sein, wie es heute war. Auch wenn du glaubst, ich sei fort, werde ich trotzdem über dich wachen. Ob du mich nun siehst oder nicht. Egal, hinter welcher Tür irgendjemand versuchen wird, dich zu ertränken, ich werde immer da sein und sie öffnen. Aber erst, wenn du es zuvor mit allen Mitteln selbst versucht hast.«

Boesherz strich seinem Sohn die Träne von der Wange, lächelte ihn ein letztes Mal an und nahm ihn fest in die Arme. Dann wandte er sich wortlos ab, ging ruhigen, aber sicheren Schrittes durch die Arena und war nur wenige Sekunden später aus Ferdinands Augen verschwunden.

KAPITEL 71

OLIVIA, VIER WOCHEN SPÄTER

Wie geht es den Jungs?« Emma war mit ihrem Rollstuhl neben die Bank gefahren, auf der Olivia saß.

Es war ein ruhiger Tag, und die Sonne schien mit hellen Strahlen auf den Friedhof. Emma hatte ihre Rose nicht sofort niedergelegt. Ihr Daumen hatte noch sanft den Blumenstiel liebkost und dabei leichten Druck auf den untersten Dorn ausgeübt. Zunächst hatte sie sich noch einige Minuten lang ihren Gedanken hingegeben, und Olivia hatte sie nicht dabei gestört. Das Grab von Simon und Esther Wardy war gepflegt wie am ersten Tag.

Noch immer kamen fast täglich ehemalige Kollegen und legten Blumen nieder oder platzierten kleine Steine auf dem Grabmal. Sogar einige der Kränze, die bei der Beerdigung niedergelegt worden waren, hatten die Friedhofsgärtner noch nicht entfernt, und auch die Bänder mit den Kondolenzen waren noch zu lesen.

»Die Jungs sind in Behandlung. Einzeltherapie, aber auch Gruppengespräche. Die sieben sind nicht mehr voneinander zu trennen, das Trauma hat sie als Gemeinschaft zusammengeschweißt.«

Keine Wolke trübte den Himmel, und über das Gelände zog der Duft von Wiesen und Blumen.

»Ich weiß, wie es ist, so ein Trauma überstanden zu haben. Und bis heute kämpfe ich jeden Tag damit. Manchmal ist es stärker, an diesem einen Tag war es das auf jeden Fall.« Sie klopfte demonstrativ auf ihren Rollstuhl. »Aber ich bin froh, dass ich noch hier bin.«

Olivia schwieg dazu. Die Kraft der Stille verlieh der Situation eine Bedeutsamkeit, die sie mit Worten nicht hätte erschaffen können. Sie bemerkte, dass sie auf Friedhöfen langsamer atmete, tiefer inhalierte. Es kam ihr stets vor, als sei die Luft dort besonders rein. Die vorherrschende Stille, die unmittelbar hinter den Friedhofsmauern begann, war für sie weit mehr als die bloße Abwesenheit von Lärm. Sie glaubte, dass die Trauer, die sich wie eine Nebelglocke über das Gelände legte, in ihrer Endgültigkeit eine Form von Allgegenwärtigkeit schuf. So wie allein ein Friedhof sie den Lebenden zu vermitteln imstande war. Olivia glaubte fast, die ewige Würde des Todes umspiele sie dort wie der Wind, der aber doch nichts als Schwermut zu ihr zu tragen vermochte.

»Ich habe sehr viel über Ihre Entführung damals nachgedacht.« Olivia wandte sich Emma zu. »Das Bild war nicht schlüssig, da hat etwas nicht zusammengepasst in diesem Bunker. Es gab ausreichend Lebensmittel und Wasser, um zwei Personen vierzehn Tage lang zu ernähren. Aber sonst hat nichts an diesem Ort darauf hingedeutet, dass da unten irgendjemand für längere Zeit eingesperrt werden sollte. Der Raum war einerseits wie ein Versteck eingerichtet, wirkte dann aber wiederum überhaupt nicht so, als wäre er gezielt auf Ihre Entführung vorbereitet worden. Und noch etwas fand ich seltsam.«

Emma griff nach Olivias Hand und sah sie mit einem Blick an, der gleichzeitig Sorge und Vorahnung zu signalisieren schien. »Sagen Sie es!«

Olivia erwiderte den Griff mit sanftem Druck. »Esther Wardy hat damals unaufhörlich nach Ihnen gesucht, obwohl dieser Fall gar nicht ihrer war. Und sie hat Sie beide dann auch tatsächlich gefunden. Etwas, das ganzen Hundertschaften samt

Spürhunden nicht gelungen ist. Die Medien und die Kollegen vom LKA haben sie dafür gefeiert, sie wurde zu einer Polizeilegende. Aber trotzdem hat sie sich in dieser Arena vom Dach gestürzt, weil sie angeblich *alle auf dem Gewissen hat.* Das scheint mir nicht recht zu *Lady Firehand* zu passen. Und in diesem Licht besehen, kommt es mir dann plötzlich auch etwas seltsam vor, dass Wardy Sie beide in einem komplett abgelegenen Bunker in der Mitte von Nirgendwo gefunden hat. Und das auch noch zufällig genau zu dem Zeitpunkt, an dem Nahrung und Strom unmöglich noch länger als einen oder zwei Tage ausgereicht hätten.«

Olivia sah zu Emma, deren Blick ihr verriet, dass sie auf die richtige Fährte gekommen war. Karls Zwillingsschwester rang mit den Tränen, bevor sie schließlich sagte: »Esther hat es mir erzählt. Kurz bevor sie mit mir zu den *Spree Studios* gefahren ist. Sie wusste, dass sie nicht mehr lange leben würde, und sie wollte die Wahrheit wohl nicht mit ins Grab nehmen. Wenn Sie es möchten, werde ich Ihnen anvertrauen, was damals wirklich geschehen ist. Aber Sie müssen mir etwas versprechen.«

Olivia verstand. »Dafür kann ich nicht garantieren. Es wird ein Verfahren geben, und es wird große Wellen schlagen. Die Presse des ganzen Landes wird dabei sein. Ich kann Ihnen unmöglich garantieren, dass Karl im Zuge des Prozesses die Wahrheit nicht erfährt.«

Emma schüttelte den Kopf. »Es wird ein Verfahren wegen *seiner* Taten geben. Nicht wegen unserer Entführung von damals. Das, was ich Ihnen jetzt erzähle, hat mit Karls Verbrechen und seinem Prozess nichts zu tun. Sie müssen mir garantieren, dass er es niemals erfahren wird, er würde es unter keinen Umständen ertragen können. Die Wahrheit muss für ihn wie der Wind bleiben, den er zwar niemals zu greifen bekommen wird, der ihn aber auch nicht töten kann.«

Olivia sah Emma tief in die Augen. Was genau es war, das in ihrem Blick verborgen lag, vermochte sie nicht zu erkennen. Doch es wirkte auf sie, als blickte irgendwo, von ganz weit hinten, die kleine Kai durch einen Tunnel, an dessen Ende sie wohl glaubte, ein Licht zu erkennen. Ob es nun von der Sonne oder auch nur von einer Kerze ausging. Freiheit oder Wärme – Hauptsache, ein Licht.

»Ich glaube, ich weiß, worum es geht.« Olivia sprach jetzt intuitiv leiser, und das, obwohl ringsum niemand war, der sie belauschen konnte. »Esther Wardy war zu dieser Zeit undercover in der Organhändler-Szene unterwegs.«

Emma nickte, wenn auch nur ganz leicht. »Das war ein reiner Zufall. Sie war mit einem Typen unterwegs, dessen Vertrauen sie sich sehr sorgfältig und über mehr als ein Jahr hinweg erschlichen hatte. Einer, der sie mit Organhändlern aus Asien bekannt machen sollte. Dieser Typ hat ganz plötzlich einen Anruf bekommen und dann gesagt: *Wir müssen noch schnell woandershin. Die beiden, die das machen sollten, sind von der Drogenfahndung hochgenommen worden.* Esther ist dann ganz spontan mit ihm zu einer Laubenkolonie gefahren, in der zwei besoffene Assis eine Übergabe vorhatten.«

Olivias schlimmste Befürchtungen schienen sich zu bewahrheiten. Eine Gänsehaut überzog ihren Körper. »Die beiden *Assis* waren Ihre Eltern?«

Emma lachte bitter auf. »Wie es das Schicksal manchmal so will. Hätte die Drogenfahndung damals diese beiden anderen Typen nicht zufällig beim Dealen erwischt, würden Karls und meine Organe heute über halb Europa verteilt in irgendwelchen Millionärskörpern stecken. Unsere Eltern hatten Karl und mich betäubt, damit die Typen, an die sie unsere Organe verkauft hatten, uns ganz bequem abholen konnten. *Zur Ernte*, hieß es wohl. Esther war natürlich nicht auf diese Situation vorbereitet, wie auch? Sie musste sofort handeln, sich irgendwas Gutes einfallen lassen. Sie hätte natürlich ihre Tarnung aufgeben können, das hätte sie wahrscheinlich sogar gemusst. Aber Sie wissen ja selbst, wie sie war. Ihre Operation abzubrechen war keine Option für Esther, sie stand immerhin kurz davor, Informationen zu bekommen, mit denen sie über hundert Kinder aus verschiedenen Ländern retten konnte. Sie wollte unter keinen Umständen auffliegen, aber natürlich konnte sie uns auch nicht einfach opfern. Sie hat dann angeboten, dass sie Karl und mich allein wegschafft, während der andere Typ bei unseren Eltern bleibt.«

Olivia wippte verständnisvoll mit dem Kopf. »Durch ihre Undercover-Ermittlungen war sie mittlerweile ein Insider der Szene und kannte Verstecke, die Organhändler für *Zwischenlagerungen* von Opfern genutzt haben. Deswegen gab es zwar genug Essen und Wasser in dem Bunker, aber sonst nichts. Weil niemand lange dort bleiben sollte, es aber jederzeit spontan möglich sein musste, jemanden da zu verstecken.«

»Der Bunker war niemals unser Gefängnis. Er war unser Rettungsboot! Esther hat uns da in Sicherheit gebracht und ist dann wieder zu unseren Eltern zurück. Aber in der Zeit, in der sie weg war, hatten unsere Eltern und der Typ, an dem sie dran war, gesoffen und irgendwelche Drogen genommen. Irgendwie ist die Situation wohl außer Kontrolle geraten. Sie hat es mir nicht genau erzählt, aber ich vermute, sie hatte selbst einen Anteil daran, dass es gewalttätig wurde. Es kam jedenfalls zum Kampf, und der war ziemlich übel. Am Ende waren unsere Eltern tot und der andere Typ abgehauen. Die Aktion ist einfach komplett aus dem Ruder gelaufen.«

»Esther konnte den Kollegen nicht einfach sagen, wo Sie beide versteckt waren.« Olivia versuchte, sich in ihre Kollegin einzufühlen. »Sie hätte nach so einer Aktion alles verloren. Vor allem die Möglichkeit, weiterhin Organhändler zu jagen. Sie musste also darauf hoffen, dass man Sie beide finden würde.«

»Absurd, oder?« Emma musste beinahe schmunzeln. »Als die Zeit knapp wurde, blieb ihr nur noch die Möglichkeit, so zu tun, als hätte sie uns *zufällig* gefunden. Esther hatte Karl und mir gegenüber so große Schuldgefühle, dass sie sich seitdem wie eine Löwin um uns gekümmert und uns beschützt hat. Sie hat das Geheimnis um unsere Entführung zwanzig Jahre lang mit sich herumgetragen, man mag es sich nicht vorstellen. Es muss sie innerlich zerrissen haben. Und wissen Sie, was das Schlimmste für sie gewesen sein muss? Während Karl unbedingt die Mörder seiner *geliebten Eltern* finden wollte, saß er, ohne es zu wissen, jeden Tag mit der Mörderin am Tisch und hat mit ihr gefrühstückt. Esther war sich dieser Situation bewusst, zwei Jahrzehnte lang, in jedem einzelnen Moment. Und sie musste es ertragen. Aber ich mache ihr keinen Vorwurf. Sie hat uns gerettet, in jeder Hinsicht. Und sie hat danach noch sehr, sehr viele weitere Kinder gerettet. Esther hat getan, was ihr als das Richtige erschienen ist. Ich verstehe das, und ich kann meinen Frieden damit schließen. Karl würde an dieser Wahrheit aber endgültig zerbrechen. Zumindest der kleine Rest seiner unschuldigen Kinderseele, der noch nicht zerbrochen ist.«

Olivia schwieg. Welche Worte sollten schon das, was sie wohl beide jetzt fühlten, beschreiben können? Sie schloss für einige Sekunden die Augen, atmete noch einmal tief durch und sagte schließlich: »Karl hat rein intuitiv auch Kinder entführt, die er damit vor seinen Eltern gerettet hat. Und eines Tages werden diese sieben Jungs es ihm vielleicht sogar danken.«

Emma lächelte. »Das ist so typisch für Karl. Er hat die Jungs an einem Ort versteckt, an dem jeden Tag Tausende Menschen waren. Während er selbst über ihnen gestanden und seine Zuschauer unterhalten hat …«

Und noch immer umspielte Olivia und Emma der Wind mit all seiner Traurigkeit, während weiter hinten ein Eichhörnchen einen Baum hinauflief, kurz zu den beiden hinübersah und sogleich zwischen den Ästen verschwand.

KAPITEL 72

KARL

Karl lehnte sich mit dem Rücken gegen die Wand seines Kinderzimmers. Kai war vorhin da gewesen, und sie hatte ihm ein Geschenk mitgebracht. Der Raum, in dem er jetzt wohnte, war viel größer, als es sein Zimmer damals gewesen war, in der anderen Welt. In der Welt, die zwar weit weg lag, in der er aber sicher war. In der Welt, in die er sich jederzeit zurückziehen konnte. *Kisses for me, save all your kisses for me.* Was für ein schönes Lied das doch war, so fröhlich und leicht. Immer wieder spielte es in seinem Kopf, und wenn es endete, dann ließ er es sofort wieder von vorn beginnen. Vor das Fenster hatte Papa ein Gitter geschraubt. Er wusste, dass Karl manchmal Angst vor Gespenstern hatte, aber durch das Gitter würde es ihnen nicht gelingen, zu ihm hereinzukommen. Abgesehen davon, dass ihm ab jetzt ohnehin nichts mehr passieren konnte. Schließlich hatte Kai ihm ja das Geschenk mitgebracht. Er würde es Mama und Papa zeigen, wenn sie kämen. Lange konnte das nicht mehr dauern, bestimmt parkten sie gerade den Wagen vor dem Haus. *Kisses for me, save all your kisses for me.* Zum Frühstück hatte er heute ein Brötchen mit Nutella bekommen. Mit dem echten Nutella, nicht mit diesem billigen anderen Zeug, das er nicht mochte. Mama hatte es dem Mann, der Karl immer das Frühstück machte, bestimmt gesagt. Dass er Nutella wollte, keine andere Marke. Jeden Augenblick würden Mama und Papa durch die Tür kommen. Und sie würden ihm Geschenke mitbringen. *Es kann nicht mehr lange dauern.* Karl griff seinen Plastikstuhl und schob ihn näher an die Wand heran, an der Kai sein Geschenk aufgehängt hatte. Das Zebra auf dem Poster sah ihn voll Sanftmut an, so wie damals, als die beiden ihr Abenteuer in diesem geheimen Versteck erlebt hatten. Kai war bestimmt nur kurz nach nebenan gegangen, manchmal wollte sie ein bisschen Zeit für sich allein haben. Karl war nicht gern allein, aber seiner Schwester einen Wunsch zu verwehren würde ihm nie in den Sinn kommen. Und so sah er weiter das Poster an, während die Musik wieder und wieder in seinem Kopf spielte.

Das Zebra ist hier, um uns zu beschützen. Es ist groß und stark, und wenn wir uns daraufsetzen, dann reitet es mit uns weg, wohin auch immer wir wollen. Es sieht uns liebevoll an, immer, sogar dann, wenn wir es nicht ansehen. Es wacht über uns, rund um die Uhr, und wenn wir seinen Schutz, seine Wärme oder seine Stärke brauchen, dann wissen wir, wo es ist. Es ist an dieser Wand, jederzeit. Es liebt uns, es verrät uns nicht, und wenn uns irgendjemand etwas Böses will, dann kommt es aus der Wand gesprungen und verteidigt uns. Immer und ewig, solange wir leben. Kai und mich.

Karl lauschte noch einen Augenblick lang der Musik in seinem Kopf, bevor er die Augen schloss und entschied, sich für ein paar Minuten hinzulegen. Mama und Papa würden ihn schon wecken, wenn sie da wären. Und bis es so weit war, lag er sicher und beschützt auf dem Bett in seinem neuen Zimmer. Da, wo weder ihm noch Kai irgendetwas passieren konnte. Nicht hier. Nicht im Auge des Zebras.

DANKSAGUNG

Nach drei Teilen *Auris*, die nicht nur auf den Ideen von Sebastian Fitzek beruhten, sondern auch in enger Zusammenarbeit mit ihm entstanden sind, habe ich mit *Im Auge des Zebras* nun zum ersten Mal seit Jahren wieder ein Buch aus dem Universum meiner Thriller aus der Zeit vor *Auris* geschrieben. Ich war verwundert, wie nah mir die Helden meiner LKA-Berlin-Reihe noch immer stehen, und es war mir ein fast schon kindliches Vergnügen, ihre Charaktere und Schicksale Jahre später wieder aufzugreifen und weiterzuentwickeln. Am Ende war ich selbst erstaunt, was aus meinen Figuren von früher in den Jahren ihrer Auszeit geworden ist.

Die folgenden Menschen waren daran beteiligt, dass Sie jetzt diesen Thriller in den Händen halten können:

Sebastian Fitzek hat mir durch die Zusammenarbeit mit *Auris* nicht nur die Bühne geboten, auf der ich jetzt auch meine anderen Thriller präsentieren kann. Er war auch daran beteiligt, dem *Zebra* auf die Beine zu helfen. Er war bei allen strategischen Gesprächen mit von der Partie und hat sich hinter den Kulissen sehr für das Projekt eingesetzt. Außerdem hat er mir – Sebastian kann einfach gar nicht anders! – auch eine wichtige Idee zugeworfen, die sich während der Entwicklungsphase des Romans als das Sahnehäubchen der Story erweisen sollte.

Lieber Sebastian, ich danke dir für deine Unterstützung und unsere faszinierende Zusammenarbeit!

Carolin Graehl, meine Lektorin, hat ebenfalls eine wichtige Idee eingebracht, die mich komplett überzeugt und das Buch wesentlich interessanter gemacht hat. Sie hat vorgeschlagen, das Genie Severin Boesherz etwas in den Hintergrund zu rücken und stattdessen seinen früheren Sidekick Olivia zur Hauptfigur zu machen. Die Geschichte einer Frau zu erzählen, die sich ihre Position und ihre Erfolge gegen alle Widerstände wirklich erkämpfen muss, anstatt von einer genialen Gabe getragen zu werden, wurde für mich zu einem faszinierenden Abenteuer, und ich hoffe, man merkt es der Geschichte auch an.

Danke, Carolin!

Dr. Rainer Schöttle, der alle meine Thriller vor *Auris* als Redakteur betreut hat, ist wieder an Bord! Der Superredakteur, wie ich ihn liebevoll nenne, hat mich wieder einmal vor einigen ziemlich skurrilen Formulierungen aus eigener Feder gerettet. Er hat beispielsweise den »kompletten Vollidioten« entdeckt und mich darauf hingewiesen, dass »komplett« ja bereits im »Voll« enthalten ist. Oder einen Weg, der sich bei mir »an drei Stellen gabelte« in einen Weg geändert, »der sich in drei Richtungen verzweigte«. Und dass ein Junge, der noch niemals in einem bestimmten Haus war, nicht beurteilen kann, »ob da alles normal ist« (weil er ja nicht wissen kann, wie es da normalerweise ist), hat er auch bemerkt. Lieber Rainer, danke, dass du noch korrekter mit Sprache umgehst als ich und mich wieder und wieder vor schiefen Sätzen rettest!

Jana Schleske hat mich bei einigen Passagen unterstützt, in denen gesellschaftliche Themen zur Sprache kommen. Ihr Sinn für faktische Genauigkeit und ihr umfassendes sprachwissenschaftliches und sozialpsychologisches Verständnis sind für mich immer wieder beeindruckend.

Vielen Dank, liebe Jana!

Das gesamte Team von Droemer – wenn ich auch leider nicht jeden persönlich kenne – hat in allen Bereichen Spitzenarbeit dabei geleistet, das *Zebra* in die Welt zu bringen. Da kann ich schreiben, was ich will – wenn Lektorat, Marketing, Coverdesign, Programmplatzierung, Logistik, Vertreterarbeit und Buchhändlerbetreuung nicht professionell funktionieren, dann stehe ich da wie ein kompletter Vollidiot. Ach so, sorry: einfach nur wie ein Vollidiot! ;-)

Vielen Dank an das ganze Droemer-Team!

Auch meine Literaturagentur »AVA international« hat großen Anteil an diesem Buch. Markus Michalek hat mir in zahllosen Brainstormings und Plotting-Gesprächen geduldig und konstruktiv zur Seite gestanden und mir dabei geholfen, diese komplexe Story zu entwickeln. Es ist unschätzbar wertvoll, jemanden zu haben, der den Wust meiner Ideen und Gedanken in sinnvolle Ströme leitet. Aber auch alle anderen im AVA-Team rund um Gründer und Agentenlegende Roman Hocke arbeiten Tag für Tag daran, ihren Autoren wirklich alles rund um ihre Bücher abzunehmen, was sie davon abhalten würde, sich um den bestmöglichen Text zu kümmern.

Danke an das gesamte Team meiner fantastischen Agentur!

Mein Management »Raschke Entertainment« hatte wieder einmal alle Strippen in der Hand. Zwischen mir, dem Verlag und der Agentur zu vermitteln, zu lenken, Interessen zu wahren und immer das Bestmögliche für das Buch, die Leser und alle Beteiligten herauszuarbeiten, ist eine Aufgabe, die ihr wirklich beherrscht! Danke, Manu, Sally, Angie und Stolli!

Wie immer gilt mein letzter Dank jetzt aber Ihnen, die Sie dieses Buch gelesen haben. Neben *Auris* gibt es jetzt also auch wieder meine Thriller rund um das LKA Berlin, und zu den Lesern dieser Reihe von früher sind vermutlich auch einige neue dazugekommen, die ich hiermit ganz herzlich in der »Bösherz-Welt« willkommen heiße! Alle meine früheren Thriller werden ab jetzt nach und nach von Droemer neu aufgelegt, sodass Sie Gelegenheit haben, die LKA-Berlin-Geschichten vor *Im Auge des Zebras* kennenzulernen. Ich hoffe, dass Sie beim Lesen dieses Buches so viel Freude hatten wie ich beim Schreiben, und danke Ihnen dafür, dass Sie es mir möglich machen, das zu tun, was ich liebe!

Vincent Kliesch

P.S.: Und falls sich jemand gefragt haben sollte: Das »Bösherz« auf dem Cover ist kein Schreibfehler, sondern ein Spiel mit der Doppeldeutigkeit des Namens »Boesherz« und dessen tieferer Bedeutung. ;-)

VINCENT KLIESCH

BIS IN DEN TOD HINEIN

EIN BÖSHERZ-THRILLER

Drei Morde in vier Tagen –
Fall 1 für Kommissar Severin Boesherz!

Berlin wird von einem selbsternannten Racheengel terrorisiert: Ein polizeibekannter Brandstifter, der bei lebendigem Leib in einem Auto verbrennt, ist bereits das dritte Opfer innerhalb von nur vier Tagen. Der Serienkiller geht so kreativ wie sorgfältig vor, die Mord-Methode entspricht jeweils dem »Vergehen« seines Opfers, und er hinterlässt keine verwertbaren Spuren am Tatort – außer scheinbar zufällig gewählten Zahlen. Für das Team vom LKA um den neu nach Berlin gezogenen Kommissar Severin Boesherz tickt die Uhr, denn die Abstände zwischen den Morden werden immer kürzer. Als auch noch ein internationales Topmodel entführt wird, müssen Boesherz und seine junge Kollegin Olivia Holzmann alles aufs Spiel setzen, um den Code des Killers zu knacken.

»Bis in den Tod hinein« ist der erste harte Thriller mit dem genialen Kommissar Boesherz von Bestseller-Autor Vincent Kliesch.

Erscheint im Februar 2022